KB214296

리듬은 존재 저편으로

고요아침
叢　書

0　3　2

리듬은 존재 저편으로

김남규

평론집

고요아침

시를 읽는 날은 좋은 날이었다. 글을 쓰는 날은 나를 돌아보는 날이었다. 글을 쓰면 쓸수록 공부가 턱없이 부족하다는 것을 실감했다. 얕은 내 밑바닥이 보였다. 그럼에도 글을 계속 이어갈 수 있었던 것은, 적어도 나 자신에게는 솔직해질 수 있는 유일한 시간이었기 때문이다. 글로 남을 속일 수 있지만, 나 자신은 속일 수 없다.

세미나 원고와 시집 해설, ≪시조시학≫ 연재 원고를 모아보니 생각보다 글이 제법 많다. 2015년부터 2021년까지 7년간 쓴 글이다. 부족하고 엉성한 글이지만, 세상 밖에 내놓기로 했다. 정말 부끄럽고 창피하니까 다음부터는 더 잘 쓰겠지 하는 마음에서다. 정신 '바짝' 차리려고 책을 낸다.

평론가는 아니지만, 감사하게도 글 쓸 기회가 많았다. 덕분에 시를 깊이 있게 읽을 수 있었다. 공부 '좀' 하라는 명령처럼 들렸다.

1부는 시조론과 세미나 원고 1편씩, 2부는 시인론, 3부는 시조론이다. 1부에서는 시조의 현재와 미래를 그려보았다. 2부에서는 개별 시인들의 작가론을, 3부에서는 각 시인들의 신작시집을 읽고 키워드를 뽑아보았다.

언제나 내 곁에서 격려해주시고 예뻐해 주시는 시조단의 선생님들이 계셔서 참 감사하다. 선생님들이 나를 자식처럼 키워주셨다. 여전히 미숙하지만, 언젠가 나도 선생님들처럼 후배 시인을 자식처럼 예뻐할 것이다. 그때, 지금의 선생님들처럼 나 역시 후배 시인에게 온 마음을 주며 존경받았으면 좋겠다.

그동안 시집을 열심히 읽긴 했지만, 서투른 사유와 개념들이 눈에 띈다. 시를 잘못 읽은 부분도 더러 보인다. 그러나 이것 하나는 분명하다. 내 글은 엉성하더라도, 이 책에 실린 시인들의 작품은 아름답고 위대하다! 좋은 시에 부족한 글이 무리하게 붙었으니, 죄송스럽기만 하다.

앞으로 더 열심히 살고 쓰겠다. 이 다짐과 선언으로 모든 시인들께 용서를 구한다.

2022년 3월
김남규

차례

/

제3부 시의 일, 너머의 세계

제 **1** 부

시조는 무엇을 원하는가

현대시조의 리듬

1. 율격 VS 리듬

「海에게서 少年에게」(1908)를 발표한 최남선으로부터 시작해 현재에 이르기까지, 이른바 '현대(근대)문학'이라고 불리는 예술 장르 중 '(현대)시'는 이제 겨우 100여 년의 역사를 가지고 있다. 그 짧고도 긴 시간 동안 시의 리듬에 대한 여러 연구와 논의를 거쳐 지금에 이르렀지만, 정작 '현대시조'는 최남선, 이광수, 조윤제, 이병기, 안확 등의 1920~30년대 논의에서 더 나아가지 못하고 답보상태에 머물러 있다. 민족 고유의 '전통 시가 장르'라는 이유로 문제 제기의 필요성이 거세되었고, '정형률(음보율)'에서 자유로운 형식을 갖춘 현대시로의 이행을 근대성(近代性)으로 보았기 때문이다.

그러나 이율배반적으로 한국 현대시의 미학을 연구하는 장(場)에서 시의 리듬은 특정 어구의 반복, 행갈이나 음보 등으로 최근까지 설명되었다. 지금까지 우리시의 '리듬' 연구는 곧 '운율' 연구라고 말할 수 있는데 큰 틀에서 정리하면, 첫째 자수율에서 찾는 경우[1], 둘째 고저율에서 찾는 경우[2], 셋째 강약율에

---

1) 조윤제, 「시조자수고」, 『신흥』 제4호, 1930.
2) 이광수, 「민요소고」, 『조선문단』 제3호, 1924.

서 찾는 경우3)로 전개되었다. 그러나 고저율이나 강약율에 의거한 논의들은 우리말의 특성상 효율적인 논의가 되지 못한 채 부정되었고, 자수율에 의거한 논의 또한 극복하려는 방향으로 논의가 개진되어 왔다. 이에 따라 자수율의 한계를 지적하고 새로운 논의의 틀을 세우고자 한 방법적 근거로 율격의 단위를 '음절'이 아닌 '음보'에서 찾고자 했다.

여기서 한 가지 짚고 넘어가야 할 중요한 문제가 있다. 그것은 '리듬'과 '율격'의 구분이다. 역사적으로 시는 율격에 제한되어 있다는 점에서 리듬과 율격을 동일한 개념으로 보거나 혼동하였다. '외재율'과 '내재율'이라는 교과서적 용어가 이 문제를 아주 잘 보여준다. 내재율은 외재율과 달리 잠재적으로 리듬감 (율격)이 느껴진다는 것인데, 그것은 아무 것도 설명할 수 없다는 말에 다름없다. 다시 말해, 외재율은 정해진 율격이 있다는 말이고, 내재율은 정해진 율격은 없지만 나름의 리듬감을 갖고 있다는 말이다. 이러한 혼동은 반복과 규칙성이 리듬 이론의 근본을 이루지만, 율격을 정형률에 한정지어 리듬의 다양성을 확보하지 못한 채 소리의 틀(등시성 혹은 등장성, 율동적인 강세들 사이의 시간 간격들의 규칙성)에 가두었기 때문4)이다.

또한 운율이 객관적, 물리적으로 지각되는 것이고 리듬이 심리적, 정신적으로 지각되는 것5)이라고 일반적으로 말하지만, 더

---

3) 정병욱, 「고시가 운율론 서설」, 『최현배선생환갑기념논문집』, 1954.
4) 이 지점에서 김준오의 지적은 참고할 만하다. "일반적으로 시의 리듬은 운율, 곧 운(rhyme)과 율(meter)을 지칭하는 개념이다. 따라서 운율은 율격만 가리키는 용어는 아니다. 리듬은 기표의 '반복성'이며 동시에 이 반복성은 소리의 반복을 비롯하여, 음절수, 음절의 지속, 성조, 강세 등 여러 상이한 토대에서 이루어진다"(『시론 4판』, 삼지원, 2002) 그동안 우리는 운율을 율격과 혼동했음을 이 글을 통해 알 수 있다.

생각해보면 이 구분은 곧 필연적으로 한계에 다다르게 된다는 것을 알 수 있다. 리듬은 운문과 산문 모두에서 발견되지만, 운율은 운문에서만 논할 수 있기 때문이다. 즉, 리듬은 구체적 실현이고, 운율은 추상적 개념이라고 말할 수 있지만, 이 둘의 구분 역시 용이하지 않다.

그러므로 율격이 시 텍스트(또는 작가)와 독자 사이의 리듬이라는 공통감각 혹은 코드로 기능하고 있다면, 율격에는 이미 리듬의 해석이 전제되어 있다고 말해야 할 것이다. 리듬의 어원인 '류트모스(rhuthmos)'는 강이 흐르는 모습을 지칭하며 형상이자 만남이며 질서를 포괄하면서도 질서가 변화하는 모습을 의미[6]한다. 따라서 리듬은 언어 운동의 전체 조직이자 지형도이므로, 율격과 리듬은 겹쳐있으면서 더 나아가 리듬은 시의 의미와 관계하는 것이다. 물론 율격이 시의 의미와 관계없다는 말은 아니다. 이미 율격 해석 이전에 리듬 해석이 전제되어 있다는 사실을 염두에 두어야 한다.

그래서 이런 개념어의 조합을 제시하고자 한다. '현대시조의 리듬' 최근에 한 연구자가 현대시조는 '율격'이 있는 것이지 '리듬'이 있는 것은 아니지 않느냐고 물어온 적이 있었다. 리듬은 현대시의 것이고, 율격은 현대시조의 것이라는 편견, 그리고 리듬과 율격을 구분 지으려는 무의식이 '여전히' 작용하고 있다는 것을 알 수 있었다.

이 글은 이러한 편견과 오해로부터 문제를 제기하고, 현대시

---

5) 유리 로트만, 유재천 역, 『시 텍스트의 분석: 시의 구조』, 가나, 1987, 92쪽.

6) 루시 부라사, 조재룡 역, 『앙리 메쇼닉 리듬의 시학을 위하여』, 인간사랑, 2007, 146쪽 참고.

조의 리듬과 관련된 논의를 따라가며, 현대시조의 리듬을 어떻게 볼 것인지 생각해보고자 한다.

2. 음보라는 이데올로기

먼저 조선후기 '고시조'와 시조창으로부터 '개화기시조', 그리고 최남선, 이병기 등의 시조부흥운동에 따른 '현대시조'에 이르기까지 그동안 시조의 정형률(음보율)에 관한 연구를 정리하면, 크게 음수율(자수율)과 음보율의 논의로 나눌 수 있다.

가장 먼저 자수율에 대한 논의들 중 조윤제의 연구를 대표적으로 살펴보면, 그는 「시조자수고(時調字數考)」(1930)에서 고시조 중 단시조 2,759수를 자수로 분석해 율격 구조의 기본형(3•4•3•4/3•4•3•4/3•5•4•3)을 제시하였다. 이 자수율은 시조 형식을 명료하게 설명해주고 있어 사람들에게 강한 인식을 심어왔지만, 실제 고시조를 분석했을 때 자수율 기준에 일치하는 경우는 4%에 불과[7]해, 결과적으로 고시조의 신축적인 형식을 축소하고 제약한 기본형을 도출하게 되었다. 여기서 공통적으로 논의되는 것은 '3장(章)이라는 것'과 '종장의 첫 구 3음절, 그 다음 음보가 5음절 이상이라는 것'이다. 그러나 초중장의 불확정된 음절수와 종장 첫 구 3음절 이후, 5음절에서 8음절까지 유동적이라는 것은 모호한 기준으로 한계를 갖고 있다.

다음으로 음보율에 대한 논의들(이광수, 이병기, 고정옥 등)

---

7) 서원섭, 「평시조의 형식연구」, 『어문학』 36, 한국어문학회, 1977, 44~46쪽.

을 살펴보면, 장(章)을 이루는 최소단위는 음보로, 한 장은 4음보의 율격구조를 지니고 있다. 이때 음보는 율독할 때 숨 쉬는 단위인 휴지(休止)에 의한 것인데, 짧은 휴지는 음보(音譜)에, 중간 휴지는 구(句)에, 긴 휴지는 장(章)에 해당한다. 그러므로 이들의 견해에 따르면 음보란 휴지에 의해 구분되는 음성적인 마디를 말하며, 이것이 연속적으로 되풀이될 때 음보율이 형성된다고 할 수 있다.

여기서 시조 휴지의 기준이 되는 것이 바로 등장성(等張性, isochronism)이다. 모든 음절에는 같은 시간이 주어지는데, 일반적으로 한 음보 안에 들어가는 음절수는 3~4개 정도로 볼 수 있다. 한국어는 2음절 혹은 3음절의 단어가 주를 이루는 교착어(실질 형태소인 어근에 형식 형태소인 접사를 붙여 단어를 파생시키거나 문법적 관계를 나타내는 언어) 또는 첨가어이기 때문이다. 이에 따라 시조 한 음보에 들어가는 기본 음절수 4음절을 '평음보'로, 3음절을 '소음보', 5음절 이상을 '과(장)음보'라 규정하여, 이들의 긴장구조를 통해 시조의 미학을 설명하고 있다.

뒤이어 음보라는 개념은 '호흡의 단위'(조동일)[8]에서 시작해 '음량(mora)의 단위'(성기옥)[9]를 거쳐 '마디(colon)의 단위'(김대행, 조창환)[10]에 이르는 음보 개념의 변주는, 우리의 율격론에서 음수율과 음보율 자체의 불충분성을 보완하려는 시도들이었다.

그러나 여기서 우리가 주목해야할 부분은 바로 '음보'라는

---

8) 조동일, 『한국시가의 전통과 율격』, 한길사, 1984, 54쪽.

9) 성기옥, 『한국시가 율격의 이론』, 새문사, 1986, 97쪽.

10) 김대행, 『한국시가구조연구』, 삼영사, 1976, 42쪽 ; 조창환, 『한국현대시의 운율론적 연구』, 일지사, 1988, 44쪽.

개념어 자체이다. 음보는 통사적 구분에 의한 것이면서 동시에 음성적 구분에 의한 것이지만, 그것의 질서를 명확히 증명할 수 없을뿐더러, 율독의 단위인 휴지(休止)는 낭독자의 심리적 상태나 환경 등 복합적 상황에 따라 자의적이거나 가변적일 수밖에 없다. 무엇보다도 가장 큰 문제는 이러한 율독에 의한 휴지는 "일상언어에 조직적으로 가해진 횡포"[11] 즉, 시조로 알고 읽으려할 때 율격론적 수정이 무의식적으로 가해진다는 것[12]이다. 어떤 시조 작품을 두고 시조라는 것을 알지 못하고 율독하게 될 때는 4음보를 인식하기 어렵겠지만, 시조라는 사전 정보를 획득하게 되면 어느 정도 규칙적인 음보를 구분할 수 있다. 다시 말해, 음보를 음성학적 측면으로 정의하는 것은 이미 그 개념 안에 일정한 규칙을 내포하고 있다는 모순을 떠안게 된다는 것이다.[13]

그러므로 시조의 율격이라 할 수 있는 음보율에는 리듬 해석이 선행되고 있다는 것을 알 수 있는데, 율격론적 수정 자체가 리듬 해석이 미리 진행되고 있다는 증거라고 할 수 있다. 문제는 이 리듬 해석이 시의 의미와 연관되어 있어서 의미론적 효과를 획득하고 있는지 아니면, 연관 여하를 막론하고 '규칙'으로 선행되는지가 문제다. 또한 이 음보율이 과연 3~4음절의 음보 단위 (음수율)로 나눠지는 기준으로 작동할 수 있는지도 따져봐야 할

---

11) 르네 웰렉, 이경수 역, 『문학의 이론』, 문예출판사, 1989, 245쪽.

12) "율격이란 시행 그 자체에 음성으로 존재한다기보다 청각적 영상(auditory imagination)으로 존재하며, 온전하게 갖추어져 있다기보다는 잠재력 (potentiality)으로 감춰져 있는 것이다"(Benjamin Hrushovski, 'On Free Rhythms in Modern Poetry', *Style in Language*, T. A Sebeok ed, p.181. 김흥규, 「평시조 종장의 율격·종사적 정형과 그 기능」, 『욕망과 형식의 시학』, 태학사, 1999, 63쪽 재인용.)

13) 졸고, 「현대시조의 형식론적 계승에 대한 비판적 검토」, 『한국시학연구』 44, 한국 시학회, 2015. 12, 109~113쪽 참고.

문제며, 더 중요한 것은 이 음수율과 음보율이 시의 의미를 어떻게 보증하는지의 문제다.

이렇게 '과감히' 말할 수 있겠다. "음보율은 시조의 리듬을 보장하지 않는다".

3. 리듬 형성의 방식

먼저, 시조에서 어떤 방식으로 운율(리듬)이 발생되고 형성되는지 살펴보면 다음의 세 가지 방식으로 나눌 수 있다. 첫째, 비슷한 음절수의 반복(소음보, 평음보). 둘째, 4음보라는 통사적 배분의 반복. 셋째, 종장의 파격이 그것이다. 이 세 가지 방식은 시조의 일반적인 특성인데, 이 특성에 관한 기존의(오래된) 연구들은 지금도 유의미하다. 탈형식의 방식으로 현대시조가 점차 변해왔지만, 1900년대와 2010년대의 시조 형성 '원리'에는 변함이 없기 때문이다.

첫 번째, 음절수의 반복에 따른 리듬은 국문학사상 최초의 본격적인 시조 연구서인 자산 안확(安廓, 1886~1946)의 『시조시학(時調詩學)』(조광사, 1940)에서 찾아볼 수 있다. 안확은 시조의 자수 45자를 3장으로 나누면 15자, 그 15자를 둘로 나누어 내구(內句) 7자, 외구(外句) 8자로 정한다. 이른바 '내7 외8'의 엄격한 자수를 시조의 운율로 본다.

초장 : 1구(內句) 7자 / 2구(外句) 8자   15자(7+8)

중장 : 3구(內句) 7자 / 4구(外句) 8자   15자(7+8)

종장 : 5구(內句) 8자 / 6구(外句) 7자   15자(8+7)

　그런데 그는 초장, 중장과 다르게 종장은 '내7 외8'이 아니라, '내8 외7'의 역전이 일어난다고 본다. 종장에는 반성적 성질이 있고, 종장의 내외구가 초중장의 내외구와 대각선으로 동수(同數)를 이루면서 음악의 선율처럼 리듬이 발생한다는 것이다. 물론 이 논의의 한계는 명확하게 인식할 수 있다. 시조의 자수를 엄격하게 45자로 제한한다는 점이다. 그러나 시조의 자수를 제한하면 규칙적인 음절수를 가진 말의 마디가 반복되면서 운율이 형성되고, 종장의 역전에 의해 리듬이 만들어지기에 유리하다는 것은 부인하기 어렵다. 다시 말해, 조윤제 식의 3•4•3•4/3•4•3•4/3•5•4•3이라는 규칙적인 음절수의 반복은 일반적인 문장의 통사 배분을 임의로 배치함에 따라 특정한 리듬을 성취할 수 있는 것이다.

　두 번째, 4음보라는 통사적 배분에 따른 리듬은 가람 이병기(李秉岐, 1891~1968)의 시조 관련 논의에서 찾아볼 수 있다. 그는 시조의 각 장을 2구씩 나누되 종장만 4구로 나누면서 종장의 1,3,4구는 1어절('도막')로 되어 있고, 종장의 2구만 2어절 이상으로 되어 있다고 주장한다.

초장 :	1구(句)　/　2구(句)	2구(句讀 포함)
중장 :	3구(句)　/　4구(句)	2구(句讀 포함)
종장 :	5구(句) / 6구(句) / 7구(句) / 8구(句)	4구(句讀 제외)

즉, 초중장의 4구와 종장의 4구가 불균등하게 8구 형식으로

이루어지면서 시조의 운율감이 형성된다고 보는 것[14]이다. 그에 따르면 초중장은 2개의 구두(句讀)를 포함한 구로 나누지만, 종장은 확실한 의미와 리듬상의 단락을 지닌다고 보고 구두를 포함하지 않은 4개의 구[15]로 나눠진다는 것이다. 따라서 초중장의 4음보(2구)의 일정한 통사적 배분에 따른 리듬감과 종장의 4음보(4구) 변형된 통사적 배분에 의해 리듬이 발생하는 것이다. 이러한 음보라는 개념은 로츠(J. Lotz)의 'colon' 개념[16]과 유사하다. 미리 음절수와 음량이 확정되어 있는 것이 아니라 통사구조의 환경에 따라 융통성 있게 변화될 수 있는 음보는 불균등 구조의 특성을 설명하기에 적당한 개념이 된다.

세 번째, 종장의 파격(변형)에 따른 리듬은 최남선이 "부름 위주의 시조를 읽는 시조, 맛보는 시조, 관조하는 시조"[17], 즉 현대시조로서의 전환을 모색한 1920년대 시조부흥운동 시기로부터 살펴볼 수 있다. 이때부터 종장은 초중장과 달리 규칙적 연속과 개방성을 거부하고, '기(起)-승(承)-전(轉)-결(結)'에서 '전'과 '결'의 역할을 감당[18]한다.

---

14) 이병기, 「시조와 그 연구」, 『가람문선』, 신구문화사, 1966, 242~249쪽.

15) "漢字의 句라는 말은 우리말로는 「마루」라 하여 한 句를 한 마루 두 句를 두 마루라고 하는데 곧 글을 읽어 나가다 말과 뜻이 그치는데 까지를 이름이다 그리고 한 句를 또 몇 도막으로 내어 읽게되는 것도 있으니 그 한 도막을 한 句讀라 한다" (이병기, 「율격과 시조」, 『동아일보』, 1928, 11, 29.)

16) J. Lotz, 'Metric Typology', *Style in langauge.* T.A Sebeok ed., The M.I.T.Press, 1960, p.142. (김준오, 『시론 4판』, 삼지원, 2002, 142쪽 재인용)

17) 최남선, 『조선상식문답속편』, 1946, 고대아세아제연구소, 『육당전집』 3, 현암사, 1973, 119쪽.

18) 종장 제1음보가 3음절로 굳어지고, 제2음보가 5음절 이상으로 확정된 원인에는 여러 가지를 추측할 수 있는데, 그 중 가장 영향을 끼친 것이 바로 시조창과 관련된 시조의 전통이라고 할 수 있다. 황윤석이 『이재난고』에서 "우리나라의 모든 노래(가곡창의 5장으로 부른 시조를 지칭)는 대중소편(大中小篇)을 막론하고 모두 5자로 되어 있으며 제4장은 반드시 3자로 세 번 끊어 노래하는데, 이것은 중국에는 없

초장 : 소음보 / 평음보 / 소음보 / 평음보

중장 : 소음보 / 평음보 / 소음보 / 평음보

종장 : 소음보 / 과음보 / 평음보 / 소음보

　"종장 제1음보와 이에 따르는 휴지는 강한 정서적 중량을 가진 어사(감탄사, 명령형, 감탄의 뜻을 내포한 부사어 등)와 유기적으로 통합되어 이 부분에 각별한 강세를 부여한다. 바로 뒤의 제2음보가 과음보이어서 촉급한 호흡을 가지기 때문에 이 점은 더욱 두드러지게 된다"[19]는 지적처럼 종장 제1음보는 의미상 강세가 위치하는 곳이며, 호흡의 긴장과 이완이 이루어지므로 리듬이 형성된다.

　정리하자면, 시조의 일반적인 형성원리를 살펴봤을 때, 등량화된 자수 혹은 음보라는 말의 마디가 반복, 변형되면서 리듬이 형성된다는 것을 알 수 있다. 등장성(等張性, isochronism)을 운율의 기준으로 삼는 시조에서 많은 음절을 가진 마디는 빠른 호흡을, 적은 음절을 가진 마디는 느린 호흡을 갖게 되고, 이러한 호흡에 따라 리듬이 발생하는 것이다. "율격은 기계적인 성격을 지니고 있으므로 그 자체로 의미 있는 것이 아니지만, 반복과 변화를 적절하게 배합한다면 경험을 기록하는 데에 커다란 효과를 발휘한다. 율격은 시인의 흥분된 정신 상태의 산물이기 때문에

는 형태이다"라고 한 발언 등을 통해 볼 때, 시조의 제1음보는 시조창의 연원에서부터 찾아볼 수 있다. 또한 현대시조의 효시라고 일컬어지는 대구여사(大丘女史)의 「혈죽가」는 줄글 형태와 종장 말구의 생략 등의 특징은 시조창 가사집 『남훈태평가』의 형식을 그대로 계승한 것으로 보인다.(졸고, 「현대시조의 형식론적 계승에 대한 비판적 검토」, 120쪽 참고.)

19) 김흥규, 「한국 시가 율격의 이론 1」, 『욕망과 형식의 시학』, 태학사, 1999, 70쪽.

열정과 충동을 함축하고 동시에 반복되는 질서이기 때문에 의지와 절제를 드러낸다"[20]는 지적처럼 '율격(律格)'의 반복과 변화에 따라 운율이 형성되고, 그에 따라 리듬을 느낄 수 있게 되는 것이다.

그러나 기존의 논의들을 따라가며 살펴봤을 때, 여전히 의문이 제기된다. 첫째, 마디(음보) 구분은 이미 시조라는 것을 전제로 구성된 율격이 아닌가. 둘째, 율격의 반복과 변화는 시의 의미와 연관이 있는 것인가. 셋째, 행갈이나 음운론적 반복에 의해서도 리듬이 발생할 수 있지 않는가 하는 문제다. 여전히 '음보율은 시조의 리듬을 보장하지 않는다'라는 명제가 유효해 보인다.

4. 의미에 기여하는 리듬

각각의 음보를 발음할 때 동일한 시간이 소요(등장성)된다고 가정할 때, 가장 문제가 되는 것은 음보의 경계다. 그것은 통사적 구분에 의한 것이면서 동시에 음성적 구분에 의한 휴지(休止)로 나눠지는 것인데, 그 질서를 명확히 증명할 수 없다. 한국어 화자의 선험적 인식에 의거해 '띄어 읽은 토막'이기 때문이다. 어떤 시조 작품을 두고 시조라는 것을 알지 못하고 읽게 될 때는 4음보를 인식하기 어렵겠지만, 시조라는 사전 정보를 획득하게 되면 어느 정도 규칙적인 음보를 구분할 수 있게 된다. 즉, 음보

---

20) 김인환, 「시조와 현대시」, 『현대시란 무엇인가』, 현대문학, 2011, 22쪽.

를 음성적 구분에 의해 나누는 것은 이미 그 기준 안에 일정한 규칙을 내포하고 있다는 모순을 떠안게 되며, 통사적 구분 역시 시의 문맥과 의미에 의한 것인지 4음보를 맞추기 위한 것인지가 불분명해진다. 시조는 4음보를 전제로 창작되었고, 4음보로 읽는 것을 강요받기 때문이다.

따라서 정형시인 시조는 보편화된 율격을 지향하므로 음보의 반복으로 형성된 리듬은 시조의 장르적 특성에서 촉발된 것이다. 즉, 시조의 율격은 시조 텍스트의 의미와 전혀 연관이 없는 것은 아니지만, 의미 이전에 먼저 발생하면서 동시에 의미 해석에 기여하는 리듬이라고 말할 수 있을 것이다. 그러나 통사적 배분과 구의 경계를 무너뜨리고 음보 혹은 자수 맞추기에 급급하다면, 그 시조가 리듬을 갖고 있다고 말하기는 어려울 것이다. 앞서 언급했듯이 음보율이 시조의 리듬을 보장한다는 것은 하나의 이데올로기에 불과하기 때문이다.

또한 시조의 3장을 3행으로 배열하는 원칙을 고수하는 입장도 생각해볼 필요가 있다. 시조부흥운동을 통해 현대시조를 '발명'한 1920~30년대 시조시인들은 철저히 3행 배열을 원칙으로 지켰지만, 그 이후 시조시인들은 행갈이의 다양성을 꾀했고, 최근의 현대시조 역시 다양한 행갈이를 보여주고 있다. 이에 따라 또 다른 리듬이 발생하는데, 그것 역시 주목해야할 문제라고 생각된다. 그것은 일반 자유시와 비슷한 원리로 리듬을 형성하고 있다고 말할 수 있는데, 3행 배열이 아닌 것에도 시조 특유의 운율이 존재하는지 생각해봐야 할 문제다.

눈 우에 달이 밝다

가는 대로 가고 싶다

이 길로 가고 가면
어디까지 가지는고

먼 말에
개 컹컹 짖고
밤은 도로 깊어져

— 조운, 「설월야」 전문(1934)

어루만지듯
당신
숨결
이마에 다사하면

내 사랑은 아지랑이
춘삼월 아지랑이

장다리
노오란 텃밭에

　　　　나비
나비
　　　　나비
나비

— 이영도, 「아지랑이」 전문(1966)

시조부흥운동이 활발하게 전개되고 있는 상황에서 초중장을 2행으로, 종장을 3행으로 배행한 조운의 작품은 당시 '파격'에 가까웠다. 기존의 3장 3행의 공식을 과감히 깨뜨렸고, 이에 따라 구의 절분과 종장의 절분은 그 나름의 의미를 획득하고 있는 것으로 보인다. 예컨대, "눈 우에 달이 밝다"는 사건과 "가는 대로 가고 싶다"는 의지 사이의 행간에서 사건과 의지 사이의 상관관계와 숨겨진 의미를 해석하게 한다. 또한 종장의 3행 절분은 기존의 1행 배열보다 여운을 주는데 효과적이라고 할 수 있다. 다시 말해 의도된 행갈이는 시각적 배열의 특수한 효과도 있지만, 숨겨진 행간의 의미를 풍성하게 해준다. 이영도의 작품 역시 마찬가지다. '당신'과 '숨결'을 행갈이하면서 들숨과 날숨의 간격과 같은 효과를 주고 있고, 특히 '아지랑이'와 '나비'의 움직임을 시각적으로도 보여주려는 행과 연의 자유로운 배열은 일반적 배열보다 분위기 형성에 훨씬 효과적이라 할 수 있다.

이처럼 시조의 자유로운 배행은 리듬의 단위가 행으로 설정되는 것을 보여주고 있으며, '시각률'[21]을 통해 리듬을 시각적으로 표출할 수 있다. 그리고 의도된 통사적, 음성적 휴지는 일반적인 시조의 규칙성에 구속되지 않고 자유로운 리듬을 형성하며 보다 역동적이고 열린 구조를 획득하게 되는 것이다.

또한 특정 음운의 반복 역시 새로운 리듬 획득에 기여한다.

風紙애 바람 일고 구들은 얼음이다

---

21) 강홍기는 일정한 공간을 점유하고 있는 활자들의 배치에서 느껴지는 리듬감을 '시각률'로 정의하였다. (강홍기, 『현대시 운율 구조론』, 태학사, 1999, 307쪽)

조그만 册床 하나 무릎 앞에 놓아두고
그 위엔 한두 숭어리 피어나는 水仙花

투술한 전복 껍질 발달아 등에 대고
따듯한 볕을 지고 누워 있는 解形水仙
서리고 잠들던 잎도 굽이굽이 펴이네

燈에 비친 모양 더우기 연연하다
웃으며 수줍은 듯 고개 숙인 숭이숭이
하이얀 장지문 위에 그리나니 水墨畫를

— 이병기, 「수선화」 전문(1939)

인용시에서 '숭어리', '수선화', '수선', '서리고', '수줍은 듯',
'숭이숭이', '수묵화를' 등의 'ㅅ' 음가 반복은 하나의 리듬을 형성
하고 있다. 비슷한 음을 특정한 위치에서 반복하는 압운과 다르
게, 시행 곳곳에서 비슷한 음의 반복은 (시적 주체의) '리듬 충
동'[22]을 잘 보여주고 있다. 여기서 전제되는 것은 의미론(뜻)과
형식론(소리)이 결합하고 있는 것이 리듬이며, 개별 음소의 반복
역시 리듬의 단위가 될 수 있는 것이다. 물론 특정 음운이 지속

---

22) 권혁웅은 최근 조재룡의 '프로조디'를 한국어의 실정에 맞게 '소리-뜻'으로 치환하
여 활발한 연구를 진행하였다. 그는 시에서 특수하게 출현하는 리듬을 주체의 '리
듬 충동'에 의한 것으로 보았다. 그와 관련된 연구는 다음과 같다. 「한국 현대시의
리듬 연구」, 『우리어문연구』 46, 2013 ; 「소리-뜻을 중심으로 구성되는 현대시의
리듬 : 「님의 침묵」, 「별헤는 밤」을 중심으로」, 『한국문학이론과 비평』 17, 2013 ;
「김소월 시의 리듬 연구 : 소리-뜻(프로조디)을 중심으로」, 『한국시학연구』 37,
2013 ; 「서정주 초기시의 리듬 연구 : 『화사집』을 중심으로」, 『상허학보』 39, 2013
; 「이육사 시의 리듬 연구」, 『한국시학연구』 39, 2014 ; 「정지용 시의 리듬 연구」, 『
한국근대문학연구』, 2014 ; 「현대시에 나타난 병렬과 병행-리듬 충동을 중심으로
」, 『한국문예비평연구』 45, 2014.

적으로 반복된다고 해서 무조건 리듬을 형성한다고 말하기는 어렵다. 특정 음운은 반드시 시의 의미와 관계해야 한다. 예컨대, 인용시에 나타난 'ㅅ' 음가는 수선화를 형상화하거나 수선화와 관련된 어휘들로서 수선화의 이미지를 확장시키고 있다. 이처럼 음운의 반복 역시 시조의 장르적 특성과 별개로 새로운 리듬의 출현을 가능하게 한다고 말할 수 있다.

5. 리듬이라는 통합체

리듬은 텍스트적 실체가 아니다. 리듬은 언어를 매개로 하지만 언어 그 자체가 리듬은 아닌 것처럼, 리듬은 경험될 때 리듬이 된다. 여기서 리듬의 경험이라는 것은 텍스트로부터 시각적 혹은 청각적인 운동의 흐름을 감지한다는 뜻인데, 그것은 작가와 독자, 혹은 텍스트와 독자 사이의 코드이자 소통이라고 말할 수 있을 것이다. 이에 따라 현대시조라는 정형시에서 리듬은 음운론, 통사론, 의미론 모두와 연관되어 있으며, 이들의 통합체가 곧 리듬이다.

여기서 특별히 시조는 '정형률(음보율)'을 가지고 있는데, 이것 역시 마찬가지로 통합체로 기능하는 것이지, 정형률만 개별적으로 존재하거나 기능하기는 어렵다. 물론 시조는 4음보를 전제로 창작되었고 4음보로 읽는 것을 강요받지만, 그것을 '규칙'으로만 본다면 모든 시조는 하나의 리듬만 갖고 있다고 말해도 지나치지 않을 것이다. 그러므로 '모든 시조는 각자의 리듬을 갖고 있다'는 명제가 성립할 수 있다면, 그 리듬은 분명 의미와 연관되어야 할 것이다. 여기서 의미는 역사와 사회 혹은 인간에 대한 주관적 재현, 개별 주체의 주체성이 최대한 발휘될 때 발생하는 것이다. 그러므로 시조의 리듬은 늘 새로운 세계 안에서 구성되며, 새로운 세계는 새로운 언어와 형식에 의해 구축된다. 그것을 '리듬 충동'이라고 부를 수 있다면, 시조는 리듬 충동의 로고스와 파토스를 동시에 보여주는 양수겸장(兩手兼將)의 문학 장르라고 불러도 될 것이다.

따라서 이렇게 다시 말할 수 있겠다. "시조의 음보는 언제나 의미와 관계한다".

시조는 무엇을 원하는가 :시조의 미래, 미래의 시조

― 세미나 〈시조 대중화를 위한 창의적 통섭과 융합〉 중
시조와 미술과의 통섭에 관하여

1.

세미나 주제인 '시조 대중화를 위한 창의적 통섭과 융합'은 크게 세 가지 문제로 나눠볼 수 있다. 첫째는 시조 대중화의 문제, 둘째는 창의성의 문제, 셋째는 통섭 혹은 융합의 문제. 가장 목적이 되는 '시조 대중화'가 '창의적 통섭과 융합'으로 가능한 것인지는 묻는 이 자리에서, 시조 대중화의 필요성부터 짚고 넘어가 보자. 어떤 예술 장르든 간에 대중성은 항상 예술성의 반대항에 자리했다. 작가주의 또는 실험주의적 성향이 짙은 예술 장르와 작품은 대중에게 외면받을 수밖에 없고, 대중적으로 인기를 얻는 장르와 작품은 '작품성'과 '깊이'의 문제에서 자유롭지 못하다. 예술은 대중성과 예술성 사이를 진자의 추처럼 오가면서 양극단 중 한쪽을 추구하거나 중간 지점에서 타협을 보는 방식으로 현재까지 존재해 왔는데, 과연 시조'는' 어떤 방식으로 존재해야 할까. 이는 대부분의 예술 장르가 갖고 있는 딜레마이므로 시조 역시 어느 한쪽을 선택하긴 어려울 것이다. 물론, 여기서 전제가 되는 것은 시조가 계속 존재해야 한다는 당위인데, 만약 이를 민족-문학 혹은 전통-장르의 문제로 회귀시키면 다양한

한계에 직면한다는 것 또한 간과해서는 안 된다.

헤겔에 따르면 예술작품(Kunstwerk)은 시대정신의 표현이자 현실에 현상하는 아름다움(美)에 대한 개별적, 직접적 형태를 가진 것이고, 예술미는 영원한 것이자 완결된 것인데, 우리는 시조를 (의도적으로) 후자의 것으로 보려고 하는 것은 아닌지 자문할 필요가 있다. '시조미학'이라는 어휘가 바로 그것인데, 시조의 특수성이 시조의 존재론을 곧바로 확보해주지'는' 않는다. 시조라는 장르가 한 시대의 시대정신과 관계가 없다면, 곧 폐지될 것이다. 신라의 향가나, 조선의 경기체가, 악장처럼 말이다. 다시 말해, 시조가 후자의 것이라면 굳이 '시조 대중화'를 말할 필요가 없을 것이나, 시조가 전자의 것이기 때문에 우리가 이 자리에 있는 이유일 것이다. 그렇다면 시조는 현 21.3세기 한국의 시대정신을 어떻게 표현하고 있고, 현실에 현상하는 미학을 어떤 방식으로 제시하고 있는가.

이를 위해 주어진 키워드가 '창의성'과 '통섭(융합)'인데, 창의성이 대중의 흥미를 자극하고 관심을 이끄는데 1차적 역할을 감당한다면, 2차적으로 '통섭(융합)'이 대중에게 시조 향유를 불러일으킬 수 있는 매력으로 다가와야 한다. 여기서 통섭(統攝, consilience)은 학제 간 접근을 넘어선 초학문적 접근을 지향하는 것인데, 본고는 '현대시조와 미술의 통섭'을 담당하고 있으므로, 현대시조와 미술이 어떻게 통섭 가능한지 살펴보는 일과 더불어 그 작업이 창의성을 얼마나 담지할 수 있는지까지 검토하고자 한다. 이는 현대시조와 인접 장르 간의 교섭을 살피는 일과 더불어 현대시조의 존재론 또한 살펴보는 일이 될 것이다.

2.

동서고금을 막론하고 시와 미술은 밀접한 관계가 있는 것으로 간주하였다. 중국 당나라 시인 소식의 "시중유화 화중유시(詩中有畵 畵中有詩)", 조선 세종 때의 학자 성간의 "시는 소리가 있는 그림이요, 그림은 곧 소리 없는 시이니, 예부터 시와 그림은 하나여서, 그 경중을 조그만 차이로도 가를 수 없다(詩爲有聲畵 畵乃無聲詩 古來詩畵爲一致 輕重未可分毫釐)", 로마의 시인 호라티우스의 "시는 그림처럼(ut pictura poesis)", 르네상스의 문학이론가 필립 시드니의 "시는 말하는 그림(a speaking picture)" 등의 언급에서 시와 미술은 매우 각별한 유비 관계를 맺고 있음을 확인할 수 있다.

그러나 여기서 우리가 유의할 것은 두 장르의 존재 방식이 상대의 장르와 비슷한 것이지, 두 장르가 실체적 관계를 맺고 있는 점은 아니라는 것이다. 즉, 어떤 그림을 소재로 시를 썼다거나, 어떤 시를 소재로 그림을 그렸다는 것은 장르 간의 차원 낮은 교류에 불과하다. 시는 회화의 방식으로, 회화는 시의 방식으로 존재하는 것이지, 직접적인 교류로 서로에게 영향을 주는 것은 존재론에 있어 중요하지 않다는 말이다. 따라서 우리가 검토해야 할 작업은 회화를 소재로 한 시조가 아니라, 회화의 방식으로 존재하는 시조와 그 가능성이다. 그러나 여기에 본 세미나의 주제에 따른 제약이 따라붙는다. '대중화를 위한 창의적 통섭과 융합' 그리고 '현대시조와 미술의 통섭과 융합'이 그것이다. 시조와 미술이 대중화를 위해 창의적 통섭(융합)해야 한다는 말인데, 여기에는 두 가지 단서가 조항으로 작동한다. 시조와 미술의 통섭(융합)이 대중화에 기여할 수 있고 또한 창의적이어야 한다는 것이다. 물론, 앞서 언급했듯이 창의성이 대중성의 전제 혹은 토대가 될 수 있다.

따라서 본고는 다음의 세 가지 문제를 살펴볼 것이다. 첫째 시조의 미술적 특질이 무엇인지의 문제, 둘째 통섭되기 위한 시조의 특성 문제, 셋째 시조가 미술과 어떤 방식으로 통섭되어야 창의적이고 대중화에 기여할 수 있는지의 문제가 바로 그것이다.

가장 먼저 시조의 미술적 특질이 무엇인지부터 살펴보자. 이는 미술에서 가장 중요한 특질이라 할 수 있는 이미지 문제와 재현 문제를 통해 확인할 수 있다. 특히 이미지 문제는 이미지(image)의 어원을 통해 살펴볼 수 있는데, 이미지의 어원은 크게 세 가지로 나뉜다. 첫째는 '에이돌론(Eidolon)'으로 모양 혹은 형태를 뜻하는 에이도스(Eidos) 혹은 이데아(Idea)로부터 파생된 것으로 가상(비현실) 혹은 비가시적인 세계, 둘째는 '아이콘(Eikon)'으로 에이도스를 모방하는 것, 셋째는 '판타스마타(Phantasmata)'로 환상(fantasy)의 어원으로 에이도스를 거부하는 환영(시뮬라크르)이라 할 수 있다. 이를 정리하면 아이콘은 에이도스를 모방하므로 원본이 있지만, 판타스마타는 에이도스와 상관없이 원본이 없다. 이에 따라 이미지에 대한 재현의 문제 역시 불거진다. 이미지의 재현론(리얼리티)과 환상성(신비주의)이 바로 그것이다. 전자는 아이콘, 후자는 판타스마타의 문제인데 이 대립은 곧, 모방과 재현의 문제로 이어진다.

예술작품의 모방 혹은 재현의 문제는 20세기 들어 손쉽게 정리되었다. 예술은 자연의 모방, 예술품은 이데아의 복사물에 불과했다고 믿었던 '미메시스(mimesis)'라는 개념은 루이 다게르의 사진기 발명(1839) 이후 인상주의에 의해 폐기되었다. 인상주의에 들어 예술가는 자연을 모방하는 것이 아니라, 자신의 내면을 작품으로 표현하는 것으로 패러다임이 전환되었고, 예술작품은 예술가 개성에 따른 재현(re-presentation)이 되었다. 더욱이 초현실주의 화가 르네 마그리트의 〈이미지의 배반(La trahison des images)〉에서 파이프 그림 아래 새겨 있는 '이것은 파이프가 아니다(Ceci n'est pas une pipe)'라는 문구는 그림으로 재현된 이미지 역시 사유된 이미지임을 드러낸다. 이 그림과 관련하여 미셸 푸코는 언어와 이미지가 임의적 관계를 맺고 있다고 밝힌 바 있다(미셸 푸코,『이것은 파이프가 아니다』).

회화를 포함한 예술작품의 이미지-재현 문제는 하이데거로부터 새로운 분기점이 만들어졌다고 해도 과언이 아닌데, 그는 반 고흐의 〈구두〉라는 그림을 해석하면서 예술작품은 그 속에 진리를 현전시키고 있으며, 예술작품은 대상을 단순히 모방하거나 재현하는 것이 아님을 밝힌다. 이후 후기 구조주의자들에 의해 예술작품은 단일한 의미로 환원되지 않으며 다양한 역량과 충동과 차이가 생성되는 자리임을 확인할 수 있다. 특히 시의 경우 철학보다 더 철학적이라는 특별한 지위를 부여받았다. "시는 언어 속의 명령처럼 스스로 드러내고, 그러면서 진리를 생산한다. 반면, 철학은 어떤 진리도 생산하지 않는다. 철학은 진리들을 전제하고, 의미와의 분리의 고유한 체제에 따라, 빠져나옴의 방식으로, 진리들을 분배한다."[23]는 지적처럼 시는 그 자체로

23) 알랭 바디우,『조건들』, 이종영 역, 새물결, 2006, 1398쪽.

하나의 사유이고, 철학은 사유에 대한 사유라 할 수 있다. 더욱이 말라르메 이후 현대의 시(poème moderne)는 사유인 동시에 자기 자신에 대한 사유까지 하려 하므로 시는 철학과 동등한 혹은 우월한 지위를 얻게 되었다.

따라서 이제 시를 비롯한 예술작품은 재현과 모방의 문제로부터 자유롭게 되었고, 이제부터 시는 스스로 원본이자 사유가 되었으니 재현의 불가능성을 논하는 것은 불필요해 보인다. 물론, 그렇다고 해서 이미지에 과도한 권력을 부여한 나머지, 개인의 주관과 감각이 지나치게 확대된 혹은 미분된 미적 체험에 대한 이미지에 대한 믿음과 추종은 유의할 필요가 있다. 또한 2000년대 한국시에 나타난 '미래파' 이후 '신서정' 혹은 'new wave'라 불리는 'post-미래파'의 작업에 대한 혹독한 비판에 이어, 이들의 난해시에 대한 대안 혹은 처방전으로서 현대시조를 호명하는 일 또한 경계할 필요가 있다. 시와 시조의 차이를 언급할수록 시조 스스로 열등감을 드러낼 뿐이다. 이제 시와 시조는 그 자체로 사유이자 사유에 대한 사유가 되었다.

이 가운데 언어와 이미지 문제를 새로운 시각으로 사유한 미첼의 논의는 주목할 만하다. 그는 '이미지는 무엇을 의미하는가?', '이미지는 무엇을 행하는가?'라는 질문이 아니라, '이미지는 무엇을 원하는가?'라는 질문을 제시한다. 즉 이미지와 관련하여 우리가 질문할 것은 이미지에 따른 의미와 힘의 문제가 아니라 욕망의 문제라는 것인데, 이때의 욕망은 타자와의 관계에 따른 것이므로 이미지는 사회적인 것이다.

이미지는 인간 숙주의 삶과 그것을 재현하는 사물들의 세계와 나란히 공존하는 사회적 집단을 형성한다. 이 때문에 이미지는 '제2의 자연'을 구성하는 것이다. 철학자 넬슨 굿맨의 표현에 따르자면, 이미지는 세상에 대한 새로운 배치와 지각을 만들어내는 "세상을 만드는 방식"이다.[24]

이는 세계의 낡은 감각적 분할 또는 분배(나눔)를 파괴하고 새로운 분배로 전환시키는 랑시에르의 작업[25]과 비슷한 맥락으로 보인다. 랑시에르는 기존 체제의 고착화로부터 발생하는 말에 대한 충돌, 시니피앙-그물과의 충돌, 억압적 구조와 그 구조로부터 벗어나려는 욕망의 충돌이 문학(언어)을 통해 이뤄질 것을 제시하였고, 미첼의 논의도 이와 같다. 미첼에 따르면, 이미지는 세상에 대한 새로운 배치와 새로운 감각과 지각을 만들어내는 '세상을 만드는 방식'이다. 세계상(world picture)의 구현, 또는 그것에 따른 이미지의 생성과 존재는 시대정신에 의한 것이다.

이와 같이 미술과 관련한 이미지 문제를 간단하게 다루면서 우리가 처한 상황은 바로 다음의 문장으로 정식화할 수 있다. '시조는 무엇을 원하는가?' 이미지가 원하는 것은 이미지가 무엇을 원하느냐는 질문을 받는 것처럼, 시조 역시 시조가 무엇이어야 하는지 질문받는 것이 시조가 원하는 것이다. 우리는 시조에게 어떤 욕망을 투사하고 있고, 시조가 무엇이 되기를 원하는가. 세상에 대한 새로운 배치를 만들어내는 '세상을 만드는 방식'으

---

24) W. J. T. 미첼, 『그림은 무엇을 원하는가—이미지의 삶과 사랑』, 김전유경 역, 그린비, 2010, 141쪽.
25) 자크 랑시에르, 『감성의 분할-미학과 정치』, 오윤성 역, 도서출판b, 14쪽.

로서 시조는 무엇인가. 이에 덧붙여 우리 시조가 미술과의 통섭을 통해 대중화에 이르려는 작업은 어떤 욕망인가.

3.

랑시에르는 "예술은, 그것을 예술로 보는 눈이 없이는 존재하지 않는다"[26]고 말한다. 어떤 것이 예술로서 인정되고 인식되기 위해서는 그것을 예술로서 경험하고 규정하는 특정한 관점이 있어야 한다는 뜻이다. 예컨대 어떤 그림이 존재한다고 해서 곧바로 예술로 간주되는 것이 아니라, 그것을 예술로 바라보는 시각 혹은 경험이 있어야 한다. 이러한 문제 제기는 예술이 다른 실천들 및 존재 방식과 구별해주는 것이 과연 존재하는가 하는 물음에 의한 것이다. 이에 따라 시조의 존재론 역시 고찰해볼 수 있는데, 시조 또한 시조로 보는 눈이 없이는 존재하지 않는다고 말할 수 있지 않을까. 그렇다면 시조를 시조로 보는 눈—그 욕망은 무엇인가. 이와 더불어 시조와 미술이 어떤 방식으로 통섭될 수 있는지, 통섭된다면 얼마나 창의적일 수 있고, 대중화에 얼마나 기여할 수 있을지 함께 생각해볼 수 있을 것이다.

가장 먼저 시조라는 장르의 특성을 생각해보자. 시조와 반대편에 위치한 (자유)시 또는 산문과 비교할 때 확실한 차이점은 정형률이라는 리듬일 것이다. 그러나 문제는 시조로 알고 읽으려 할 때 율격론적 수정이 무의식적으로 가해진다는 것[27]이다.

26) 자크 랑시에르, 『이미지의 운명』, 감상운 역, 현실문화, 2014, 137쪽.
27) "율격이란 시행 그 자체에 음성으로 존재한다기보다 청각적 영상(auditory

어떤 시조 작품을 두고 시조라는 것을 알지 못하고 율독하게 될때는 4음보를 인식하기 어렵겠지만, 시조라는 사전 정보를 획득하게 되면 어느 정도 규칙적인 음보를 구분할 수 있다. 이에 따라 시조를 '3행시'라 부르는 관점도 있고, 3행 배열을 고집하면서 3행이 아닌 것을 정형률의 파괴로 보는 관점도 있다. 여기서 가장 중요한 것은 불문율이라 여겨지는 초 · 중 · 종장 3장과 종장 첫 3음절 이후 5음절이라는 시조의 리듬인데, 이것이 드러나는 방식으로 미술과의 접점 혹은 통섭의 가능성을 따져볼 수 있을 것이다. 이는 여전히 논쟁적일 수밖에 없는데, 그나마 있는 자유시와 차이가 지워지면서 자유시와 시조가 유사해지기 때문이다.[28]

어루만지듯
당신
숨결
이마에 다사하면

내 사랑은 아지랑이

---

imagination)으로 존재하며, 온전하게 갖추어져 있다기보다는 잠재력 (potentiality)으로 감춰져 있는 것이다"(Benjamin Hrushovski, 'On Free Rhythms in Modern Poetry', *Style in Language*, T. A Sebeok ed. p.181. 김홍규, 「평시조 종장의 율격 · 종사적 정형과 그 기능」, 『욕망과 형식의 시학』, 태학사, 1999, 63쪽 재인용.)

28) 물론 이때의 시조는 대문자 혹은 광의의 시 장르에 속하는 것이지만, 간혹 몇몇 논자들이 소문자 혹은 협의의 시와 시조를 비교하면서 혼란을 자초하기도 한다. '시조는 시가 아니다'라는 정식에서 시는 협의의 시, 우리가 흔히 말하는 자유시에 한정된 것이다. 또한 '시조는 먼저 시가 되어야 한다'라고 말했을 때는 시는 협의의 시가 아니라 광의의 시, 산문이 아닌 운문에 한정된 것이다. 따라서 시조는 시 장르중에 하나면서 자유시와 변별되는 특징을 갖고 있으므로, 시조 스스로 존재론을 확립하기 위해서는 시라는 장르의 이해를 전제로 시조만의 특수성을 살펴야 한다.

春三月 아지랑이

장다리
노오란 텃밭에

　　나비
나비
　　나비
나비

　　　　　　　　— 이영도, 「아지랑이」 전문(『석류』)

　　백자
　항아리에한웅
큼꽃을꽂는다순간
　항아리는항아리가
　아니다섬뜩한
　파열음을안고
　변질하는
　그고고의
　투명

　　　　　　　　— 박기섭, 「백자」 전문(『默言集』)

고두이던살　　다는놓을길
떠　　　　　　원
난　　　　　　여
녹　　　　　　에
슨　　　　　　끝
물　　　　　　지

펌   가

프   감

에   은

낮   굽

뻐꾸기울음만이무시로건너와서휘

— 박기섭, 「빈집」 전문(『키 작은 나귀 타고』)

이영도의 「아지랑이」는 1966년 4월 12일자 중앙일보에 발표되었는데, 그 당시 행과 연의 자유로운 배열과 시각적이고 공간적인 색다른 배열로 시조계의 큰 주목을 받은 동시에, 보수적인 입장의 논자들로부터 많은 비난을 받았다고 한다. 예컨대, 1960년대 당시 시조론에 대한 다양한 글을 발표한 이우종은 이영도의 작품과 관련해 "시조가 요구하는 정형에서 벗어난 작품은 또 다른 유형의 시는 될지언정 결코 시조가 아니라는 사실"[29]이라고 지적하며 시조 형식에 대한 보수적 관점을 잘 보여주고 있다.

그러나, 나비가 자유롭게 나는 모습을 활자로 이미지화한 이영도의 「아지랑이」부터 시작해, 박기섭 시조에 나타나는 '시각률' 즉 '시각 은유'는 언어적 정보에 새로운 이미지를 더하거나 대체하여 시가 품고 있는 메시지를 보다 빠르게 이해하며 감정의 반응을 이끄는 방식[30]이라 할 수 있다. 인용시에서 확인할 수 있듯이 시조의 장과 구를 자유롭게 배열하면서 시각화된 이미지, 회화적 이미지로 특정한 효과를 의도하였다. 「백자」에서

---

29) 이지엽, 『한국 현대 시조문학사 시론』, 고요아침, 2013, 73쪽.
30) 김보람, 「현대시조의 리듬 연구—김상옥, 윤금초, 박기섭을 중심으로」, 고려대 박사학위논문, 2021, 144쪽.

는 백자의 형상을 환기할 수 있도록 띄어쓰기 없이 단어를 배치시켰고, 「빈집」에서는 음절 단위로 비어 있는 집을 형상화하였다. 이를 두고 혹자는 '실험' 혹은 '파격'이라는 말을 하기도 하고, '파괴' 혹은 '와해'라는 말을 하기도 한다. 이와 유사한 실험을 보여주고 있는 시인들의 작품에 대한 우려의 시선 역시 존재하는데, 자유로운 시행 배열이 시조 특유의 리듬을 깨뜨리고 있지는 않은지, 그래서 그 작품은 시조가 아니라 자유시 같다는 우려가 바로 그것이다. 따라서 자유로운 활자 배열 또는 자유로운 배행을 통해 회화처럼 이미지에 따른 새로운 효과를 가져온다고 해도, 그것이 시조의 리듬을 유지하고 있는지의 문제는 보다 신중한 접근이 요청된다. 회화처럼 형상화하는 일은 '굳이' 시조가 아니라도 가능하며, '굳이' 정형시인 시조가 본연의 리듬을 파괴하면서까지 회화의 이미지를 만들어갈 필요가 없기 때문이다.

이 가운데, 문학 장르 시조와 음악 장르가 만나는 유사한 방식을 경유해서 시조와 미술의 통섭을 생각해보자. 시조가 음악(가곡)화되는 일은 일단 어렵지 않다. 시와 시조 모두 음악의 원리인 리듬을 갖고 있으며, 원래 시조창의 가사였던 시조는 곧바로 노랫말이 될 수 있다. 대체로 그동안 시조는 가곡이나 대중가요의 가사로 차용되면서 대중화를 꾀하려 했다. 지난 2020년 11월 14일 사)한국시조시인협회 목포 좌담회 〈대중가요와 시조의 미래〉(이후, 원고는 ≪시조시학≫ 2020년 겨울호에 수록)에서 알 수 있듯이 "정형시와 가곡의 호혜적 결속 사례를 많이 발굴하여 '노래로 불리는 시조' 혹은 '시조로 읽히는 음악'이라는 예술적 차원을 경험케 하는 것이 매우 중요하다"[31]는 유성호의 지적처럼 '시조노래운동'의 가능성을 생각해볼 수 있을 것이다.

여기서 본고가 주목하는 것은 최근에는 (자유)시와 랩의 중간 지점에서 '반시반랩'의 형태를 띠는 '포에트리 슬램(poetry slam)'이다. 일군의 젊은 시인과 사회운동가를 중심으로 최근 시단에서 적극적인 움직임을 보이고 있다. 미국의 '비트제너레이션' 중 앨런 긴즈버그에서 시작된 포에트리 슬램은 낭독용 시를 쓰고 그 시를 힙합 비트에 맞춰 랩으로 부른다. 쉽게 말해 랩인지 시 낭독인지 알기 어려운 퍼포먼스인데 이들은 이러한 퍼포먼스를 '스포큰 워드(Spoken Word)'라고 부른다. "시인들은 시에 비트에 감각을 살려 슬램처럼 써서 발표하기도 하고 래퍼들은 정형화된 리듬을 벗어버리고 시적 비트를 만들어 대중들과 만나고자 한다"[32]는 김경주의 소개처럼, 포에트리 슬램을 주도하는 시인들은 소량 출판으로 소수에게만 소비되고 휘발되는 시집에 매력을 갖지 않는다. 그들은 음원 발표나 무대를 통해 자신들의 시를 발표하고 전달하며, 세계 전 지역에서 다양한 슬램 대회와 함께 적극적인 활동을 보이고 있다. 최근 한국에서도 시낭독회 혹은 시낭송회 그리고 문학-콘서트(북-콘서트)라는 기존의 시-읽기의 형식에서 벗어나 포에트리 슬램의 무대를 어렵지 않게 찾아볼 수 있다.

이와 같이 세계적인 대회도 열리면서 활발하게 공연되고 있는 포에트리 슬램처럼, 시조가 보다 대중에게 '퍼포먼스'적으로 접근할 수 있고, 그 가운데 미술과 통섭할 수 있는 실험 혹은 장르가 과연 가능할까.

---

31) 「특집-대중가요와 시조의 미래」, ≪시조시학≫, 2020년 겨울호, 200쪽.
32) 김경주, 「새로운 시적 샷건, 포에트리 슬램」, ≪VOGUE KOREA≫, 2019. 01. 07.

4.

그렇다면, 상술한 시(시조)와 음악과 같이 시조와 미술의 통섭은 어떻게 가능하겠는가. 가장 먼저, 시조의 활자가 이미지로 구현되는 여러 방식을 생각해 볼 수 있을 것이다. 활자가 이미지로 구현되는 예술 장르를 생각해보면, 타이포그래피(typography)로서 활자 자체를 예술 형식으로 보는 다양한 '아트'를 떠올릴 수 있다. 예컨대 '타이포그래피 아트'라 할 수 있는 캘리그래피(calligraphy), 그래피티(graffiti art), 벽화 드로잉, 미디어 아트 등을 꼽을 수 있는데, 이들의 공통점은 텍스트의 의미 전달과 함께 심미적 감상을 위해 활자를 이미지로 바꾸는 것(타이포그래피)을 주된 미학적 실천으로 삼는다는 점이다. 이에 따라 관람자는 타이포그래피의 아름다움과 새로운 실험에 대한 감상이 선행되고 텍스트의 내용에 대한 이해가 후행되지만, 그렇다고 해서 텍스트의 내용이 소홀히 다뤄지진 않는다. 텍스트 내용에 알맞은 타이포그래피가 구성되기 때문이다.

더욱이 전통적인 미술 형식에서 벗어나 미디어 아트(디지털 아트)가 더욱 주목받는 최근, 이제 우리는 더 이상 미술관 벽에 전시된 그림 앞에 서 있지 않는다. 스토리텔링을 갖춘 여러 작품이 현란하게 재현되는 LCD 패널 앞에서 우리는 터치도 하고 모션도 취하면서 '인터랙션(interaction) 예술'을 경험한다. 미술관이나 전시관에 가지 않아도 증강현실(AR)로 작품을 아주 자세히 감상할 수 있으며, 이제 우리는 가상현실(VR)을 뛰어넘어 메타버스(metaverse)에서 미적 경험을 하고 예술작품을 감상하게 되었다. 게다가 디지털 암호화된 NFT(Non Fungible Token) 미술까지 등장하면서 전통적인 미학으로 예술작품을 해석하기 어려워졌다. 여기에 덧붙여, 유튜브, 넷플릭스와 같은 영상 매체에 보다 익숙해진 현대인에게 예술은 기존의 방식을 더 이상 고집하기 어려워졌으며, 짧은 영상에 익숙해진 현대인에게 예술작품은 점차 클립 영상처럼, 또는 유튜브 쇼츠(shorts)처럼 '짤'의 형식으로 존재하게 될지도 모른다.

따라서 시조와 미술의 통섭도 이와 같은 맥락에서 가능성을 따져 볼 수 있다. 이제, 시조는 타이포그래피의 형식을 지나 미디어 아트와 메타버스로 향할 수 있다. 물론 시조의 정형률이 타이포그래피화 될 때 어느 수준까지 유지될 수 있을지는 장담하기 어렵다. 그러나 타이포그래피가 종장을 강조할 수 있는 방식으로 구성될 수 있다면, 시조의 리듬을 온전히 살리면서 심미적인 이미지를 보여줄 수 있다면, 가능성'은' 충분할 것이다. 예컨대 시조의 정형률과 더불어 종장을 강조할 수 있는 캘리그래피, 그래피티, 미디어 아트 등의 가능성은 열어두면서 동시에 이들 작가들과의 연대와 협업(collaboration)이 가능하다면, 창의성과 대중성을 모두 확보할 수 있지 않을까. 물론, 실험과 일회적 기획에 머물 가능성 역시 높지만, 이러한 새로운 시도는 분명 창의성과 더불어 대중성을 확보하는 데 조금이나마 도움이 될 것이다.

시조는 소수의 시인들 시집에 언제까지 갇혀 있을 것인가. 시인들끼리 열심히 창작열을 돋우고 세미나도 하며 세계화를 꿈꾼다고 한들, 시조는 여전히 지면에 갇혀 있을 뿐이다. 이제 시조는 거리로 나가야 할 것이다. 시조는 '페이퍼 시조(Paper Sijo)'가 아니라, '스트릿 시조(Street Sijo)', 퍼포먼스(performance)

로서의 시조가 되어야 한다.

시조의 고유성을 해친다고 말하거나, 시조의 본질 또는 정신을 잃는다는 우려와 비판 역시 존재할 것이다. 그러나 앞서 언급했듯이 시조 역시 시대정신을 반영하는 문학 장르다. 시대정신이 본질이다. 시대의 선택을 받지 못한다면, 시대를 오롯이 담아내지 못한다면 시조는 곧, 어느 박물관의 유물실에 전시될 것이다. 모든 사람이 실험할 수 없고, 모든 사람이 정격을 지킬 수 없다. 다양한 시도와 끊임없는 변혁만이 시조의 지경(地境)을 넓힐 것이다. 그때 시조는 '이미' 대중의 시조가 되어 있을 것이다.

마지막으로 시조의 질문에 우리가 답할 차례가 왔다. '시조는 무엇을 원하는가?'

"우리는 시조로 새로운 세계를 만들 것이다."

제 2 부

당신을 닮아가는 시

김상옥의 시조 미학과 현대시조의 리듬
— 김상옥론

1.

초정 김상옥[1]은 1920년 5월 3일 경남 통영에서 태어나 2004년 10월 31일 향년 85세로 타계하였다. 초정은 시와 시조, 동시 등을 평생 써왔지만 '시조시인'으로 널리 알려졌기 때문에, 가람 이병기, 노산 이은상을 위시한 '현대시조' 생성기의 맥을 이어 현대시조를 확립했다는 시조 문학사적 의의가 강하게 부여되었다. 한국문학의 '암흑기'라 할 수 있는 1940년대 식민지 후기와 1950년대 한국전쟁기에 부재한 현대시조를 써나갔기 때문이다. 40년대 후반에서 50년대 후반까지 몇 안 되는 시조시인 중 초정은 한국 시조사에서 현대시조의 생성기와 개척기, 그리고 정립기를 잇는 중요한 교두보 역할을 자임해야 했고, 이는 그를 시조시인이자 소위 '대가(大家)'라는 칭호를 부가하기에 부족함이 없었

---

1) 초정 김상옥(草丁 金相沃)은 1936년 조연현 등과 〈아(芽)〉 동인, 1937년 김용호, 함윤수 등과 〈맥(脈)〉 동인으로 활동하였고, 1939년 10월 ≪문장≫에 가람 이병기의 추천으로 「봉선화」를 발표했으며, 같은 해 동아일보에 시와 동요가 당선되었다. 시조집 『초적(草笛)』(1947), 시집 『고원(故園)의 곡(曲)』(1949), 『이단(異端)의 시(詩)』(1949), 동시집 『석류꽃』(1952), 시집 『의상(衣裳)』(1953), 시집 『목석(木石)의 노래』(1956), 동시집 『꽃 속에 묻힌 집』(1958), 삼행시집 『삼행시 육십오편(三行詩 六十五編)』(1973), 산문집 『시(詩)와 도자(陶磁)』(1975), 회갑기념시집 『묵(墨)을 갈다가』(1980), 고희기념시집 『향기 남은 가을』(1989), 시조집 『느티나무의 말』(1998) 등을 발간하였다.

다. 물론 식민지 수탈과 한국전쟁의 포화를 비교적 덜 받았던 조선땅 최남단 통영이라는 지리적 요인으로 인해 작품 활동이 어느 정도 가능하지 않았을까 하는 추측도 조심스럽게 할 수 있다.

초정을 "노산 이은상의 관념적 특징과 가람 이병기의 사실적인 감각이 취합된 것"[2]이라는 평가나, 시조사의 한 획을 그었으며 가람, 노산 등을 뛰어넘었다[3]는 평가, 초정의 시가 더 이상 고시조의 유교적 계몽과 관념화된 자연이 아니라 주체와 대상 사이에서 나타나는 난맥상을 다양하고도 섬세한 무늬로 묘사함으로써 근대 시조사의 뚜렷한 전범으로 작동한 것[4]이라는 평가 등과 더불어, 초정이 잃어버린 대상으로서의 고향을 희구하며 근원을 향하는 과정에서 민족정신과 전통 세계를 재발견하게 되었고, 절제된 시어와 여백의 예술관이 한국적 풍류로 나타났다[5]는 평가나, 초정이 공동체와 혈연의 정감을 고취해야겠다는 의지가 민족정신을 일깨우는 것으로 나타났다[6]는 평가 등을 통해 자연스럽게 형성된 '시조=전통=민족'이라는 등식을 기존 초정 연구에서도 확인할 수 있다. 이를테면, "일제 강점기 때, 전통을 고수하고자 하는 자세는 곧 항일의 자세이기도 하다. 따라서 당대의 시조시인들에게 전통은 변하지 않는 '우리의 것'이며, 미래로 계승해 나아가야 할 과거의 '어떤 것'이기도 하다"[7]는 지적에서 알 수 있듯이, 식민지 시인, 특히 한국 전통 시가 장르라 말하는 시조를 '이어가는' 시인에게 특별한 지위를 부여하는 일은, 이

2) 유성규, 「艸丁金相沃의 詩世界」, 『時調生活』 1, 시조생활사, 1989, 53쪽.
3) 이근배, 「艸丁金相沃의 作品」, 위의 책, 61쪽.
4) 유성호, 「초정 김상옥의 시조 미학」, 『비평문학』 43, 2012.
5) 김귀희, 「초정 김상옥 시조 연구」, 『돈암어문학』 19, 2006.
6) 이순희, 「김상옥 시조의 전통성과 시대정신」, 『시조학논총』 34, 2011.
7) 강호정, 「이호우와 김상옥 시조 비교 연구」, 『시조학논총』 49, 2018, 46~47쪽.

제 익숙하다.

　일제강점기에 모국어(母國語) 한글로 작품을 쓴다는 사실만
으로도 충분히 저항의지를 드러냈다고 말하면서, 항일운동을 하
다 옥고를 치렀다면 '항일시인', '민족시인'이라는 평가도 따라붙
는다. 식민 지배를 겪은 한국문학의 특수성에 따른 것이겠지만,
'시조-시인'의 경우, 더욱 손쉽게 민족의 문제가 결부된다. 다른
식민지 시조시인들도 그렇지만, 초정의 경우, 시조를 발표한 일
로 옥고를 치룬 일이 있었고, 도자기라는 한국 전통 소재를 수집
하는 사람이자(골동품점 아자방(亞字房) 경영) 도자기를 비롯하
여 전통적인 소재를 다룬 작품을 많이 남겼으니, '시조=전통=민
족'이라는 등식은 더욱 공고해진다. 초정은 "시를 통해 이 땅, 이
겨레의 문화 쪽으로 이끌어 모은 관심의 폭은 어떤 적극적 행동
보다도 민족의 혼을 살리는 작업"[8]을 했다는 평가에서 알 수 있
듯이 '도자기의 혼'이 '시의 혼'으로 이어지는 초정 관련 평문들
을 손쉽게 찾아볼 수 있다. 더욱이 초정이 그의 등단지인 ≪문장≫
의 전통지향적, 고전지향적 성격에서 어느 정도 영향을 받았을
것이라는 추측—"이호우와 김상옥은 모두 가람 이병기에 의해
≪문장≫지를 통해 추천 받음으로써 등단했다. 가람과 ≪문장≫
이라는 두 가지 사안만으로도 전통의 범주 안에서 논할 수 있음
을 말해준다고 할 수 있다"[9]—이 더해지니, 초정에 대한 평가는
으레 우리가 식민지 시조시인들에게 하는 평가와 별반 다르지
않다.

---

8) 정혜원, 「김상옥 시조의 전통성」, 『한국 현대시조 작가론 I』, 김제현 · 이지엽 외,
　 태학사, 2001, 93쪽.
9) 강호정, 앞의 글, 59쪽.

그러나 이러한 식민지 시조시인을 인식하는 태도는 "시조의 장르적 가능성이 고려되지 않은 채 초정의 시조를 현대화의 관점에서 독해"[10]하고 있다는 지적을 가능하게 한다. 이 글 역시 초정의 시조를 '시조=전통=민족'이라는 신화에서 최대한 멀어지기 위해 초정 시조의 형식 즉, 시조의 리듬(律)에 주목하고자 한다. 대부분의 연구자들이 주목하지 않았던 시조의 리듬을 살펴보면서, 특이점을 하나씩 발견하는 방식으로 초정의 시세계가 '시'문학사에서 어떤 위상을 차지하고 있는지 살펴보고자 한다.

2.

초정의 첫 번째 시조집 『초적(草笛)』(1947)에 대한 기존의 평가는 대체로 "'고향(자연)'과 '고전'에 대한 함축적 지향"[11]으로 정리할 수 있다. 유성호가 논의했듯이 초정의 등단지인 ≪문장≫의 이념이 어느 정도 반영된 것이기도 하다. 나라를 빼앗긴 상황을 알레고리할 수 있는 '실향(失鄕)' 모티프는 인간 근원적 향수의 문제와 더불어 도래할 이상향을 꿈꾸는 일이기도 하다. 또한 자연에 시인의 욕망을 투사하고 내면풍경으로서의 자연을

---

10) 이중원, 「김상옥 시조와 자유의 형식」, 『시조학논총』 48, 2018, 37쪽. 이중원은 이 글에서 김상옥에 대한 선행연구를 검토한 결과 '전통'과 '민족'의 강한 인력이 작동하고 있음을 지적하면서, 추상적으로 설정된 '전통시조'에 대한 인식이 시조 형식을 무화시키는 논리로 접근될 수 있다는 점을 결론으로 제시했다. 이중원은 초정의 평시조, 장시조의 의미와 형식적 확장은, 시의 영역으로 파악되었던 이미지까지도 시조 안으로 끌어들인 것으로 보았고, 시조의 형식이 시와 대비되는 위치의 불가능성이 아니라 '자유의 형식'으로 존재한다고 보았다.

11) 유성호, 앞의 글, 168쪽.

재현하는 일은 서정시의 가장 일반적인 특성이면서, 동시에 식민지 시인들이 일제의 감시와 탄압으로부터 우회할 수 있는 유일한 방법이다. 육당 최남선이 『백팔번뇌』(1926)에서 민족의 기원과 정체성을 찾기 위해 석굴암, 대동강, 백두산 등 조선 강토에 관한 39수의 작품을 발표했고, 가람이 『가람시조집』(1939)에서 박연폭포나 석굴암 등을 노래하면서 민족의 특수성을 시조로 구현하고자 했다. 식민지 시인들이 그러했듯 시조시인들 역시 있는 그대로의 자연이 아닌, 이념화된 자연을 노래하는 방식으로 민족의 정체성을 찾고자 했다. 여기서 초정은 유적이나 특정한 지역에서 민족의 정체성을 찾는 작품도 썼지만, 동시에 시인의 내면과 조응하는 사물에도 주목하기 시작했다. 바로 '도자기'다.

찬 서리 눈보라에 절개 외려 푸르르고
바람이 절로 이는 소나무 굽은 가지
이제 막 白鶴 한 쌍이 앉아 깃을 접는다.

드높은 부연 끝에 풍경소리 들리던 날
몹사리 기다리던 그린 임이 오셨을 제
꽃 아래 빚은 그 술을 여기 담아 오도다.

갸우숙 바위틈에 불로초 돋아나고
彩雲 비껴 날고 시냇물도 흐르는데
아직도 사슴 한 마리 숲을 뛰어드노다.

불 속에 구워내도 얼음같이 하얀 살결!

티 하나 내려와도 그대로 흠이 지다

흠 속에 잃은 그날은 이리 순박하도다.

— 「白磁賦」 전문(『草笛』)[12]

　　육당이 '벼루'를, 가람이 '난초'나 '수선화'라는 고전적 사물과
그에 따른 효과와 상징을 의도했듯, 초정 역시 '백자'라는 사물에
주목한다. 백자에 그려진 소나무와 백학, 불로초와 사슴이라는
고전적 소재가 등장하는 동시에, "불 속에 구워내도 얼음같이 하
얀 살결"이라는 불과 얼음이라는 형이상학에 접근하고자 한다.
비록 '티 하나' 그대로 '흠'이 되더라도, "몹사리 기다리던 그린
임"이 오셔서 "드높은 부연 끝에 풍경소리 들리던 날"이 올 때까
지 인고의 시간을 견디고 버틸 것을 백자로 형상화했다. 여기서
소나무와 백학, 백자라는 고전적 소재는 '민족'을 지시하거나 은
유하기보다는 백자에 상감(象嵌)되는 소재로서 시인의 환상을
가능하게 할뿐이다. 첫째 수와 셋째 수가 백자의 외형을 노래했
다면, 둘째 수와 넷째 수에 시인의 직접적으로 목소리가 개입하
면서 시인의 내면과 백자가 어떻게 조응하는지 잘 보여준다.

　　보면 깨끔하고 만지면 매촐하고

　　神거러운 손아귀에 한줌 흙이 주물러져

　　천년 전 봄은 그대로 가시지도 않았네.

---

12) 민영 편, 『김상옥 시전집』, 창비, 2005. 앞으로 모든 초정의 작품은 이 책에서 인용
하기로 한다.

휘넝청 버들가지 포롬히 어린 빛이
눈물 고인 눈으로 보는 듯 연연하고
몇 포기 蘭草 그늘에 물오리가 두둥실!

고려의 개인 하늘 湖心에 잠겨 있고
수그린 꽃송이도 향내 곧 풍기거니
두 날개 鄕愁를 접고 울어볼 줄 모르네.

붓끝으로 꼭 찍은 오리 너 눈동자엔
風眼테 너머 보는 한아버지 입초리로
말없이 머금어 웃던 그 모습이 보이리.

어깨 벌숨하고 목잡이 오무속하고
요리조리 어루만지면 따사론 임의 손길
천년을 흐른 오늘에 상기 아니 식었네.

— 「靑磁賦」 전문(『草笛』)

    초기시를 대표하는 「청자부」는 "시상의 간명한 처리, 시어
의 현대성으로 인해 시조의 새로운 경지를 연 작품으로 평가받
는다. 밝고 자연스러운 율격의 아치(雅致)는 시조의 율격 형식
이 갖는 선험적인 규범성을 벗어난 독특한 경지를 보여준다. 여
기서는 창(唱)을 위주로 한 율격 형식인 시조에 사물의 외형에
대한 정관적 묘사와 시어의 의미 기능을 강조함으로써 자유시의
형식을 결부시키고 있다."13)는 지적처럼, 시조의 일정한 규칙에

<hr>

13) 최동호, 「소년의 시심과 백자의 정결성」, 장경렬 편, 『불과 얼음의 시혼—초정 김
    상옥의 문학 세계』, 태학사, 2007, 201쪽.

갇힌 리듬보다는 훨씬 자유로운 리듬을 구사하고 있다. '휘넝청', '포롬히', '두둥실', '꼭 찍은', '요리조리' 등 의태어는 활달한 리듬을 구성하는데 크게 기여하고 있으며, 청자의 외형에 대한 묘사는 고려시대라는 환상의 영역을 끌어오면서 다양한 이미지들을 보여주고 있다. 그러나 육당이나 가람처럼 고려 청자를 특수한 이념, 이를테면 민족성이라는 객관적 상관물로 보기보다는, "風眼테 너머 보는 한아버지 입초리", "요리조리 어루만지면 따사론 임의 손길"을 연상하게 하는 장인(匠人)의 이미지를 구현하고 있다. 장인의 숭고한 노동에 의해 "천년 전 봄은 그대로 가시지도 않았"으며, "천년을 흐른 오늘에 상기 아니 식었"던 것이다. 그러나 초정은 '장인=민족성'의 등식을 성립시키기보다는, 숭고한 예술의 경지에 도달하고자 했던 미학의 영역을 형상화하는 것에 집중했다.

눈을 가만 감으면 굽이 잦은 풀밭길이
개울물 돌돌돌 길섶으로 흘러가고
白楊숲 사립을 가린 초집들도 보이고요.

송아지 몰고 오며 바라보던 진달래도
저녁 노을처럼 山을 둘러 퍼질 것을
어마씨 그리운 솜씨에 향그러운 꽃지짐!

어질고 고운 그들 멧남새도 캐어 오리
집집 끼니마다 봄을 씹고 사는 마을
감았던 그 눈을 뜨면 마음 도로 애젓하오.

— 「思鄕」 전문(『草笛』)

하지만, 이른바 '향토어'를 사용했다고 해서 민족적 정서를 '무조건' 환기하는 것은 아니다. "시적 어휘로 향토어를 선택함으로써 우리말의 아름다움을 계승, 발전시켜나가고자 했으며 향토어를 통해 우리의 민족정 정서를 일깨우고자 하였다"[14]는 지적과 같이, 향토어를 사용한 것에 식민지 특수성을 결부시켜 작품을 민족성이라는 이데올로기로 읽어내는 것은 다른 문제를 발생시킨다. "시는 진실의 언어, 세련된 감성, 모국어의 아름다움, 통일된 논리의 총체"[15]라는 초정의 말을 직접 인용하면서 '모국어'에 집중한 나머지, 진실의 언어와 세련된 감성 그리고 통일된 논리의 총체가 '모국어'로 수렴되는 일은 재고의 여지가 있다. 오히려 진실의 언어와 세련된 감성을 위해 모국어의 아름다움이 적극 활용된 것이며, 이에 따라 통일된 논리의 총체로서 시가 발현되었다면, 시적 언어에 대한 '감수성'에 보다 주목할 필요가 있다. 예컨대, 인용시에서 보이는 '개울물' '돌돌돌' 유음의 반복, '어마씨', '멧남새'라는 방언 등은 "집집 끼니마다 봄을 씹고 사는 마을"을 눈 감고 그리는 일에 기여한다. 시인의 향토어 사용이 모국어에 대한 애정에 의한 것이라 하더라도, 시에 나타난 향토어를 모국어에 대한 애정으로 환원하는 것은 결과와 과정의 혼동일 수 있다. 초정은 시의 완결성과 미학성을 높이기 위해 향토어를 비롯하여 모국어를 적극 활용했던 것이다. 또한 다른 장르도 아니고, 전통 장르로 여겨지는 시조를 통해 시세계를 열어간

---

14) 이순희, 앞의 글, 203쪽.
15) 김상옥, 「화제의 인물」, ≪새한신문≫, 새한신문사, 1985, 6쪽. 이순희, 앞의 글, 203쪽 재인용.

것을 두고 모국어, 민족의 문제와 결부시키는 것 '역시' 별개의
문제라 할 수 있다.

3.

초정은 시조집 『초적(草笛)』(1947) 이후 시집 『고원(故園)
의 곡(曲)』(1949), 시집 『이단의 시』(1949), 동시집 『석류꽃』
(1952), 시집 『의상(衣裳)』(1953), 시집 『목석(木石)의 노래』
(1956), 동시집 『꽃 속에 묻힌 집』(1958) 등을 거쳐 '삼행시집'
『삼행시육십오편(三行詩六十五篇)』(1973)으로 되돌아온다. 시
집 작품 전체를 살펴보면, 분명 '현대시조'로의 회귀라 할 수 있
지만, 초정은 시조를 '삼행시(三行詩)'라 명명했다. 시집 영인본
속표지에 '三行詩長短形單聯作六十五篇一百二十三首'라고 표기
되어 있는데, 초정은 2수 이상의 시조를 각각 1수씩 계산하여
'123수'라고 했다.[16] '행(行)'이 자유시에서 많이 쓰이는 어휘라
면, '수(首)'는 시조에서 많이 쓰이는 어휘이므로 시와 시조의 경
계를 넘나들거나, 시와 시조를 아우르기 위한 초정의 의도를 읽
어낼 수 있다. 여기서 이 글이 주목하는 것은 시조집 『삼행시육
십오편』에 나타난 시(시조)의 리듬이다.

---

16) "『三行詩六十五篇』 시집에 실린 시조는 6행으로 된 「관계」를 제외하면, 단시조
   15편, 2수 연시조 23편, 3수 연시조 9편, 4수 연시조 4편, 5수 연시조 1편, 사설시조
   (장형시조) 12편으로 구성되어 있다. 이들을 모두 더하면 64편 121수이다. 따라서
   김상옥은 6행으로 된 시 「관계」를 2수로 계산한 것으로 보인다. 그럴 경우 시집의
   안쪽 표지에서 김상옥이 명시한 '65편 123수'와 일치한다." (강호정, 앞의 글, 65
   쪽.)

말없이 자리를 뜰 때마다 꼭 무엇에 빼앗기는 것만 같더니

물기 있는 하늘 속에 뛰어든 꽃망울, 그 꽃망울의 사운댐을 네 가슴에 옮겨놓고 보고 싶더니

아직은 값치지 못할 七寶로 덮인 산봉우리, 그 五色 봉우리를 너는 또 네 몸에 지니고 다닌다.

흩어진 노리개의 부스러기도 原形그대로 이빠진 자국을 맞추더니

문득 플라스틱으로 만든 포도알, 그 인조 포도알을 가지고도 감쪽같이 싱그러운 果汁을 짜내더니

마침내 너는 또 네 몸에 풍기던 그 살내음을 휘저어, 다시 뇌물에 失明한 이의 눈도 띄운다.

　　　　　　　　　　　　　—「關係」 전문(『三行詩六十五篇』)

평시조나 사설시조의 리듬 운용으로 말할 수 없는 「관계」를 시조로 볼 수 있을까. 시조집 『삼행시육십오편』에서 단시조와 연시조의 형식을 벗어난 작품은 총 12편이다. 그는 어째서 시집의 이름을 '삼행시'로 정한 것인가.[17] 그는 "시조의 정형하면, 고

---

17) "시조는 엄격한 의미로는 형식에만 구애되지 않는 시이고, 형식이 없다고까지 할 만큼 내용이 우선되는 것입니다. 나는 이 시와 시조의 관계에서 삼행시란 말을 쓰게 된 것입니다. 시조는 옛날 것이고 자유시는 새로운 것이란 인식을 뛰어넘어 시조의 새로운 전통을 잇는 의미로서의 뜻일 수도 있습니다. 세 줄로 된 시니까 삼행시고 2행 3연시도 될 수 있는 것이지요. 서구 사조를 따른 서양 사람 흉내 낸 한국말 용법이 아닌 한국말답게 한국인의 율조(律調)에 맞게 쓴 것이 나의 삼행시인 것입니다." (임문혁 대담, 「국어 교과서 수록 작가 대담」, ≪새한신문≫, 1985.9.2.)

정(固定), 정형(定形)의 뜻이 아니라 정형(整形)의 표현이다. 명확하게 규정한 틀이 아니라 다듬어지면서 표현되는 정형(整形)이라는 뜻"18)이라고 말했다. 시집이 발간된 1973년은 시조사에 있어 질적으로 완숙기에 접어드는 단계19)이므로, 『삼행시육십오편』은 시조사에서 특이점을 갖고 있는 것은 분명하다.

　　그러나 기존의 시조에 대한 정의에 따르면 초정의 '삼행시'는 시조20)가 아니다. 초장(1행, 4행), 중장(2행, 5행)이 자유롭게 늘어난 구조라고 해도, 시조 종장이라 말할 수 있는 3행과 6행에서 시조의 리듬을 찾기 어렵다. "아직은/ 값치지 못할/ 七寶로 덮인/ 산봉우리, // 그 五色/ 봉우리를 너는 또/ 네 몸에/ 지니고 다닌다", "마침내/너는 또 네 몸에/ 풍기던/ 그 살내음을 휘저어,// 다시/ 뇌물에 失明한/ 이의 눈도/ 띄운다"(빗금, 밑줄 필자). 3행과 6행을 시조 종장이 2번 반복된 것이라고 마디를 나눠 볼 수도 있으나, 밑줄 친 곳 '지니고 다닌다', '그 살내음을 휘저어'와 같이 하나의 마디로 보기에 어려운 구문이 있으며, 6행의 '다시'는 시조 첫 3음절이라는 '불문율'에서도 어긋난다. 초정의

---

18) 김상옥, 「時調創作의 辯」, 『시조학논총』 11, 1995. 127쪽.

19) 이지엽, 『한국현대시조문학사 시론』, 고요아침, 2013, 15쪽.

20) 시조 정의에 가장 일반이 되는 이광수와 조윤제의 정의를 살펴보면, 이광수는 시조 형식의 기본을 12구(句)로 보면서 기본형을 초장 3/4/4/4 15음, 중장 3/4/4/4 15음, 종장 3/5/4/3 15음 전체 45음으로 규정하였고, 변체(變體) 형식을 10가지로 제시하였다. 그리고 초장과 중장의 제4구는 4음, 종장의 초구는 3음, 제3구는 4음을 고정불변의 값으로 설정하고 있다. (이광수, 「시조의 자연율 4, 5」, 『동아일보』, 1928. 11. 5~8.)
　조윤제는 『가곡원류(歌曲源流)』(최남선 소장 등사본)를 텍스트로 삼아 고시조 중 단시조 2,759수를 3장 12구로 나누는 전제하에 각 구의 음절수를 통계적으로 분석하여, 초중장을 3/4/4(3)/4, 종장을 3/5/4/3으로 보고 초중장 제4구와 종장 제3구를 4음으로, 종장 첫구를 3음으로 고정시키면서, '이념으로서의 자수율'을 제시하였다. (조윤제, 「시조자수고」, 『신흥』 4호, 1931.)

시조집 전체에서 종장 3음절의 규칙을 어긴 작품은 '거의' 없다.

살이 빠질수록 더욱 고운 살갗, 바람을 맞아 겨드랑을 드러낸 꽃들이 이
른 아침을 눈썹처럼 문지른다. 어쩌면 말을 잃어버린 순간이 저런 것일
까.

저 흰 어깨 위로 손이 닿자마자 그 꽃들은 또 물에 밴 듯 번져난다. 이것
은 흘려쓴 우리들의 부적일 수도 있고, 이미 닫힌 문틈에 물린 옷자락일
수도 있고, 또 그날 눈앞에 겹쳐지던 지느러밀 수도 있다. 그렇지만 이
제는 네 속을 헤엄쳐 왕래할 수 있는 곳에 나는 가까이 와 있는 성싶다.

지극한 순결은 마침내 형용을 잉태한 채 어느새 만삭이 임박하다. 天地
와 더불어 얼마나 살았는가, 비로소 이마에 은발을 이고 눈이 밝아온다.
— 「開眼」 전문(『三行詩六十五篇』)

인용시는 일반적인 시조의 리듬으로 보기 어려우며, 시조의
3장(章) 구성이 아니라 시의 3행(行) 구성으로 볼 수 있다. 초정
이 언급했듯이 시조는 "형식에만 구애되지 않는 시"이자 "다듬어
지면서 표현되는 정형(整形)"이라 할 수 있겠지만, 엄밀한 의미
에서 시조의 리듬으로 보기 어렵다. 다만 하나의 행마다 일정한
변주와 질서가 반복되고 있어, 한 행 처리의 필요성이 납득된다.
그러나 "시조의 정형적 틀은 네 개의 소리마디(音譜)가 결합하
여 한 행을 이루고 그것이 세 번 중첩되어 한 수를 이루는, 〈4음
보격 3행시의 구조〉"21), "모두 세 줄이고, 한 줄은 네 토막이며,

---

21) 김흥규, 『한국문학의 이해』, 민음사, 1986, 44쪽.

한 토막을 이루는 기준음절수가 4음절인 형식을 갖춘 노래를 시조"[22]라는 광의의 시조 정의에서 초정의 작품은 '3행'이라는 조건 외에는 지켜진 것이 없다. 시의 행은 동등한 가치를 가진 병렬의 구조를 띄고 있지만, 시조의 장은 초장, 중장, 종장으로 '기승전결'의 각 역할을 담당하고 있다. 따라서 시집에 표기된 '三行詩長短形單聯作六十五篇一百二十三首'에서 시조의 리듬(규칙)을 지킨 작품을 포함한 123'수(首)'는 123'행(行)'으로 표기되는 것이 정확할 것이다. 그러므로 초정이 말한 '삼행시'는 엇시조, 양장시조, 홑시조 어디에도 속하지 않는 시조-시형이며, 시조라는 형식을 최대한 극단으로 밀어붙인 나름의 형식 실험이라고 볼 수 있다.[23]

4.

그렇다면 초정의 이와 같은 형식 실험은 시(조)라는 장르에 어떻게 기여하는가. 초정은 『삼행시육십오편』(1973) 이후에 회갑기념시집 『묵(墨)을 갈다가』(1980), 고희기념시집 『향기 남은 가을』(1989), 시조집 『느티나무의 말』(1998) 등을 발간하는데,

---

22) 조동일, 『한국문학통사 2(4판)』, 지식산업사, 2005, 187쪽.
23) "내 경우를 보자면 나는 자유시와 시조를 구분치 않습니다. 그러나 자유시가 쓰기 어렵다고 하면 시조는 더욱 어렵다는 점은 분명합니다. 그리고 '시조의 현대화' 문제를 이야기하자면 오늘의 시조는 창(唱)이 아니니까 굳이 음수율과 음보율을 따질 필요가 없다고 봅니다. 아니, 정확히 말하자면 옛시조도 형식에 얽매이지는 않았어요. …(중략)… 읽는 문학인 현대 시조에서 다시 형식을 문제시하는 것은 시대착각이고 시조를 모르는 소치입니다." (임문혁 대담, 「국어 교과서 수록 작가 대담」, ≪새한신문≫, 1985.9.2.)

『묵(墨)을 갈다가』, 『향기 남은 가을』은 기존의 발표 작품을 개작한 것과 신작이 섞여 있으면서 시와 시조가 섞인 시집이고, 『느티나무의 말』은 시조만 묶인 시조집이다. 그러나 이들 시집에서 보이는 시조 역시 기존의 일반적인 시조 리듬에서 벗어나 있으며, 이 작품들 역시 '삼행시'라는 형식 실험의 연장선상에 있다고 볼 수 있다.

①
蘭 있는 房이든가, 마음귀도 밝아온다.
얼마를 닦았기에 눈빛마저 심심한고
흰 장지 九萬里 바깥, 손 내밀 듯 뵈인다.
　　　　　　　　　　　─「蘭 있는 房」 전문(시집 『三行詩六十五篇』)

②
蘭 있는
방에 들면
마음도 귀가 밝다.

얼마를
닦았기에
눈빛마저 심심할까

흰 장지
九萬里 바깥
손 내밀 듯 보인다.
　　　　　　　　　　　─「蘭 있는 房」 전문(『향기 남은 가을』)

시집 『향기 남은 가을』에서부터 ②번 작품과 같은 형식이 새롭게 선보이며, 이 형식은 시집 『느티나무의 말』에 이르기까지 시집 대부분을 차지한다. 인용시와 같이 『삼행시육십오편』에 발표한 작품을 개작한 「蘭 있는 房」을 살펴보면, 초정의 형식 실험 의도를 더욱 명확하게 인식할 수 있다. 그는 각 장을 3행으로 나누고, 3행으로 된 각 장을 3연으로 구성하였다. '3'이라는 안정적인 구조를 취하면서, 시조의 장(초장-풀고, 중장-연결하며, 종장-맺는) 개념을 복구하려는 의도가 보인다. 초정은 『삼행시육십오편』에서 장을 행으로 보았다면, 『향기 남은 가을』, 『느티나무의 말』에서는 연을 하나의 장으로 보면서 시조의 '장' 개념을 자유롭게 활용하였다.

잠 깨인
희부연 창살
전생을 교신하는 새벽입니다.

무심도
사무치는 정성
느릅나무 연초록 속잎입니다.

봉한 글
점자와 같아
맘속으로 더듬어 읽었습니다.

　　　　　　　　　　　　　—「親展」 전문(『느티나무의 말』)

이름없는

어느 무덤 가에서

이름없는 풀꽃을 보고 있었다.

세상은

어디꺼정 이승이고

또 어디꺼정 저승이란 말인가?

투명한

유리창에 부딪쳐

나비 한 마리 바닥에 떨어진다.

　　　　　　　—「풀꽃과 나비」 전문(『느티나무의 말』)

　　마지막 시조집 『느티나무의 말』에서 초정의 의도는 더욱 분명해진다. 시조의 '장' 개념으로 한 연을 구성하면서 각 연의 행을 더욱 자유롭게 운용하되, 일정한 패턴을 갖출 것. 이것이 초정이 생각하고 바라는 '현대시조'가 아니었을까. "봉한 글/ 점자와 같아/ 맘속으로 더듬어/ 읽었습니다"(「親展」), "투명한/ 유리창에 부딪쳐/ 나비 한 마리 /바닥에 떨어진다"(「풀꽃과 나비」). 일반적인 시조 종장의 운용법이 '小음보—長음보—평음보—小음보'인데, 인용시의 종장은 모두 "小음보—長음보—長음보—長음보'로 나눠진다. 밑줄 친 부분들이 모두 長음보로 기능한다. 일반적으로 교착어인 한국어의 특성상 3음절을 小음보로 보는데, 3음절을 기준으로 음보 구성을 살펴보면, 소위 말하는 '시조 종장의 미학'이 지켜지지 않았다. 그러나 패턴은 확실하다. 3~4 음절을 한 마디(음보)로 본다면, 각 연의 1행은 한 마디, 2행은 한 마디에서 1배~2배 정도 늘어난 형태, 3행은 한 마디에서 2배 이상 늘어난 패턴을 정확히 지키고 있다. 점층의 구조를 취하고 있는 것이다. 문제는 초,중,종장이 모두 같은 패턴을 유지하고 있는 것이다. 일반적인 시조 리듬 운용의 경우, 패턴의 역전은 종장에서 단 한 번 일어난다. 이렇게 되면, 시조의 '장' 개념은 다시 흩어진다. '장'이 아니라 같은 가치를 가진 병렬 구조의 '연'이 된다.

바람 잔 푸른 이내 속을 느닷없이 나울치는 해일이라 불러다오.

저 멀리 뭉게구름 머흐는 날, 한자락 드높은 차일이라 불러다오.

천년도 한 눈 깜짝할 사이, 우람히 나부끼는 구레나룻이라 불러다오.
　　　　　　　　　　　　— 「느티나무의 말」 전문(『느티나무의 말』)

율독 구분 혹은 통사적 구분에 따른 4분절은 가능하다. "바람 잔/ 푸른 이내 속을/ 느닷없이 나울치는/ 해일이라 불러다오.// 저 멀리/ 뭉게구름 머흐는 날,/ 한자락 드높은/ 차일이라 불러다오.// 천년도/ 한 눈 깜짝할 사이,/ 우람히 나부끼는/ 구레나룻이라 불러다오.//" 패턴은 일정하지만, 분절의 근거를 시조의 리듬(음수율 혹은 음보율)에서 찾을 수 없다. 그러나 초정은 인용시와 같이 "유한에서 무한으로, 원경에서 근경으로, 자연에서 시인"[24]으로 점층의 흐름을 갖기 위한 모색 중 '3'이라는 구조가 최적임을 알게 되면서 '장'의 개념에 대한 다각도의 실험을 전개하였다. 이러한 형식의 작품들이 시조집 『느티나무의 말』의 대다수를 차지한다. 이 형식이 바로 초정이 전 생애를 거쳐 모색한 형식 실험의 최종 심급이 아닐까.

5.

"초정은 시조의 의미 확대와 형식의 이완을 시도하였다. 이것은 현대시조의 한 양상을 구축하는 데에 일익을 담당하였다고 할 수 있지만, 다른 한편으로는 시조가 갖는 의미상의 특징이 훼손될 위험도 초정 시조는 동시에 안고 있음을 알았다"[25]는 평가에서 알 수 있듯이, 그의 형식 실험은 오히려 시조의 '장' 개념과 '마디(음수 혹은 음보)' 개념을 다시 고민해보고 정의해야 하는 상황을 불러왔다. 그러나 현대시조의 일정한 규칙의 (불)완전성을 논외로 하고, 초정의 실험은 시조와 시의 경계를 오히려 명확하게 인식할 수 있는 누빔점을 보여준다. 그동안 시조는, '시조가 아닌 것'을 제하는 방식으로 시조 스스로를 정의해왔던 것이다.

이러한 점에 비춰볼 때, 초정 시세계의 미학적 완결성 혹은 성취는 물론이거니와, 그의 형식 실험은 시문학사에서 유의미해진다. '시조가 아닌 것'을 시조로 편입시키면서 '시(조)인 것'이

---

24) 이지엽, 「정제와 자유, 엄격과 일탈의 시조 형식」, 장경렬 편, 앞의 책, 285쪽. 이지엽은 「느티나무의 말」을 시조가 갖는 3장의 의미를 보다 명확히 보여 주고자 했던 것으로 보았다.
25) 임종찬, 「초정의 시조와 모더니티」, 장경렬 편, 앞의 책, 176쪽.

무엇인지를 되묻는 방식으로, 초정은 시조라는 리듬의 탄성(彈性)이 어디까지 갈 수 있는지 최대치로 당겨본 것이다. 대문자 혹은 광의의 '시'라는 관점에서, 초정은 시조라는 리듬이 가진 시의 잠재성을 발견하기 위해 시조 형식 운용을 극대화시켰다. 초정 스스로 질문이자 답이 되고자 했던 것이다. 여기서 질문은 다음과 같다.

'이 시를 어떤 형식(리듬)으로 발현했을 때 가장 미학적이고 완벽한가.'

서정과 선언 사이의 미학적 힘을 위하여
― 박재두론

1. 애도의 불가능성

　박재두 시인은 1935년 경남 통영 출생으로, 일제 치하와 해
방공간, 그리고 한국전쟁이라는 시대의 질곡(桎梏)에서 결코 자
유롭지 못한 유소년기와 청소년기를 보냈다. '조선어'가 아닌 제
국의 언어를 배워야 했고, 좌우 이념의 대립과 전쟁의 폭격으로
부터 목숨을 지켜내야 했던 그 시대. 지금 이 시대의 '가난'과 그
시대의 '가난'은 층위 자체가 달랐을 것이다. 뒤틀린 현대사의
궤적에 몸을 실어야 했던 한 시인의 유고(遺稿)를 읽기 전에 안
타까움과 존경의 마음이 앞선다. 1997년 뇌졸중으로 쓰러진 이
후, 2004년 1월에 별세하셨다는 연보의 짧막한 진술은 한 시인
의 삶을 무책임하고도 턱없이 짧게 요약한 듯 보인다. 별세하신
그 해, '우리시대 현대시조 100인선' 『쑥뿌리 사설』(태학사)이
뒤늦게 발간되었다. 시집보다 시인이 먼저 세상을 등진 것이다.
그리고 지금, 우리는 시인 없는 시집을 '다시' 읽으려 한다. 한 시
인의 시집을 읽는다는 것은, 시를 읽는다는 말이면서 동시에 시
인의 삶을 따라가 보겠다는 것이기도 하다. 그렇다면, 왜 우리는
한 시인의 삶을 따라가려 하는가.
　이 글은 두 가지 이유에서 시집 『쑥뿌리 사설』을 읽고자 한

다. 첫째는 시조가 무엇인지 '다시' 묻고자 하는 의도이고, 둘째는 우리에게 시조를 (숙제로) 내려준 혹은 (선물로) 남겨준 시인을 애도(哀悼)하고자 한다. 첫 번째의 것은 미학의 문제이고, 두 번째의 것은 윤리의 문제다. 물론, 미학과 윤리는 매우 가깝게 있을뿐더러, 보족(補足)의 관계를 맺고 있다. 그러므로 우리가 시집을 읽는 행위에는 깊은 뜻이 숨겨져 있다. 시조가 무엇인지 묻는 것이면서 동시에 우리에게 시조가 남아있다는 것을 아는 것. 이제 우리가 할 일은 시조가 무엇인지 스스로 정의하고 글쓰기로 이어지는 실천이다. 그리고 우리가 좀 더 아름다워지기 위해 한 시인을 추모(追慕)하고 애도하려고 한다. 그러나 애도는 언제나 실패하거나 불충분할 수밖에 없다. 애도는 타자를 주체의 내면에 납골(納骨)하여 타자를 주체의 동일성으로 삼는 것인데, 그것 자체가 '이미' 타자에 대한 폭력이다. 타자에 대한 충실한 기억을 목표로 한다면, 애도는 영원히 실패할 수밖에 없다.

시조 역시 마찬가지다. 우리는 우리가 알고 있는 시조에 대한 관념으로 시조를 읽고 시조를 쓴다. '시인'이라는 이름 아래, 시조를 우리 이성과 감성 안에 봉인하고 있다. 어쩌면, 우리가 쓰고 있는 시조가, 우리의 시조-독법이 시조에 대한 폭력일 수도 있다. 즉, '적어도' 한번은 시조 자체에 대해, 그리고 시조를 쓰고 있는 우리 자신에 대해 스스로 문제 삼자는 말이다. 그 방법론의 하나가 바로 시집 읽기이며, 이에 따라 지금부터 우리는 애도의 방식으로 박재두 시인의 시집을 크게 세 가지 특성으로 나눠 읽으려고 한다.

2. 빈 수레 — 서정

교편을 잡고 있던 1965년, 박재두 시인은 동아일보 신춘문예에 시조 「목련」이 당선된다. 이른바 '등단(登壇)'에 따른 시인이라는 삶의 선택지가 그에게 주어진 것이다. 그러나 선택은 엄밀히 말해, 사후에 '되는' 것이지 선택의 순간에 '하는' 것이 아니다. 선택이 되려면, 그 선택이 선택이었다는 것을 증명해야 하는데, 그것은 그 선택이 필연이었고 지금까지의 삶과 연속을 이룰 때 가능한 것이다. 박재두 시인은 적어도, 시인의 삶을 선택한 것으로 보인다. 시집 『쑥뿌리 사설』이 세상을 등진 시인의 뒤를 따라왔기 때문이다.

　　차마 미치지 못한 思慕도 속된 業報
　　살아 한 되는 목숨 오늘 가도 그만인데
　　눈감고 못 거둘 숨결 풀어 피는 목련꽃

　　숨 닿을 거리 밖에 돌아누운 어둔 산맥
　　넘나드는 바람결에 억새꽃은 길로 자라도
　　해마다 눈뜨는 향수 더해 가는 나이테

　　이리 성하지 못한 年代에 발을 짚어
　　새벽 連峰에 무지개로 올릴 기약
　　한 하늘 원통한 강산 숨어지는 목련꽃

　　　　　　　　　　　　　　　　　　　　　 —「목련」 전문
　　　　　　 (『쑥뿌리 사설』,태학사, 2004. 이하 시는 이 시집에서 인용하였다)

우리는 그동안 '목련'을 소재로 한 시와 시조를 수없이 많이 접했고, 시인이라면 적어도 한번은 시의 소재로 삼았을 것이다. 목련이라는 상관물에 투영시킨 우리의 감정은 대체로 소멸(낙화)의 문제, 그리움 혹은 에로티시즘이었다. 그러나 박재두 시인의 '목련'은 우리의 목련과 사뭇 다르다. 시인이 보고 있는 목련은 시인을 향해 피어 있지 않고, "한 하늘 원통한 강산"을 바라보며 피어 있다. "성하지 못한 年代에 발을 짚"고 있다는 현실인식에서 비롯된 것이자, "숨 닿을 거리 밖에 돌아누운 어둔 산맥"이라는 시대상황이 가로놓여 있기 때문이다. 이는 분단된 조국의 문제일 수도 있고, 좌우 이념의 대립일 수도 있으나, 섣부른 재단(裁斷)은 지양하고자 한다. 중요한 것은 그 시대가 어떤 시대였느냐가 아니라, 시인이 시대를 어떻게 인식하고 있느냐이다. 후자가 전자를 자연스럽게 이끈다. (시대 안의) 시인이 인식하고 있는 시대에 대한 감각은 첫째 수 "살아 한 되는 목숨"으로 집약된다. 삶에 대한 집착을 부정하면서 동시에, 살아 있기 때문에 살아-있음 자체를 문제 삼아야 하는 상황. '사모(思慕)'라는 한자어에서 우리는 생각한다. 말 그대로 애틋하게 생각하며 그리워함인데, 누구를, 무엇을, 왜 그리워하는가. "해마다 눈뜨는 향수"만 더해가는 현실. 그저 시대라는 현실은 우리에게 늘 임시의 거처만을 짓게 하며, 어딘가를, 무언가를 바라만 보게 한다. 아마도 향수의 세계, 사모의 세계는 살아서 한이 되지 않고, 원통한 강산이 없는 최고선(最高善)의 세계일 것이다. 그러므로 지금 이곳 현실은 정주(定住)할 수 없는 곳이다.

한 자루 붓 끝에 굴리는 생각의 빈 수레가

　　　지구 끝까지 갔다 되돌아오는 새벽

　　　담 밖에 수수밭 밟고 말을 모는 빗소리

—「빈 수레」 전문

　'사모(思慕)'와 '생각의 빈 수레'를 함께 본다면, 전자는 현실의 강압에 의한 것이고, 후자는 현실을 견디고자 하는 의지에서 비롯된 것이다. 전자와 후자 모두 실천을 요구하되 전자는 삶의 방식을, 후자는 글쓰기의 방식을 요구한다. "지구 끝까지 갔다 되돌아오는 새벽"의 시간은 시인 스스로가 만든 시간이다. 그 시간, '빗소리'는 "담 밖에"서 "수수밭 밟고 말을 모는" 소리다. 왜 '담 밖에'인가. 빗소리를 본 것이 아니라 들은 것이며, 외부의 소리가 시인 내부로 찔러 들어왔기 때문이다. 빗소리가 시인을 깨우는 것이면서 시인을 시인이게 한다. 시인에게 빗소리는 '마치' "수수밭 밟고 말을 모는" 소리와 같아서, '생각의 빈 수레'가 비어 있다는 것을 더욱 적나라하게 보여준다. 말을 모는 빗소리에 대비되는 빈 수레의 소음은, 얼마나 추(醜)한 것이고 얼마나 무용한 것인가. 그럼에도 불구하고, 빈 수레는 지구 끝까지 갔다가 온다. 아무 것도 담지 못하더라도, 새벽마다 수레는 지구 끝까지 갔다가 온다. 그것을 실패한 서정(抒情)이라 부른다면, 이것 역시 이중의 역설을 함의하고 있다. 의미 없이 빈 수레로 돌아오는 것을 서정의 실패라고 한다면, 빈 수레에 대비되는 빗소리를 '받아 적는' 행위는 서정의 성공이 아닌가. 또한 빈 수레가 지구 끝까지 갔다 오는 것 자체가 이미 서정이 아닌가. 다시 말해, 서정(抒-풀어내다, 情-뜻)이라는 행위는 세계로부터 의미를 길어오는 일이거나, 의미로 충만한 세계를 만드는 일(받아 적는)이며, 그 행위 자체가 이미 서정이기도 하다. 그리고 이 말은, 시인은 시 안에서만 정주할 수 있다는 뜻이기도 하다.

3. 엉겅퀴 꽃 ― 선언

우리는 이 세계 안에서 살고 있는 한, 우리 존재를 책임져야 한다. 우리의 '있음' 자체를 책임져야 한다는 말이다. 우리는 무엇을 위하여, 무엇 때문에 사는가. 일차적으로 혹은 솔직하게 우리 자신을 위해, 우리 자신 때문에 산다고 말할 수 있겠다. 그러므로 글에는 타자화시킨 우리 자신이 등장하기 마련이다. 글은 나 자신이 나와 가장 멀어지는 순간이자, 나를 오래 지켜보는 시간이기도 하다.

> 살아서 부끄러움은 뒷덜미에 혹으로 솟아
> 훤한 길을 두고 담 그늘로 붙어 걷는데
> 주눅든 발걸음마저 자꾸만 헛놓인다.
>
> ―「포장집에서」 부분

"훤한 길을 두고 담 그늘로 붙어 걷는"자, "주눅든 발걸음"을 걷는 자는 누구인가. 바로 자신이다. 누가 이와 같은 자를 보고 있는가. 바로 자신이다. "살아서 부끄러움"을 아는 시인은 그 부끄러움이 "뒷덜미에 혹으로 솟아"오른 것을 안다. 그러나 뒷덜미, 뒤통수, 등 뒤의 모습은 내가 볼 수 있는 것이 아니다. 오로지 타자만이 나의 등 뒤를 볼 수 있다. 그러므로 지금 시인은 제3의 시선, 타자의 시선에서 자기 자신을 보고 있다. 오로지, 글쓰기만이 가능한 일이다.

> 한 오십 년 걸러 한 번쯤이라도
> 가시 막아 유혹에 엉겅퀴로 돋아나서
> 자주꽃
> 머리에 이고
> 다리 휘도록 섰더라면
>
> 손톱 찍을 자리도 없는
> 단단한 슬픔의 벽
> 입석으로라도 비집고 들어가서
> 실뿌리
> 바래지도록
> 까치발로 서봤으면
>
> ─「엉겅퀴 꽃으로」 전문

"다리 휘도록" "자주꽃 머리에 이고" 살기를 바라는 목소리, "단단한 슬픔의 벽"에 "까치발로 서봤으면"하는 목소리는 시인의 것이로되, 시인의 소망이기도 하다. "한 오십 년 걸러 한 번쯤이라도" 좋으니, "입석으로라도" 좋으니, 엉겅퀴 꽃으로 살고 싶다는 시인의 소망이 출몰하게 되는 것은, 시인 자신의 근원적 '고독'에 의한 것인지, 삶의 '고통'에 의한 것인지 분간하기 어렵다. 분명한 것은, "가시 막아 유혹"과 "손톱 찍을 자리도 없는 단단한 슬픔의 벽"이 존재한다는 것이다. 그러나, 시인의 목소리는 단호하고 힘차다. 극복하겠다는 뜻이다. 이와 같은 목소리의 출처 또는 목소리를 가능하게 하는 이유가 궁금해진다. 이렇게 사는 것이 좋은 것 혹은 훌륭한 것이라고 보편 윤리를 강요할 수는 있으나, 목소리는 오직 시인의 선택에 의한 것이다.

죽으로 콩깨묵으로 보릿고개 넘기는
머리에 먹물 들어 말깨나 하는 것들
장딴지 힘살 불거진 뚝심깨나 쓰는 놈들

3·1만세 부르다 잡아가둔 얼음 밑에서
그 길로 숨이 끊어져 다 삭은 줄 믿었더니
저 독한 조선 쑥뿌리 고스란히 살았고나.

누렇게 뜬 낯가죽 퀭한 눈만 붙었던 고것들이 햇볕 한 올 들지 않는 굴 속에서 어떻게 숨이 붙었나? 마늘즙 울궈먹고 화신하던 웅녀의 선약 훔쳐 먹었는지, 등에 붙고 간에 붙는 야행성 찰거머리 가마째 고아 먹었는지 고개를 민다. 얼어 철갑 두꺼운 땅거죽 밑으로 가로세로 동서남북 사면팔방 뒤져 먹고 살오른 두더지 통통한 물 머금은 실뿌리 들자락 산자락에 산발적으로 시위를 한다.

"고것참, 씨도 손 하나도 없이 다 삭을 줄 알았더니."
                                            ―「쑥뿌리 사설 1」 전문

시집 제목이기도 한 '쑥뿌리 사설' 1편과 2편은 모두 초장과 중장이 사설(辭說)로 이어진 작품인데, 사설의 거칠고 빠른 호흡에서 우리는 절박함과 고양된 감정을 읽는다. 사설이 요구되는 현실, 사설로만 쓸 수밖에 없는 현실인식에 의한 것이기도 하다. "독한 조선 쑥뿌리"의 속성은 "햇볕 한 올 들지 않는 굴속"과 같은 피폐한 현실 속에서도 살아남게 하며, "얼어 철갑 두꺼운 땅거죽 밑으로" 삭지 않고 남아 있게 한다. 우리는 이와 같은 서사를 흔히 '민초(民草)'를 형상화한 것, 역사의식에 의한 것 등으로 보지만, 그것은 해석자의 (민족주의적) 욕망에서 비롯된 것이기도 하다. 엄밀하게 보자면, 「쑥뿌리 사설 1」과 「쑥뿌리 사설 2」 모두 시인 자신에게 윤리를 요구하는 일종의 고백이자 '선언'이다. 시인이 썼듯이, '쑥뿌리'처럼 버텨온 삶을 시인 역시 살겠다는, 일종의 연대의식이자 선언이다.

여기서, 어떤 목소리를 들려주고 어떤 이야기를 한다는 것에는, 이미 시인 나름의 선택과 개입이 포함되어 있다. 더욱이 "A는 B다"라고 말할 때, 'A'가 'B'인 것을 보증해주는 것은 시 자체의 논리일 뿐, 시 외부의 문제가 아니다. 다시 부언하자면, 시인이 정주할 수 있는 곳은 시 뿐이다.

무딘 굇바퀴 눈보라에 찢기운 채
보채던 피도 식어 주저앉은 둘치던가
칼날도 삭이는 바람 청대 같은 나를 깨우나

힘겨운 목숨의 짐을 수레로 실어와서
굳게 잠긴 무쇠 대문 담 밖에다 부려놓고
자물쇠, 녹슨 빗장을 그 누가 따고 있나

푸른 강물에 지던 동백꽃빛 피 한 방울

내게도 있었던가 바람 자는 이 아침

선지피 머리에 이고 고개 드는 생각의 꽃

—「꽃 깨우는 바람」 전문

"칼날도 삭이는 바람" "녹슨 빗장"을 따는 바람에 "무딘 귓바퀴"를 가진 시인은 각성한다. 시인은 "피도 식어 주저앉은 둘치(石女)"이며 "굳게 잠긴 무쇠 대문"과 같은 자다. 바람이 각성시키는 것 혹은 바람과 대면하는 것이 서로를 보고 있다. 이와 같은 서사는 어디서 들은 것도 아니고, 누가 보여준 것도 아니다. "고개 드는 생각의 꽃"만 피었을 뿐이다. 즉, 시는 시인에 의해 만들어진 것이지만, 그 과정에는 시인 나름의 "동백꽃빛 피 한 방울"과 같은 정념(겪음, pathos)과, "선지피 머리에 이고 고개 드는" 윤리(ethos)가 함께 작동한다. 따라서 시는 일종의 '선언문'과 같은 것이다. 소재와 목소리 그리고 이야기를 선택하는 것에서부터 이미 시인은 선언한 셈이다. 그리고 선언은 우리 자신의 있음 자체를 문제 삼고 이에 답하는 것과 같아서, 비로소 자기 존재양식을 선택할 자유에 놓인 것이다. 우리가 글 쓰는 이유, 박재두 시인이 시 쓰는 이유는 결국, 이 세계에서 살아가야 할 방향과 방법을 모색하기 위한 선택인 것이다.

4. 별 — 시간

그렇다면 시인은, 어떤 삶의 방식을 선택했는가. 앞서 언급했듯이, 박재두 시인은 '시인으로서의 삶'을 선택했다. 이에 따라 시는 여러 방향의 가능세계를 보여주는데, 결국 시인의 시가, 시인의 사유가, 시인의 삶이 궁극의 지점을 향하는 것을 본다. '서정'의 불가능성의 가능성을 문제 삼고, 선언하는 것. 그것이 활시위를 매기는 강도와 기술이었다면, 이제 활이 향하는 과녁을 본다.

가난의 좁은 사립을 살며시 빠져나와
빗나간 화살을 찾아 내 젊은 날의 풀숲을 헤치면
울음이 반짝 어리듯 바다에도 뜬 노을.

슬픈 노래의 씨앗 하나 묻은 가슴속
눈물 고일 듯 자라나는 그대 나의 진주알
이따금 가슴 더워오는 시름으로 키운다.

하찮은 일로 파도소리 몸채로 비비고 가면
해 저문 밀물을 타고 고운 볼을 적시우는
기쁘디 기쁘게 젖는 내 사랑의 더운 물결.

—「난류(暖流)」 전문

난류의 따뜻함이 밀물을 타고 온다. 그곳에서 시인은 "빗나간 화살"을 찾고자 한다. 왜 시인은 '화살'이 빗나갔다고 여기는가. "가난의 좁은 사립"에 갇혀있기 때문이기도 하고, "젊은 날의 풀숲"에서 무언가를 이루지 못한 후회(後悔)에서 비롯된 것인지 모른다. 그러나 작품 전체에서 화살이 꼭 가야할 곳 혹은 '이상

향'은 제시되지 않는다. 다만, "슬픈 노래의 씨앗"을 묻은 가슴속
으로, "눈물 고일 듯 자라나는" 진주알과 같은 그대를 키울 뿐이
다. "가슴 더워오는 시름"은 부정적이지 않고, "고운 볼을 적시우
는" "더운 물결"로 시인에게 다가온다. 이처럼 울음과 슬픔이 기
쁘게 올 수 있는 것을 가능하게 했던 것은, 다름 아닌 그대를 향
한 '사랑'이었다. 그대를 진주알처럼 품었고 그래서 아팠지만,
그대 덕분에 "가난의 좁은 사립"을 견딜 수 있었고, "빗나간 화
살"이었음에도 만족할 수 있는 것이다. 그러니까 시인은, 사랑을
향해 활을 매겼던 것이다.

> 풀죽은 이부자리 가난의 긴 그림자를 깔고
> 허리 접고 돌아누운 목이 흰 여인이여
> 아내여, 좁은 영토에 몸을 묻은 꽃가지여.
>
> 패물같이 아껴온 젊음 성으로 쌓았어도
> 꽃잎으로 지는 날 먼 산 뻐꾸기도 안 울고
> 멍에진 짐은 겨워도 부릴 곳이 없고나.
>
> 찬 바람 무늬지는 평 가옷 단칸 방에
> 까맣게 눈이 잘 익은 씨앗을 달고 앉아
> 대천지 한바닥에 뜬 낙도처럼 서러워라.
>
> —「화병」 전문

시집에서 가장 눈에 띄는 작품이다. 아내를 향한 애정과 안
타까움이 가득하다. "허리 접고 돌아누운" 아내는 "풀죽은 이부

자리", "좁은 영토", "평 가웃 단칸 방"에 꽂힌 꽃이며, "패물같이 아껴온 젊음"이 꽃잎으로 지고 "멍에진 짐" 또한 부릴 곳도 없다. "까맣게 눈이 잘 익은 씨앗을 달고 앉"았다는 '그나마' 긍정적인 진술에서, 우리는 삶의 곤궁함과 가난을 본다. 그러나 앞서 본「난류」처럼, 삶 자체를 부정하기보다는, 사람을 사랑하고 삶을 살아가는 세계 내 존재의 홀로서기에 대한 따뜻한 연민의 감정이 앞선다. 시인은 시인 자신의 '나-됨'을 사랑에서 찾고 있다. 사랑했기 때문에 시를 썼으며, 사랑하려고 시를 쓰는 것이다.

여기서 사랑은 그 어떤 가치 덕목보다 높다고 '쉽게' 단정(斷定)할 성질의 것이 아니다. 사랑은 자기 자신이 아닌 타자가 존재한다는 것을 인정한다는 뜻이다. 내가 모르는, 내가 전혀 알 수 없는 타자가 존재한다는 것은 내가 완벽하지 않다는 뜻으로서, 나 중심의 사고를 버리는 것과 다름없다. 그래서 타자를 사랑한다는 것은, 결국 내가 가닿을 수 없는 문제, 내가 끝내 생각할 수 없는 무한(無限)의 문제에 이르게 한다. 이에 따라 나 아닌 사람을 생각한다는 것은, 나라는 사람이 (타자에게) 어떤 사람이어야 하는지, 어떤 사람이 되어야 하는지 생각하는 것, 즉 시간의 문제와 결부된다. 타자와의 관계가 없이는 시간이 성립되지 않기 때문이다. 나 혼자 세상을 살아간다면, 그 누구의 간섭도 받지 않기 때문에, 시간을 측정할 필요가 없을 뿐더러 시간 자체가 성립되지 않는다.

연줄 멕일 사금파리 찧고 빻은 가루별이
서둘다 발이 걸려 하늘에 쏟은 별이
한뎃잠 머리 위에도 사금파리 빛나던 별이

가난한 지붕머리 지켜주는 밤이 있어서

별 사이를 누비며 나는 꿈이 있어서

눈물 속 하늘에 뜨는 행복이 있어서

— 「별이 있어서」 전문

운율 통해 시간이 압축되고 비유를 통해 공간이 겹쳐진다고 할 때, '별'은 "연줄 멕일 사금파리 찧고 빻"았던 과거와, "가난한 지붕머리"의 현재와, "별 사이를 누비며 나는 꿈"을 꾸는 미래 모두에 존재한다. 하늘에 별이 떠있는 한, 시인은 별을 보면서 "한뎃잠 머리 위에도 사금파리 빛나던 별"을 기억할 수 있다. 그래서 시인은 "별 사이를 누비며" 날 수 있고, "눈물 속 하늘에 뜨는 행복"을 볼 수 있다. 별은, 시인의 과거와 현재 그리고 미래까지 연결된 매개체이자, 시인은 별이라는 대상을 통해 시간을 되돌리거나 미래를 향한다. 별을 통한 과거의 기억이 현재의 시인에게 중요한 사건이 되고, 그래서 시인의 현재는 과거와 연속성을 갖게 된다. 그리고 다시 시간은 미래를 향하게 된다. 이와 같은 시간구조는 시를 대하는 독자에게도 동일하게 적용된다. 독자는 별을 통해 수없이 주름 접혀진 시공간이 펼쳐진 것을 본다.

박재두 시인에게 있어 시는, 그런 것이다. 과거를 추억하는 것이 아니라, 과거를 현재로서 다시 기억해내고, 현재를 다시 되돌아보는 것이자 미래를 기획하는 것. 사랑하기 때문이다. 사랑하는 사람을 지켜주고 함께 하고 싶기 때문이다. 사랑하는 사람을 지켜주고 함께 하려는 윤리에서, 시인은 스스로 타자화시킨 자기 자신을 보려 한다. 그것이 선언의 방식으로서의 글쓰기다.

5. 연습

나는 오직 나 자신이 행할 수 있는 것만을 연습(練習)할 수 있다. 연습은 그것 자체를 행할 수 있는 것을 목표로 하고, 단지 내 마음대로 할 수 없는 것만을 위해 연습해야 한다. 여기서 '연습'이 바로 시쓰기인데, 시쓰기는 내가 할 수 없는 것이자, 내가 행할 수 있는 목표이다. 앞서 언급한 서정의 불가능성이나 애도의 불가능성 역시 이와 같은 이중적 역설로 볼 수 있다. 시인은 대상을 감각적으로 파악할 수 있으며, 그 파악 속에서 시인 자신이 살아있음을 것을 증명할 수 있다. 그러므로 시인은 지금 여기에 있다.

지금까지 살펴본 박재두 시인의 시집 『쑥뿌리 사설』에서, 우리는 현실의 강압을 견디고자 하는 시인의 '연습'을 그의 작품을 통해 살펴볼 수 있었다. 의미로 충만한 세계를 만들기 위해, 또는 세계로부터 의미를 길어오기 위해 시인은 서정(抒情)을 시도한다. 비록 '빈 수레'로 돌아오더라도 말이다. 시인에게 중요한 것은 끊임없는 시도이지, 실패나 성공의 문제가 아니다. 그것은 존재에 대한 문제로서, 나 자신과 가장 멀어지는 순간이면서 나를 오래 지켜보는 시간이다. 그리고 선언은 선언해서 끝나는 것이 아니라, 선언을 지킬 때 선언이 성사되는 것인데, 시쓰기 역시 그와 같다. 그래서 박재두 시인은 '시인으로서의 삶'을 선택했고, 그 선택을 선택으로 만들었다. 타자를 사랑했기 때문에 가능한 일이었다. 시인 연보에 언급되는 여러 사건들을 나열하지 않더라도, 우리는 충분히 그가 사랑의 시인이라는 것을 알 수 있다. 사랑하기 때문에 시를 썼고, 사랑하기 때문에 시가 되는 것이다. 사랑이 힘이다. 시집 전체가 사랑을, 타자를 향하고 있다.

우리 역시 박재두 시인을 따라 우리의 시조를 다시 보게 된다. 우리의 시조는 무엇을 쓰고 있으며, 무엇을 향하고 있는가. 우리의 서정은 현상에만 몰두하고 있지 않는가. 작품과 우리의 삶은 얼마나 떨어져 있고, 우리는 매순간 선언하고 있는가. 그리고 우리의 작품에는 시공간이 얼마나 겹쳐지고 압축되어 있는가. 모든 질문을 뒤로 하고, 우리는, 타자를 사랑하고 있는가.

우리는 그와 같이 연습하는 인간, 미학 자체를 사유하는 인간을 '시인(詩人)'이라 부르고, 그 힘을 미학적 힘이라 부른다. 그리고 미학적 힘은 영혼의 능력에서 비롯된다.

서정의 복원과 선언의 글쓰기
— 김복근론

1. 시조의 존재론에 대한 모색

여기, 김복근 시인의 시조가 놓여 있다. 시조라는 장르. 장르는 작품의 기원이자 이념이다. 시조라는 장르는 개별 작품들이 탄생하는 근원적인 장소인 동시에 궁극적으로 도달해야 할 지점이다. 그러므로 장르는 이미 존재하는 것인 동시에 아직 존재하지 않는 어떤 것이라 말할 수 있다면, 우리는 김복근 시인의 시조를 단순히 "어떤 의미가 있다"라고 말하는 것에 그치면 안 된다. 오히려 김복근 시인의 작품이 시조라는 장르의 운명과 역사에 어떻게 동참하고 있는지 살펴야 한다. 따라서 이제부터 살펴볼 김복근 시인의 시세계는 김복근이라는 개별 주체의 창작물이면서 동시에 시조라는 장르의 현실태라는 것을 염두에 두어야 한다. 더 나아가 그것은 앞으로 전개될 시조의 존재론에 대한 모색이기도 하다.

그러나 우리는 2000년대를 지나 시의 종언과 서정의 위기를 지나 '탈(脫)서정' 혹은 '신(新)서정'이라는 신조어를 만들어야 할 만큼 빈곤해졌다. 서정을 '마지막 어휘'[26]로 호명하거나, '탈서

---

26) 조강석, 『경험주의자의 시계』, 문학동네, 2010.

정은 서정에 기생한다'27) 등의 진단은 결국 서정의 영역이 축소되거나 경계가 느슨해졌다는 것을 뜻한다. 여기서 서정은 주체와 대상 간의 관계 특히, 동일성에 의해 발생하는 것인데, 2000년대 들어 이 '관계' 자체를 문제 삼기 시작했다. 동일성이 서구의 미적 근대에만 적합한 이론이며, 주체의 인식론적 폭력에 해당된다는 것을 알았기 때문이다.

그렇다면, 김복근 시인의 작품들은 어떤 서정을 보여주고 있는가. 일반적으로 시보다는 시조가 서정의 권위를 더 유지하려고 한다. 전통적 서정시 양식으로 개인 정서 표출에 심혈을 기울이고자(이병기, "性情을 꿋꿋하게 나타내는 것") 한, 식민지 지식인들의 기획에 의해 '발명'된 문학 장르가 바로 '(현대)시조'이기 때문이다. 따라서 우리는 김복근 시인의 서정을 살피는 일에서 시조에서 어떻게 서정이 기능하는지 또는 어떻게 기능해야 하는지를 동시에 살필 수 있다. 이 역시 전자가 시조라는 장르의 기원이라면, 후자는 그것의 이념이 될 것이다.

2. 선언하는 자

김복근 시인은 1985년 《시조문학》으로 등단하여,『因果律』(1985, 나라),『비상을 위하여』(1992, 백상),『클릭! 텃새 한 마리』(2001, 태학사),『는개, 몸속을 지나가다』(2010, 시학),『새들의 생존법칙』(2015, 경남) 등의 시조집을 출간하였다. 임영봉

---

27) 김종훈,『미래의 서정에게』, 창비, 2012.

은 김복근의 시세계를 편의상 『因果律』을 초기시로, 『비상을 위하여』와 『클릭! 텃새 한 마리』를 중기시로, 『는개, 몸속을 지나가다』를 후기시로 구분[28]하였다. 이처럼 30여 년간 시작 활동을 지속해 온 김복근 시인의 시세계는 "투철한 시대정신과 현실의식을 토대로 한 자기 성찰과 문명 비판의 추구"[29]로 정리될 수 있다. 따라서 우리가 살펴볼 작품들은 2015년에 발간된 『새들의 생존법칙』에 게재된 작품들이지만, 우리가 김복근 시인의 '후기시'를 보고 있다고 단정 짓기는 곤란하다. 앞으로 얼마나 더 많은 작품집이 나올지 짐작조차 할 수 없기 때문이다. 그것보다는 앞선 시집에 수록된 작품들과 관련하여 현재 시세계는 어떤 변천과정을 겪었고, 앞으로 어떻게 나아갈지 살펴보는 것이 더 의미 있어 보인다.

위와 같은 점을 염두에 둘 때, 눈에 가장 먼저 띄는 것이 있다. 그것은 바로 시집 제목들과 작품들에서 '새'(飛行)와 관련된 이미지가 빈번하게 출현하고 있다는 점이다. '새' 이미지가 김복근 시인의 라이트모티프(leitmotif)인 것이다.

고독한 술잔에는
홀로 앉은 새 한 마리

촉촉해진 가슴으로
바깥을 내다보며

---

28) 임영봉, 「김복근 시조 연구-시세계의 전개과정과 시적 주제를 중심으로」, 『어문논집』 51, 2012.
29) 박주택, 「초월 욕망의 초상과 내면 존재의 거울(시집 해설)」, 『클릭! 텃새 한 마리』, 태학사, 2001.

먼 정적 겨울 거리에

빈 등을 켜고 있다.

— 「비상을 위하여」 부분(『비상을 위하여』)

다국적 길목으로 텃새 한 마리 들어왔다.

지천으로 널려있는 불빛 속을 휘저어도

출구를 찾을 수 없어 되돌아가지 못한다.

— 「지하상가 7 - 텃새 한 마리」 부분(『클릭! 텃새 한 마리』)

인용시 외에도 첫 시집부터 최근작품까지 '새'의 이미지는 도처(到處)에 등장한다. 시인의 작품에 등장하는 새의 이미지는 비상과 해방을 꿈꾸는 역동적인 모습을 보여주고 있다. 그러나 이러한 이미지들의 역동성은 그다지 긍정적으로 보이지는 않는다. 부정적 현실 인식에 근거했기 때문이고, 그것은 시인이 살아-낸 시대 현실과 무관하지 않기 때문이다. 산업사회 혹은 자본주의의 발달과 그에 따른 폐해, 그리고 반독재, 민주화운동 등이 일어났던 암울하고 불안했던 시대상이 고스란히 반영된 이미지가 바로 새인 것이다. "고독한 술잔"에 앉은 새와, "출구를 찾을 수 없어 되돌아가지 못"하는 새는 어두운 시대상에서 벗어나고자 했던 정념(pathos, 겪음)이 투영된 이미지라고 할 수 있다. 그러나, 최근 들어서 시인은 이전과 다른 새로운 새의 이미지를 제시한다.

얼마나 속을 비우면 하늘을 날 수 있을까

몸속에 흐르는 진한 피를 걸러 내어

이슬을 갈아 마시는 비상의 하얀 갈망

혼자서 견뎌야 할 더 많은 날을 위해

항로를 벗어나는 새들의 저 무한여행

무욕의 날갯짓으로 보내지 못할 편지를 쓴다.

─「새」 전문

그동안 새가 탈주와 해방의 정념이 표출된 이미지였다면, 최근작 「새」에서는 전혀 다른 면모를 보인다. "비상의 하얀 갈망"은 이전과 비슷한 뉘앙스지만, "이슬을 갈아 마시"고 "혼자서 견뎌야 할 더 많은 날을 위"하고 있는 새의 새로운 모습을 보여준다. 시인은 뼛속까지 속을 비우고 피를 걸러 내며, 항로를 벗어날 수도 있는 '무한여행'의 고통스러움을 '운명애'로 받아들이고 있는 새로부터 "무욕의 날갯짓"을 배운다. 그것은 "보내지 못할 편지"를 쓰는, 일종의 '글쓰기(écriture)'와 같은 것으로서, 비목적적 합목적성 또는 무용성의 유용성과 같은 것이다. 새가 날기 위해 나는 것처럼, 시인은 글쓰기 위해 글을 쓰는 것이다. 이전에는 시인이 부정적 현실에서 벗어나기 위한 열망에서 시를 썼다면, 이제는 쓰기 위한 열망에 의해서 시를 쓰는 것이다. 그래서 시인은 듣지 않아도 될 말을 듣거나, 반드시 들어야 할 말을 듣지 못하는 '난청'의 상황에 이를 수밖에 없다.

막장에

불을 켜듯

무수히

많은 말이

방짜유기 징을 치며

소음으로 다가왔다.

꼬리에

꼬리를 무는

떼새들의

울음처럼

—「난청」 전문

　　인용시에서 '난청(難聽)'은 중의적으로 쓰였다. "막장에/ 불
을 켜듯/ 무수히/ 많은 말"이 "방짜유기 징을 치며" 소음으로 와
서 난청을 일으키고 있다는 것이다. 듣지 않아도 되는 말, "꼬리
에/ 꼬리를 무는/ 떼새들의/ 울음"인 세인(das Man)들의 말, 존
재자 자체는 사라지고 빈말만 입에서 귀로 옮겨지는 말들(잡담)
이 권위를 가진 말처럼 둔갑한다. 그 소음 가운데 시인은 듣지
않아도 될 말을 듣는다. 반면에, '방짜유기 징'까지 크게 쳐가며
'막장에 불'을 켜야 하는 "울음" 같이 절실한 말들을 제대로 듣지
못하는 이중적 상황을 보여주고 있기도 하다. 따라서 이와 같은
상황은 곧 글쓰기와 연관된다. 들어야 쓸 수 있기 때문이다. 타
자의 말 건넴에 응답하는 방식으로 시인은 글쓰기를 채택하므

로, 듣는다는 것은 보는 것, 즉 감각하고 인식하며 사유하는 것과 연결된다. 그리고 감각되는 것 중에서 작품의 소재 혹은 사유의 소재로 선택된다는 것은, 다른 어떤 것을 배제해야 한다는 말인데, 그 배제의 논리를 가능하게 하는 것이 시인의 세계관이자 윤리라고 할 수 있다. 그러므로 "무욕의 날갯짓으로 보내지 못할 편지를 쓴다"는 시인의 선언은 여전히 진행 중에 있으며, 선언이 완성될 때까지 그 선언은 선언된 것이 아니다. 30)

3. 해석하는 자

우리는 사실 어떤 대상을 보는 것이 아니라 그 대상을 인식할 뿐이다. 우리는 대상을 개념적으로 환원하여 대상의 존재를 인식하는 것인데, 그것은 일반적인 시선인 반면에 시인의 시선은 이와 다르다. 시인은 대상을 장악하고 파악하는 것이 아니라, 대상과 같은 위치에서 대상을 주의 깊게 바라보고 대상의 기호를 '해석'하려 한다. 대상 안에 절반쯤 감싸여 있는 기호는, 기호를 해석하는 해석 주체보다 심오하지만, 기호의 의미는 이 해석 주체와 반드시 연관되어 있다. 그러므로 대상의 의미는 일차적으로 대상에 있지만, 동시에 해석 주체에게 구현되는 것이다.

---

30) 시인의 두 번째 시집 『비상을 위하여』 〈시인의 말〉에서 다음과 같이 말했다. "인간성의 상실과 자기 공허, 자기 불신의 틈바구니에서 나는 내 시가 비록 귀뚜리의 작은 노래에 불과할지라도 불러야만 한다는 절실함에 사로잡혀 있다." '귀뚜리의 작은 노래'에 불과할지라도 불러야 한다는 절실함 역시 이와 같은 맥락에서 눈여겨 봐야 한다.

마른 풀 적셔 버린
겨울비 시새움에

썩어문드러진
씨알머리
새 삶이 돋아날까

살아서
서러운 목숨
醱酵하는
모성애여.

— 「因果律 II」 전문(『因果律』)

시인은 마른 풀에 내리는 '겨울비'를 "살아서/ 서러운 목숨"
을 "발효하는/ 모성애"로 보고 있다. 마른 풀에 내리는 겨울비를
'모성애'로 보는 시각은, 시인 개별적인 관점에 의한 것이며 시인
'만'의 기호 해석이다. "썩어문드러진/ 씨알머리"는 단순한 풍경
의 묘사가 아니라, 주체의 '내면 풍경'에도 해당되기 때문이다.
그러므로 '마른 풀'을 시적 대상으로 선택한 해석 주체로서의 시
인은, 그 해석을 통해 시인만의 내면성을 확립한다.

지은 죄 너무 많아 몸 안에 감춘 꽃을
바다 위 마음 심(心)자 탁본하듯 올려놓고
조찰(照察)이 걸어온 나는 한 마리 동박새

내 몸의 결기 같은

붉은 피 층을 이뤄

바람에 덧난 동백 수줍게 피어난다

비 젖은 해탈을 바라 간절한 눈빛이 된다

—「지심도 동백」 전문

시인은 지심도 동백과 동박새를 본다. 시인은 자신을 '한 마리 동박새'로 보고, "지은 죄 너무 많아 몸 안에 감춘 꽃을/ 바다 위 마음 심(心)자 탁본하듯 올려놓"는다고 말한다. 마음(心)이 동백꽃처럼 붉은 것은 죄를 너무 많이 지었기 때문이고, 바다 위에 탁본한다는 것은 그 죄를 고백하고 반성한다는 말일 것이다. '조찰(照察)'이라는 어휘의 뜻처럼, 잘잘못을 살피며 걸어(나)온 시인. 그리고 "비 젖은 해탈"을 바라는 "간절한 눈빛"이 되는 꽃이 바로 동백이라는 것이다.

그러나 앞서 언급한 「因果律 Ⅱ」과 「지심도 동백」의 소재인 겨울비와 동백꽃은 추상적이지만 객관적인 것으로 중립적인 대상에 불과하다. 그것들은 누구에게나 주어진 대상이면서 잠재적인 것이다. 하지만 시인은 이 대상들과의 접촉을 통해 대상이 고유성을 지니게 되었고, 대상은 더 이상 중립적이지 않고 구체적이고 주관적인 것이 되었다. 그것은 '기호-해석'이자, '서정'의 한 방식이라 할 수 있다.

여기서 기호와 의미의 진정한 통일을 구성하는 것이 바로 본질(essence)인데, 이 본질은 대상의 속성들을 넘어서 있는 만큼이나 주관성의 상태 역시 넘어서 있다. 기호가 자신을 표현하는

대상으로 환원되지 않는 한에서 본질은 기호를 구성하고, 해석
주체에게 의미가 환원되지 않는 한에서 본질은 의미를 구성하고
있다. 이러한 과정을 깨닫는 것을 들뢰즈는 '배움'이라고 말했
다. 다시 말해, 시인은 기호와 해석된 의미를 넘어서 있는 본질
을 탐구해가는 과정을 글쓰기로 겪고 있는 사람이며, 그 과정을
통해 시인은 '시인으로서' 존재하는 것이다.

　　지금 이 순간이 나에게는 울울창창

　　꽃이 피는 날도 잎이 지는 날도

　　찰나를 즐기기 위해 환승하듯 갈아타리

—「잠깐」 전문

'순간(瞬間)'은 '순식간(瞬息間)'의 준말로서, 발생(일어나다)
과 변화(바뀌다), 그리고 소멸(사라지다)을 동시에 의미하고 있
다. 그러므로 각각의 순간은 하나의 탄생이자 시작이며 종말이
기도 하다. 그리고 이 순간의 소멸은 언제나 주체와 접촉하는데,
이 순간이야말로 주체의 '있음'이 증명되는 장소라고 할 수 있다.
김복근 시인에게도 마찬가지다. 시인은 "꽃이 피는 날"과 "잎이
지는 날" 모두에 관계해 있다. "환승하듯 갈아"탄다는 것은, 부정
적인 곳에서 긍정적인 곳으로'만' 이동한다는 것을 의미하지 않
는다. 생성과 소멸을 함께 경험하겠다는 것을 의미한다. 그 '찰
나(刹那)'가 계속 쌓이는 것, 그래서 그것이 개별 주체에게 있어
하나의 시간축으로 형성되는 것. 그 시간축의 어느 단면을 잘라

내도 같은 속성을 보이는 것. 그것을 자기동일성 혹은 본질이라고 부른다. 이와 같이 대상의 본질과 나의 본질을 찾아가는 것을 '진리 찾기'라고 부를 수 있다면, 시조라는 장르도 그러하다.

4. 지속적으로 시선을 투여하는 자

그런데, 고유성을 지니게 된 대상(풍경)이 자신과 불일치하는 상황이 온다. 자기가 잘 알고 있다고 생각하는 풍경이 더 이상 내가 알고 있는 풍경이 아니라 낯선 곳이 될 때, 우리는 당혹감을 금치 못한다. 익숙했던 풍경이 어느 순간 낯설게 보이는 때, 시인은 그 장면을 매우 소중히 여길 뿐만 아니라, 그 장면을 기록하는데 심혈을 기울인다. 그러나 엄밀히 말하자면, 시인이 풍경을 보는 것이 아니라, 풍경이 시인을 보는 것이다. 그리고 시인은 풍경 속으로 들어가 풍경을 바라보는 자기 자신을 보게 된다. 이 이중성. 풍경을 바라보는 것과 풍경을 바라보고 있는 자기 자신을 함께 인지하는 것. 대부분 후자의 모습을 알아채기 어렵지만, 시인과 예술작품은 그 특별한 장면을 풍부하게 포착해낸다.

산천재
남명매
꽃망울
벙그는 소리

소주 첫 잔

따를 때

동동동

이는 소리

가을볕

따가운 햇살

콩꼬투리

터지는 소리

—「절정」 전문

　　지리산 천왕봉 아래에 있는 남명(南冥) 조식(曺植) 선생의
산천재(山天齋)에는 조식 선생이 심은 매화나무가 있다. 수령이
약 450여년이 되었다고 하는데, 그 오래된 나무에서 "꽃망울/ 벙
그는 소리"는 가히 신비(神秘)할 것이다. 그 풍경을 보든, 상상
하든 간에 그 풍경 속에 있는 시인은 그 풍경을 보고 압도당하는
자기 자신을 본다. 그 풍경 안에서 "소주 첫 잔/ 따를 때/ 동동동
/ 이는 소리"와 "콩꼬투리/ 터지는 소리"를 '절정(絕頂)'으로 느
끼는 시인 자신을 보는 것이다. 물론, 일반적으로 산천재의 남명
매가 주는 숭엄함은 누구나 경험할 수 있지만, 그 풍경을 재현하
는 일은 시인만 가능한 일이다. 그와 같은 풍경의 출현은 지속적
인 시선의 투여가 있어야 가능하기 때문이다. 그리고 시선의 지
속적인 투여는 대상의 자명성을 흔든다. 반복은 차이를 만들고,
차이는 대상의 자명성을 흔든다. 그 자명성이 허물어진 공간은
우리가 예전에 알던 곳이 아니며, 전혀 새로운 공간이자 낯섦과

경외(敬畏)의 공간이 된다.

> 설계도 허가도 없이 동그란 집을 짓고 산다
> 작은 부리로 잔가지 지푸라기 물고 와
> 하늘이 보이는 숲속에서 별들을 노래한다
> 눈대중 어림잡아 아귀를 맞추면서
> 휘어져 굽은 둥지 무채색 깃털 깔고
> 무게를 줄여야 산다 새들의 저 생존법칙
> 대문도 달지 않고 문패도 없는 집에
> 잘 익은 달 하나가 슬며시 들어와
> 남몰래 잉태한 사랑 동그마한 알이 된다
> 울타리 없는 마을 둥기하는 법도 없이
> 비스듬히 날아보는
> 나는 자유의 몸
> 바람이 지나가면서 뼛속마저 비워냈다
>
> ―「새들의 생존법칙」 전문

  새들이 둥우리를 만들고, 대륙을 횡단하는 오랜 비행을 하는 것. 주변에서 볼 수 있거나, 다큐멘터리에서 볼 수 있는 광경이다. 그러나 그 풍경이 갑자기 낯설어지는 순간이 온다.
  시인은 첫 시집부터 '새'에 대한 끈질긴 천착을 보였다. 그때부터 지금까지 시인은 새를 자신의 주된 시세계의 모티브로 삼았다는 말이다. 그렇다면, 1985년부터 지금까지 얼마나 많은 시선을 새라는 이미지에 투여했겠는가. 그 시선의 반복된 투여 속에서, 시인은 '새들의 생존법칙'을 알게 되었다. 그동안 몰랐다는 말이 아니라, 새롭게 그 풍경이 시인에게 다가왔다는 것이다. 시인은 그 풍경 가운데에서 "나는 자유의 몸"이라고 고백한다. "바람이 지나가면서 뼛속까지 비워냈"기 때문인데, 바람이 지나갔다는 말은 오랜 세월(歲月)의 경과를 뜻할 수도 있고, 뼛속마저 비워냈다는 말은 '무욕'의 지점에 이르렀다는 뜻이기도 하다. 시인은 이제 이 새로운 "대문도 달지 않고 문패도 없는 집", "울타리 없는 마을 등기하는 법도 없"는 곳에 살고자 한다.

이처럼 풍경 안의 시인은 자기를 바라보는 자기 자신을 보고 있다고 말해야 하며, 그것은 시인의 삶과 연관된 실존의 문제가 개입되었다는 것을 뜻한다. 낯익은 것이라 생각했던 대상이 낯선 것으로 드러나는 순간은 시인 자신과 긴밀하게 연관되어 있는데, 낯익은 것이라 생각했던 자기 자신의 경험이 그 안에 포함되어 있다는 것이고, 낯설게 느끼게 되는 것은 그 경험을 넘어서는 숭고의 경험이라 할 수 있을 것이다. 숭고의 경험, 그러니까 시조는 늘 새로운 풍경을 그려야 한다. 따라서 시조의 서정은 시인의 실존과 긴밀하게 연결되지 않으면 안 된다.

5. 쓰는 자

서정의 위기, 서정의 무기력함이 감지된다는 것은, 서정의 본질적인 속성의 문제인가, 아니면 서정이 세계 및 현실과 맺는 관계의 문제인가. 그것은 현실에서 '(서정)시가 무엇을 할 수 있는가'라는 회의적인 질문 앞에서 일어난 일이었다. 그러나 엄밀히 말하자면 무기력함을 앓고 있는 주체는 서정이 아니라 서정의 주체들인 시인과 독자 그리고 비평가들이라고 할 수 있다. 그러므로 서정은 마지막 어휘이기도 하고, 탈서정은 서정에 기생하기도 한다. 우리는 서정의 위기라는 '증상'을 보고 서정을 복원시키려고 했으나, 정작 복원해야 할 것은 각 주체들이었다.

김복근 시인의 시조도 그러하다. 서정은 여전히 살아 있다. 그래서 시인은 쓸 뿐이고, 그 글쓰기는 대상의 본질을 탐구하려는 진리-찾기라고 할 수 있다. 그리고 그 진리 찾기는 결국 시인의 실존과 연관된다. 새로운 풍경을 발견하려는 자, 기호를 해석하려는 자로서 시인은, 그렇게 시인으로 살고자 하는 자기 자신을 본다. 그것이 시인의 윤리라 할 때, 시인은 시조라는 장르의 운명과 역사에 '쓰는 자'로 참여한다. 전통 장르라서 지키는 것이 아니라, 지키기 때문에 전통 장르가 되는 것. 시조는 작품의 기원이자 이념이다. 김복근 시인(의 작품)은 시조라는 기원에서 출발해 이념을 향하고 있다.

주름 잡힌 시와 도래할 시간

— 강경주론

1. 주름 잡힌 시

운율을 통해 시간이 압축되고 비유를 통해 공간이 겹쳐진다고 할 때, 정제된 운율을 미적 형식으로 삼는 시조는 행간의 폭이 웅숭깊다. 그 행간에는 셀 수 없는 시공간의 주름들이 접혀 있기 때문이다. 그 시간과 공간이 지금-여기 한순간에 펼쳐질 때, 우리는 신비(神秘)와 경이(驚異)를 경험한다. 그것을 시적 체험이라 할 때, 그 체험을 가능하게 하는 것, 또는 그 체험을 겪는 것은 시인인가, 독자인가, 아니면 시 자체인가. 분명한 것은, '좋은 시'는 그 체험을 가능하게 한다는 것이다. 그러므로 '나쁜 시'는 즉자적으로 시공간이 드러나며 주름 잡힌 시공간이 아예 없거나 희박한 것이라 말할 수 있다.

물론 시간은 우리가 분절할 수 없는 추상명사다. 시계와 달력을 매개로 시간을 지칭하거나 기록하지만, 그런 숫자로 포착할 수 없는 시간이 있다. 시간의 바깥에 있거나, 시간이지만 시간으로 말할 수 없는 시간 또는 시간이 되지 못한 시간. 일단 시간의 바깥에 있는 시간을 알 수 있는 것은 일자(一者) 또는 초월자(神)만 가능함으로 논외로 하고, 시간으로 말할 수 없는 시간과 시간이 되지 못한 시간에 주목하자.

이번에 살펴볼 강경주의 시집 『노모의 설법』(고요아침, 2015)은 제목 그대로 '노모(老母)'의 목소리를 빌려 노모의 시간을 보여주고 있다. '남겨진' 혹은 '주어진' 시간을 살아내야 하는 노모의 목소리가 시집 전체를 차지하고 있다. 노모를 비롯해 우리 인간 모두가 죽음 앞에 선 존재인데, 특히 노모는 좀 더 가깝게 '끝' 혹은 '끝을 알 수 없는 끝'을 향해 가고 있다고 말할 수 있고, 시인 역시 그 '끝' 혹은 '끝으로 가는 시간'에 주목하고 있다. 그와 같은 문제의식은 비단, 효(孝)라는 인륜의 문제에만 국한된 것은 아니다. 그 시간에서 시가 촉발되는 것이고, 그 시간을 말하려는 것이 시라는 것을 시인이 인식하고 있다. 노모가 보고 있는 그 시간, 노모가 가고 있는 그 시간, 노모에게 도래하는 시간, 그 시간들 하나하나 간격을 재고 이름 붙이려는 의도에서, 이 시집은 시간으로 빼곡히 주름 잡혀 있다. 그리고 이제 주름은 무한한 공간으로 우리 앞에 펼쳐진다.

2. 근본적인 질문

첫 시조집 『어둠을 비껴앉아』(1987)에서 『찻잔이 죽었다』(2009)까지 총 7권의 시집을 펴낸 강경주 시인의 이번 시집은 그동안의 시편과 전혀 다른 양상을 보이고 있다. '노모'의 목소리를 전면에 내세운 것이 표면적 면모라면, 그로 인해 '시적인 것'에 대한 천착이 동시에 이뤄진다는 점에서 이전과 사뭇 다르다. 오랜 시간 작품을 매만지면서 시란 무엇인가에 대한 근본적인 질문에 직면하게 된 것이다. 이제 시인은 시를 촉발시키는 대상

의 문제가 아니라, 대상이 어떻게 시가 될 수 있는지에 주목하고
있다.

  내가 살아 있다는 걸
  누가 어떻게 알겠느냐

  아무 기척 없었지만
  살아 있었다는 걸

  애비야,
  죽음 아니면
  무슨 수로 알리겠냐

  ─「죽기 전엔 모를 거다」 전문

　살아있음을 알리는 유일한 방법이 '죽음'이라는 것. 기척의
없음을 통해 기적의 있음을 증명해야 하는 이율배반의 구조에
서, 시인은 죽음의 언어 혹은 죽음에 바치는 언어를 통해 살아있
음을 보여주려 한다. 즉, 죽음이라는 익명적 문제, 타인의 죽음
을 통해서만 겨우 간접 체험할 수 있는, 상상도 불가능한 죽음을
언어로 형상화한다는 것은, 죽음 앞에 선 존재자로서 시인 자신
의 언어-가능성을 최대치로 끌어올리려는 처절함에서 비롯한다.
아무리 설명을 완벽하게 해도, '죽음'이라는 단어 그대로 쓴다고
해도, 죽음을 적확하게 설명할 수 없다. 죽음이라고 말하는 순
간, 죽음은 죽지 않는다. 이에 따라 시인은 자신보다 죽음 가까
이 있는 자의 목소리를 빌려 죽음의 문제와 마주한다.

눈앞이 캄캄하고

아무 소리도 안 들리고

자꾸 쪼그라드는 것이 번데기가 될려능가,

그러다 몸이 풀리면 한 세상 날아갈라나

—「한 세상 날아갈라나」 전문

먼저, 시인은 죽음을 몸이 풀리면 날아가는 것으로 본다. 눈
앞이 캄캄해지고 아무 소리가 들리지 않을 만큼 노쇠(老衰)한
신체의 상태를 '번데기'로 본다. 갓난 아이로 태어나, 청소년기
와 성년기를 거쳐 신체가 포물선을 그리며 쇠락해가는 과정은
오히려 나비가 되기 위한, 성충이 되기 위한 '변태(變態)'의 과정
으로 본다. 아직 완전한 것은 아닌 상태. 그렇다면 죽음은 완벽
한 것인가. 그리고 숨을 거두고 난 뒤의 시간, '사후(死後)'는 어
떤 시간인가. 그 시간에 죽은 자는 무엇을 할 수 있고, 의식은 어
떻게 되는가. 그러므로 죽음이라는 시간은, 시간으로 말할 수 없
는 시간이다. 만약 죽은 자에게도 시간이 계속 된다면, 그 시간
은 유한한 것인지 혹은 무한한 것인지 '전혀' 알 수 없다. 이 땅의
삶에서 '끝'을 끝냈기 때문에, 다른 세계의 시간관이 요구된다.

보이다가 안 보이는 게지
없어지는 건 아니더라

꿈속의 꽃잎처럼 떠오르는 사람들

있거나

없거나 하는 것이

다 이승의 꿈이더라

—「이승의 꿈」 전문

있음과 없음, 보이는 것과 보이지 않는 것, 모두가 '이승의 꿈'이다. 이곳은 꿈속의 꿈이다. 무의식의 발현이자 존재의 심연 (深淵)이라 말해지는 꿈은, 이승과 저승의 경계를 허물고 오히려 그 경계선을 보여준다. 그리고 그 경계를 드러내는 것이자, 경계선을 그리는 것이 바로 시다. 시의 언어는 대상을 살해하고 대상의 바깥을 지시하고 있다. 예컨대, 탁자 위의 컵을 컵이라 말하는 순간, 컵의 다른 속성인 색깔과 크기, 모양과 질감 모두가 소거되고 우리가 흔히 떠올릴 수 있는 보편적인 컵의 형태만 남는다. 마찬가지로 시인은 죽음을 죽음이라 부르지 않는다. 시인은 오히려 시간이 되지 못한 시간을 지금 이곳 시간-틀로 가두지 않고 날려 보낸다. 죽음을 '알 수 없다'는 솔직함과, 죽음을 '알고 싶다'의 치열함이 길항한다. 시이기 때문에 가능한 일이며, 시란 무엇인가에 대한 질문에서 비롯된 일이다.

3. 어미의 시간

그렇다면, 시인에게 '시간'은 무엇인가. 또는 시인은 시간을 어떻게 정의하는가.

꽃은 무심히 피어 저리 아름다운데

나는 마음을 잃고 치매를 앓는 구나

내가 네 어미였더냐

언제까지 그랬냐

— 「너는, 누구냐」 전문

노모는, 시인에게 언제까지 '어미'였던가. 마음을 잃기 전, 치매를 앓기 전까지가 어미였는가. 시인은 질문한다. 언제까지 관계를 맺고 있다고 말할 수 있는가. 초장에 질문의 답이 '무심히' 제시되어 있다. 꽃은 우리에게 아름답게 보이려고 피는 것이 아니라, 그저 무심히 피어 있다. 목적 없이 피어 있는 것, 무목적성의 합목적성이다. 시간 역시 마찬가지다. 그 누구의 관심 없이 피어 있는 꽃 한 송이처럼, '어미'의 시간은 '어미'가 아닌 시간에 있다. 즉, 기억을 잃고 자신이 누구의 어미라는 것을 망각한다고 해서, 어미의 시간이 사라진 것은 아니다. 이미 한 세상을 살아온 시간, 나와 관계를 부인한다고 해도 이미 관계했던 시간은 여전히 남아있다. 기억하지 못한다고 해서, 시간이 무화(無化)되는 것은 아니다.

> 누구에겐 시간이 오고
> 누구에게선 시간이 가는구나
>
> 낮잠 한숨 자고 나니 풍경이 저만치 물러서 있다
>
> 여기 날 내버려두고
> 까딱도 않는 저것들……
>
> —「낮잠 한 숨 자고 나니」전문

시간은 왔다고 말할 수도 있고, 갔다고 말할 수도 있다. 하나의 흐름이기 때문이다. 정확히 말하자면, 흐른 것은 시간이 아니라, 우리 인간 자체라 할 수 있다. 존재론적 차원에서 하나의 선분을 시간의 흐름이라 한다면, 우리의 좌표가 달라졌기 때문에, 이전과 이후의 운동 거리를 통해 우리는 시간이 흘렀다고 말할 수 있다. 만약 어떤 변화가 전혀 없다면, 우리는 시간이 흘렀다고 말하기 어렵다. 반면에 시인은, "풍경이 저만치 물러서 있다"는 것으로 시간의 흐름을 보고 있다. "여기 날 내버려두고" 풍경은 '저만치' 물러선다고 말하지만, 실은, 풍경이 물러서는 것이 아니라 인간 자신이 풍경에 물러서는 일종의 착시현상에서 비롯된 일이다. 따라서 시인은 인간의 운동—생(生)에서 멸(滅)로 향하는—을 통해 시간을 정의한다.

> 이놈의 영감탱구야 너무 그리 재촉하지 마소

내가 안 가는 건 아니요 열심히 가고 있는 것이요

—「열심히 가고 있소」 부분

이미, 고인이 된 남편의 곁으로 "열심히 가고 있는 것"이 노모의 삶이다. 수동적으로 누가 등 떠밀어 가는 것도 아니며, 가기 싫은 것도 아닌 그 곳. 열심히 가고 있으니 재촉하지 말라는 노모의 목소리를 통해 죽음이야말로 동일자의 동일성, 타자와의 합일이 완벽하게 이뤄질 수 있는 곳이라 가정해본다. 나와 사별한 당신과, '다시' 하나가 되기 위해서 나 역시 죽음의 강(레테)을 건너야 한다. 그 강 앞까지의 여정이 곧 시간이고, 강을 건넌 뒤의 시간은 망각의 시간으로, 전혀 알 수 없는 시간, 시간으로 말할 수 없는 시간이 되고 만다. 여기서 시인이 속한 '여기'를 죽음 이후의 세계 곧, '저기'로부터 이해하는 것은, '저기'로부터 입각하며 개시된 세계가 곧 '여기'이기 때문이다. '여기'서 '저기'까지의 거리, 부재의 방식으로 당신이 현존하는 여기와, 사별한 당신이 있는 거기까지의 시간이 노모에게 '평생'이었고, 그와 같은 거리감각을 통해 시인은 '어미의 시간'을 말한다. 시인은 명명하지 않았으면 시간이 될 수 없는 시간, 잃어버린 시간을 되찾으려 한다.

4. 도래할 시간

만일 죽지 않는 인간이 있다면, 그는 영원을 사는 것이 될 것이다. 따라서 그에게 시간은 무의미한 것이다. 그러나 우리 인간은 그 누구도 죽음을 피할 수 없기 때문에, 우리에게는 시간이 '주어져' 있다. 그렇게 시간을 가진 인간은 자신에게 주어진 시간을 자신의 것으로 만들어야 한다. 그러나 엄밀히 말하자면, 아무 사건 없이 흘러간 것은 시간이 아니다. 그런 시간을 우리는 흔히 '일상'이라 부른다. 그러나 시는, 일상에서 시간을 찾는 일을 감당하는 동시에, 일상이 아닌 지점을 찾는다. 일상이 분열되고, 일상이 아닌 것이 일상으로 틈입할 때(탈구된 시간, out-of-joint), 우리는 불안을 경험하고 염려한다.

> 흘러가는 흰구름 보며 넋을 놓고 앉았으니
> 마음이 하늘처럼 열리고 안과 밖 경계가 사라진다
> 몸 안에 가둘 수 없는 미풍 같은 게 나라니
>
> 깊게 숨을 들이마시고 부드럽게 내어쉰다
> 멀리서 뻐꾸기소리 가뭇없이 사라지는데
> 나는 왜 여기 앉아서 부질없이 서성이나
>
> ─「미풍 같은 게 나라니」 전문

어느 날, "몸 안에 가둘 수 없는 미풍"같은 것이 '나'라고 인식한다. 안과 밖의 경계가 사라지고, 나와 너라는 대상 역시 경계가 사라진다. 그리고 "나는 왜 여기 앉아서 부질없이 서성이"는지 질문한다. 세상 만물 속에서 도드라지는 나의 존재를 문제 삼는다는 것은, 나라는 존재를 책임져야 하는 존재자의 두려움에서 비롯된다. 그렇게 내던져진 존재로서의 나는, 시간의 흐름 속에서 '나' 자체를 의심하며, 나의 존재근거를 고민하게 된다.

　　이 나이 되어 봐라
　　날마다 생일이다

　　주어진 하루하루가 새롭다,
　　선물 같다

—「날마다 생일이다」 부분

　　나에게 주어진 시간이 '문득' 새롭다는 것을 알게 된 순간, 삶의 매순간이 소중하다는 것을 깨닫는 것과 동시에, 나의 존재근거를 찾게 된다. 이제, 시간 속에서 내가 사는 것이 아니라, 내가 시간을 경험하고 이끌어간다는 것을 알게 된다. 전자는 시간에 함몰되는 것이고, 후자는 시간을 만들어가는 것이다. 만들어가는 시간, 자신의 존재를 책임지는 일, 그것을 우리는 '의미'라고 부른다. 그러니까 의미는 수행동사로서, 실천할 때 비로소 의미가 완성된다. 즉, 시인에게 시간은 남겨진 것이면서 동시에 의미로 충만한 시간을 만들어가야 하는 의무 혹은 책임이 주어진다. 그러므로 현재는 다 같은 현재가 아니다. 미래(未-來, 아직 도래하지는 않은 것)를 만들어가는 현재만이 오로지 나의 존재근거가 된다.

　　간밤엔 네 애비 와서
　　내게 손을 내밀더라

손 한 번 잡는데 평생이 걸리다니,

손 한 번 잡지 않고도 평생을 살았다니…

—「손 한 번 잡지 않고도」 전문

이 시집 전체를 아우르고 있다고 말할 수 있는 작품 「손 한 번 잡지 않고도」에서는, 시인의 시간에 대한 천착을 잘 보여주고 있다. 시인은 노모의 삶 전체를 '손 한 번 잡는데 걸리는 시간'으로 본다. 즉, 노모에게 '평생'이라는 시간은, 사별한 남편의 손을 '다시' 잡는데 까지 걸린 시간이다. 그것은 숫자로 말해질 수 있는 시간이 아니라, '시적인 상황'으로 말해질 수 있는 것이다. '평생'을 태어나서 죽음 앞까지의 시간이라고 누구나 쉽게 말할 수 있지만, 그것은 존재론적 인식이 아니라 인지론적 인식으로 설명하는 것에 불과하다. 노모에게 있어 '손 잡음'이 시간의 끝이라면, 지금 이 시간은 그 '손 잡음'의 여정이고 그 시간을 완성하는 과정이다.

그러므로 시인에게 시간은, 시간의 끝으로 향하는 것이면서 현재를 충만하게 살고자 하는 존재자의 존재근거에서 비롯된다. '저기'(죽음 또는 죽음 이후)를 통해 '여기'(삶)에 의미를 부여하고, '저기'를 향해 '여기'를 사는 것. 시인은 '저기'를 단순히 허무한 삶의 끝으로 보지 않는다. 시인에게 '저기'는 '손 잡음'의 시간을 부여하면서 '여기'를 '선물의 시간'으로 본다. 이제, (선물로서의) 시간은 도래를 기다리는 자에게만 도래한다.

5. 미학적 인간, 시인

"몸으로 산 것이지 마음으로 산 것 아니었다"(「마음으로 사는 것 아니다」), "마음이 몸을 합하여/ 아이를 낳고 하는 게지"(「마음이 마음을」)라는 진술에서 노모는 '몸'이라는 신체성으로 삶을 버텨온 것을 증언하고 있다. 물론 몸은 시간이 지날수록 결국 노쇠하고 병들게 마련인데, 그것조차 긍정하는 것은 말처럼 쉽지 않다. "까짓거/ 성가시긴 해도/ 동무 삼아 사는 겨"(「심심풀이로 아픈 거지」). 삶은 그렇게 지난한 것이다. 그러나 '몸'의 문제 즉, 노쇠를 긍정한다는 것은 죽음을 앞둔 자의 의연함과 더불어 삶에 대한 강한 애착이라는 것을 알 수 있다. '온 몸'으로 밀고 가는 것. 김수영은 그것을 '시'라고 말했다.

시인은 노모의 목소리를 빌려 세계를 구축하고 있다. 자신이 아닌 타자의 목소리를 추구한다는 것은, 하나의 목소리(톤)로 삶을 재구성할 수 없다는 자각에서 비롯된 것이자, 타자의 진실과 가능 세계에 접근하려는 윤리에서 비롯된 것이기도 하다. 그처럼 타자의 진실에 접근하려는 시인의 태도는, 세상을 눈에 보이는 대로 관망하지 않겠다는 강한 의지와, 나의 '고집스런' 동일성을 포기하겠다는 겸손에서 출발한다. 이에 따라 시인에게 시간은, 단순히 주어진 것이나 흐르는 것이 아니라, 도래하는 시간이자 남겨진 시간이다. 그것은 노모의 삶을 통해 유비적으로 포착한 시인의 탁월함에 의한 것이면서 동시에 시인에게 요구되는 윤리이기도 하다. '저기'를 통해 '여기'에 의미를 부여하고, '저기'를 향해 '여기'를 사는 것. 강경주 시인은 '시간'을 통해 시란 무엇인가에 대한 질문과 함께, 인간의 삶은 무엇인가 또는 인간은 무엇을 위해 사는가라는 존재론적 질문에 해명하기 위해 시를 쓴다. 끝내 해명되지'는' 않을 문제지만, 그 끈질긴 노력에 미학적 힘이 점차 응축될 것이다. 그와 같은 미학적 인간을 우리는 시인이라 부른다.

이제, 펼쳐진 시공간을 다시, 시집에 주름 접어 넣는다.

발화하는 몸, 시조의 몸

— 김보람론

1.

솔직하게 말해보자. 우리는 '시조'를 어떻게 생각하는가. 시인들과 주변 지인들에게 직접 물어본 결과, 시조는 '전통(傳統) 장르'라는 것과 '사양(斜陽) 장르'라는 생각이 대부분이었다. 전자는 시조가 존재해야할 이유이고, 후자는 시조가 존재하기 어려운 지금 상황의 진단이었다. 그렇다면, 시조를 쓰는 이른바 '시조-시인'들은 전통을 계승하고 지켜내기 위해 시조를 쓴다는 말인가. 여기서 '전통'이라는 문제도 그다지 간단한 문제가 아니다. 민족이라는 '상상적 공동체'(앤더슨)에서 발현된 것이 전통이라는 것인데, 이 전통이 한국 시가의 자기동일성으로 작동하는 정신적 토대임은 부인할 수 없지만, 그것이 시인이 시를 쓰는 이유 즉, 윤리 그리고 미학까지 책임져 주지는 않는다.

또한 시조라는 장르의 성격 규정 문제도 만만치 않다. 이른바 '정형시'로 알려진 시조는 다른 장르에 비해 외적 형식으로 그 성격을 규정지을 수 있는데, 일반적으로 알려진 '3장 6구 45자 내외'라는 조건은 과연 시조라는 장르를 정의하기에 '무리 없이' 적합한가. 이와 같은 형식이 점점 느슨해지고 있는 지금의 시조는 시조가 아닌가. 어떤 비평가는 작금의 '현대시조'는 정형시가 아니라고 말한 적이 있다. 일정한 형식적 제약인 '정형(定型)'을 시조 내부에서 더 이상 찾을 수 없기 때문이다.

그렇다면 김보람 시인 역시 전통을 계승하기 위해 시조를 쓰고 있는가, 하고 의문을 제기해본다. 물론, 그것이 전혀 의미 없는 것은 아니지만, 그것은 작품의 가치 평가를 내부보다 외부에 치중한 결과가 아닌가. 이 글은 김보람 시인의 작품이 '어떤 의미가 있다'라는 것에 집중하기보다, '어떤 의미를 향하고 있다'는 것에 집중하고자 한다. 전자는 효용성 혹은 공리성을 염두에 둔 해석으로 귀결되거나 손쉬운 상르론에 그치고 말지만, 후자는 글쓰기 자체에 대한 탐색이자, 시조 존재론에 대한 탐색이 될 것이다.

2.

우리는 문자를 도구로 사용하여 의미를 전달하는 실용적인 행위를 '글쓰기(écriture)'라고 말하지 않는다. 글 쓰는 행위 자체로서 고려된 글쓰기 즉, 사르트르가 말했던 '자획을 긋는 손의 움직임'으로서의 글쓰기라는 개념에 우리는 '어느 정도' 익숙해졌다. 인류는 계속 글을 써왔고 앞으로도 계속 쓸 것이며, 매체가 바뀌더라도 글 쓰는 행위 자체는 사라지지 않을 것이라면, 글 쓰는 행위 자체가 어떤 욕망을 실현하고 있음에 틀림없다. 그러나 그 욕망은 글쓰기 행위 자체에서 비롯되는 것이자 충족되는 것이지, 의미를 전달하기 위한 것이 아니다. 따라서 우리가 시에서 찾으려는 의미는 '의미 지어진 의미'이며, 사회적으로 규정된 유용성에 따라 가치가 결정되거나, 세계의 정확한 모방과 유비라는 실용주의적 원리에 지배받는 것이 아니다. 우리는 그런 글쓰기를 '무용성의 유용성' 혹은 '비목적적 합목적성'이라고 부르며 미학의 자율성을 인정하고 있다. 그리고 그러한 글쓰기는 김보람 시인에게도 해당된다.

그럼에도 불구하고, 시조의 글쓰기를 개인 욕망을 최소화하여 이른바 '선(善)'을 지향하려는 태도로 보거나, 시조를 통해 '자아의 세계화'를 이루려는 태도는, 여전히 시조를 정서(미학)의 영역이 아니라 윤리의 영역에 두려는 강박관념에 불과하다. 시조 작품과 시인을 같은 선상에 두고 시조를 윤리적 혹은 공리적으로 만들려는 것이 가장 큰 문제다. 지금은 최남선의 '조선심(朝鮮心)'을 추구하거나, 삶의 도(道)를 깨우치고 수양하는 '문(文)'의 세계가 아니다. 이는 창작자와 독자 모두에게, 그리고 시와 시조 모두에게 해당되는 상황이다. 그렇다면 김보람 시인의 글쓰기는 어떻게 전개되고 있는가. 또한 우리는 시인의 작품을 어떻게 봐야 하는가. 이 질문들은 시조가 무엇을 향하고 있는가에 대한 질문이 아니라, 시조는 어떻게 씌어지고 있는가에 대한 질문이다.

입 안 가득 짐승 하나 웅크리고, 있다

걷잡을 수 없이 자라나는 무질서의 뼈들

뾰족한 이빨 덤불이 매일 다른 눈을 뜬다

한껏 당기면 어둠이 돌물을 이루고

새까맣게 헝클린 살점 모두 발라지면

목덜미 꽉 움켜잡고 차가운 요람 속이다

―「짐승의 탄생」 전문

"입 안 가득" 웅크리고 있는 짐승은 "걷잡을 수 없이 자라나는 무질서의 뼈들"과 "뾰족한 이빨 덤불"을 갖고 있다. 살의를 품고 있는 이 짐승은 결국 시적 주체의 살점을 발라먹고 목덜미를 움켜잡는다. 입 안에 웅크린 짐승의 물질성. 그 물질성은 하나의 '몸(corpus)'이라 할 수 있다. 짐승의 몸은 "새까맣게 헝클린 살점"을 가진 시적 주체의 몸과 '함께' 있다. 그러니까 짐승의 몸이 시적 주체의 몸 안에 있는 것이 아니라, 몸 하나에 짐승의 몸과 시적 주체의 몸이 함께 있다고 말하거나, 몸 하나가 짐승의 몸과 시적 주체의 몸으로 분열되어 있다고 생각할 수 있다. 그 몸들의 전체가 곧 "차가운 요람"일 것이다.

아리스토텔레스는 '영혼은 몸의 형식'이라고 말했다. 몸이 저로 하여금 말하고 생각하고 상상하고 느끼게 한다는 것은, 결국 몸과 영혼이 같다는 말이기도 하다. 그동안 우리는 몸/영혼 또는 신체/정신을 이분(二分)하였으나, 몸이 곧 사유 자체라는 고대의 말을 되짚어봐야 한다. 정신이 담겨있다고 생각하는 '머리'는 작게 쪼그라들어 몸 위에 얹혀있을 뿐이다. 따라서 고삐를 당기듯 "한껏 당기면" 어둠은 돌물(일정한 곳에서 소용돌이치는 물의 흐름)을 이룬다. 여기서 어둠은 미지(未知)의 비유적 표현인데, 몸은 미지를 향하는 미지의 것이자 '알 수 없는' 힘 그 자체가 된다. 몸이 몸을 뚫고 나오는 것, 그 힘은 어디서 발원(發源)하는 것인가.

바닥 없는 긴 잠 일렁이는 순간에도

진공의 어둠 위로 회전하는 무리들

발들이 우글거려서 걸을 수가 없다니

새어나오는 비명조차 시선을 강탈당해

하나의 이야기가 무너져 내린다

아무도 가지 못하는 눈 먼 길 하나

사나운 바람으로 그림자를 흔든다

행렬 끝 몸서리치는 힘줄을 깨우면서

어제의 물을 마신다 절벽이 옮겨 간다

— 「진공 속의 잠」 전문

"바닥 없는 긴 잠"을 잔다는 것은 무엇을 뜻하는가. 자리에 눕는 것, 그것은 바로 존재(existence)를 한 장소에 제한하는 일이다. 잠은 의식의 스위치를 꺼버리는 일이지만, 잠이 없다면 의식은 돌아오지 않는다. 즉 의식이 꺼지고 다시 켜지는 자리, 그곳이 바로 몸이다. 따라서 잠을 자야하는 몸 자체가 주체 사건이며, 몸은 '나는 있다'와 더불어 익명적 '있음(il y a)' 그 자체를 드러낸다. 그러므로 "진공의 어둠 위로 회전하는 무리들"과 "발들이 우글거려서 걸을 수가 없"는 상황이 불면에 관한 비유라면, 이 불면은 익명적 깨어 있음의 상태, 즉 자신의 '있음'을 의식하는 것이다. 아무 것도 없는 것은 아닌 곳, 그 불면의 밤에 나는 나의 '있음'이 '나'이자 '몸'이라는 것을 알게 된다.

이제 나는 내 몸으로부터 출발하여 내게 낯선 것으로서의 내 몸 혹은 다른 몸을 경험한다. "새어나오는 비명조차 시선을 강탈당해"버리며, "하나의 이야기"는 내가 알고 있는 이야기가 아니고 무너져 내린다. 그저 "아무도 가지 못하는 눈 먼 길 하나"가 눈앞에 놓여있을 뿐이다. 그러므로 시적 주체는 "몸서리치는 힘줄을 깨우면서" "어제의 물을 마시"며 '행위'한다. 그것이 바로 '힘'의 발원지이다. 힘은 몸에서만 발현한다. 앞서 언급했듯이 몸이 곧 사유이므로 이제부터, 글쓰기는 몸'에 대해서'가 아니라 몸 '자체'라고 할 수 있다. 몸이 곧 힘이며 사유이자, 글쓰기다. 그러므로 나는 내 몸을 영원히 모른다고 말할 수 있으며, 타자는 언제나 몸으로 인식된다. 타자는 나와 다른 몸이기 때문이다. 이제부터 몸은 '발화하는 몸'(장-뤽 낭시)이다.

3.

몸은 접촉되는 것을 즐긴다. 몸은 다른 몸을 즐기고 다른 몸에 '의해' 향유하거나 고통 받는다. 다른 몸과 접촉되지(하지) 않는다는 것은 불안을 야기한다. 나의 '익명적' 있음만을 목도하기 때문이고, 나의 있음을 책임져야 한다는 강박에 시달리기 때문이다. 몸은 실존이다. 그래서 사람들은 '일반적으로' 그 익명성에서 고개 돌리기 위해 세인(das Man)의 삶에 빠져 산다.

모래 위에 성을 쌓고
모래를 지웠다
철봉보다 높이
평상이 자라난다
우리의 젖은 얼굴이
반씩 펼쳐진다

신발을 꺾어 신고
빙글빙글 돌았다
열까지 세고나면
몸 안을 휘젓는 팔
무서운 속도로 달려도
내게 닿지 못할 때

삐걱이는 소리가
공중에 걸려있다
흔들리는 가지 아래
계속 떨어지고 싶다
기록된 빗금의 간격
뺄셈에 약하다

비둘기 한 마리

차도로 뛰어든다

앞서가는 발자국

뭉개지는 연두 속에

계단이 선을 높인다

등 젖는, 얼음

— 「놀이터가 달린다」 전문

　놀이터라는 공간이야말로 몸의 '향연(饗宴)'이다. 몸으로 사물을 움직이며 몸을 몸으로 경험한다. "모래 위에 성을 쌓고" "철봉보다 높이" 올라서는 몸. 시적 주체는 타인(의 몸)과 함께 하는 놀이들에서 '우리'라는 연대감을 느낀다. 그러나 둘째 수부터 우리라는 연대는 사라지고 혼자 노는 놀이터의 풍경이 제시된다. 시적 주체는 "신발을 꺾어 신고" '회전 뱅뱅이'와 같은 것을 혼자 타면서 무서운 속도로 붙는 원심력과 가속력을 경험한다. 그 원심력은 "몸 안을 휘젓는 팔"로 자신의 팔을 착각하게 하고, 오히려 나는 나(의 몸)를 원심력에 떠나보낸 것처럼 느낀다. 그리고 셋째 수에서는 아무도 없는 놀이터의 풍경이 제시되고 있는데, 누군가가 방금까지 있었던 흔적만 남아 있다. "삐걱이는 소리"와 "흔들리는 가지"는 흔적에 의한 것이자, 아무 것도 없지만 아무 것도 없는 곳은 아닌 곳으로서의 놀이터를 보여준다. 몸이 없는 놀이터는 "기록된 빗금의 간격"으로 흔적이었던 몸을 기록하고 있다. 이와 같은 놀이터의 빈 공간은 지금은 없지만 전에는 있었던 곳 즉, 지금은 갈 수 없는 곳인 과거로의 감산(減算)에

드러난 공간이다.

그러나 놀이터 근방에서 비둘기는 차도로 뛰어들어 '압화(押花)'가 되는 것을 상상하게 한다. 앞서 갔던 자동차와 사람들을 따라 몸이 뭉개졌고, 시적 주체는 흔적만 남을 앞으로의 그 자리를 생각해본다. 그 몸이 뭉개져서 형태만 남았을 때, 시적 주체는 "계단이 선을 높"이는 상황, 계단이 계속 선분으로 뻗어가는 성장의 이미지를 떠올리면서 한편으로는 시간의 흐름에 따라 점점 사라지는 몸의 소멸을 생각한다. 결국, 몸이 경험하는 놀이터와 몸이 소멸되는 로드킬의 상반된 상황은, 다시 몸으로 되돌아오게 한다. 술래잡기나 '얼음땡'과 같은 놀이에서 움직이지 못하고 누군가가 '땡'하고 접촉해주길 기다려야 하는 '얼음'. '땡'하고 누군가가 내 몸을 접촉해주지 않으면, 나는 소멸될 것이라는 불안함에서 시적 주체는 타인과 함께 했던 시간을 기억하고, 타인을 기다리거나 혹은 타인을 '땡'하고 접촉하려 한다. 지금 시적 주체는 아무도 없는 현실 상황에서 누군가를 기다리며 '얼음'하고 서 있는 것이다.

그러므로 사유라는 것은 곧 몸을 생각하는 것이고, 몸을 생각하는 것 자체가 바로 글쓰기라고 할 수 있으며, 김보람 시인의 글쓰기는 다른 글쓰기에 비해 시조의 형식이라는 특수성을 갖고 있을 뿐이다. 그러나 시조라고 해도 모두가 다 같은 리듬을 갖고 있는 것'은' 아니다. 리듬은 철저히 몸에서 발현되는 것이며, 몸은 차이 그 자체다. 여기서 리듬이 몸에서 발현되는 이유는, 몸은 의미와 닿기 위한 접촉을 끊임없이 시도하기 때문이다. 그러니까 의미는 선험적(先驗的) 혹은 선재적(先在的)으로 존재하는 것이 아니라, 의미를 향한 제스처(gesture, 몸짓)에 의미가 있을 뿐이다.

따라서 이렇게 말할 수 있다. 의미는 기원이 없다. 단지 운동만 있을 뿐이다. 운동 그 자체가 의미며, 운동을 가능하게 하는 힘 자체가 의미다. 긴장과 이완을 가능하게 하는 시조의 외적 형식 역시 그와 같은 의미를 향한 운동을 하고 있을 뿐이다. 그러므로 시조의 운율은 몸의 운동과 같은 것이며, 이 세상에서 같은 운동을 하고 있는 시조는 단 한 편도 없다. 그것은 김보람 시인의 작품에도 해당되는 일이다.

4.

그림을 그린다는 것은 전적으로 몸과 관련된 일이다. 회화는 몸의 형태를 선과 색으로 재현하는 일이며, 대상이 없다고 여겨지는 추상화 역시 캔버스 전체가 하나의 몸이다. 그와 같은 물질성에 대한 사유는 접촉이 없으면 불가능하다. 그림은 누군가에게 보여지기 위해 그릴 수밖에 없으며, 그림을 두고 창작자와 감상자가 접촉한다. 글 역시 마찬가지다. 이제 접촉은 단순히 몸과 몸의 마주침 문제가 아니라, 몸과 사유의 경계, 나와 너의 경계, 글과 작가, 혹은 글과 독자의 경계를 보여준다. 접촉하도록 재촉하는 것, 그것이 바로 글쓰기다.

절반씩 그린다
매일의 얼굴들을
몇 번씩 바꿔그리며

허물도 끼얹는다
표정을 일그러뜨리며
아이처럼 운다

심지가 날을 세워도
아침은 끝없다
붉은 구름 떠간다
유리창을 삼킨다
부리지 못하는 붓은
오도 가도 못하겠다

—「타버린 얼굴」 전문

시적 주체는 자신의 얼굴에 얼굴을 그린다. 매일 다른 표정을 취한다는 말이다. 시적 주체는 자신의 몸에 자신이 몸으로 감각하고 기분에 사로잡혀 있는 '처해있음'을 그린다. 그것은 문신과 비슷한 것이지만, 엄밀히 말해 전혀 다르다. 몸에 무언가를 그리는 것이 아니라, 몸 자체가 그림이기 때문이다. 그런데 여기서 얼굴은 현상학적으로 매우 중요하다. 이른바 '얼굴의 현현'(레비나스)이 그것인데, 타인의 얼굴은 나를 바라보고 호소하며 스스로 표현한다. 얼굴은 나의 표상과 인식, 나의 자유에 의존하지 않고 그 자체로 존재하며, 그 자체로 드러내 보여주는 타자의 방식이다. 얼굴로 나타나는 타자를 포착하고 이해하려는 주체의 노력은 끊임없이 빠져나간다. 그리고 그와 같은 타자의 얼굴은 곧 시적 주체에게도 해당한다. 시적 주체는 지금 자신의 얼굴을 그리면서, 그 얼굴로 타인에게 호소하고 있다. 나와 타자의 접촉이자 응답을 기다리는 말-건넴이다.

그러나 촛불이 녹고 녹아 "심지가 날"을 세우도록 "아침은 끝 없"이 반복될 때, 시적 주체의 그림은 '결국' 완성되지 못한다. "붉은 구름"이 떠가며 "유리창"을 삼킬 뿐이다. 그림은 처음부터 완성의 불가능성을 향했다. 나의 얼굴은 완성될 수 없기 때문이다. 나는 나를 도대체 모르기 때문이며 언제나 낯설기 때문이다. 나의 얼굴은 스스로 사유하며 스스로 표현하므로, 시적 주체의 "부리지 못하는 붓"은 "오도 가도" 못한다.

왜 시적 주체는 그림을 그리려고 하는가. 그것은 글쓰기와 같은 것이다. 그림도 글쓰기도 근본적으로 실패를 향해 있다. 재현의 불가능성이 아니다. 나는 나의 몸으로 나를 인식하는, 도구가 목적인 글쓰기 자체다. 그리고 그것은 '말해진 것'이 아니라, '말함'이라는 그 행위 자체에만 의미가 있다. 말해진 것이라는 것은 지금 발화된 내용 그 자체를 말하며, 말함이라는 것은 곧 타인에게 말을 건넨다는 행위인데, 중요한 것은 전자가 아니라 후자이며, 글쓰기(écriture) 역시 후자를 지향한다. 그러므로 실패해도 상관없으며, 그 접촉은 언제나 말 건넴이다.

5.

김보람 시인에게 있어 시조-쓰기는 결국 말-건넴이라는 행위라 할 수 있다. 시조의 형식을 도구 삼았을 뿐이지만, 시조의 형식 역시 글쓰기라는 하나의 몸이다. 시인은 몸의 글쓰기를 통해 시조의 몸을 지어갔다. 예컨대 바느질로 완성해가는 하나의 완성품이 중요한 것이 아니라, 바느질 자체가 전부며, 그 바늘들의 간격이 곧 시조의 리듬이다. 그 누빔점 하나하나가 운율이자 몸이며 사유인 것이다.

> 통과하는 자세로
> 머리칼이 자란다
>
> 건물과 건물 사이
> 까마득한 벼랑길
>
> 반듯한 증명을 위해
> 오늘도 벽을 긴다
>
> ─「벽의 코러스」전문

벽은 벽을 통과하고 벽과 맞닿아 있다. "통과하는 자세"를 갖고 있지만, 동시에 "까마득한 벼랑길"도 가지고 있다. 이 이중적인 관계는, 곧 사람 간의 관계를 은유한 것으로 보인다. 벽을 긴다는 것은, 나와 타자에 대한 관계의 재설정 혹은 타자에 대한 나의 재설정이다. "반듯한 증명"이 그런 뜻으로 언술되었을 것이다. 그리고 벽이라는 물질성을 또 다시 '몸'으로 치환했을 때, 이 몸들이 해방되어 일어나는 '자리바꿈'이 바로 접촉 또는 말 건넴이라 할 수 있다. 그러나 여기서 중요한 것은, 말하는 내용이 아니라, 상대방에게 말을 걸고 있다는 것 자체이다. 그것은 진리보다 앞선 정의(윤리)의 문제로서, 주체들이 관계를 맺는 것이 아니라, 관계에서 주체가 생긴다는 뜻이다. 그 관계가 김보람 시인이 글 쓰는 원인이자 이유가 될 것이다.

다시 처음의 질문으로 되돌아가자. 김보람 시인의 글쓰기는 어떤 의미를 향하고 있으며, 시조는 어떻게 씌어지고 있는가. 이렇게 답할 수 있겠다. 김보람 시인의 글쓰기는 몸으로 몸을 쓴다. 그것은 타자를 향한 말 건넴이고, 의미를 향한 '몸짓'이다. 몸짓의 다른 말은 리듬이다. 그렇게 시조는 씌어지고 있다.

존재 저편으로, 대답하기 위해 질문하는 시인
— 이우걸론

1.

글쓰는 자들은 무엇을 위하여 혹은 무엇 때문에 글쓰기를 (당)하는가. 아마 세 가지 중 하나에 속할 것이다. 첫째는 글쓰기가 자신을 구원해줄 것이라는 믿음에서, 둘째는 매일의 빈곤함과 일상성에서 자신을 상실하지 않기 위해서, 셋째는 작가를 살해하는 예술작품 안에서 자신을 상실하지 않기 위해서일 것이다. 둘째는 첫째의 경우와 약간 다르다. 첫째는 글쓰기를 구원의 수단으로 삼은 경우이지만, 둘째는 글쓰기와 함께 살아가려는 자, 소위 '작가'라 불리는 이들이 살아가(야 하)는 방식이다. 그러나 셋째의 경우는 앞의 두 경우와 층위가 다르다. 셋째는 예술작품 앞에 자신이 무화된다는 점을 알면서도 끊임없이 작품과 대결하는 자다. 작품을 쓰면서 작가는 자기 동일성을 확인하고 안도하지만, 곧 소외를 경험하고 절망한다. 작품은 작가를 살해하면서 스스로 존재하기 때문이다. 그렇다면 그동안 작가는 무엇을 위했으며, 무엇이 작가에게 남는가. 시의 경우, 이 질문은 시론이기도 하면서 시인의 존재론이기도 하다.

이 자리에서 이 글은 이우걸 시인의 시집 『모자』(2018, 시인동네) 앞에 '작품을 남기기 위해서 작품을 쓰는 시인은 아무도 없다'는 명제를 들이댈 것이다. 다소 폭력적이겠지만, 40여 년의 시력(詩歷)을 가진 시인의 시집과 맞서려면 이 정도의 각오와 배짱은 요청되고도 남는다. 물론, 이제부터 이 글은 시인이 아니라 시집의 작품들과 맞설 예정이지만, 작품으로부터 소외당한 시인의 처지 또한 깊이 공감하고 있음을 먼저 말해둔다.

본격적으로 이우걸 시집을 읽기 전에, '시조'라는 장르를 짚고 가자. 시조는 시와 다르게 전제된 리듬 안에서 어휘와 진술이 서로 충돌하거나 길항하면서 리듬을 '완성'해간다. 시조에는 '시조의 이데아'(소위 말하는 초-중-종장, 3장 6구 45자 내외 따위의 율격)가 존재하는데, 물론 여기서 '완성'은 시조의 리듬에 국한되어 있는 어휘이지, 시의 미학과 성취도와는 별개의 문제다. 그렇다면, 모든 시조-시인들의 작품은 모두 똑같은 리듬을 갖고 있지 않은가, 하는 질문이 촉발된다. 이 문제를 해결하지 못하면, 시조-시인들은 앞으로 계속 시조를 써야할 당위와 윤리를 찾지 못한 채, 영원히 차이 없는 반복만 해야 한다.

그러므로, 이 자리에서 이 글은 또 하나의 명제를 이우걸 시인에게 들이댈 것이다. '모든 시조는 각자의 리듬을 갖고 있다'는 명제. 대부분의 시조 작품이 시조의 이데아로부터 분유된 것인데, 왜 이우걸 시인은 40여 년이 넘도록 시조를 써왔을까. 이 글은 이우걸 시집을 보다 잘 읽기 위해 쓰고 있는 것이지만, 동시에 시조 존재론에 대한 질문이기도 하다.

2.

본의 아니게, 우리는 시조 작품을 대할 때, '전통'과 '민족'이라는 개념을 떠올리게 되면서 전통 장르 혹은 민족 장르로서의 시조'로' 읽게 된다. 이에 따라 시조는 민족 정서를 대변해야 한다는 점과 전통적인 소재와 감정으로부터 자유롭지 못하다. 시조의 존재보다 당위를 내세워야 했던 식민지 시대로부터 현재까지 그 사정은 나아진 게 없었던 것이다. 전통(+민족) 장르라는 이유로 시조를 비판하는 것 자체가 금기시되었으니, 시조시인들은 시조라는 형식이 모든 것을 보장해준다고 '순진하게' 믿었다. 물론, 현대시를 쓰는 시인들에게는 적용되지 않는 부분일터, '시조가 되기 이전에 시가 되어야 한다'는 이들의 말 앞에서도 시조시인들은 당당했다. 시조는 시조로 이미 충분한 것이라고. 과연 그러한가. 이우걸 시인도 그러한가.

아침 식탁에 사과가 놓인다

내 사과는 언제나 찻잔 같은 것이다

그녀가 심장을 보이며
어색하게
웃고 있다

— 「사과」 전문

워낙 잘 알려지고, 고평(高評) 받기 합당한 이우걸 시인의 작품 「비」(1981), 「팽이」(1988), 「나사」(1996) 등과 함께 연속선상에서 인용시를 본다면, 이른바 '모던하다(현대적이다)'는 평가를 할 수 있겠으나, 사정은 그리 간단하지 않다. 모던한 사물을 소재로 하거나, 모던한 감각을 드러낸다고 해서 모던한 것이 아니기 때문이다. 모던한 사물, 기존에 없었던 사물을 소재로 하면 기존에 없던 감각이 드러나는 것은 당연한 일 아닌가. 여기서 이 글이 주목하는 지점은 바로 이곳이다. 그것은 바로, 사물과 감정의 관계다. 흔히들 특정한 사물에 특정한 감정이 깃들어 있을 것이라는 착각을 한다. 예컨대, '낙엽', '우듬지', '어머니' 등의 사물(소재)은 이미 쓸쓸함이나 아련함과 같은 감정이 깃들어 있다고 생각하고 그곳에서 멀어질 노력을 게을리 한다. 그것을 우리는 '클리셰(cliché)'라고 부르는데, 이우걸 시인은 초기작부터 이 점을 간파하면서 최대한 멀어지고자 노력해온 것으로 보인다. 시인은 특정한 사물에 기대지 않는다. 특정한 감정은 일반 사물에 투영될 수 있으며, 일반 사물에게서 특정한 감정이 발현될 수 있음을, 이미 알아왔던 것이다.

　인용시를 살펴보면, 마치 세잔의 사과처럼 이우걸 시인의 사과는 남들과 전혀 다르다. 찻잔에 놓인 사과는 시인에게 매일 사과를 건네주는 '그녀'에 의해 습관처럼 주어지는 것인데, 시인은 사과가 아닌 '그녀'를 보고 있다. 시인은 조각으로 놓인, 곧 색이 변하고 마를 사과가 아니라, 그런 사과의 속성을 갖고 있으면서도 어색하게 나를 보고 웃어주는 '그녀'를 쓰고 있다. 그러니까 사과라는 '정물'에서 '그녀'를 발견하기까지의 내공. 40여 년 동안 수없이 봐왔을 사과와 써왔을 사과. 앞으로 볼 사과와 쓸 사과. 시인에게 사과는 늘 새롭다. 그러니 시인 앞에 모든 사물은 새롭고, 모든 시는 새로 쓰일 것("새로 필 꽃들을 위한/ 말의 집"(「집」))이며, 작품은 시인 뒤로 사라지지만, 시인은 계속 앞으로 갈 것이다.

3.

드디어 저녁 밥솥이 긴 한숨을 내뿜고 있다

이 집의 고비들은 저 솥은 알고 있다

가등(街燈)도 골목에 서서

늦은 주인을 기다린다

—「불황」전문

인용시에서 우리는 '드디어'에 의미적 강세가 찍혀 있음을 알 수 있다. 숱한 "이 집의 고비들"을 건너온, 아니 숱하게 건너야할 '불황'에도 불구하고 저녁은 온다. "긴 한숨을 내뿜"어야 하는 노동과 좌절의 시간을 지나 저녁이 온다. "가등도 골목에 서서" '늦은 주인'을 기다리고 있지만, 어찌되었든 간에 주인은 늦더라도 온다. 저녁밥을 먹고 잠도 자야하지 않겠는가. 그러나 시인에게 불황은 경제적 문제가 아니라 존재의 문제다. 매일 돌아오는 저녁마다 매일 돌아가야 할 집이 있으나, 시인은 '늦은 주인'이다. 여기서 '집'이 시인의 존재(existence)를 보증하는 존재자(existant)라면, 존재자는 존재의 무거움을 짐처럼 떠맡고 있는 동시에 정처 없이 떠도는(좀처럼 돌아오지 않는) 존재로부터 증명될 수 있으니, 존재인 '늦은 주인'이 돌아와야만 '집'은 성립된다.

여기서 이우걸 시인의 존재 문제는 하이데거식의 존재자를 존재케 하는 존재(현존)가 아니라, 존재자가 기존의 존재로부터 벗어나 저편으로 초월하여 동일자의 형식에서 벗어나려 애쓰는 레비나스식의 존재(존재론적 모험)다. 이에 따라 나라는 존재자는 스스로의 존재를 책임져야 하는데, 이때 필연적으로 겪게 되는 고독과 고통으로 '늦은 주인'이 되더라도, 시인은 집으로 돌아와야 한다. '드디어' 돌아올 때가 되었으니, 시인은 자신의 존재를 불러들어야 한다. 사정이 그러하니, "내게는 삶에 대해서/ 늘 준비가 부족하다"(「발견」)는 시인의 독백에 수긍이 간다. 시인은 "내가 가진 세계의 수많은 이모티콘으로/ 내면의 허기를 메울/ 그런 집"(「집」)으로 늦게라도 가야 한다. '드디어'의 시간이 올 때까지 말이다.

따라서 시인에게 "시간은 부석거리고/ 밤은 낯선 역과 같"(「침대」)을 수밖에 없다. "먼 데서 올 옛사람"(「터미널 엘레지」)은 지금 여기의 존재자를 떠난 존재이며, "찬바람에 쓸려가던 그 저녁까지/ 한 번도 스스로의 생을/ 돌아보지 못했"(「단풍잎」)던 단풍잎처럼, 쓸려가고 돌아보지 못하는 존재의 유랑을, 시인은 감내해야 한다. 시쓰기를 통해서 말이다. 그러므로 이우걸 시인의 시집에 수록된 시의 리듬은, 시조의 율격 따위로 읽어낼 수 있는 성질의 것이 아니다. 여기서 리듬은 텍스트적 실체가 아니며, 경험하는 리듬이다. 다시 말해, 시조의 리듬은 새로운 세계와 새로운 언어 그리고 형식에 의해 구축되는 것이므로, 시인에 의해 파괴되는 낡은 감각적 분배에서 시조의 리듬은 시작된다. 기존의 담론을 해체하고, 기존의 감각에 의문을 제기하는 문장들의 흐름(리듬)은 이 세계에 단 하나뿐이다. 그 리듬이 시조이든, 소설이든 장르가 중요한 것이 아니다. 다만, 이우걸 시인의 리듬은 시조로 발현되었을 뿐이다. 따라서 우리가 이우걸 시인의 작품을 읽을 때는, 이 작품이 시조임을 전제로 읽어야할 것이 아니라, 의미를 찾고 해석하는 가운데 시조의 리듬을 우리가 '경험'해야 한다.

"단 한 줄의 시를 쓰기 위해 삶을 다하여야 하며, 단 한 줄의 시를 쓰기 위해 예술을 다해야 한다"는 모리스 블랑쇼의 말처럼, "그 어떤 작품과도 닮지 않으면서 예술을 닮아야 한다"는 조셉 주베르의 말처럼 시조라는 장르를 다해서 문장 하나를 완성해가는 이우걸 시인의 리듬, 존재론적 모험을 감행하고 있는 이우걸 시인의 리듬은 이우걸 고유의 것이자 시조 고유의 것이다. 앞으로 이우걸 시인이 고군분투해야할 것은 클리셰가 아니라 시조라는 장르 자체일 것이다. 이우걸 시인이 하나의 시조다.

4.

모자의 내면을 다 읽는 사람은 없다
모자는 모자니까 그저 쓰고 있을 뿐이다
그러나 그저 단순히 모자인 모자는 없다

― 「모자」 부분

"수많은 필요에 의해/ 모자는 태어난다"는 당연한 사실 앞에 시인은 절망한다. 시인은 '모자의 내면'을 읽지 못했기 때문이다. 굳이 모자의 내면을 읽을 필요도 없는데, 왜 시인은 모자의 내면을 읽지 못해 좌절할까. 이우걸 시인에게 있어 세계는 늘 새로운 것이니, 새로운 것을 받아 적기도 바쁘다. 그것도 시조의 리듬으로 말이다. "질문을 가졌지만/ 대답 또한 내 몫"(「묵언 시집-김춘수」)이므로, 자기 존재자의 존재를 늘 탈출하고 초월해야 하는 이우걸 시인에게 대답은 존재자의 품으로 돌아오는 존재의 여정, 어디로 향할지 알 수 없는 유목(nomad)과 같다. 이렇게, 대답하기 위해 질문하는 사람, 우리는 그런 미학적 인간을 시인이라 부른다.

앞서 제기한 두 가지 명제 앞에 이우걸 시인의 시집이 놓여 있다. 이제 당신 차례다.

기다리는 시집

― 이정환론

내가 직접 편집하고 디자인한 시집을 편집자가 아닌 (특별한) 독자로서 읽을 기회가 주어졌다. 처음에는 레이아웃과 오탈자만 보였으나, 점차 시가 보이기 시작했다. 낮에 시집을 편집했다면, 밤에 시집을 읽고 글을 쓰게 되었다. 본격적인 서평에 앞서 시집 편집 디자인에 대해 잠깐 언급하자면, 40여 년의 시력을 가진 시인의 노고에 존경의 마음을 담아 왼쪽 페이지 시 제목 위에 '이정환 시조선집'이라는 꼬리말을 넣었다. 시보다 시인의 노고가 먼저 읽히기를 바라는 마음이었다. 그렇다. 이번 시집은 40여 년 동안 시인이 창작한 작품 중 직접 고르고 고른 선집(選集)이므로 서평이라는 표제를 달고 있는 이 글은 시인론의 성격을 띨 수밖에 없다. 그만큼 부담스러운 것은 사실이나, 시인의 시세계를 평가하고 가치판단하기보다는, 편집할 때처럼, 시집의 마지막장까지 페이지를 넘기려고 한다. 다만, 이번에는 내가 편집한 한 권의 '책'이 아니라, '작품'으로, 시인이 끝내지 못한, 끝내 말하지 못한 곳, 우리를 기다리는 곳까지 페이지를 넘기려고 한다.

*

나와 그대의 세계, 나와 그대만 있는 세계가 이번 시집 전체를 이루고 있다. "에워쌌으니 아아 그대 나를 에워쌌으니 향기로워라 온 세상 에워싸고 에워쌌으니 온 누리 향기로워라 나 그대 에워쌌으니"(「에워쌌으니」). 그대가 나를 에워싼다. 덕분에 나도 그대를 에워쌌다고 말할 수 있겠으나, 나는 완벽한 수동태에 불과하다. 그대는 나에게 의미를 부여하는 자 또는 당신 자체가 의미이므로 나의 존재론은 그대에게 있다. 하여, 나의 윤리는 세상의 것에 의한 것이 아니다. 나의 윤리는 그대에 의해, 그대를 위해서만 획득할 수 있다.

물소리를 꺾어 그대에게 바치고 싶다
수천수만 줄기의 희디흰 나의 뼈대//

저문 날
물소리를 꺾어
그대에게 바치고 싶다

꺾이고 꺾이어서 마디마디 다 꺾이어서
꺾이고 꺾이어서 마침내 사랑을 이룬//

저문 날
모든 뼈대는
물소리를 내고 있다

—「헌사」전문

삼국유사의 수로부인 설화가 생각난다. 천 길이나 되는 높은 벼랑에 핀 철쭉꽃을 꺾어 주며 부르는 헌화가처럼, 나는 "수천수

만 줄기의 희디흰 나의 뼈대"를 가진 자(이를테면, 폭포)인데 그
대에게 물소리를 꺾어 바치려 한다. 그것도 "꺾이고 꺾이어서 마
디마디 다 꺾이어서/ 꺾이고 꺾이어서 마침내 사랑을 이룬" 물
소리를 말이다. 내 뜻과 의지를 매우 강력하게 부정한다는 말인
데, '마침내'에 이르기까지 얼마나 꺾여야 하는가. 그대가 누구
인지는 알 수 없으나, 이 시에서 그대가 누구인지는 그다지 중요
하지 않다. 다만, 파열음과 된소리 '뼈대'와 '꺾인다'가 아프고 강
하게, 자기부정을 더욱 강조할 뿐이다. '마침내'까지 꺾어야 한
다.

> 나는 마른 헝겊조각 더없이 낡고 해진 길 한 모퉁이에 버려져 발끝에 더
> 러 채이다가 어느 날 그 누군가의 손에 불현듯 쥐어졌네
>
> 그는 나의 쓸모를 묵묵히 헤아린 끝에 사랑은 젖어드는 일 속속들이 젖
> 는 일이라며 서늘한 한 두레박 물을 가만 끼얹어 주었네
>
> 마른 내 몸에 내 푸석푸석한 얼굴에 문득 생기가 돌아 촉촉이 젖는 하늘
> 비로소 나는 그로 말미암아 겨운 목숨이었네
>
> ─「남루의 시」 전문

나는 말 그대로 '남루(襤褸)'하다. "길 한 모퉁이에 버려져 발
끝에 더러 채이"는 나는 "그 누군가의 손에" 쥐어졌다. '불현듯',
필연의 사정을 알지 못한 채. 그는 "나의 쓸모를 묵묵히 헤아"린
자로서, "사랑은 젖어드는 일 속속들이 젖는 일"이라는 전언과
함께 "서늘한 한 두레박 물을 가만 끼얹어 주었"다. 그렇게 나는

그에 의해 '겨운 목숨'이 될 수 있었다. 「헌사」의 '마침내'가 종(終)과 결(結)을 의미한다면, 「남루의 시」의 '비로소'는 시(始)와 기(起)와 같다. 나는 그로부터 시작(protos)되었고 그 앞에서 끝(eschatos)이 난다. 그가 나의 처음과 끝을 보증하며, 그가 나의 처음과 끝이 된다.

*

내 노래보다 먼저 산을 넘은 그대 그 산 밑 아무도 찾지 않는 빈집에 노래를 부둥켜안고 홀로 사위어 가고 있던

내 노래보다 먼저 속울음이었던 그대 마침내 산 하나의 둘레와 높이로 사랑을 이루었던 그대 천길 단애를 딛고 서서

산을 넘으면 거기 산비탈 오두막집 그리움의 문고리가 있어 아프게 흔들어대던 천년의 깊이로 내려선 그대 내 안의 먼 그대
—「내 노래보다 먼저」 전문

그대는 '내 노래'보다 먼저 산을 넘어 "노래를 부둥켜안고 홀로 사위어 가고 있던" 빈집을 지킨다. 그대는 '내 노래'보다 속울음이어서 "천길 단애를 딛고 서서" "산 하나의 둘레와 높이로 사랑을 이루"고 있다. 그리고 나는 그대를 찾아 나서지만, 그대는 "천년의 깊이"를 가진 "내 안의 먼 그대"라서 "산비탈 오두막집 그리움의 문고리"만 아프게 흔들 뿐이다. 여기서 '산비탈 오두막집'에 대해 생각해본다. 항상 그대보다 먼저 갈 수 없는 먼 곳,

내가 당도하면 그대는 떠나는 곳. 바로 나의 마음이 아닐까. 내 노래가 그대를 닮을 수 있다면, 그대보다 내 노래가 먼저 산을 넘고 먼저 속울음이 될 수 있다면. 그래서 그대를 만날 수 있다면. 그대와 만나는 곳은 마음. 나의 마음은 언제나 그대로 가득하나, 그대가 없다. 그대는 나보다 선행하고 선재하며, 동시에 늘 부재한다. 그대는 과연 있기나 한가 혹은 있었던 적은 과연 있었나.

내 안의 어딘가에 한참동안 가둬 두었다
어느 것이 먼저인지 혹은 나중인지 몰라
음험한 어떤 기운이 땀구멍마다 가득 찼다

한기 서린 그 기운 감당할 길이 없어
그냥 마구 무너졌고 방향을 잃었으며
끝없이 추락하면서 세상 끝에 닿았다

별똥별이 남기고 간 기억 속 궤적을 좇아
먼 곳에 멈춰 서서 한없이 웅성거리다
축축한 소멸의 순간을 온몸으로 맞았다

마냥 속수무책으로 식은땀은 쏟아지고
단절의 두려움 속에 떨어지던 꽃잎들
모두가 검붉게 타서 흩날리고 있었다

― 「음울에 관하여」 부분

나는, "음험한 어떤 기운이 땀구멍마다 가득" 찬 자, "한기 서린 그 기운 감당할 길이 없"는 자다. "그냥 마구 무너졌고 방향을 잃었으며", "끝없이 추락하면서 세상 끝에 닿았"고, "축축한 소멸의 순간을 온몸으로 맞았"으며, "마냥 속수무책으로 식은땀은 쏟아"질 뿐이다. 모두가 '음울(melancholy)' 때문이다. '정상적인 슬픔'이 아니다(정상적인 슬픔이 있기는 한가?). 대상 상실에 따른 애도 작업의 실패로 인한 이유 없는 슬픔과 상실한 대상과의 동일시를 '음울'(프로이트)이라 한다면, 나는 무엇을 상실했는가. 사랑하는 자, 내게 있어야 '할' 대상이 부재하다. 당위로 존재하는 그대. 그러나 지금'은' 나에게 없(다고 생각되)는 그대.

하지만 우리는 이 세상에서 아무 것도 가질 수 없다. 한순간 모든 것을 빼앗길 수 있으나, '나'라고 말할 수 있는 힘만은 예외이며, 나를 파괴하는 것만이 우리에게 허락된 유일한 자유라고 시몬 베유(Simone Weil)는 말했다(『중력과 은총』). 결국 음울은 대상의 문제가 아니라 나의 문제. 끈질기게 '나'를 붙잡고 있는 나는 '나'만 들여다볼 것이며, 그리고 나의 공백을 발견한다. 나의 공백은 바로 그대의 자리, 그대가 있었던 곳. 그대가 있어야 한다는 믿음을 버리지 않는다면, 나는 불행하다. 또한 이 믿음이 없다면 나는 불안하다. 빈자리를 견디지 못하는 비참함이 우리를 압도한다.

*

그렇다고, 고도(godot)를 기다리는 것처럼 그대를 마냥 기다리기만 할 수는 없다. 나는 그대와의 거리를 조금이라도 좁히기 위해 수단과 방법을 가리지 않는다. "나는 나를 거두어 너에게로 가겠다/ 삼강이 별빛처럼 입맞춤하는 그곳// 강 저편/ 갈대 사이의/ 네게로 가겠다"(「삼강나루」). 나는 나를 거둘 각오까지 되어 있다. 나는 그대를 선취(Vorhabe, 하이데거)할 것이고, 그대를 지금 여기로 데려와 내 과거와 현재에 (새로운) 의미를 부여할 것이다. 느티나무 아래 입맞춤이 오백년을 멈추게 하는(「오백년 입맞춤」) 그대와 나는 "만나지 않았기에 헤어질 수 없었다/ 헤어질 수 없었기에 만나지도 않았다// 최초의/ 밤을 보려고/ 최후의 밤을 보려고"(「밤을 보려고」) 한다. 최초의 밤과 최후의 밤은 그대와 함께 해야 가능하다.

나
죽으면
눈물 한 방울
흘리지 않고
먼 산이나 하염없이
하염없이 바라볼
마침내
말 없을 그대
영영
말 잃을 그대

천지에
환한 봄일 적에
나 죽으리

천년을 읊은 그 봄날

나 죽으리

그날에

나 죽은 그날에

영영

말 잃을 그대

—「별사」 전문

나는 벌써 그대와의 이별을 말하고 있지만, 반어임을 눈치챌 수 있다. 영영 말을 잃을 그대를 생각하면, 나는 '결코' 죽을 수 없다. 옷을 찢어가며 울며불며 슬퍼했으면 차라리 편하게 눈감을 수 있겠으나, 그대는 "눈물 한 방울/ 흘리지 않고/ 먼 산이나 하염없이/ 하염없이 바라볼" 사람이니, 오장육부가 끊어지는 속울음을 그대에게 주고 싶지 않다. "천지에/ 환한 봄일 적", "천년을 읊은 그 봄날"은 신화의 시공간에 불과하다. 그런 시공간이 있다면 모를까, 유한자인 우리에게 '천년을 읊은 그 봄날'은 도래하지 않을 것이다. 그래서 별사(別辭)는 만나자마자 하는 말이며 나와 그대의 사랑이 단단해질수록 해야 하는 말이다.

내 안에 나는 없고 꽃들로 가득했다

못물로 출렁였다 노을로 타올랐다

맨발로 달려오고 있는 그림자가 붉었다

내 목에 어느 날 별빛타래 걸렸다

자주구름 걸렸다 새가 사뭇 우짖었다

무한정 문이 열렸다 바람 들이닥쳤다

— 「주상절리」 전문

　나는 그대'만' 기다린다. 그대가 들어올 수 있도록 나는 내 안을 꽃들로 채우고 못물이 출렁이게 할 것이며 노을이 타오르게 할 것이다. 그대는 "맨발로 달려오고 있는 그림자"와 같아서 포근하게 안을 수 있도록, 그리하여 그대의 발이 더 이상 상하지 않도록 나는 그대를 맞이할 준비를 한다. 매우 오래 걸릴 것이다. 목에 "별빛타래"와 "자주구름"이 걸릴 때까지, 새가 우짖는 것이 일상이 될 때까지 나는 '무한정' 문을 열 것이다. 바람이 들이닥쳐도 열어둘 것이다. 그대도 바람처럼 들어올지 모른다. 나갈지도 모른다. 안 올지도 모른다. 그러기 위해 나는 '나'를 지워야 하고 버려야 한다. 이 일이 바로 나의 미래이자 미래를 준비하는 자세다. 나는 상상할 수 없고 침범할 수 없는 미래를 기다리고 기대한다. 그리고 그 미래는 그대와 함께 온다. 나의 유한성이 그대라는 무한성으로 치환될 것이다. 그대는 미지의 존재, 동일성으로 환원되지 않는 자, 이름 없는 자이므로, 그대를 향해 열린 것은 나의 미래. 나를 함부로 할 그대에게 나는 속수무책 당할 것이다. 알고도 당할 것이다. 그리하여 그대는 미래처럼 도래한다. 아니, 그대가 미래다. 나는 그대를 위해 빈자리를 만들 것이다.

＊

　이정환 시인의 이번 시조선집『말로 다 할 수 있다면 꽃이
왜 붉으랴』을 '감히' 연애시집이라 부를 수 있다면, 시인의 오랜
사랑에 다시 한 번 머리 숙여 존경을 표하고 싶다. 그리고 이 오
랜 사랑이 보다 영원해지기를 기도해본다. 나도 시인처럼 지극
히 오래, 사랑하고 싶다. 부디, 기다림을 이루시길. 시집을 가득
채우는 그대와 그대를 향한 시인의 정념은 앞으로도 시인에게
윤리로 명령하고 동시에 호소할 것이다. 이러한 윤리에 충실한
인간, 그리하여 미학적인 인간을 우리는 시인이라 부른다.

실존하는 몸, 언어로 실현되는 감각
─ 임성구론

긴즈부르크에 따르면 서정시는 "인간의 이상과 삶의 가치의 전시장"이다. 여기서 '전시장'을 개최한 인간은 누구인가. 그에 따르면 "서정시에서 인간은 작가이자 동시에 묘사의 대상이며, 뿐만 아니라 작품의 실제 구성요소로서 미적 구조에 속해 있는 묘사의 주체로서도 존재"[31]하니, 시인과 시적 주체 모두를 포함하는 말일 것이다.

그러나 우리는 그동안 시인을 작품의 주인으로 보고, 작품을 통해 추정한 시인의 이미지를 다시 작품 해석에 투여하면서 시인의 쓰기를 짐작하는 동시에 독해가 이뤄졌다. 이에 따라 우리는 시를 '특정한' 주체의 발화행위로 보고 이 특정한 목소리에 귀를 기울이는 것인데, 이 지점에서 우리는 '특정한 목소리'를 '서정'으로 간주하는 동시에, 시인의 것으로 여겼다. 하지만 엄밀히 말하자면, 서정적 시적 주체가 서정을 구현하고 서정시를 구성하는 것이지, 시인이 하는 일이 아니다. "작가란 자신의 생각이나 정념 혹은 상상력을 문장으로 표현하는 사람이 아니라, 문장을 생각하는 사람"[32]이라는 바르트의 지적처럼, 시인은 '문장 사고가'로서 문장을 직조하는 사람일뿐, 서정에 직접 관여하는 사

---

31) 리디야 긴즈부르크, 『서정시에 관하여』, 나남, 2010, 19쪽.
32) 롤랑 바르트, 『텍스트의 즐거움』, 동문선, 1997, 98~99쪽.

람이 아니다. 서정은 문장 안에서 시적 주체가 하는 일의 결과물
이자 전리품이다.

이번 임성구 시인의 네 번째 시집 『혈색이 돌아왔다』(시인
동네, 2019)에서 우리는 "나약한 그 남자의 속눈썹 처마 밑에//
칠월 장마 같은 슬픔이 살고 있"(「구체적 슬픔」)는 '서정성'에 보
다 가깝게 다가서며 '예민함'의 기원을 성실히 찾아갈 것이다.
"착한 시여! 다시 와서 거친 나를 깨우시라"(「원초적 서정」)는
전언은 주체에게도 우리에게도 해당되는 말이니, "하늘에서 내
려오시는 깨끗한 감탄사"를 우리도 기다릴 것이다. 특히 이번 시
집에서 시적 주체의 대상은 모두 정서적으로 존재하는데, 대상
으로부터 주체는 서정성을 획득하고, 주체의 세계가 조금씩 면
모를 드러낸다. 다시 말해, 시적 주체가 세계를 창조(作)하는 것
이 아니라, 대상이 세계를 구성하고 있다. 그러므로 우리가 주목
해야 하는 것은, 대상과 관계 맺으며 대상을 밝히고 '재발견'하는
감각인데, 이 감각을 가능하게 하는 것은 '몸' 그 자체이다. 세계
를 인식하고 감각하는 '몸', 이때의 인식과 감각은 당연히 언어로
표상된 것이니, 언어가 감각하고 언어가 인식하는 세계, 이 '몸'
이 만나고 반응하며 운동하는 (새롭고 낯선) 세계를 보라.

몸이 하는 그리움

일반적으로 시는 실제와 정념을 이미지로 형상화한다. 이미
지로 형상화한다는 것은, 눈으로 보인 것, 눈으로 본 것을 포착
한다는 뜻인데, 눈의 반응은 몸의 반응이 국지화된 것에 불과하

다. 더욱이 '눈앞에' 현상하는 것은 나라는 동일자에 환원된 것
이자 고정된 것이다. 그러나 몸의 반응은 예기치 못한 일이자 알
수 없는 대상에 대한 개별화인데, 여기서 몸은 감각기관의 총체
인 신체에 국한되지 않는다. 몸은 외부(세계)와 나를 매개하는
몸이자 (언제나) 외부를 향해 있는 몸, 의식과 관념의 외부로 향
하는 동시에, 외부는 리듬으로 몸을 울리고 흔들며 깨운다. 장소
없는 몸, 보이지 않는 몸, 그러나 세계와 만나고 접촉하며 관계-
맺는 몸.

> 단풍 든 네 가을의 오른쪽은 무척 환하다
> 벌레 먹은 나의 왼쪽은 어둠이 매우 깊다
> 무작정 흔들고 가는
> 이 스산한 편두통
>
> —「불균형의 가을」 전문

　　나의 몸을 '편두통'으로 흔들어 깨우는 것은 '가을'인가, (단
풍 든) '당신'인가. "무작정 흔들고 가는" 것은 우리의 몸, 외부로
부터 반응하는 몸이다. "너무도 오랜 시간 골목에 서 있었다//
불안한 밤 추위에 떨며 달력을 뜯어낸다"(「시작詩作」,『오랜 시
간 골목에 서 있었다』, 2010)는 첫 시집의 표제작에서 알 수 있
듯이, 몸으로 느끼는 추위는, '추운 밤'이 아니라 '불안한 밤'에서
먼저 온다. 불안에는 대상이 없으니, 몸으로 느끼는 한기는, "오
랜 시간 골목에 서 있"어야 하는 연유로부터 올 것이다. 마찬가
지로 우리는 "어둠이 매우 깊"은 왼쪽에서, 혹은 왼쪽으로 인해
'불균형한' 몸, 편두통에 든 몸을 생각해본다. 편두통 때문에 당

신과 나의 어긋남, 불균형이 돌올하게 드러났다.

> 까치 몇 날아가며 쪼아 먹은 하늘 복판
> 뻥 뚫린 가슴 구멍에 술 한 말을 쏟아 부어도
> 좀처럼 잠들지 못하는 그리움은 힘이 세다
>
> ―「태양의 뒷면에 등을 기대고」 부분

"까치 몇 날아가며 쪼아 먹은" 것은 '하늘 복판' 뿐만 아니다. 까치로 인해(까치를 핑계 삼아) "뻥 뚫린 가슴 구멍"을 가진 주체는 "술 한 말을 쏟아 부어"보지만, "좀처럼 잠들지 못하는" 것은 몸이자 그리움이다. 잠들지 못하는 몸 때문에 그리움이 소환된 것인지, 그리움 때문에 몸이 잠들지 못하는지, 선후관계를 따지긴 어렵지만, 분명한 것은, 몸과 그리움이 하나로 작용한다는 것이다. 어쩌면 몸이 그리움을 '하는 것'인지도 모르며, 몸으로 인해 그리움이라는 누군가를 향한 마음이 '발기'했는지도 모른다. "높은 지붕 쪽으로 독사 머리 쳐들다가 …(중략)… 뜨거운/ 밤을 못 식히는 / 한 사내"(「달에게 사정(射精)하다」,『앵통하다 봄』)처럼 말이다. 그리운 마음은 계속 몸에 남아 '힘'으로 작용하고 있으니, 이 어쩌지 못하는 '힘'은 리듬이 되어 가슴 구멍을 점점 키워갈 것이다.

> 덤불덤불 긁힌 자국
> 자갈 지나 찔레밭이다
>
> 엄마를 더듬다가

벙글며 벙글면서

하얗게
오월을 울리는
내 그리움의
가슴아

석 달 열흘 퍼 부은 빗물로도 다 못 채운

공병 같은 가슴아
공술 같은 노래야

어느 집
헛제삿밥 같은
이 허기진
그리움아

─「환한 고립」 전문

　　시적 주체는 "자갈 지나 찔레밭"에서 "덤불덤불 긁힌 자국"
으로, 엄마를 더듬었던 때를 불러온다. 과거의 상처는 아물지 않
고, 흉터로 남지 않고, 지금 몸에 '다시' 상처를 입힌다. "하얗게
오월을 울리는 내 그리움의 가슴"은 지금 여기의 감정이고, 마음
과 영혼 등을 빗댄 '가슴'뿐만 아니라, 신체기관으로서의 가슴이
기도 하다. 그리하여 이 가슴은 "석달 열흘 퍼 부은 빗물로도 다
못 채"울 것이며, "헛제삿밥 같은" 허기를 끊임없이 느낄 것이다.

'허기'는 몸으로 가장 빨리 느끼는 일 중에 하나이면서 동시에 몸(뇌)에서 주는 신호이므로, 그리움은 몸에 가장 먼저 도착하는 것이자, 몸으로 가장 먼저 느끼는 일이 아닐까. 즉, 고통과 슬픔 등으로 갈무리되는 그리움, 또는 그리움의 시초가 되는 고통과 슬픔은 몸에 기입되는 방식으로 온다. 그리움은 몸으로 온다. 아니, 몸은 그리움 자체다.

젖어야 슬픔이 온다

시를 비롯한 예술 장르는 일반적으로 현실을 '미메시스(mimesis)'한다. 더 이상 모방할 수 없을 데까지 나아가는 것을 시인의 책무라 말하기도 한다. 그러나 그리스 문화 여명기에 등장한 미메시스는 지금 우리가 생각하는 외현의 복제를 뜻하는 것이 아니었다. 디오니소스 숭배 의식과 연관되어 처음 생겨난 말이며, 제사장들은 춤으로 그들의 감정, 신에 대한 외경을 표출했다. 그리고 전문-예술인(신과 관계하지 않는 제사장)들이 점차 생겨나면서 드라마, 음악, 회화나 조각 등에서 미메시스는 보이는 사물과 사물에 대한 복제를 의미하는 시각적 '이미타티오(imitatio)'로 변형되었다. 전보다 훨씬 많은 관객(觀客)이 필요해졌기 때문이다. 따라서 우리들의 시는 정념의 분출 혹은 폭발로 주체할 수 없는 힘에 의해 몸이 움직이는, 보이지 않는 힘, 제어할 수 없는 힘에 따라 이뤄지는 '몸의 리듬'을 향해야 한다. 그것이 (진짜) 미메시스이기 때문이다.

한 욕심 부풀려서 네게로 당긴 시위

과녁을 벗어난 채 애먼 하늘 뚫는 통에

낙뢰를 온몸으로 받았지,

폭우에 나는, 무너졌지

— 「반구제기(反求諸己)」 부분

시는 시위'처럼'이 아니라, 시위'다'. "한 욕심 부풀려서 네게
로 당긴" 시위는 과녁에 당도하지 못하고, "애먼 하늘 뚫는 통에"
무시무시한 고통을 감내해야 한다. 낙뢰를 온몸으로 받고, 폭우
에 무너져야 한다. 모두가 다 당신 때문이다. 당신을 향해 정조
준 했으나, 너무 무리한 나머지 낙뢰와 폭우가 있는 곳까지 (너
무 멀리) 날아갔다. 적당한 힘 조절과 섬세함이 요구되는 순간이
나, 당신을 향한 마음은 그럴 수 없다. 끝내 실패할 것이며, 끝나
지 않을 것이다. 모두가 당신 때문이다. 실패하는 아름다움. 의
미를 향한 몸짓에만 의미가 있을 뿐.

나약한 그 남자의 속눈썹 처마 밑에는

칠월 장마 같은 슬픔이 살고 있었네

매미가 제 목소릴 묻은 건

천둥을 키운

우기(雨氣) 때문

— 「구체적 슬픔」 전문

둘이였다 혼자가 된 그 술집 모퉁이에

종일 비가 내린다 양철 비가 추적추적

음악도 마음도 다 젖어

흐느끼는 골목집

― 「슬픔의 정석」 전문

몸은 무엇보다 세계와 (가장 먼저) 실제적으로 만난다. 몸은 나의 내부의 몸이기도 하지만, 몸-밖으로, 타자를 향해 나아가, 그곳에, 존재한다. 몸이 없다면 나는 어떠한 외부와도 관계할 수 없다. 세계를 보고 듣고 맡고 만지는 일은 몸이 가장 잘 하는 일이기에, 감각과 그에 따른 감정은 몸에서 시작해 몸으로 끝난다. 이번 시집에서 유난히 많이 보이는 '슬픔'과 '눈물'의 감정은 결국 몸으로 느끼는 세계가 그렇기 때문이다. 그런 세계를 가진 주체들, 그런 세계에 살고 있는 주체들. "시인들은 내리는 비를/ 슬픔으로 몰고 간다"(「개화(開花)」). '우는 남자'(「우는 남자」)들의 행렬.

"나약한 그 남자의 속눈썹 처마 밑"을 보는 주체는, "칠월 장마 같은 슬픔이 살고 있었"음을 알게 된다. 매미가 "천둥을 키운 우기(雨氣)"처럼 자기의 목소리를 묻듯이, '그 남자'는 매미처럼 "칠월 장마 같은 슬픔"에 울음을 묻는다, 아니 기다린다. 며칠 맹렬하게 울다 종국엔 소멸할 매미처럼. '그 남자'의 슬픔은 '구체적으로' '속눈썹 처마'에서 시작되니, 곧 우기(雨期)가 오겠다. 따라서 비는 추상적으로 내리지 않고, '양철 비' 즉, 양철지붕이 받아내는 비, '추적추적'하고 비가 내리는 모양은 양철지붕이라는 몸에 부딪히는 비다. 양철지붕을 적셔가며, 양철지붕을 타고 지상으로 떨어지면서 조금씩 고이는 비. 고인 물에 신발이 젖듯, 내리는 비에 옷깃이 젖듯 "음악도 마음도 다 젖어"간다. 물기가 조금씩 배어든다. "흐느끼는 골목집"처럼. "둘이였다 혼자가 된 그 술집 모퉁이"는 양철 비로 드러난 세계, 슬픔이 직접적으로 물기로 젖어든 몸들이 모여 있는 세계다. 슬픔은 젖어야 알 수 있다.

> 오지마을 별들에게 귀뺨을 맞았어요
> 안 아픈데 너무 아파 하염없이 하염없이
> 눈물이
> 흘러내렸어요
> 볼이 몽땅 얼었어요
>
> ―「고요한 3시의 詩」 부분

슬픔은 고통(苦痛)으로 마음 이전에 가장 먼저 몸에 폭력을 행사하며 온다. 슬픔은 상상하거나 추측할 수 있는 성질의 것이 아니다. 마음이 슬플 때, 우리는 몸 어딘가가 찢어지는 것'처럼' 통증이 있다고 말하는데, 실은 진짜로 몸 어딘가가 찢어지고 있는 것이다. 몸 어딘가가 실제로 찢어지지 않거나 몸에 변화가 거의 없는 슬픔은 경미한 것, 엄살이다. 슬픔은 몸을 찢고 때리고 흔들어 깨우며 차갑거나 뜨겁게 몸'에' 고통을 준다. 인용시에서 슬픔은 몸을 자극하여 물에 (차갑게) 젖게 한다. 세계의 물(빗물)로 뛰쳐나가거나, 몸의 물(눈물)을 직접 생성하거나. 차가운 물에 젖어야 차가운 슬픔이 스며든다. 별들에게 귀뺨을 직접 맞아야 울 수 있고 그 눈물로 인해 볼이 얼 수 있다. 별들이 진짜로 주체의 귀뺨을 때렸는지는 중요하지 않다. '고요한 3시'는 주체에게 그렇게 귀뺨을 때리며 온다는 것만 중요하다.

언어로 실현되는 몸

그러나, 몸은 추상화된 몸이지 어느 한 곳을 지정할 수 없다. 장소 없는 몸. 신체의 일부분, 예컨대 손가락을 다치면 손가락에서 통증이 오지만, 시에서 말하는 몸의 반향은 장소가 없다. 시는 현재 받고 있는 고통의 신체 부위가 아니라, 고통을 기억하는 일에 고통 받고 있다. 또한 몸은 각자의 고유성, 고유의 몸이므로, 몸은 일반 사회와 제도 등에서 고립 또는 소외되어 있기도 하다. 무엇으로도 환원할 수 없는 몸. 시가 모든 일반에 저항하는 이유가 바로 여기에 있다.[33] 시는 환원할 수 없는 몸의 고유성으로부터 천차만별(千差萬別), 특수성으로 온다.

임성구 시인의 첫 시집 표제작 「시작(詩作)」, 두 번째 시집 표제작 「살구나무죽비」, 세 번째 시집 표제작 「앵통하다 봄」, 그리고 이번 네 번째 시집 표제작 「혈색이 돌아왔다」까지의 여정에서 우리는, 몸이 '하는' 감각에서 감정이 비롯되었음을 발견할 수 있다. 감정은 몸에서 시작되고 몸으로 운동하며 몸에 끝난다. 불안이 추위에서 오듯(「시작(詩作)」), 등에 맞은 살구나무죽비의 감각은 매년 봄마다 돌아올 것이며(「살구나무죽비」), 재 냄새가 앵통하게 한다(「앵통하다 봄」). 세계를 인식하고 감각하며 생겨나는 정동(情動, affect)은 이성과 감성에 의한 것이 아니다. 오로지 몸을 경유하여 촉발되고 응축된다. 사정이 이러하니, 우리의 몸은 표현의 장소, 아니 오히려 표현의 현실성 자체다.[34]

---

33) 박준상, 『암점 2─몸의 정치와 문학의 미종말』, 문학과지성사, 2017, 148쪽.
34) 메를로-퐁티, 『지각의 현상학』, 문학과지성사, 2002, 358쪽.

얼음장 밑 사혈의 밤이 무척이나 길어지더니

열 손가락 마디마디 한 열흘을 찌르고서야

꽃피기 시작한 화단

죽다 다시 살아난 봄

사자(使者)를 돌려보낸다, 나약한 밤에 찾아오신

짧은 빛이 드리운 화란(禍亂)에도 희망은 있어

하하하, 나는 웃는다

그냥 보낼 수 없는 봄

잠시 잠깐 다녀가는 초롱꽃 등을 달고

가볍게 몸을 털고 영혼을 털어내며

독작의 광기를 키운다

오늘밤은 래퍼들처럼

— 「혈색이 돌아왔다」 전문

고통에 몸부림치는 몸의 호소는 재현 불가능하다. 아픔의 강도는 눈금으로 매길 수 없다. 또한 우리는 몸들로부터 출발하여 우리에게 낯선 것으로서의 몸을 우리 것으로 갖게 된다.[35] 고통에 일그러진 몸, 낯선 몸을 보라. 정념(pathos)은 반드시 몸을 경유해야 하니, 시인은 최대한 몸의 호소에 귀를 기울이고, 그 고통을 기억해야 한다. 그것이 미메시스이자 실존이기 때문이다. "얼음장 밑 사혈의 밤", "열 손가락 마디마다 한 열흘을 찌르고서야/ 꽃피기 시작한 화단"은 화단의 문제가 아니라 시적 주체의

---

35) 장-뤽 낭시, 『코르푸스—몸, 가장 멀리서 오는 지금 여기』, 문학과지성사, 2012, 23 쪽.

"나약한 밤에 찾아오신" "사자(使者)를 돌려보내며" "죽다 살아난 봄"에 대한 은유일 것이다. 화단(花壇)은 화란(禍亂)과 같아서, 그저 웃는다. 이제 주체는 "가볍게 몸을 털고 영혼을 털어"낸다고 말한다. 몸이 가벼워지니 영혼도 가벼워지는 것인지 모르겠다. 주체는 래퍼들처럼 "독작의 광기"를 키워가려 한다. 래퍼가 비트에 몸을 맡겨 랩을 쏟아낸다. 춤을 추듯 라임(rhyme)과 플로우(flow)를 가지고 논다. 주체 역시 미메시스의 근원, 감정이 발발(勃發)하기 전에 반드시 요구되는 전제이자 그것이 뿌리내리고 있는 몸, 그 몸에 자신을 맡긴다. 몸이 글을 쓴다. 언어로 실현되는 몸. (시인) 몸의 고유성이 곧 언어의 고유성이다.

세계는 몸들의 세계다. 세계는 접촉의 방식으로 존재한다. 접촉하지 않는 글쓰기가 과연 가능하겠는가. 그에게 있어 시는 상상과 관념의 재현이 아니라, 직접 몸으로 겪어내는 것이자 시에 파고 들어가려는 집요한 몸짓이니, 앞으로 오래도록 건강(健康)해야겠다.

세계를 넘어가는 한 줄, 리듬을 위하여

— 김민서론

리듬은 무엇인가. 심리적 혹은 정신적으로 지각되거나 느껴지는 것이기도 하지만, 구체적인 실현이기도 하다. 리듬은 운율과 관계되어 있지만, 운율 해석 이전에 리듬 해석이 선행한다. 다시 말해, 운율은 작품의 미(美)를 생성해내는 작용 또는 장치일 뿐이지만, 리듬은 그 자체로 미적 현상이자 경험인 것이다. 여기서 우리는 리듬 안에서 혹은 리듬으로 세계 (언어)바깥과 문학의 공간이 스스로 드러나면서 동시에 숨는 것을 경험하게 된다. 이 특수한 경험을 '리듬은 진리가 되어가고 일어나는 하나의 방식'[36]이라고 부를 수 있다면, 리듬을 조직하는 일(詩作)은 생각보다 심각한 일이 아닌가.

이번에 발간된 김민서 시인의 첫 번째 시집 『한 줄로 세상을 넘는다』에서 우리는 시조의 리듬이 무엇을 할 수 있는지를 알게 된다. 더 정확히 말하자면, 시조의 리듬이 어떤 기능을 하는 것이 아니라, 시조의 리듬을 조직하려는 시인의 글쓰기와, 더 나아가 시조의 리듬을 직접 경험하게 되는 독자에게 기회로 주어지는 특수한 체험 그 자체에 어떤 힘이 있음을 알게 된다. 그리고 그 힘이 시인에게 어떤 작용을 일으키며, 독자는 그것에 어떻게

---

36) 하이데거는 「예술 작품의 근원」에서 예술은 '진리가 되어가고 일어나는 하나의 방식'(ein Werden und Geschehen der Wahrheit)이라고 말했다.

반응하게 되는지, 이 힘이 곧 시조의 리듬이자 리듬이 할 일이다. 여기서 김민서 시인에게 리듬은, 세계 안에 살아가는 시인의 특별한 방식인데, 리듬으로 시인은 일상성에서 탈주를 도모하면서 타자에게 자리를 내어준다. 시인에게 시조라는 양식(style)은 영원성에 근거한 일이자 시인을 굳건하게 떠받치고 있기 때문이다.

2011년 ≪시조시학≫으로 등단한 이후, 시조의 리듬이 김민서 시인에게 어떤 힘으로 작용하였는지를 살펴보는 일은 곧, 이 시집의 의미를 탐색해나가는 일이면서 동시에 시조라는 문학 장르의 미래를 예견해보는 일이 될 것이다. 시조-시인 각자가 시조라는 장르의 부분이자 전체이므로, 그러하다.

사건으로 만드는 오해

일상은 비참하다. 지리멸렬한 역할(임무), 모욕적인 인간관계 또는 상처를 주고받는 인간관계, 끝없는 욕망과 결코 채워지지 않는 결핍 등등. 모험과 여행 또는 축제는 그때뿐, 일상의 위대함이자 무서움은 바로 지속성이다. 인간의 삶이 멈추지 않는 이상, 일상도 멈추지 않으니, 현대인은 늘 소외감과 무기력함 그리고 공허함에 처해-있다. 그리하여 현대인은 지속적인 것이나 영원한 것 등을 희구하지만, 그것은 과거에 사람들을 견고하게 떠받쳐 주었던 양식(樣式, style)이 있어야 가능한 것[37]이었다.

---

37) 앙리 르페브르, 『현대세계의 일상성』, 기파랑, 2005.

산업사회 및 신자유주의시대에 살고 있는 우리에게는 미학적 전형도 없고, 일정한 개인 행동방식도 없다. 말 그대로 부유(浮游)하는 시대. 노스탤지어(nostalgia, 鄕愁)만 남았다. 요즘 유행하는 뉴트로(new+retrospective)는 노스탤지어의 자본주의 또는 소비사회 버전에 불과하다.

그러나 시인은 "어제를 삭제하고 오늘을 입력하며// 닫지도/ 열지도 않은 채/ 둥글게 돌고 있"는 '회전문'과 같은 일상에서 "마음이 문틈에 끼어서 아픈 사람"(「회전문」)이 혹시 있지 않을까 생각해본다. 여전히 이 세계는 끊임없이 빨고 말리며 또다시 빨아야 하는 세탁물처럼 "어제도 한 채 벗고 오늘도 한 몸 벗"겠지만(「일상」), "또 혼자 삭여야 하는 문틈에 낀 시간들"(「화풀이 대상 됐네」)이 시인을 보는 것을 시인이 본다. "오늘이 내일로 내일이 오늘로"(「화장」) 끊임없이 이어지는 이 비루한 일상에서, 시인은 낯선 것(실재)이 틈입하는 것을 본다.

갑자기 저 혼자 떨어진 사진액자

와장창 꽉! 유리 파편 흩어져서 숨어든다

순식간, 발뒤꿈치에 쿡 박힌 아린 말들

까치발 들어가며 마른침 삼켜가며

계속해서 쓸어내고 계속해서 닦아내도

카펫 위, 숨어든 애자는 찾을 길 묘연하다

—「오해」 전문

이유 없이 떨어진 '사진 액자'. 유리 파편만 떨어진 것이 아니다. "발뒤꿈치에 쿡 박힌 아린 말들"과 "애자"(睚眥, 흘겨보는 눈초리)가 "계속해서 쓸어내고 계속해서 닦아내도" 행방이 묘연하다. 다만, 사진 액자 속 인물과 관련된 문제가 숨어 있다가 '갑자기' 뜻하지 않은 일로 촉발되었거나, 기어이 터질 때가 오고 말았거나, 이 두 가지의 문제로 이 사건의 원인으로 지목할 수 있겠다. 전자는 우연성에 기댄 추측일 것이고, 후자는 필연성에 기댄 추정이겠지만, 시 제목인 '오해'를 염두에 둔다면, 사건은 그렇게 간단치 않다. 뜻밖의 사건을 '사건'으로 만드는 '오해'가 바로 시인의 욕망이 자리하는 곳, 낯선 것의 틈입을 받아드리려고 하거나, 오히려 기다리는 자리다. 그럴 수밖에 없는 주체라 한다면, 이 주체의 속성은 어디서부터 기인하는 것일까.

산책길에 짓밟힌 십 원짜리 동전 하나

얼마나 밟혔는지 형체마저 흐릿하다

껌조차 못 사는 몸값

아이도 줍지 않는다

—「소외」 전문

일상에서 보기 힘든 십 원짜리 동전. 2007년에 알루미늄에

구리를 씌우는 지금의 작은 주화로 바뀌었다. 주화의 액면가보다 제조비용이 높았기 때문이다. 기존 동전은 액면가는 10원이지만 구리와 아연 같은 원자재의 가격이 올라 제조비용이 20원 이상이었다. 물론, 작품의 동전이 이전과 같은 황색의 큰 동전이라 한들, "껌조차 못 사는 몸값"임은 분명하다. 아이도 줍지 않고 수없이 밟혀 형체마저 흐릿한 동전. 그 동전이 시인을 응시하고 있다. 다시 말해, 시인은 아무도 줍지 않고 눈여겨보지 않는 '소외'를 보려는 자이자, 소외가 자신을 보고 있는 것을 알아차리는 자다. '시인'이라는 욕망, '시인'의 자리에 있으려는 주체. 이 시적 주체는 시라는 양식(style)에 의지하여 사물과 사물에 의해 분배된 감각을 새롭게 재분배하려 한다. 이것은 순간의 것이 아닌 영원의 것, 오염된 언어를 복권하여 순수한 언어로 향하는 작업이면서 동시에 일상과 일상에서의 탈주를 꿈꾸게 한다.

그리하여, 시인에게 시조라는 리듬을 구성하는 일은, 세계에 대한 태도이자, 세계 안에 살아가는 시인만의 방식이 되었으니, 이 리듬이 시인을 떠받치고 있는 것이나 다름없다. 리듬에 대한 시인의 믿음이, 시인을 구원하였으니, 시인은 계속 믿어야 한다. "닿고 싶은 마음만 먼저 가서 부서"(「짝사랑」)지더라도, "노래의 모멘토모리"(「빗방울」)를 잊지 말아야 한다.

모비딕과 마주치는 자

모든 감각 중에 가장 강력하게 탈신비화하는 감각을 촉각이라고 말했던 롤랑 바르트의 말처럼, 시각은 거리를 유지하게 하지만, 촉각은 거리를 제거한다. 한병철은 미(美)가 만족의 대상으로, 긍정의 대상으로 내몰리는 현시대를 '매끄러움'과 연관지었다.[38] "계곡과 실개천을 주사기가 메운다/ 평평해진 이마와 좌악 퍼진 주름들"(「시한부」)처럼. 그러나 예술과 아름다움은 본질적으로, 매끄러움과 거리가 멀다. 예술은 나 자신에게 의문을 제기하고 뒤흔들며 무언가를 경고한다. '아무 것도 아닌 것은 아닌 것'인 예술은 그 자체로 무목적성을 띄고 있는 동시에 무언가를 숨기고 있다. 마치 하이데거식의 세계와 대지의 투쟁처럼, 은폐와 지연의 방식으로 예술은 무언가를 은밀하게 숨기고 있다. 그러나 매끄러움을 미학으로 삼는 현시대는 투명성과 노출(포르노그래피)을 계명으로 삼고 있다. 시인은 이러한 노출과 즉자적-이미지에 대한 경도(傾倒)에 대해 잠시 생각해본다.

고대의 상형문자
제왕처럼 말을 건다

시원의 언어로
못다 새긴 이야기를

이모지
스마트폰 액정에
전할 말 있다는 듯

— 「삶의 방식」 부분

---

38) "스마트폰의 경우와 마찬가지로 사람들은 매끄럽게 반들거리는 조형물들을 보면서 타자가 아니라 오로지 자기 자신만을 만날 뿐이다."(16p) 한병철, 『아름다움의 구원』, 문학과지성사, 2016.

나와 당신(타자)과의 만남은 얼굴과 얼굴의 만남이 아니라, '이모지(繪文字)'를 주고받는 채팅으로 성사된다. 대화도 아니며, 글(말)의 주고받음도 아니다. 즉각적으로 감정과 상태를 드러낼 수 있는 이미지를 주고받는 것으로 만남은 간단하게 이뤄진다. 시간이 아깝고, 에너지 소모를 최소화하기 위함이다. 이에 따라 "고대의 상형문자" "시원의 언어"처럼 아주 간단한 의사소통만 가능했던 원시시대로 회귀하는 현시대를, 시인은 본다. 이미지로 말한다는 것은 말초신경을 자극하면서 즉자적으로 보고 넘기겠다는 사유의 게으름에서 비롯된 것이자, 사색의 시간조차 확보할 수 없는현시대를 반영하는 것이다. "나의 언어의 한계는 나의 세계의 한계를 뜻한다"는 비트겐슈타인의 말처럼, 디지털 혁명의 시대, 세계화시대를 살고 있는 우리의 (정신) 세계는 역설적으로 점점 작아지고 있다.

> 날마다 네 글귀가 컴퓨터로 전해져도
> 잠보다 먼저 깬 삭제된 휴지통엔
> 생채기 세상 하나가 클릭 속에 숨어있다
>
> 늦은 밤 현관문 여닫는 순간에도
> 사무실 귀퉁이를 옆구리에 끼고 와서
> 새벽을 먼저 열어도 찾기 힘든 가장의 길
>
> ─「오늘의 스팸」 전문

광고성 메일과 문자 메시지, 보이스피싱 사기가 일상이 되어버린 이 시대. 스팸(spam)이 우리보다 먼저 존재한다. 스팸은 "잠보다 먼저 깬 삭제된 휴지통"에 우리보다 먼저 존재하고 있으니, 우리는 클릭하는 것이 아니라, 클릭당하고 있다. 스팸이 우리를 보고 있는 것을 우리가 본다. 스팸은 우리의 욕망이 있는 자리, 우리의 욕망이 우리를 보고 있는 자리다. 자본을 향해 멈추지 않는 질주. 자본은 자본을 더 끌어 모으기 위해 최선을 다한다. 여기서 시인은 저항을 시도한다. 시인은 스팸의 시대에서 소외된, 자본의 대상이 될 수밖에 없는 '가장'을 본다. "늦은 밤 현관문 여닫는 순간"이라도 "사무실 귀퉁이를 옆구리에 끼고"오는 가장. 당신일 수도 있고 시인일 수도 있겠다. "새벽을 먼저 열어도 찾기 힘든" '가장의 길'은 무엇일까. 시인은 잠시, 생각해본다. 잠들지 못하고 노동해야 하는 밤, 스팸은 시인보다 먼저 존재하며, 시인을 기다린다. 그렇다면, 시인은 무슨 일을 할 수 있고, 무슨 일을 해야 할까.

김민서 시인은 여러 가지 일 중 시쓰기를 택했다.

> 물마루 끝에서 꼬리 세운 흰 고리가
> 깊디깊은 바다 속을 헤엄치던 눈동자로
> 까만 밤 닳고 닳도록 글밭을 일군다
>
> —「습작」 전문

심해까지 잠수가 가능한 향유고래 혹은 '모비딕(Moby Dick, 白鯨)'의 이미지가 떠오른다. 숨쉬기 위해 "물마루 끝에서 꼬리 세운 흰 고리"를 보이는 고래. 강력한 수압으로 기이한 몸집을 가진 생명체가 있는, 워낙 어두워 시력이 필요 없는 심해. 그곳에 무엇이 있는지는 아무도 모른다. 우주로 로켓과 인공위성을 몇 천개나 쏘아 올렸지만, 심해는 여전히 미지의 영역이다. 그러나 시인은 "깊디깊은 바다 속을 헤엄치던 눈동자"와 눈 마주친다. 심해를 오가는 고래가 곧 글이자 진리이자 글쓰기 자체라고 할 수 있다면, 고래의 유영은, 곧 시인 자신의 심연(深淵)을 보는 일과도 같을 것이다. 물론 심연을 들여다보는 일은, 무척 고통스러운 일이다. 자신의 밑바닥까지 봐야하는 '수치의 글쓰기'[39]를 감당해야 하기 때문이다.

그럼에도 불구하고, 시인은 "까만 밤 닳고 닳도록 글밭을 일"구려 한다. 고래처럼, 저 깊은 곳으로 잠수하는 일, 이따금 물 밖으로 나와야 하지만, 심해에는 무언가가 있다! 아무도 본 적 없고, 아무도 알 수 없는, 아무에게 허락되지 않은 공간. 오랜 시간 숨을 참아야 하는 곳, 상상 이상의 압력을 견뎌내야 하는 곳, 아무 것도 보이지 않는 곳. 그러나 무언가가 있다! 무언가가 있다는 믿음이 시인을 구원할 것이다.

한 줄로 세상을 넘어가는 일

아도르노에 따르면, 세상을 낯선 것으로 지각하지 않는 자는 세상을 전혀 지각하지 않는 자다.[40] 따라서 우리의 '처해-있음' 자체를 문제 삼지 않거나 자연스러운 것으로, 더 정확히 말하면 본래적인 것(진리, 참)에 관심을 두지 않는 비본래적인 삶을 살

---

39) 엘스페스 프로빈, 멜리사 그레그 편, 『정동 이론』, 갈무리, 2015.
40) 테오도르 아도르노, 『미학강의 1』, 세창출판사, 2014.

아가는 자는, 세상을 전혀 지각하지 않는 자라 할 수 있다. 그러
나 대부분의 '일반' 사람들(世人, das Man)은 그렇게 살고 있다.
그렇게 살 수밖에 없는 주체라 그런 것이 아니라, 그렇게 살 수
밖에 없는 상황이 우리를 무자비하게 압도하고 있기 때문이다.
"시지프스 형벌처럼 계속되는 한평생"(「화장」). 일생은 형벌로
주어진 것이니, "어제의/ 길들은/ 마음으로 덮어놓고// 오늘만/
살아서/ 헐떡이는 건널목"(「옛친구」)이 우리가 서 있는 곳이다.

> 땅속 깊이 뿌리내린
> 맨살의 모죽(毛竹)처럼
>
> 마디마디 시어들을
> 꾹꾹 담고 싶었지만
>
> 아직은 싹도 보이지 않는
> 미로의 행간들
>
> 땅 속 탓 일거야
> 아니 아니 사람 탓
>
> 글밭에 새긴 세상
> 때마저 묘연하고
>
> 언어의 마디
> 밤 다 닳도록 매듭짓네
>
> ―「시집」 전문

모죽(毛竹)이라는 대나무는 5년의 잠복기를 거친다고 한다. 5년 동안 싹도 틔우지 않다가, 5년이 지나면 30m에 이르도록 단숨에 자란다고 한다. 시인의 시쓰기 역시 그러하다는 것이다. 5년 그 이상의 잠복기를 견뎌야 할 수도 있고, 영영 잠복만 하다가 끝날 수도 있다. "마디마디 시어들을/ 꾹꾹 담고 싶었지만" 싹도 보이지 않는다. 당연히 긴 잠복을 가진 시를 탓할 수는 없겠으나, 더 정확히 말하면, 시쓰고 있는 시인 자신과 세계의 문제("아니 아니 사람 탓")이기도 하다. "글밭에 새긴 세상"은 시인이 처해 있는 세계를 최대한 100%에 가깝게 모방(재현)하는 것은 불가능할뿐더러, '글밭에 새긴 세상'은 그 자체로 독자적으로 존재하고 있기 때문에, '묘연(杳然 또는 渺然)'할 수밖에 없다. 시는 이미, 시인을 살해하고, 스스로 존재하니, 어느새 시인의 소유물이 아닌, '묘연한 것', 알 수 없는 미지의 것으로 되어버렸으니, '시집'을 묶는다는 것은, 시를 쓴다는 것은 어떤 의미를 가지고 있는가.

　　웅어리로 얼룩진 남해의 작은 사슴
　　한센인 눈물방울 구석구석 스며들어
　　더 이상 자라지 않고 섬이 되어 누워있다

　　손발 없이 키워낸 한 서린 소나무
　　황톳길 수탄장 마침내 알려주듯
　　당차게 하늘을 향해 꼿꼿하게 뻗어있다

　　한숨뿐인 낙서들이 벽마다 새겨져서
　　가도 가도 황톳길 피-ㄹ 닐니리 피-ㄹ 닐니리

홀로선 한아운 시비(詩碑) 촘촘히 박혀있다

— 「소록도」 전문

소록도가 시인을 압도한다. 과거가 아니다. 시인은 지금 "한 센인 눈물방울 구석구석 스며들어" 있음을 보고, "손발 없이 캐 워낸 한 서린 소나무"가 하늘을 향해 뻗어 있는 "남해의 작은 사 슴" 소록도에 있다. 한하운 시비로 상상하고 짐작하는 것이 아니 라, 그곳을 시인이 지금으로 당겨-불러왔다. 만날 수 있어야 하 는데 만날 수 없고, 만나야 하는데 만나면 안 되는 수탄장(愁嘆 場). 시인은 1950~60년대 소록도에 있었던 유적지 '수탄장'이 작 금의 현실임을, 우리가 처해 있는 곳임을 알았다. 곳곳에, 유령 처럼, 죽음을 외주 받은, "가도 가도 황톳길"인 곳을 건너야 하는 '호모 사케르(homo sacer)'는 어디에든 있다. "앞으로 남은 두 개의 발가락이 잘릴 때까지/ 가도 가도 천리, 먼 전라도 길"(한 하운, 「전라도길」)을 걷는 한센병 환자와 이 세계를 건너가려는 우리. 우리는 무엇 때문에 발가락을 잃어가며 나아가는가. 아니, 시인은 무엇 때문에 발가락을 잃을 각오로 전진하는가.

대수롭지 않은 일이
큰일인 호스피스 병동

근심을 푸는 장소
바로 옆에 두고서도

그녀는 앉지도 못하고 누워서 끙끙 댄다

— 「눈도 감지 못하고」 부분

시를 쓰려는 자는, 자기 자신을 포함해 세계를 (수시로) 둘러볼 수밖에 없다. 자기 자신의 민낯을 뚫어지게 노려보다가 낯선 자신을 발견하기도 하고, 세계를 잠깐 반짝이다 이내 사라지는 은유로 본다. 그러다보니, "대수롭지 않은 일"이 "큰일"이 될 수 있는 일을 본다. 물론, 누구나 볼 수 있고, 누구나 느낄 수 있으나, 그렇다고 해서 모든 사람이 글로 쓰거나, 특히 시조로 쓰지 않는다. 더군다나, 시조로 타자의 고통을 기억하는 일은, 일기가 아니다. 리듬이 개입하기 때문이다. 부러 리듬을 조직한다는 것은, 리듬으로 세계를 보겠다는 것이면서, 동시에 자신을 리듬에 내어주는 일이기도 하다. 여기에 미학과 윤리가 개입한다. 시인은 이제, 자기라고 믿었던 것을 버리고, 타자를 영접하게 된다. 동일자의 원리로 환원할 수 있는 것은 '이제' 아무 것도 없다. 시인은 겸손하게 사라지는 자가 되었고, 묘연한 시집만 남을 것이다.

하늘 향해 앞만 보고
온몸으로 뛰어본다

원 그리는 두 손에
선명한 붉은 힘줄

곡진 삶
둥글게 말아
열어두는 한마음

한 고비 눈비 맞고

천둥벼락 내리쳐도

정신줄 꽉 잡아라

돌아보면 넘어진다

한 줄로

세상을 넘는다

어둠 밝힌 둥근 생

—「줄넘기」 전문

줄넘기는 '온몸'으로 하는 것이다. "곡진 삶/ 둥글게 말아/ 열어두는 한마음"으로, "한 줄로/ 세상을 넘는"일이다. 온몸으로 줄을 넘는 한 번의 일이 시조의 행("허기진 행간들", 「시안」)이라면, '한 줄로 세상을 넘는 일'은 그리 간단한 일이 아니다. 앞서 언급한 바와 같이, 일상에서 탈주하는 일이자, 자기 자신을 무화시키는 일이며, 타자를 영접하는 일이다. 그러나 시인은 "한 고비 눈비 맞고/ 천둥벼락 내리"치는 고통과 위험을 무릅쓰고, 한 줄로 한 번, 두 번, 세 번… 세상을 넘고자 한다. 그리하여 "어둠 밝힌 둥근 생"을 살 수 있다면, 타자에게 선물해줄 수 있다면, 그것으로 충분하지 않을까, 하고 시인은 생각해본다.

시의 행으로 세상을 넘어가려는 자, 이러한 미학적 인간을 우리는, 시인이라 부른다.

의미가 현시하는 장소, 토포필리아의 시
— 황성진론

　우리는 더 이상 시공간을 미리 상정하지 않는다. 절대시간과 절대공간(뉴턴)이나 텅 빈 시간과 텅 빈 공간(空虛, kenon)은 없다. 무대인 시공간은 무대 안에 등장하는 물질에 의해 변하는 것이니, 물질과 시공간은 함께 굴절되고 휘어진다(아인슈타인). 또한 우리는 같은 시간에(at the same time) 살고 있으나, 같은 시간 속에(in the same time) 살고 있지 않다. '비동시성의 동시성'(에른스트 블로흐)이라는 말처럼 우리는 각자 주관적인 시간을 살고 있다. 이러한 주관적인 시공간이 돌올하게 잘 드러난 사건 하나 들자면 바로 '시'인데, 특히 시에서 구조화된 시공간은 특별한 의미와 가치를 부여받으면서 '장소'(topos)로 전환된다. 이에 따라 시의 시간은 그 누구의 것도 아닌, 과거와 현재 그리고 미래 그 어디도 아닌, 언제나 탈구된 시간(the time is out of joint, 햄릿)만 지시할 뿐이며, 시는 언제나 도래할 뿐 과거형이 아니다.

　이번 황성진 시인의 첫 시집 『태배』(고요아침, 2019)의 시공간은 "과거란 현재의 기억, 현재란 현재의 직관, 미래란 현재의 기대"라는 아우구스티누스의 말처럼, 현재의 과거를 회상하고 추억하는 시공간이 아니다. 소위 '서정'에 기대려는 우리의 보편 문법에 따른 '그리움'의 대상으로서의 시공간이 아니라, 시간의 본질과 우연히 만나는 '비자발적인 기억'(들뢰즈)이 생성되는 곳이자, 망각을 전제로 한 노스탤지어(nostalgia)의 역설이 끝없이 반복되고 순환하는 곳이다. 시인은 부재로서 현존하는 것들을 일일이 호명하는 동시에, 반(反)공간(heterotopia)을 제시하면서 모든 장소의 '바깥'을 사유하고 찾아 나선다. 그곳이 시의 시공간이면서 동시에 시인이 거주하(고 싶어하)는 시공간이기 때문인데, 이제 시인은 초대라는 형식으로 우리의 팔목을 잡아끌며 함께 거주할 것을 제안하고 있다. 크게 바쁘지 않다면, 잠깐 둘러보고 가는 것도 나쁘진 않겠다. 우리가 있는 이곳이 너무 무미건조한 곳이라면.

그곳, 어쩔 수 없음

충남 태안 태생인 황성진 시인은 여전히 그곳에 정주하며 일상을 살아간다. 그렇다고 해서 쉽게 '고향', '토박이' 등과 같은 어휘를 떠올리면 곤란하다. 이때 진짜 문제는 장소에 대한 단순한 예찬과 긍정이 아니라, 장소가 어떤 의미를 가지고 있는지, 나에게 어떤 시공간인지 계속 따져 묻는 일이기 때문이다. 전자를 '고향 (자)부심'이라 한다면, 후자는 시의 일일 터. 진짜 '장소애(topophilia)'는 전자가 아니라 후자다. 시인에게 태안은 어떤 의미가 있는 시공간인가.

낡고 먼 바닷가행 버스에 올랐다
가요무대 방청석처럼 손님은 늙음뿐이고

티비가 켜져 있었다

혼자 웃고 있었다

…(중략)…

정이 고파 입술 물고 찾아가는 그곳

아나고에 소주 한 잔 딱 좋은 그곳

고향엔 가지 않겠다며

다시 찾는 텅 빈 그곳

—「통개 종점」부분

　　시적 주체는 태안공영버스터미널에서 태안 소원면 파도리 끝에 있는 통개항에 가는 "낡고 먼 바닷가행 버스"를 탄다. "가요 무대 방청석처럼 손님은 늙음뿐이"니, 쉽게 차내 풍경이 그려지겠다. TV만 "혼자 웃고 있"는 버스를 타고 통개 종점에 내린다. 이곳은 "정이 고파 입술 물고 찾아가는" 곳이면서 "고향엔 가지 않겠다며" 진저리치면서 "다시 찾는 텅 빈" 곳이다. 영원회귀 같은 곳인가. 무수한 차이로 반복하는 것인지, 무수한 반복으로 인해 차이가 생성되는지 알 수 없으나, 통개 종점은 시적 주체에게 '그곳'이다. 반복되는 곳, 앞으로도 끝없이 반복되는 곳. 기쁨과 슬픔이 한데 뒹구는 곳. 지루하고 지겹지만 떠날 수 없는 곳. 늘 되돌아와야 하는 곳. 애증의 현실태.

　　서해 간월도에 일백 개의 달이 떴다

대웅전 뒤 벼랑 아래에 깃든 보리새우가

달빛에
밤샘 정진을 하며
알을 품고 있었다

―「간월도」 전문

　바다 생태계의 최하위 등급이라 할 수 있는 보리새우가 "달빛에/ 밤샘 정진"을 한다. "알을 품고" 종족과 개체를 이어가고 유지하려는 노동 중이다. 간월암 "대웅전 뒤 벼랑 아래"에서 "일백 개의 달"이 되고 있으니, 하찮다고 말할 수 없겠다. 신성하며 거룩하다. 시적 주체에게 간월암이 있는 간월도는, 그렇게 온다. 물때에 맞춰 신기하게 건너가는 '관광지' 간월도가 아니다. "삶이 어쩌면, 뭍이기도 섬이기도 한 것 같"으니, "세상 이치를 몰라서 물때를 잘못 만나서/ 집어등 매달아 놓고 켜지도 못한 세월"(「간월암 가는 길」)이 '그곳'에 있다. 언제나 필연의 사정을 알지 못하며 시간은 늘 어긋나 있다(the time is out of joint). 시간의 어긋남을 환기시켜 주는 곳, '물때'라는 어쩔 수 없음이 존재하는 곳. '어쩔 수 없음'이 시인과 우리를 압도하는 곳, 우리가 어쩌지 못하는 곳, 시인에게 태안은 그런 곳이다. 조심스러운 곳이다.

장소 바깥, 아득한 곳

　특정한 정취(情趣)를 발산하는 장소가 있다. 대부분의 관광지가 그러한데, 시인은 그러한 수집하고 전시하는 장소로서의 '관광지 태안'에서 최대한 멀어지고자 한다. 관광객에게 태안이 기존에 살던 곳에서 멀리 떨어진 장소-바깥이라면, 시인이 정주하고 있는 태안 또한 여전히 장소-바깥이다. 그것을 우리의 '전문용어'로 '낯설게하기'라 부른다.

링링이 울며 떠난 서산 창리 방파제에는
꾼들의 낚시 바늘이 바다 위를 다 덮었다

태풍에 풀어진 바다

가둔 마음 낚으러

—「가두리」 전문

'서산 창리 방파제'에서 태풍 '링링'이 왜 울며 떠났는지 우리는 알 수 없다. 태풍이 무사히 지나가진 않았을 것 같고, 어떤 곡진한 사연이 있었을 것 같다. 낚시꾼들은 대물을 꿈꾸며 낚시 바늘을 바다에 던지지만, 우리가 보기에 '꾼들'보다는 시적 주체가 "태풍에 풀어진 바다/ 가둔 마음"을 낚고자 하는 것으로 읽힌다, 고 해석하면 지나친 곡해인가. 그러나 시는 원래 곡해와 오독을 적극 권장하고 허용하는 것이니, 그렇게 읽는 것이 오히려 시에게 이로울 것 같다.

저기 솔개처럼 엎디인 무덤 나는 보았네 해안정화 할 때나 제초작업 할 때면 뵈는 비석도 상석도 없이 누운 낯선 봉분

막다른 해안에서 비 오듯 쏟아지는 파도 모두 끌어안고 죽어서 살았던
그 산비탈 양지녘에 누운 저 모습 누구였을까

출렁한 수통의 물 따라 마시며 세월 너머 잠든 그날의 처연을 본다 이름
도 성도 없이 누운 아, 아득한 저 무명총

― 「무명총」 전문

푸코는 기존의 공간에 문제를 제기하는 반(反)공간 헤테로
토피아(heterotopia)를 제시했다. 현실이 환상이라고 고발하는
환상 공간이나 사회가 무질서임을 고발하는 주도면밀한 공간이
바로 그것인데, '무명총'은 아마 전자가 될 것이다. 도시화와 상
업화에 따른 구획되고 획일화된 공간인 도시의 아파트 단지(도
로명 주소가 있는)를 연고로 하는 우리에게, '무연고지 무덤'은
낯선 장소감(sense of place)을 제공한다. 아무런 감정을 촉발시
키지 못하는 무장소성(Placelessness, 에드워드 렐프)이 우리가
사는 곳의 기본 정조라면, 시적 주체가 보고 있는 '무명총'은 바
로 우리의 지금 여기를 질문하게 한다. 그 질문은, "막다른 해안
에서 비 오듯 쏟아지는 파도 모두 끌어안고 죽어서 살았던 그 산
비탈"의 참혹함이다. 원인과 과정을 헤아리는 것은 부질없는 일.
어디가 더 현실(real)이고 환상(fantasy)인가. '처연(悽然)'하다.
누군지 알 수 없는, 그래서 수습할 수 없는, 영원히 그곳에 잠든,
"아, 아득한 저 무명총". 무덤의 주인을 알 수 없어 '총'(塚). 무덤
에게 주인이 있다는 말도 이상하다. 이름도 성도 알 수 없으니,
주인이 있다는 말도 엄밀한 의미에서는 성립되지 않는다. 낯선
곳이자 아득한 곳이다. 이곳에서 멀지 않은 곳에 시인이 산다.

서태안에서만 볼 수 있는 사내

어쩔 수 없는 곳, 아득한 곳 태안에서 시인은 무엇을 보(려)는가. 타자화되고 객관화된 자기 자신일 것이다. 태안에 동일시된 시인이라면, 시를 쓰지 않았을 것이다. 태안이 시인을 밀어내려는지, 시인이 태안을 밀어내려는지 선후를 알 수 없으나, 그렇게 서로가 서로를 밀어내고 밀려난다. 파도처럼. 바다를 오래 보면, 바다를 닮아가는 것일까. "굴곡으로 치자면 파도가 내 선생"(「파도」)이라고 하니 그럴 수도 있겠다.

이 겨울 연포에서 파도 한 뿌리 캐어본다
뜨겁던 여름 사내 온 몸으로 심은 그것
남겨진 잔물결 속에 밀려왔다 밀려가고

저 파도 뿌리는 늘 흰색 아니면 청색이다
사납게 일어나서 시퍼렇게 울다가도
가끔씩 잇몸 드러내 웃고 있는 걸 보면

어느 누가 있어 이 쓰라린 상처 위에
간간한 바람 주고 쓴 포말 보내었나
시퍼런 해안선마다 눈물 자국 번득인다
— 「겨울, 연포에서」 전문

태안 연포에서 "파도 한 뿌리 캐어"보니, "뜨겁던 여름 사내 온 몸으로 심은 그것"이다. '뜨겁던 여름 사내'가 겨울에 왔으니,

여름이라는 말이 겨울과 대비되어 원형상징처럼 읽힌다. "사납게 일어나서 시퍼렇게 울다가도/ 가끔씩 잇몸 드러내 웃고 있는" 억세고 굳세지만 가끔은 허술한 '여름 사내'. 삶이 그렇게 사내를 만들었을 것이다. 사내는 그저 밀려왔다 밀려갔을 뿐이지만, "어느 누가"가 있다. 그는 사내에게 "쓰라린 상처"에 "간간히 바람"을 주는 동시에 "쓴 포말"도 보낸다. '어느 누가'는 아무래도 사내를 등 떠미는 것, 곧 삶이고 시간이며 운명일 것이다. "시퍼런 해안선마다 눈물 자국 번득"이는 사내. 연포를 사내로 형상화했지만, 결국 사내는 시적 주체 자신일 것이다. 모두가 다 알고 있는 사실. 이 사내는 바로 우측 페이지 시「부석사에서」의 주체와도 닮아 있다. "떠난 마음이 돌아오기까지는 시간이 걸린다"는 시적 주체의 담담한 고백과 "그녀를 서해에 두고 부석사에 올랐다/ 천 년 슬픔도 만 년 울음도 모두 그늘 같아"는 꾹꾹 눌러쓴 슬픔이「겨울, 연포에서」의 사내와 같아 보인다. 시 두 편이 데칼코마니처럼 접혀 있다.

1.
만리포 가는 길에 서산을 지난다
새벽밥 먹고
당진 기지시 거쳐
눈 속도 아프지 않을
서산을 지난다

2.
고가도로 먼 이야기 꿈결처럼 이어지는

이쪽은 간척지
저쪽은 빌딩숲인데
해 뜨면 사라지고 말
젊은 날의 자화상

3.
천수만 AB지구 위로 젊음이 지난다
자꾸만 빨려드는
내 맘 깊은 습지 속엔
짙푸른 논밭과 같은
아직은 푸른 8월

— 「천수만 AB지구를 지나며」 전문

　　서산은 왜 "눈 속도 아프지 않을" 서산인가. '천수만 AB지구'
로 인해 "고가도로 먼 이야기 꿈결처럼 이어지는", "해 뜨면 사라
지고 말/ 젊은 날의 자화상"과 만났다. 프루스트의 『잃어버린 시
간을 찾아서』의 마들렌 혹은 포석처럼, 순식간에 '잃어버린 시
간'이 눈앞에 도래했으니, 되찾아야 한다. 이러지도 저러지도 못
하고 "자꾸만 빨려드는/ 내 맘 깊은 습지"가 생성되는 것은 어쩔
수 없다. '습지'가 시적 주체를 집어 삼키기 전에, 천수만 AB지구
를 건너야 한다. 그리하여 주체는 "짙푸른 논밭과 같은/ 아직은
푸른 8월"로 짐짓 딴청을 부리려고 한다. 밤이 짧아지고 갈대가
무성하여 좀 더 음습해지는 가을 습지가 되기 전으로, "먼 이야
기 꿈결처럼 이어지는" 그때로, 푸르렀던 젊은 날로. 주체는 천
수만 AB지구에'만' 있는 젊은 날을 등 뒤로 하고 '다시' 앞으로

나아가야 할 것이다. 과연 주체는 잃어버린 시간을 찾을 수 있을까. 과거를 되찾지 못한다는 것을 알면서도 기억하려는 역설, 노스텔지어는 그렇게 왔다 간다. 그와 같은 망각이 곧 시간의 본질 아닐까. '서태안(서산+태안)'[41]에서만 볼 수 있는 사내가 있다.

의미가 현시하는 곳

특정한 장소에 특별한 서사가 깃들어 있고 그래서 시를 촉발시킨다. 물론 장소가 시를 촉발시키는지, 시가 촉발되어 공간이 장소가 되는지 선후는 알 수 없다. 다만, 그 장소가 나의 동일성에 상처를 내고 균열을 일으키면서 나와 다른 것 즉, 타자-되기를 강요한다는 것이다. 나와 다른 것, 다른 데로 향하는 것, 그것은 '형이상학'에 다름 아니다. 하여, 동일자의 동일성을 포기하는 순간, (새롭게) 스스로 드러나는 것이 있다. 바로 '의미'. 의미는 스스로 자신을 현시한다. 타자라는 가면을 쓰고, 자신의 손가락으로 자신의 얼굴을 가리키며 오는 의미. 장소가 내게 말을 걸어오는 것이 아니라, 내가 장소에게 말을 건다. 그러자 장소가 말하기 시작한다. 처음 듣는 이야기다. 서사다.

1.

바람 불고 비 내리는 갯벌이 보였다

진펄에 버려져 누운 조새가 보였다

---

41) 황성진 시인은 어느 자리에서 이런 말을 했다. "서산이나 태안이나 거기서 거기 유." 가깝기도 하지만, 심리적으로도 같은 공간이라는 말이다. 「조새가 보였다」의 '서태안'이라는 말이 그러하며, 실제로 지역에서 쓰이는 말이기도 하다.

여름이 젖은 계절이 같이 누워 있었다

갯벌은 물의 소리를 키워 북적이고
파도에 누운 것은 늘 장맛비 같은데
마파람 찜통 속으로 기어들고 있었다

한 번도 쉰 적이 없는 초침 같은 파도소리
누군가 바다 아래서 태엽을 감나 보다
오늘은 그 소리에 귀 먼 역사를 줍는다

저기 밀물에 쓸리는 갯바위처럼
구불구불 녹슬어 온 천생 내 고달픔이
귀 먹은 황도 조새를 많이도 닮았다

…(중략)…

5.
말할 수 있는 것과 말할 수 없는 것
사이에 섬이 있다네
추억 한 점 숨어 있다네
있는 듯
없는 듯 그렇게
서태안이 거기 있다네
…당신, 가 보았능가,
가의섬 저 갯바닥
애써 감추려 해도

소름처럼 돋아 오르는

함몰의

가슴속 분지 미명처럼 타오르는 곳

— 장시 「조새가 보였다」 부분

굴 까는 도구 '조새' 하나로 서태안의 역사(가적운하)가 불려 나온다. "바람 불고 비 내리는 갯벌"에 "진펄에 버려져 누운 조새"가 있다. 시적 주체는 듣는다. "누군가 바다 아래서 태엽을 감나 보다"하고. "귀 먹은 황도 조새"가 "구불구불 녹슬어 온 천생 내 고달픔"과 만나면서, 이제 주체는 "귀 먼 역사"를 읊기 시작한다. 10페이지에 걸쳐 평시조와 사설시조가 행연을 자유롭게 함께 밀려가고 밀려온다. 파도처럼 때로는 너울처럼. 섬은 "말할 수 있는 것과 말할 수 없는 것" 사이에 있다. "있는 듯 없는 듯"하게. 그러나 그곳은 "애써 감추려 해도", "소름처럼 돋아 오르는" 곳이다. 물론 심리적인 섬도 해당되겠다. "함몰의/ 가슴속 분지 미명처럼 타오르는" 서태안. 고려시대에 서로 이으려 했던 서산과 태안. 결국은 실패로 끝났던 역사를 굴 까는 도구 조새가 파냈다.

1.

목 죄는 먹방이나 눈빛 짤방에 지쳐있을 때

휙 부는 마파람처럼 생각나면 찾아오세요

저 서해, 충청도 태안군 소원면

모항리 태배

먼 옛적 시선 이백이 놀러와 쉬었다는 곳
그래 태백이라 이름자 붙었다는 곳
세월에 ㄱ을 잃고
태배가 되었다는 곳

2.

물든다는 건 무엇인가요 무얼 물들이는가요
저기 썰물처럼 돌고 도는 빨판이 있어
때에 전 하늘색 바다색
지우는 건가요

원래 하늘빛 닮아 바다가 푸르러진 걸
검게 물들여 푸른 하늘 지우는 건가요
저 서해, 소원면 모항리
유류피해기념관 앞

그곳엔 하늘빛 닮았던 바다 있구요
그 바다 검게 물든 흔적 있구요
유조선 운행금지라
외치는 소리 있지요

3.

빈 가슴 헤집고 밀물 들면 쓸쓸해지듯
한없이 출렁이는 물결 쓰다듬는 태배
저 서해, 국도 32호선 정서진의 끝

안 보면 잊을 수 있노라 외면할 때

먹방이나 짤방 보듯 정처 없이 찾아오세요

만리포 천리포 백리포 옆

그저 손님 같은

태배 태배

—「태배」 부분

시집의 표제작을 해설의 결론으로 하는 일만큼 손쉽고 게으른 일도 없다만서도, 황성진 시인의 이번 첫 시집에서 『태배』는 시집 전체를 아우르고 있어 어쩔 수 없다. 1번 두 수만 있었다면, 태배라는 지역을 소개하는 '그저 그런' 시가 되었겠지만, 2번과 3번이 있어 적절한 균형과 깊이를 확보하게 되었다. 2번이 현실에 대한 예민한 반응이라면, 3번은 자기 자신에 대한 성찰이다. "하늘빛 닮았던 바다"와 "검게 물든 흔적"이 공존하는 태배에는 아직도 "유조선 운행금지"라고 외치는 소리가 있다. 여전히 "닦아 낸/ 부직포들 아직/ 마르지도 않았"(「청문聽聞」)고, "기름 띠/ 눈물 복받쳐/ 소리까지/ 멎는 겨울"(「어떤 겨울」)은 현재진행형이다. 태안 원유 유출(2007. 12. 7)이라는 큰 사건은 아직도 끝나지 않았기 때문이다. 그러나 3번에서 국면이 전환된다. "빈 가슴 헤집고 밀물 들면 쓸쓸해지듯/ 한없이 출렁이는 물결 쓰다듬는 태배". 그것은 태배라는 지역에 대한 소개가 아니라, 태배라는 장소에 대한 주체의 내면 풍경일 것이다. 어떤 연유인지 모르겠으나, "안 보면 잊을 수 있노라 외면"할 수밖에 없는 상황에 내몰린 자들은 그저 '손님'처럼 왔다 갈 수 있는 곳이 태배라는 것이다. 따라서 태배는 관광지가 아니다. 태배는 물드는 곳이자 물들이는 곳이니, 나와 세계가, 나와 시공간이, 나와 타자가 서로를 물들고 물들인다. 마치 문학처럼.

장소로서의 시, 토포필리아

황성진 시인의 첫 시집을 처음부터 끝까지 다 읽고 나면, '서태안'만 기억에 남을 것이다. 그것으로도 충분하지 않을까. 김용택 시인이 섬진강이라는 심상지리(心象地理)에 깃발을 처음 꽂았듯이, 먼저 꽂는 자가 임자다. 물론 특정한 지역을 시의 소재로 삼거나, 연작을 썼다고 해서 다 가질 수 있는 것은 아니다. 눈에 보이는 지역을 그린다고 해서 다 그린 것이 아니기 때문이다. 부재로서 현존하는 것들은 망각의 틈새에 잠깐 보이고, 이내 사라지니, 그것을 (잠시나마) 붙잡아 두는 것이 시의 일이며, 장소가 가지고 있는 힘(dynamis)이자 리듬일 것이다. 그리고 그 장소가 가진 힘과 리듬이 한 시인을 키워냈다. 이제부터 이렇게 말할 수 있겠다. 장소가 시인을 키운다고. 이렇게 키운 시인은 당연히 그 곳에 대한 '토포필리아'(場所愛, topophilia)를 갖게 될 것이고, 한 시인의 토포필리아가 얼마나 미학적으로 성취될지는 독자 혹은 후대가 판단할 터. 그러니까 시인은 자기만의 유니크한 장소를 최대한 확보해야할 것이다. 그곳에서 시는 촉발되고 유출되며, 발견되고 탈은폐될 것이다.

장소의 힘과 리듬을 믿는 자, 장소를 가진 미학적 인간을 우리는, 시인이라 부른다.

내려가는 일과 들림의 일, 사랑과 봉헌의 시
— 김선희론

    문학이 현실에서 주도권을 잡고 인간의 주체성을 구성할 수 있었던 것은 문학이 사회적 책임을 '상상력'으로 떠맡았을 때다. 이 책임을 방기하는 순간 문학은 주도권을 잃어버리고 설득력을 가지지 못한다. 안타깝게도 문학이 '지적이고 도덕적인 어떤 것' 이어야 한다는 당위와 소망은 '이제' 내려놓을 때가 되었다. 가장 높은 곳을 시대의 '진정한' 주인인 자본주의가 이미 점령해버렸기 때문이다. 눈물과 그리움을 땔감으로 하는 값싼 감상적 허위 정도가 허락될 뿐이다. 여기서부터 '서정(抒情, lyricism)'을 복원하거나 지키기 위한 우리의 고군분투가 시작된다. 물론 서정이라는 개념을 정의하기 위해 어원(리라lyre)을 따지고 들거나, E.슈타이거, W.카이저, 조동일, 김준오 등의 논의를 검토하는 일은 무용할뿐더러, 시와 서정(시)을 일치시키게 되는 '어쩔 수 없는' 결론에 빠질 위험이 있으니 조심하기로 하자.

    일반적으로 우리는 모든 시를 서정시라 부르며, 서정이 전개되거나 시화되는 방식에 찬사와 해석을 가하지만, 분명한 것은, 서정이 그렇게 만만한 개념이 아니라는 것이다. 우리는 보편에 호소하는 감정, 현실감각과 역사의식에서 동떨어진 순수함을 '쉽게' 서정이라 부르지만, 한 개인의 서정 문제는 결코 간단하지 않다. 서정은 단일한 인격적 주체의 존재 문제가 개입된 일이자,

재현 불가능, 말하지 못한 것, 말할 수 없음의 한계 지점을 누빔점으로 보여주고 있기 때문이다. 그리고 그 누빔점이 우리를 보고 있는 것을 우리가 본다. 그것을 우리는 읽기라 부르고, 보는 일을 '굳이' 하는 사람을 독자라 부른다.

이번 김선희 시인의 시집『올 것만 같다』(고요아침, 2020)에서 우리는 시가 인간의 최저점으로 내려가고 있는 것을 본다. "사후의 무심을 향해 고해성사 하듯이/ 자신을 낮추고 은근의 꽃 피워내"(「아픔을 말리다」)려는 시인은, 사회적 의식의 합리성과 정상성 그 아래, 밑바닥에서 '다시' 시작하고자 한다. 그곳에 내려가려는 일, 그것은 누구나 겪는 일이면서 감당과 저항 사이에서 평생 흔들려야 하는 일이지만, 그 일을 '자처'하는 사람이 있다. 바로 시인. 그 일을 가능하게 하는 것을 '시의 힘'이라고 부를 수 있다면, 그것을 붙잡아두는 일을 '시'라고 한다면, "물기에 젖어버린 슬픔들"은 "노을이 손을 내밀어 그 물기를 말려준다"는 다소 희망적인 결말이 시인을 버티게 할 것이다.

그러나, 시인은 철학자가 아니다. 시인에게는 증명하거나 주장해야할 '진리'가 없다. 다만, 스스로 실천해야할 진리, 진리를 향한 운동만 있을 뿐이다. 이때 운동의 주체는 무엇인가. 바로 몸이다. 시의 몸, 몸의 시. 벌거벗은 몸과 살갗 안 심장을 내보이는 일. 이 일은 나르시시즘이 아니다. 정념(pathos)의 표출 혹은 촉발인데, 이 일은 자신의 한계, 언어의 한계를 넘는 일이다. "엎드려 생의 페달을/ 힘껏 굴려 쓰는 시"(「한계는 없다」). 그래서 공동의 영역, 무위의 공동체에 다다를 수 있다면, 그것으로도 충분하지 않은가. 그것을 '들림(metaphora)'이라 부를 수 있다면, 시는 환자를 침상에 묶어 예수가 있는 집의 지붕을 뚫고 내려갔던 친구들처럼, 우리를 '그곳'으로 이끌고 갈 것이다.

사랑이라는, 시

현대는 합리적이고 이성적인 주체를 꿈꾸고 있지만, 현실은 감정적 주체들의 세상이다. 경제적 주체는 합리적이고 효율적인 주체가 아니라 충동구매와 소비사회의 욕망을 좇는 주체이고, 정치적 주체는 정의와 주권의 주체가 아니라 정치적 사안에 감정적으로 반응하고 여론에 휩쓸리는 주체다. 이때 감정은 사회적으로 약호화된 정서 또는 기분이라면, 약호화 이전의 단계인 정동(情動, affect)의 주체가 시인 혹은 서정의 주체라고 할 수 있지 않을까. 여기서, 시의 문법이라 할 수 있는 서정이 돌올해진다. 시인은 타자의 목소리를 빌어 자기의 실존을 정립해 가는데, 시인은 타자(시적 주체)를 연극의 주인공으로 세우면서 동시에 주인공의 연기에 몰입한다. 시인 자신이 세웠는데도 불구하고 말이다.

> 못 놓을 사랑 하나 품고 사는 겨울 길목
> 눈으론 볼 수 없는 벽을 하나 허물면서
> 혈관 속 타고 흐르는 뜨거움을 버틴다
>
> 그림자 웅숭깊게 소리 없이 무너지는
> 감당 못할 이 겨울도 잠들지 못하리라
> 이렇게 나를 깨우고 그대를 쌓여가니

눈 한 송이 툭하고 내 눈을 사로잡는다
이슥한 하늘에서 눈 한 줌을 명중시킨 이
하기사 한 번의 눈빛이 치명일 때가 있다

― 「밤눈」 전문

　시적 주체는 밤눈 오는 밤, "감당 못할 이 겨울도 잠들지 못"
한다. "이렇게 나를 깨우고 그대를 쌓여가니"에서 '그대'는 겨울
인가, 아니면 겨울이면 떠오르는 특정한 대상인가. 알 수 없다.
주체는 "못 놓을 사랑 하나 품고 사는 겨울 길목"에 있으니, '그
대'는 후자에 가깝겠다. 그대 때문에 나는 "눈으론 볼 수 없는 벽
을 하나 허물면서" "혈관 속 타고 흐르는 뜨거움"을 버텨야 한다.
"눈 한 송이 툭하고 내 눈을 사로잡"고 있는데, 그 "눈 한 줌을 명
중시킨 이"가 있다. '그대'다. 그대는 그렇게 "한 번의 눈빛"만으
로도 '치명(致命)'에 이르게 한다. 여기서 '치명'은 죽을 지경에
이르거나, 가톨릭에서 '순교'를 이르는 말이니, 중의적으로 해석
해도 좋겠다. 그대는 내가 죽을 지경에 이르게 하는 존재이자,
그대를 위해 순교하게 한다. 그대를 향한 뜨거운 정념이 겨울의
차가운 눈으로 형상화되었다.

　파도는 희끄무레
　지워지지 않는 얼굴

　저 너머 내 사랑은
　너무나 멀고 멀어

마음을 휩쓸어간다

한밤중 바람소리처럼

―「멀고 먼」 부분

파도는 밀려오고 밀려간다. 파도는 백사장에 흔적을 남기면서 동시에 지우는 것이 일반적인데, "지워지지 않는 얼굴"이 있다. 파도가 밀려오면서 지워지지 않고 오히려 계속 만들어지고, 완성되어가는 얼굴이 있다. 그러나 "너무나 멀고 멀어" (그대에게) 건너갈 수 없다. 망망대해처럼, 가닿을 수 없는, 끝(end)이 없어 결국 도달할 수 없는 '내 사랑'. 사랑의 대상이 멀리 있는 것인지, 사랑이라는 감정이 저 멀리 있는 것인지 알 수 없다. 다만, 파도처럼 "마음을 휩쓸어"갈 뿐이다. 과연 파도는, 마음은, "저 너머 내 사랑"에 '끝내' 도착할 수 있을까.

안간힘을 다 쏟으며 뜨겁게 넘는구나

닥쳐올 겨울나기 예감이나 한 것처럼

몇 가닥 안 남은 계절 개켜 넣는 몸짓이다

지나치게 매달렸던 사랑 다 놓으려다

수없이 쏘아올린 화살에 터진 하늘

부어도 너무 부어버린 눈이 온통 발갛다

—「겨울 놀빛」 부분

　　"습성의 힘에 저항할 것을 잊지 말라고 경고하는 백 문의 대
포를 하루에 세 번씩 울리게 하라"[42]는 키에르케고어의 말처럼,
사랑은 끝없는 역동성과 첫 만남에 대한 충실성이 늘 긴장 상태
를 유지하고 있는 일이다. "새로운 한 세계를 만드는 사랑의 힘"
(「틈」)은 "최고급 발렌타인/ 삼십 년 우리 사랑"(「오랜 사랑」)을
유지하게 한다. 인용시「겨울 놀빛」도 마찬가지. '겨울 놀빛'은
"안간힘을 다 쏟으며 뜨겁게" "닥쳐올 겨울나기"를 향해 간다.
가을과 겨울이라는 원형상징이 의미하듯, "지나치게 매달렸던
사랑 다 놓으려다/ 수없이 쏘아올린 화살에 터진 하늘"은 "부어
도 너무 부어버린 눈"이 되어 "온통 발강"게 되었다. 사랑을 놓아
버리는 일에 실패했기 때문이다. 사랑을 놓으려고 했지만, 오히
려 놓은 사랑은 화살이 되어 하늘에 박혔고, 하늘이 터졌다. 놓
지 못한 것이다. 하늘은 실컷 운 나머지 발갛게 되었다. 퉁퉁 부
운 눈처럼. 그러니까, '겨울 놀빛'은 결국 주체의 마음과 다름없
다. "마음은 계속해서 내게 남아 있는 것이며, 이 마음속에 깊이
간직되어 있는 마음, 그것이 바로 잊혀지지 않는 마음"[43]이니,
화살은 (그대를 향한) 마음이다. 활시위를 당기게 하는 힘은 당
연히, 시의 힘. 그렇게 시는 사랑이라는 힘에서 또는 사랑이라는
힘으로 만들어지는 것이다. 마찬가지로 시인 역시, "어둔 밤 반
짝거리며/ 서로를 밝히면서"(「늦 반딧불이」) 사랑으로 살아가고

---

42) 쇠얀 키에르케고어, 임춘갑 옮김, 『사랑의 역사』, 치우, 2011, 72쪽.
43) 롤랑 바르트, 김희영 옮김, 『사랑의 단상』, 동문선, 2004, 86쪽.

자 하며, 살고 있다. 이제, 시인에게 '그대'는 누구인가를 궁금해
할 수 있겠으나, 몰라도 상관없다. 시(시인)는 이미 그 힘으로 존
재하고 있기 때문이다.

봉헌하는, 시

김인환 평론가는 시를 운율을 통해 시간이 압축되고, 비유를
통해 공간이 겹쳐지는 것으로 정의하였다. 운율과 비유의 대상
에서 최대한 멀어질수록 시는 깊어질 것이며, 의미는 겹겹으로
적층될 것이다. 일반적으로 서정(시)은 과거의 일을 지금-여기
로 소환하거나, 지금-여기가 아닌 곳에 가려는 일을 감행한다.
그러나 만약, 불러오거나 가는 시공간이 우리가 살고 있는 '일반'
시공간이 아니라면 시는 어떻게 될 것인가. 시공간 바깥, 무한
혹은 영원성의 영역을 끌고 온다면 시는 무엇이 되겠는가.

치명자산이 보이는 전동성당 구유 앞

차가움이 뜨겁게 사랑을 촉진시킨다

이럴 때 성탄과 송년의 해방공간 눈뜨고

내 일생 버티게 한 그분의 진실 보인다

전동성당 주춧돌이 내 버팀목이 되었고

고성高聲은 교송交誦으로 변해 성모님께 무릎 꿇다

—「고성과 교송」 전문

숭고(sublime)는 그와 비교했을 때 나머지 모든 것이 작아지는 것이라고 칸트는 말했다. 여기서 숭고는 크기와 경계를 넘어서는 것이자, 그것 자체를 무용하게 만드는 것이라 할 수 있는데, 이때 시로 제시되는 것과 그에 따른 시인의(혹은 독자의) 감정은 '봉헌(奉獻, dedication)'에 참여한다고 할 수 있다. 그러나봉헌은 봉헌물을 그저 내밀 뿐, 그것의 현존은 '전혀' 문제되지않는다. 다만 믿음의 영역이므로. 그렇게 봉헌은 "차가움이 뜨겁게 사랑을 촉진"시키며, 그 운동 자체로 "내 일생 버티게 한 그분의 진실"을 보게 한다. 여기서 봉헌은 하나의 자유다! 즉, 봉헌물을 (신이) 받아들이거나 혹은 (신이) 그대로 방치해둘 자유 앞에 무상함으로 내미는 행위를 봉헌이라 할 수 있는데, 그것은"봉헌 그 자체에 바쳐지는 봉헌"[44]이다. "고성高聲은 교송交誦으로 변해 성모님께 무릎 꿇"게 되는 봉헌 그 자체. "사후의 무심을 향해 고해성사"(「아픔을 말리다」)하는 몸, 봉헌하는 시.

새로 받은 은총으로 낭랑해진 묵주기도

일곱에 일흔 번을 용서하고 사모하리

묵묵히 지켜보시는 내 가슴속 둥지 하나

—「비밀의 방」 부분

---

44) 장-뤽 낭시, 「숭고한 봉헌」, 『숭고에 대하여』, 문학과지성사, 2005, 92쪽.

"새로 받은 은총"은 묵주알을 하나씩 손으로 굴리면서 기도하게 한다. 묵주기도는 예수의 생애를 묵상하며 환희의 신비(월, 토), 고통의 신비(화, 금), 영광의 신비(수, 일), 빛의 신비(목)를 5단에 이르도록 기도하는 것인데, 이 기도가 '비밀의 방'을 만들게 한다. 묵주기도를 할 때마다 "내 가슴속 둥지 하나"라는 추상적 장소가 만들어진다. 그러나 이곳은 현존의 장소가 아니라 그때마다 생성되는, 봉헌의 장소이다. 나의 장소이면서 신이 현현(epiphany)하는 자리. 시공간 바깥, 혹은 탈시공간의 영역이다.

관심을 덜어낼수록 더해지던 시기 질투

태풍에 휩쓸린 듯 무너지고 꺾인 마음

참이신 당신 곁으로 울며 절며 옵니다

세 번에 한 번 말하고 열 번을 묵상하기

순명이란 단어가 입술을 닫아줍니다

이제야 깨닫는 은총 꽃피는 영혼입니다

— 「당신 곁으로」 전문

"관심을 덜어낼수록 더해지던 시기 질투"의 상태와 "태풍에 휩쓸린 듯 무너지고 꺾인 마음"일 때가 있다. 전자와 후자의 끊임없는 반복이 인간의 삶이라 할 때, 시적 주체는 결국, "참이신 당신 곁으로 울며 절며" 온다. 무한자 앞에서 유한자의 '할 수 없음'을 고백하는 일. 종교의 영역이든, 무신(無神)의 영역이든 간에 늘 있는 일이다. 그리고 종국에는 모든 사람 앞에 죽음이라는 한계상황이 놓여 있으니, 유한자는 하이데거의 말처럼, 늘 '죽음 앞에 선 존재'이면서 '내던져진 존재'다. 그리하여 시적 주체는 '순명(順命)'이라는 단어 앞에서 침묵으로 응답한다. 신의 명령에 따르겠다는 뜻이다. 반발하거나 이유를 묻지 않겠다는 뜻이다. '순하다', '좇다', '도리를 따르다', '거스르지 아니하다', '잇다'라는 뜻을 가진 '순할 순(順)' 자 앞에 주체는 '이제야' 은총을 깨닫는다. 영혼에 은총이 꽃피고 있거나, 영혼이 은총으로 인해 꽃피고 있다. 믿음의 영역이기도 하지만, 현실이기도 하다.

이중 현실. 무한과 영원성의 문제. 이것을 우리가 '숭고한 봉헌'이라고 부를 수 있다면, 봉헌은 결국, 인간 한계를 보여준다. 봉헌은 아무것도 아닌 일이 될 수도 있고, 엄청난 일이 될 수도 있지만, 인간은 그것의 향방을, 가치를 알지 못한다. 다만 실천하고, 믿을 뿐이다. 여기서 '실천'과 '믿음' 사이를 보증하는 것은 아무것도 없다. 다만 실천은 실천을, 믿음은 믿음 스스로를 견고하게 유지하고 있을 뿐이다. 그런데, 이러한 봉헌은 결국 시와 같은 것이 아닌가. 사물 혹은 감정을 재현 또는 제시한 시는 아무것도 아닐 가능성과 아무것이 되는 가능성 모두를 갖고 있다. "기도가 하늘에 닿게 꿈이 다 이루어지게"(「너처럼 곧게 서서」)처럼, '봉헌 그 자체에 바쳐지는 봉헌'처럼 시 역시 '시 그 자체에 바쳐지는 시'가 아닌가.

올 것만 같은, 시

시는 언제나 한계에 가닿는 몸짓이자 춤(mimesis)이다. 시는 음악(리듬) 자체에 앞서고 음악(리듬) 자체보다 더 근원적인 몸이므로, 시 너머란 존재하지 않으며, 시는 늘 스스로 한계에 직면한다. 더욱이 시는 자신이 (한 명의 독자 없이) 무화될 가능성과 '시가-아님'이라는 상황에 늘 처해 있지만, 시는 늘 대견하게 스스로 존재한다. 스스로 견디는 것이다. 그리고 시는 전적으로 다른 것이자, 다른 것으로 향한다. 말할 수 없는 것을 말하고 있기 때문이다. 그럼에도 불구하고, 시인은 결국 자신을 살해하고 마는 시에게 자신의 언어를 내어준다. 이중의 봉헌이다. 시 그 자체에 바쳐지는 시, 시에 바쳐지는 시인의 언어.

질시의 언어들이 행간을 적시고

결핍이 난무하고 어둠이 자리하면

언어는 문장이 되지 못해
폐휴지로 흩어진다

내려놓지 못하는 집착을 없애고

지금이 바닥이란 현실을 체감할 때

몽타주 한 장이라도

들고 나올 수 있겠다

—「언어의 집」 전문

　시인은 "온밤 내 쓰고 읽고 지우고 다시 쓰고"(「출구」)를 반복한다. "시처럼 웃는 시인이 되고 싶"(「나를 위해」)기 때문이다. 그러나 '늘' "언어는 문장이 되지 못"하는 경우가 다반사다. 날마다/ 새로 짓는 옷/ 단추만한 나의 시"(「퇴고」)를 위해 시인은 불면을 마다하지만, 쉽지 않다. 나의 동일성을 위해 "질시의 언어들이 행간을 적시"지만, 동시에 타자로 인해 "결핍이 난무하고 어둠이 자리"할 수밖에 없다. 그리하여 시인은 "지금이 바닥이란 현실을 체감"하여 "내려놓지 못하는 집착을 없애고"자 한다. 전자와 후자, 무엇이 선행되는지는 알 수 없으나, 바닥에서 시작해야 한다는 사실 하나는 분명해졌다. 시인은 "사랑도 내려놓아야// 마침내 이뤄진다"(「단풍처럼」)는 것을 알고 만 것이다. 비록 명확하지 않은 "몽타주 한 장이라도/ 들고 나올 수 있"다면 그것으로 다행. 왜, 시인은 이렇게 '부러' 고난을 자처하는가.

숨소리 한 톨마저 스미지 못할 것 같은

보일 듯 아니, 말 듯 짧은 순간 실루엣에

수평선 빛 무더기 너머 소스라치는 새벽

이미 깨진 약속인가 핏속의 소용돌이

운무가 피어나는 뱃길을 저어가며

그대가 올 것만 같다 눈을 뜨지 못한다

―「신기루」 전문

"올 것만 같"기 때문이다. "숨소리 한 톨마저 스미지 못할 것 같은" "보일 듯 아니, 말 듯 짧은 순간 실루엣"을 가진 '신기루'가 시인의 시쓰기를 명령하고 강제하며 요구한다. "수평선 빛 무너기 너머 소스라 치는 새벽"이 오도록, 시인은 호명 받아 '시인-주체'가 되려고 한다. 누가 등 떠밀지도 않았는데 말이다. 그러나 시인은 누군가와 약속한 듯하다. "이미 깨진 약속"이지만 지키려는 윤리로, "운무가 피어나는 뱃길을 저어가"고자 한다. 그대가 올 것만 같기 때문이다. 눈을 뜨지 못하더라도. 그대가 '영영' 오지 않더라도, 그대를 기다릴 것이며, 그대를 기다리는 시간만 의미가 있을 것이다. 그래서 쓴다. 시를 쓰면 쓸수록 시인은 작품이 그대에게 가닿을 것을 믿는다. 시인은 작품으로 그대를 '먼저' 만날 것이다. 시인은 지금 작품으로 그대와 함께 있다. 물론, 여기서 그대가 누구인지 알 수 없으나, 상관없다. 그대는 시의 방식, 시처럼 올 것이다.

소멸하는 모든 것엔
상처가 남기 마련

멀어지는 등 그림자

남겨놓은 뒷모습을

입속에
헛바늘 돋듯
한 자 한 자 새긴다

―「비망록」 전문

　이번 시집의 마지막 시, '비망록(備忘錄)'. 말 그대로 잊지 않으려고 중요한 골자를 적어 두는 일이자 책이다. 시인이 시를 쓰는 이유가 바로 여기에 있다. "소멸하는 모든 것", "멀어지는 등 그림자"가 "남겨놓은 뒷모습"을 "입속에/ 헛바늘 돋듯" 새기기 위해서다. 그러나 이 일은 시인의 의지로 하는 일이기도 하지만, '어쩔 수 없이' 받아 적는 일이기도 하다. 다가가는 것을 멈출 수 없으나 다가갈 수 없고, 붙잡을 수 없으나 놓을 수 없는 상태. 그저 "한 자 한 자" 새길 뿐. 시의 가치를 따지기 전에, 시인은 아무도 말하지 않는, 누구에게도 건네지지 않는, 아무것도 아닐 수 있는 언어에 자신을 맡긴다. 아니, 시인은 언어 이전의 인간, 언어로 말하기 전의 인간으로 내려가고자 한다. 원래 그곳이 인간이 있던 자리였다! 그곳으로부터 저 먼 곳까지, 혹은 저 멀리까지. 낮은 곳에서 더 잘 보이는 하늘이 있다.

　시는 결국 시라는 장르에 봉헌하면서 동시에 타자에게 봉헌한다. 이것만으로도 충분하지 않은가. 유한자의 봉헌이 무한자에게, 시에게 얼마나 가치가 있을지는 몰라도, 유한자에게는, 그것이 전부(all-in)다. 바닥을 드러낸 기름통과 가루 한 움큼이 영원히 없어지지 않았던 엘리야 시대의 한 여인처럼.

카프카는 시는 결국 기도를 향하게 될 것이라고 말했다. 누군가에게 기도하는 시 혹은 누군가를 위해 기도하는 시. 기도의 형식으로 시는 존재할 것이다. 그렇기 때문에 시인은 충분히 아름답다. 물론 시도 그럴 것이다.

영원히 아름다운, 잃어버린 시간을 찾아서
— 홍준경론

 "운율을 통해 시간이 압축되고 비유를 통해 공간이 겹쳐진다"(김인환)고 할 때, 비교적 정제된 율을 미적 형식으로 삼는 시조에서 리듬은 어떻게 발현되는가. 이는 3장 6구 45자 내외(조윤제)라는 '시조의 이데아'에 복무하고 있는 이 세상의 모든 시조는 같은 리듬을 갖고 있는가, 하고 질문을 만든다. '당연히, 시조는 각자의 리듬을 갖고 있다'고 대답하고 싶지만, 사정은 그리 간단하지 않다. 시조는 규범으로서의 운율(정형률)을 지켜야 하며, 이 운율이 리듬에 기여하는 바가 크기 때문이다. 여기에 '외재율'과 '내재율'이라는 수상한 어휘도 따라붙는다. 내재율은 외재율과 달리 '잠재적'으로 리듬감(율격)이 느껴진다는 것인데, 그것은 아무것도 설명할 수 없다는 말에 다름없으니, 리듬에 대한 정의부터 다시 해야 한다.
 시의 리듬은 운율(韻律), 곧 운(rhyme)과 율(meter)을 지칭하는 개념이다. 일반적으로 운율이 객관적, 물리적으로 지각되는 것이고 리듬이 심리적, 정신적으로 지각되는 것이라고 말하지만, 더 생각해보면 이 구분 자체가 불가능하다는 것을 알게 된다. 리듬은 운문과 산문 모두에서 발견되지만, 운율은 운문에서만 논할 수 있기 때문이다. 또한 리듬은 구체적 실현이고 운율은 추상적 개념이라고 말할 수 있지만, 이 둘의 구분 역시 용이하지 않다. 그러나 리듬은 "언어 운동의 전체 조직이자 지형도"(앙리 메쇼닉)이므로, 운율과 리듬은 겹쳐있으면서 더 나아가 리듬은 시의 의미와 관계하는 것이다. 물론 운율이 시의 의미와 관계없다는 말은 아니다. 이미 운율 해석 이전에 리듬 해석이 전제되어 있다. 따라서, 시조의 운율은 작품의 아름다움을 생성해내는 작용 혹은 장치일 뿐이지만, 리듬은 그 자체로 미적 현상이라 할 수 있으니, 이제부터 우리는 '시조의 율격'이 아니라 '시조의 리듬'이라고 말해야 한다.

그렇다면 홍준경 시인의 이번 시집 『지상의 마지막 선물』(책만드는집, 2020)의 리듬이 어떠한가. 이번 시집에서는 특히 시간의 문제가 서정에 깊이 관여하면서 시인 고유의 리듬을 구사하고 있다. 일반적으로 우리는 시간을 하나의 '흐름'으로 이해하고 있지만, 시간은 우리가 분절할 수 없는 추상명사이면서, 다만 우리가 사후적으로 '과거-현재-미래'로 재구성할 뿐이다. 그렇기 때문에 모든 사람은 상이한 체험과 기억에 따라 서로 다른 시간(Kairos)을 살고 있다. 여기서 현재의 주체에게 기억되는 과거의 사건은 늘 새롭게 온다. '과거란 현재의 기억, 현재란 현재의 직관, 미래란 현재의 기대'(『고백록』)라는 아우구스티누스의 말처럼, 지금 현재 마음의 양태로 환원되는 과거는 변형되고 조작된 과거라 할 수 있는데, 이것이 바로 서정시의 기본 원리라 일컫는 에밀 슈타이거의 '회감(回感, erinnerung)'이다.

지리산 전역이 모두 자기 세상이라 말하는 홍준경 시인("지리산 그 심심골에 내가 산이고 산이 나다"(「지리산의 하루」))은 모든 사물, 특히 자연에 의해 현재 시인의 내면 풍경으로부터 과거를 본다. 과거를 소환하고 재구성하는 것 자체가 서정이며 미래라고 말할 수 있다면, "흐드러진 찔레꽃 덤불"에서 "두 어른 형 형한 눈빛"(「어버이날 찔레꽃」)을 보고, 산수유에서 어머니를 본다(「산수유꽃 어머니」). 시인은 본질로서의 사물, 본질로서의 과거를 찾으려는 회상(回想)과 사건으로서의 비자발적 기억, 부재로서 현존하는 노스탤지어(鄕愁)라는 세 가지 기억법으로 아름다움의 문제 즉, 미학적 인간인 시인으로서의 삶을 유지하려한다. 그에게 있어 시간의 문제를 시화하는 일은 곧 자기의 있음, 존재의 물음이므로 자신의 삶과 세계를 이해하는 방식이자 본래적으로 살아가려는 선언이 될 것이다.

*

늘, 기억의 문제는 진실의 문제다. 그 순간으로 되돌아갈 수 있다면, 진실은 과연 무엇이'었는지' 생각하게 한다. 그러나 '언제나' 진실은 요령부득이니, 과거는 '항상' 새롭게 도래한다. 이데아를 기억해내는 영혼의 일을 플라톤이 '상기(想起)'라고 불렀을 만큼, 과거를 해석하는 일은 곧 영혼의 일이자 주체성의 문제다. 다시 말해, 과거를 (계속) 되묻는 일은, 그것이 과연 내게 어떤 의미가 되는지 탐색하는 일이자, 내가 누구인지를 고민하는 일이므로, 곧 미래를 맞이하는 일이라 할 수 있다. 시인은 "햇살 지펴 뜸 들인 하얀 쌀밥 이팝나무"(「이팝꽃 밥상」)에서 "보릿고개/ 넘던 그때/ 눈물 삼켜/ 심으"신 어머니를 떠올린다. 이팝나무로부터 어머니와 유년시절과 가난이 소환되었다. 그때의 어머니는, 가난은 시인에게 무엇이었는가(무엇이어야 하는가).

부지깽이 나뒹구는 고향 정짓간 들어서면
이냥저냥 서러운 건 엄니 흔적 있어서인가
설움에 비낀 유년이 솥뚜껑에 녹슬어 있네

어스름 격자 창호 손때 전 사슬문고리
누군가 반색하며 맞아줄 것 같은데
횡하니 찬바람 일어 가슴 저민 중년 설날

—「설날, 고향집에서」 전문

　　고향집의 다양한 사물에서 시인은 "이냥저냥 서러운" "엄니 흔적"을 본다. "설움에 비낀 유년의 솥뚜껑에 녹슬어" 있는 것을 보고, "어스름 격자 창호 손때 전 사슬문고리"에서 "누군가 반색하며 맞아줄 것 같"다는 생각을 한다. 그러나 이미 사물에 시인의 내면 풍경이 투사되었으니, 사물은 지금 현재 시인 마음의 양태로 환원되었으며, 과거 역시 그러하다. 낡고 녹슨 사물로부터 '엄니'가 소환되었는데, '엄니'가 소환된 이유는 간단하다. "횡하니 찬바람 일어 가슴 저민 중년"이 되었기 때문이다. 시인이 지금 현실보다 "설움에 비낀 유년"에 주목하는 것은, '현재의 과거'를 불러오는 회상(回想), 자발적 기억에 의한 일이다. "그래도 그때가 좋았어 좁아터져 아옹다옹/ 숭숭 뚫린 하늘 지붕 체온을 비벼가며/ 서로를 사랑했던 게야"(「겨울 까치집」). 그때 몰랐던 진실, 아니 지금 도래한 진실, 바로 '사랑'이다. 진실과 마주하기. 시쓰기로 가능한 일이다.

　　얼었던 달그림자 편서풍에 풀리자

희끄무레 봄바람이 산수유 가지 기웃기웃 조심스레 어루만진다 그 사
랑 너무 깊어 옷고름 스릇 풀어 가슴팍 열고 젖먹이 나를 감싸던 우리
어매처럼 꽃망울 터트리며 잔잔한 웃음 짓는 저 산수유꽃

아, 어쩜 나이 드나 봐 그 얼굴 자꾸 보고 잡다

— 「산수유 어머니」 전문

산수유마을에 살면서 '지리산'이라는 심상 지리를 라이트 모
티프(Leitmotiv)로 활용하는 시인에게 '산수유'는 다양한 은유 대
상을 가지고 있다. 특히 산수유와 어머니의 관계는 주목할 만하
다. "희끄므레 봄바람이 산수유 가지 기웃기웃 조심스러 어루만"
지자 "그 사랑 너무 깊어 옷고름 스릇 풀어 가슴팍" 연다는 전언
을, 우리는 에로스의 문장으로 읽어내기 쉽지만, 뒤따른 언술
"젖먹이 나를 감싸던 우리 어매"를 통해 우리는 모성애의 문장이
었음을 알게 된다. 역모죄로 굶겨 죽이는 형벌에 처한 아버지를
위해 자신의 젖을 먹였던 한 여인을 그렸으나, 노인과 젊은 여인
의 퇴폐적인 행위로 간주하여 외설 논란을 불러일으켰던 루벤스
의 작품 〈로마인의 자비(Roman Charity)〉처럼 우리의 욕망이
머무는 곳에 그림이, 의미가 의미'지어' 지고 있다. 시인이 노린
부분일 수도 있겠으나, 중요한 것은 "꽃망울 터뜨리며 잔잔한 웃
음 짓는 저 산수유꽃"이 '어매'를 닮았다는 것이다. 속성이 닮은
것인지 외현이 닮은 것인지 알 수 없으나, 시인에게 있어 산수유
꽃을 감싸고 있는 사물의 본질은 '어매(의 사랑)'이다. "한 해의
끝자락 물고 시름시름 앓아가며// 함박눈 솜이불 덮고 섣달 앞

에 서 있"는 산수유는 "어머니 젖 물리듯 통째로 내어주고/ 빙벽의 그 긴 겨울 강 건널 채비 하고 있다"(「섣달 산수유나무」)로 치환된다. 따라서 시인에게 있어 과거 특히, 어머니를 기억하고 어머니라는 심상을 사물에 투영하는 것은, '본질로서의 과거'를 묻는 것이면서 동시에 '사물의 본질'을 꿰뚫어보려는 시쓰기의 과정이자 소산이라 할 수 있다.

*

질 들뢰즈는 『프루스트와 기호들』이라는 저작에서 프루스트의 장편소설 『잃어버린 시간을 찾아서』를 통해 기호 해석에 의해 사유(철학)가 생성됨을 제시한다. 들뢰즈에 따르면, 기호는 본질을 절반만 감싸고 있고, 해석에 나머지 절반이 있다. 따라서 기호 해석은 배움의 과정이며 진리와 본질을 찾는 일을 공부(철학)라고 하였다. 그는 4가지의 기호를 제시하는데, 사교계의 기호(잃어버리는 시간), 사랑의 기호(잃어버린 시간), 감각 기호(되찾는 시간), 예술 기호(되찾은 시간) 중 예술 기호가 시간의 본질과 '우연히' 만나는 비자발적 기억으로 보았다. 다시 말해 과거와 현재는 연속적인 것이 아니라 서로 공존하는 이질적인 두 요소인 것이다. 현재는 끊임없이 지나가지만 과거는 그 자체로 계속 보존되고 있다.

만성신부전증 아내 20년째 투병 중이다

갈아 끼운 콩팥도 정년 다된 퇴역 장군처럼 이임을 준비 중인지 투석기에 의지한 채 하루가 천 년 같은 아내의 병상 생활, 우리는 지상에서 마지막 선물을 나누기 위해 '혈액교차 반응검사'를 했다 동일 혈액형이 아니라 노심초사 기원 끝에 전문의 진단은 이식적합 판정이다 수술 날을 잡고 병원을 나서는데 마치 개선장군인 양 어깨가 들썩댄다, 겨울 하늘이 따뜻하고 된바람도 상쾌했지

이란성 쌍둥이 부부, 부활을 꿈꾸는가!
　　　　　　　　　　　　— 「지상의 마지막 선물 3—쌍둥이 부부」 전문

　시집의 제목이기도 한 연작시 '지상의 마지막 선물'은 만성 신부전증 아내에게 신장을 이식해준 과정과 감정이 고스란히 드러난 증언이자 회고록이다. 이미 1차 이식으로 20여 년을 살아온 아내에게 다시 한번 "그때 못 주고 아껴둔 내 콩팥"을 이식할 수 있는 "하늘이 무너져도 솟아날 구멍"(「지상의 마지막 선물 2」)과 같은 기회가 생겼다. '지상의 마지막 선물'을 나누기 위한 검사 끝에 '이식접합 판정'을 받은 시인은, "나눔은/ 주는 게 아니라/ 이란성으로/ 태어나는"(「지상의 마지막 선물 1」) 것으로 보았다. 시인과 아내는 "이란성 쌍둥이 부부"라는 것이다. "지리산 눈바람에 선잠 깬 산수유꽃"은 바람에 '산수유 시인'이 어디 있는지 묻는다. 신장 이식하러 간 산수유 시인에 대한 소식을 들은 산수유꽃은 "사람은 말이 아니라 실천이제하며 그렇고 말고"(「지상의 마지막 선물 20」)하며 명상에 잠긴다. '산수유꽃'과 '산수유 시인' 그리고 산수유로 은유되는 어머니(혹은 모성성). 이들의 관계가 시집 전체를 견인해가고 있다.

아스라이
먼 곳을 분주하게 다녀왔다

허공 같은
평안을 베고 나를 띄운 구름 침실

열흘이
천 날이었나,
등불마저
낯설다

「지상의 마지막 선물 19—평안」 전문

　수술이 무사히 끝난 시인은 집으로 돌아와 '평안'을 누리고 있다. 수술과 회복의 시간을 "먼 곳을 분주하게 다녀왔다"고 말하지만, '먼 곳'은 신장 이식으로 인한 시간이 아니라, 신장 이식까지의 시간일지도 모른다. "홀연 이승 저물어져 이별 시간 찾아오면" "저녁놀 한 폭 걸치고/ 고사목으로 남는"(「고사목 부부」)일이 부부이지만, "주목은 천 년을 살고/ 죽어 또 천년 산다"(「부부」)고 했다. 그러니, '먼 곳'은 여전히 가야할 곳, 가야만 하는 곳이다. 중요한 것은 천재일우(千載一遇)의 기회로 부부의 연이 계속 이어질 수 있었는데, 그 분기점이 바로 부부의 신장 이식이다. 부부의 연을 오랜 시간 이어오면서 겪었을 모진 풍파와 눈물의 시간(클리쉐지만 그렇게까지 밖에 표현할 수 있는 삶의 부박함이여). 그리고 신장 이식과 대장암이라는 아내의 위기. 모든 시간이 '고해(苦海)'다. 그러나 그렇게 좌절과 절망의 시간, 잃어

버렸다고 생각되는 시간, 그 시간들을 시인은, 지리산의 자연물
로 조금씩 찾아오고 있다.

> 손 뻗으면 잡힐 듯한
> 상고대 핀 지리산 능선
> 아침 햇살 술렁임에
> 봄눈 녹듯 스러져 가는
> 짠하게 짧은 생 앞에 순백의 사랑을 본다
>
> 어찌 보면 어느 푸른 날
> 내 사랑 같기도 하고
> 그래서 더욱 애달픈
> 상고대 하얀 꽃이여
> 더더욱 아름다운 건 흔적 없는 그 뒷모습
>
> ―「상고대 사랑」 전문

　　시인은 우리처럼 도시가 아닌, 자연에 산다. 그래서 그런지
산수유꽃, 홍매화, 찔레꽃, 동백꽃, 이팝꽃, 상사화, 옥잠화, 능
소화, 밤꽃, 호박꽃 등 갖가지 꽃에 시인의 감정을 투사한다. 아
니, 정확히 말하면 갖가지 꽃이 시인의 감정을 촉발시키고, 시인
을 붙들고 있으며, 시인으로 하여금 기호 해석을 요구한다. 예컨
대 시인은 꽃 아닌 꽃 '상고대 하얀 꽃'에서 "짠하게 짧은 생 앞에
순백의 사랑"과 "어느 푸른 날/ 내 사랑"을 본다. 지리산에 살지
않았다면, 꽃을 보지 않았다면 시인은 시인으로 살 수 있을까.
특히 시집에 자주 등장하는 '산수유'라는 기호는, 프로스트가 소

설에서 말했던 물속에서 피어나는 종이꽃 '수중화(水中花)'처럼, 시인의 과거를 현재에 피어나게 한다. 따라서 시인에게 있어 천지 모든 만물이 기호인 것인데, 기호를 통해 시인은 무엇을 찾게 될까. 바로 시간이다. 잃어버린 시간과 되찾아야할 시간. 그 시간 속에 무엇이 있을까. 바로 사랑. 부부의 사랑, 부모의 사랑. 사건으로서의 진실(진리)은 이렇게 우리와 매우 가까이 있었던 것이다.

*

기억은 자기동일성을 유지해주는 역할을 하기도 하지만, 망각 또한 필요하다. 모든 것을 기억하고 있다면, 그것은 형벌일 것이다. 과거가 얼마나 현재를 짓누르겠는가. 그러나 망각은 망각의 대상을 그리워하게 만드는, 일종의 역설을 갖고 있다. 이와 같은 괴로운 정서를 우리는 nostalgia(鄕愁)라고 부르는데, 되돌아가는 일(nostos)과 아픔(algos)이라는 그리스어를 합친 말이다. 일반적으로 노스탤지어는 고향에 대한 그리움을 지칭하는 말로 많이 쓰이지만, 더 큰 의미로 과거에 대한 동경 혹은 지나간 시대를 그리워하는 것을 말한다. 여기서 중요한 것은 노스탤지어는 과거를 되찾지 못하는 데서 오히려 그 존립 근거를 찾는다는 점이다. 상실한 것을 되찾을 수 없다는 데서 슬픔이라는 정서가 솟아오르지만, 되찾을 수 없기 때문에 기억하려 하면서 다시 또 슬퍼하게 된다. 잊지 않으려고 기억하지만, 기억하기 때문에 슬픈 이중 구조가 무한히 반복되고 있다.

어느 해 추석 장터에서 씨름판이 열렸다

단신인 아버지가 씨름판에 뛰어드신 거야 몸무게는 줄 잡아 70킬로가
안 넘으셨지 그러고는 차례차례 참가 선수들? 쓰러뜨리고는 대망의 결
승전에 오르셨지 상금으로 송아지가 걸려 있는 산동면에서는 가장 큰
행사인 거야 그런데 이변이랄까 아니면 실력이랄까 3판 2승제에서 첫
판을 내주고 내리 2판을 이기신 거 야 장사 타이틀을 목에 건 채 송아지
를 끌고 개선장군이 되어 마을로 향하셨지 배보다 배꼽이 더 크게 잔치
값이 들었지만 말이야 그 양반 역사에 길이 남을 사건인 거야

호걸豪傑은 간 곳이 없고 묘비석만 쓸쓸하네
                                    ─「우리 아버지 동춘 양반 9」 전문

　　이번 시집에서 홍준경 시인에게 되찾지 못한다는 것을 (잘)
알면서도 기억하려는 역설의 대상은 바로 부모님이다. 특히 시
집의 제4부 '우리 아버지 동춘 양반' 연작시에서 아버지를 향한
그리움의 정서를 시화하고 있는데, 그 형식에 주목할 만하다. 사
설시조의 형식을 취하면서 동시에 '해학'을 보여주고 있다. 기본
적으로 해학은 웃음을 유발하는 것인데, 공격성을 갖고 있는 '풍
자'와 다르게 대상과 통합 또는 화해를 전제로 한다. 대상과 주
체의 거리가 가깝기 때문이다. 인용시를 살펴보자. 단신인 아버
지가 씨름판에 뛰어들었다. 그리고 마침내 우승했다. 시인은
"장사 타이틀을 목에 건 채 송아지를 끌고 개선장군이 되어 마을
로 향하셨지 배보다 배꼽이 더 크게 잔치 값이 들었지만 말이야
그 양반 역사에 길이 남을 사건"을 기억하며(듣기만 했을 수도

있다), "호걸豪傑은 간 곳이 없고 묘비석만 쓸쓸"하다고 말한다. 뒤이어 보이는 연작시에서 다양한 아버지의 모습을 살필 수 있는데, "참말로 그 양반 가치관 참말로 유별난 것 같아"(「우리 아버지 동춘 양반 10」), "그 양반 분명 놀부는 아닌데 심보는 알 수가 없어"(「우리 아비저 동춘 양반 11」) 등에서 알 수 있듯이 아버지가 '유별난' 사람인 것은 분명해 보인다. 그렇다면 시인의 아버지에 대한 기억은 어떤 의미를 갖고 있을까. 바로 그와 같은 유별난 아버지 세대 혹은 시대의 상실과 그에 따른 그리움이다. 다소 가부장적이지만 나름의 온정이 있었던 그 시절은, 시인에게 다시 돌아오지 않을, 그러나 가고 싶은 시대였는지도 모른다. 지금은 아내와 신장을 나눠가진 '쌍둥이 부부'지만, 다시 '개선장군', '호걸豪傑'의 아버지(남자)가 되고 싶은지도 모른다. 그렇다면 시인에게 어머니는 어떠한가.

어머니는 하늘나라
꽃상여 소풍 가서도
한 해 한 번 추석빔으로
출장 미용 꼭 부르신다
보름달 환한 얼굴은
울 어매 그리움인가?

— 「우리 어머니 동춘댁 11」 전문

앞서 언급했듯이, 어머니는 '그리움' 그 자체다. '어머니'와 '엄니'라는 단어가 시집 전체를 지배하고 있다고 해도 과언이 아니다. 「석고대죄」, 「지상의 마지막 선물 5」, 「지상의 마지막 선물 9」, 「지상의 마지막 선물 15」, 「돌담 별꽃」, 「한가위 다가오다」, 「새벽이슬」, 「섣달 산수유나무」, 「산수유 꽃잎 아래 잠들다」, 「이팝꽃 밥상」, 「석고대죄」, 「지리산의 하루」, 「설날, 고향 집에서」, 「우리 아버지 동춘 양반 8」, 「우리 엄니 동춘댁 8」, 「우리 엄니 동춘댁 9」, 「우리 엄니 동춘댁 10」, 「우리 엄니 동춘댁 11」, 「산수유 어머니」, 「오뉴월 개구리」, 「아들네 보내고 나서」 등 '어머니'와 '엄니'가 등장한 시편이 이렇게나 많다. 어머니라는 존재가 이 시집의 가장 큰 키워드인 것이다.

그 시절 전형이라고 여겨지는 "우리 아버지 가정불화는 좀 유별나신 것 같아 본인이 화 내놓고 본인 성질을 못 다스리는 거야 울 엄니는 여필종부 그 표상이었어 사임당 상을 수상하고도 남을… 잦은 매 찜질도 묵묵히 이겨내신 분"(「우리 아버지 동춘 양반 8」)이었으니, 아버지에게는 미안한 일이지만 어쩔 수 없는 일. 시인에게 있어 어머니는 "넉넉한 엄니 품 같은// 때로는 안아 달라 어리광도 부릴 줄 아는/ 지리산"(「지리산의 하루」) 같으면서, "하늘나라 어머니 사랑 몽실몽실 물고"(「새벽이슬」)오는 새벽이슬과 같다. 아내와 신장이식 수술 직후 "어머니 배내옷이 그리워지는"(「지상의마지막 선물 15」) 이유도 바로 여기서 찾을 수 있을 것이다. '개선장군', '호걸豪傑'이라는 아버지 이미지를 그리워하지만, 동시에 시인 역시 나약한 존재로서 "안아 달라 어리광도 부릴 줄 아는" 그런 자식이고 싶기 때문이다. "평생 겁쟁이로 소문난 꽁생원"(「지상의 마지막 선물 6」)이 아내의 수술 앞에서, 삶의 분기점 앞에서, 그리고 살아-내야-하는 삶 앞에서 어찌 담담할 수 있겠는가. 세상의 모든 아버지는 어머니의 철없는 자식이기도 하다.

3.
이순 넘어 어느 해 함박눈이 쌓이던 밤
남도 끝 여수에서 전화 한 통 걸려왔어
정님이 오빠 연락에 가슴 쿵쿵 일렁였지

이 말 저 말 나누다가 그녀 안부 물어봤지
어물어물 전하려다 말끝을 흐리는 거야
머리가 쭈뼛 서면서 느낌이 좋지 않았어

하늘나라 섬기려고 혹여 이승 떠났는지
거기까지 묻기엔 차마 용기 나지 않아
속울음 울컥 삼키며 그냥 접고 말았어

4.
침침한 눈 때문인가, 흐릿해진 정님이네 집
홀연 어깨 무거워져 내려놓고 살기로 했어
이제는 훌훌 털고서 그 물동이도 잊어야지

빡빡머리 검은 눈썹 손님처럼 찾아온 백발
가물가물 흐린 영상 젊은 날 초상인 게야
불현듯 바람이 일어 감싸 안듯 얼싸안고

어언간 빠른 세월 반백년이 훌쩍 지났어
봄 오면 개살구는 꽃망울 또 터트릴 거고
흘러간 푸른 강물이 하마 역류하진 않겠지

—「정님이네 집」부분

시집의 대미(大尾)를 장식하고 있는 작품「정님이네 집」은 시인에게 서정이 어떻게 오고 있는지를 잘 보여준다. 그에게 있어 서정은 결국 시간의 문제. "두레박 우물이 있던 그 여자네 집"에는 "유년의 설레는 가슴"이 있었다. 그러나 다시 찾아간 그곳에는 "우물은 메워져 없고 살구낭구 그대로"만 남았다. "켜켜이 쌓인 그리움 쑥대 숲에 웃자라" 있을 정도. 어느 날, 이순 넘어 정님이 오빠에게 연락이 온다. "어물어물 전하려다 말끝을 흐리는 거야/ 머리가 쭈뼛 서면서 느낌이 좋지 않았어", "속울음 울컥 삼키며 그냥 접고 말"아야 했다. 그리고 시인은 이제 "흐릿해진 정님이네 집/ 홀연 어깨 무거워져 내려놓고 살기로 했어"라고 선언한다. 그러나 과연 잊을 수 있을까. "이제는 훌훌 털고서 그 물동이"를 잊을 수 있을까. 여기서 '두레박 우물(정님이네 집)'은 부재로서 현존하는 '정님이'를 드러내는 자리, 극복 불가능한 상실의 대상이 있는 자리다. 정님이가 부재한 자리에는 이제, 노스탤지어가 자리 잡았다. 그리고 노스탤지어는 "봄 오면 개살구는 꽃망울 또 터트릴 거고/ 흘러간 푸른 강물이 하마 역류하진 않겠지"라는 문장을, 시를 해마다 봄마다 터트리게 할 것이다. 잃어버린 것이지만, 아름답기 때문이다. 영원히 아름다울 수 없기 때문에 잃어버린 것이다. 홍준경 시인에게 제일 아름다운 것, 그래서 잃어버린 것. 부디, 오래, 건강하게 찾아내기를 바랄 뿐이다.

　　잃어버린 것을 찾기 위한 기억과 그 여정을, 혹자는 삶이라고 부르고, 우리는 시라고 부른다.

이야기의 강바닥을 어루만지는 손길, 리듬
— 이경애론

발터 벤야민은 『사유 이미지』[45]에서 치유력을 가진(가졌다고 생각하는) 어떤 부인의 손을 짤막하게 소개한다. 그 부인의 손동작이 마치 이야기를 들려주는 것처럼 느껴진다는 것이다. 그리고 이야기의 흐름을 막는 댐이 '고통'이라면, 고통의 낙차가 클수록 모든 것을 망각의 바다로 쓸어가 버릴 정도로 '곧' 무너질 수밖에 없다고 말한다. 그렇게 무너지고 나서 유유히 흐르는 혹은 거칠게 일렁이는 바닥(河床)을 어루만지는 일을 벤야민은, 어머니가 침대맡에서 어린아이의 머리를 쓰다듬는 행위로 본다. 어머니의 손길이 이야기가 흘러갈 강바닥의 흐름을 만들어준다는 것인데, 여기서 우리가 주목할 부분은 '어머니의 손길'이 아니라, '이야기의 흐름'과 이야기를 막는 '댐-고통'이다. 고통이 이야기의 흐름을 막지만, 고통이 클수록 이야기가 그만큼 강력해지고, 그 이야기의 흐름을 만들어내는 것이 곧 고통이라는 것이다. 이야기라는 흐름과 이야기를 막는 고통. 그리고 이야기-강을 만들고 이야기-강의 바닥을 어루만지는 일. 여기서 혹시, '흐름'이 곧 시의 '리듬'은 아닐까.

이경애 시인의 첫 시조집 『앵두 한 알』(고요아침, 2021)에는

---

45) 발터 벤야민 선집 1, 「이야기와 치유」, 『일방통행로 사유이미지』, 도서출판 길, 2007, 228~229쪽.

"비어서/ 썰렁한 집"(「앵두나무」)이자 "주인 없는 빈방"(「빈방」)이 보이기도 하지만, "장난감을 퉁치며/ 놀고 있는 아이들"(「식곤증」)도 보이고 펜팔친구를 만났던 '수줍은 미소'(「보랏빛 손수건」)도 보이고 "꿈 많던 소녀들"(「하룻길」)도 보인다. "이야기 꽃피우는 작은 소리 쌓이"(「쟁반 위에는」)는 곳이기도 하고 TV 앞에 "울고 웃는 가족들"(「겨울밤」)이 있는 곳이기도 하지만, "흙 속에 밀려 보낸 파편의 아픔들"(「희망의 언어」)이 있는 곳이기도 하고 "구겨진 종이 되어 뒹구는 이부자리"(「아픔의 흔적」)가 있는 곳이기도 하다. 슬픔과 고통으로 가득한 아포칼립스(apocalypse)보다는 기쁨과 슬픔, 긴장과 이완이 동시에 존재하는 우리 장삼이사(張三李四)의 세계를 보여주고 있다. 그러나 시인은 우리가 처해 있는(Befindlichkeit) 세계의 서사를 그대로 옮겨 적지 않고 시인 고유의 리듬으로 "시가 된 노래를 부른다 노래가 된 시를 쓴다"(「시가 된 노래」). 마치 강바닥을 어루만지는 것처럼 말이다. 따라서 이 글은 이경애 시인이 어떻게 이야기의 흐름을 만들어나가는지, 그리고 그 흐름을 막는 것이 그동안 무엇이었는지 함께 살펴보고자 한다. 이는 곧, 시조의 리듬론이자 존재론이기도 할 것이다.

*

우리의 일상은 평범(平凡)하고 무의미하다. 의미가 없다는 뜻이 아니라, 의미가 아직 주어지지 않았다는 뜻이다. 비(非)의 미가 아니라, 미(未)의미의 세계. '아직' 의미가 되지 않은 일상. 일상은 일상을 그대로 흘려보낸다. 그러나 여기서 언어는 일상에 특별한 의미를 부여하기도 한다. 더 정확히 말하자면 언어가 일상을 만들어주기도 하지만, 언어가 일상을 빠져나가기도 하고 일상의 낯선 틈입을 적시하기도 한다. 상징계를 벗어난 '실재(the Real)'라고 부르는 것의 침입과 그것의 충동을 아주 잠깐 보여주는 것이 바로 언어다. 이와 같은 언어의 '힘'은 그 어떤 것보다 일상을 뒤흔드는데, 시가 잘하는 일, 시인이 잘하는 일이 바로 이것이다.

아버님 하늘나라
떠나시고 빈집이 된

뒷마당 앵두나무
새봄맞이 선물이다

손길이
닿지 않아도
활짝 웃는 꽃 피운다

심심찮게 달려들어
노래하는 풀벌레들

달콤한 앵두 한 알
제 차지인 양 쪼아대고

비어서
썰렁한 집에

울 아버지 보고 싶다

—「앵두나무」 전문

뒷마당에 앵두나무가 있다. 늘 언제나 그 자리에서 "손길이/
닿지 않아도/ 활짝 웃는 꽃" 피우는 앵두나무에 "심심찮게 달려
들어/ 노래하는 풀벌레들"이 있다. 봄이면 늘 있는 일이(었)다.
새삼스러울 필요가 없다. 그러나 오늘은 다르다. "달콤한 앵두
한 알/ 제 차지인 양 쪼아대"는 풀벌레들을 보며 시인은 "비어서
/ 썰렁한 집에/ 울 아버지 보고 싶다"고 말한다. 앵두와 풀벌레,
그리고 집과 시인. 풀벌레가 앵두에 애착하듯, 시인도 집에 애착
한다. 아버지가 계셨기 때문인데, 이제는 부재한 집을 앵두처럼
시인도 맴돈다. 부재로서 존재하는 아버지와 집 뒷마당 앵두나
무를 언어로 형상화하면서 아버지에 대한 그리움을 붙잡아두었
다. 언어가 아니었다면, '앵두 한 알'이 아니었다면, '빈집'은 말
그대로 '빈집'으로 남아있을 것이다. 앵두나무가 "새봄맞이 선
물"처럼 매년 꽃과 앵두를 피울 때마다 시인은 아버지를 기억할
것이다. 앵두나무가 부재한 아버지를 소환하였다.

하루를 포물선으로 시간 공간 그린다

여정 길 풍요롭게 가슴을 활짝 연다

지하철 타는 기쁨으로 소박한 여유로움

푸르른 나무들은 자유를 만끽하며

산새들 숲속에서 지지배배 지저귄다

실바람 얼굴만 스쳐도 일일 여행 만점이다

—「일일 여행」 전문

시 제목에서 알 수 있듯이 일일(一日), 즉 하루가 여행과 같다고 시인은 말한다. 평소와 다를 바 없는, 혹은 평소와 조금 다른 하루가 전개되었다. "포물선으로 시간 공간"을 그리는 하루는 마치 '여정(旅程)'과 같아서 "기쁨으로 소박한 여유로움"을 갖게 되었다. 평소와 전혀 다른 '특별한' 일정이 있는 것도 아닌데 말이다. 시인은 그다지 특별하지 않은 일상에서 "푸르른 나무들" "자유를 만끽"하듯, "산새들 숲속에서 지지배재 지저"귀듯, 시인 역시 자유를 만끽하며 삶을 노래하고 있다. 시인은 "실바람 얼굴만 스쳐도" 좋으니 하루의 일상에 '만점(滿點)'을 준다. 더 이상 바랄 나위 없다는 것이다. 이와 같이 충일한 감정을 느꼈던 하루는 그 당시에는 벅찼을 것이나, 만약 시로 적지 않았다면 금세 잊혔을 것이다. 감정의 사물화 혹은 물질화. 감정을 붙잡아둔다. 감정에 이름을 부여한다. 만약 특정한 감정의 원인과 그 과정을 상세히 적었다면 소설과 에세이(수필) 같은 산문(흩어진 글, 散文)이 되었겠으나, 감정의 배경만 적었기 때문에 시와 같은 운문(소리결이 있는 글, 韻文)이 되었다. 일상을 일상이 아니게끔 하는 일, 일상의 감정을 특별하게 붙잡아두는 일. 그것이 시인이라는 사람이 하는 일, 시의 리듬이 하는 일이 아닐까.

이경애 시인의 기쁨은 먼 데 있지 않고 늘 가까이에 있다. 시인의 즐거움은 특별한 일에 있지 않고 평범한 일상에 있다. 이 기쁨을 시인은 하나라도 놓치지 않으려고 애쓴다. 그래서 쓴다. 일상의 기쁨. 시인은 일상 가운데 오는 작은 기쁨을 기뻐하며 적는다. 기쁨은 나눌수록 두 배가 되는 것이 아니라, 적을수록 두 배가 되는 듯하다. 기쁨이 온다. 시인이 적어야 할 기쁨이 더욱 많아지기를.

> 헤이리 산책길 수다로 꽃 피운다
> 어스름 저녁노을은 자작나무 비추고
> 우리들 만남의 기쁨 몸이 먼저 알아본다
>
> 대추차 앞에 놓고 달달한 목축임
> 지나온 이야기에 입술이 열려 있다
> 창문 밖 잔디밭에는 잔잔하다 빗소리
>
> 네온사인 흐릿함이 늦은 시각 알려주고
> 우산 쓰고 걸어보는 여운도 즐거워라
> 아직도 못다 한 이야기 다음을 기약하며
>
> —「못다 한 이야기」 전문

시인을 비롯한 우리들 "만남의 기쁨"은 몸이 먼저 알아볼 정도로 기쁘다. "달달한 목축임"을 선사하는 대추차보다 달고 단

"지나온 이야기"에 누가 먼저랄 것도 없이 "입술이 열려 있다". 그러나 바깥은 차가운 비. 그럼에도 불구하고 "우산 쓰고 걸어보는 여운"도 즐겁다. 그저 "헤이리 산책길 수다로 꽃" 피웠을 뿐인데 말이다. 하루가 너무 아쉬운 이 기쁨. "아직도 못다 한 이야기"가 있어 다음을 기약하는 기쁨. 그러나, '다음'은 모두가 다 짐작하고 있겠지만, 쉽게 오지 않을 것이다. 그래서 시인은 쓴다. '못다 한 이야기'의 뒤를 상상하며 쓴다. 다음을 기약하는 글쓰기. 기쁨을 기약하는 글쓰기.

봄날 가는 줄 모르고 달려온 친구가
시골집이 낯설어 눈망울이 커진다
얼굴을
맞대고서는
날밤을 지새운다

별을 세다 지새우니 충혈된 두 사람의 눈
이불 속 행복 미소 풀어진 옷 다듬는다
게으른
늦잠꾸러기
햇살이 쏘아댄다
…(하략)…

―「환한 봄날」 부분

이번에는 "봄날 가는 줄 모르고 달려온 친구"와 함께 기쁨을 나눈다. "얼굴을/ 맞대고서는/ 날밤을 지새운다". 마치 꽃나무

가지를 꺾어 술잔 수를 셈하면서 한없이(無盡無盡) 술을 먹는 정철의 〈장진주사〉처럼, 꽃 같은 사람을 곁에 두고 밤을 지새운 다. "별을 세다 지새우니 충혈된 두 사람의 눈"일지라도 "이불 속 행복 미소"가 번진다. 그래서 시인은 "시골집이 낯설어 눈망울" 이 커진 친구의 눈과, 시인과 밤을 함께 지새워 충혈된 눈을 떠올려본다. 친구의 낯설어 커진 눈과 충혈된 눈. 그 모두를 기억하려는 시인이 할 수 있는 일이라곤 시로 쓰는 일뿐이 아니었을까. 시인에게 그날은, 그 친구에게 이 시는 기쁨의 선물이 될 것이다.

칠흑 같은 한겨울 밤
노래처럼 들리는 소리

멀리서 가까이서
찹쌀떡 사려 메밀묵도 있어요

창문을 빼꼼히 열면
달빛만 가득하고

울고 웃는 가족들의
정신없는 텔레비전

까치발 들고 서서
한 아름 받아들면

감탄사 터지는 저녁

얼얼한 맛

감동의 맛

—「겨울밤」 전문

시인의 기쁨은 대체로 사람에게서 온다. "이야기 꽃피우는 작은 소리 쌓이고/ 오가는 정 속에선 홍조 띤 모습"(「쟁반 위에는」)과 같이 시인은 타인과 함께 하는 삶에서 기쁨을 누린다. 인용시에서 시인은 "칠흑 같은 한겨울 밤" 찹쌀떡과 메밀묵을 구입한다. "창문을 빼꼼히 열면/ 달빛만 가득"한 밤에 "울고 웃는 가족들"과 함께 먹기 위해서다. 그리고 시인은 가족들과 "감탄사 터지는 저녁"을 보냈다. "할머니 손잡아 끌며/ 같이 놀자 조른다"(「식곤증」), "손과 발/ 온몸 다하여 벌레가/ 쑥 쏭쏭휙 나다갔더"(「아이의 말」), "동생과 엄마 몰래 맛있게 먹는 빙수"(「설빙수」), "에미랑 아기 고양이 줄줄이 사탕 같다"(「줄줄이 사탕」) 등의 작품에서 알 수 있듯이 시인은 가족과 함께 하는 기쁨을 오롯이 느낀다. "부러진 나뭇가지 지휘봉을 만들어/ 음정 박자 안 맞아도 바람을 지휘하자/ 나무가 흔들릴 때마다 따라 함께 노래"(「무시로」)하는 것처럼, 비록 모두가 같은 마음일 수는 없고 음정과 박자가 정확히 맞지 않겠지만, 나무가 흔들리는 것처럼 함께 흔들리고 함께 노래 부르는 것. 가족은 그렇게 함께 흔들리고 함께 노래 부르는 사람들이 아닐까. 물론 이때의 기쁨은 두말할 나위가 없을 것이다.

*

　물론 기쁨'은' 처음부터 주어지지 않는다. "겨울의/ 등 뒤에서/ 봄의 기운/ 살아"(「깨어난 새싹」)나듯이 봄이 오기 전에 항상 겨울이 있다. 계절의 순환은 언제나 정확하다. "말라버린 가지에서 새순은 돋"(「봄이 온다」)으면서 봄은 '반드시' 오지만 겨울이라는 시련과 고통을 반드시 온몸으로 가로지르거나 통과해야 한다. 그때 '비로소' 얻는 것이 바로 기쁨. 여름만 있거나, 겨울만 있는 지역은 아무래도 지루할 것 같다. 한국과 같이 사계절이 뚜렷한 지역일수록 시인이 많은 이유가 바로 여기에 있다.

바지 끝에 낙엽송 친구하자 들어온다
부시식 알리며 벽을 향해 누웠다
얼마나
힘에 겨울까
밀쳐내도 모른다

세월의 흔적은 마른 잎 되어 지고
밟히며 상처에 바수어진 몰골이
내 한 몸
부서지는 것
땅속에 영양 주고

내어주는 삶이라 후손들 번성하고
그늘막에 앉아서 낙엽송 바라본다

한여름

좋았던 시절

그때가 언제였나

"바지 끝에 낙엽송"이 들어왔다. "얼마나/ 힘에 겨울까/ 밀쳐내도 모른다"는 낙엽송의 고통이 둘째 수에 상세히 묘사되고 있다. "세월의 흔적은 마른 잎 되어 지고" "밟히며 상처에 바수어진 몰골"임에도 "내 한 몸/ 부서지는 것/ 땅속에 영양"을 주는 일. 바로 생명의 원천인 부모 세대가 하는 일이다. "내어주는 삶"을 살고 있는 낙엽송을 보며 (시인의) "한여름/ 좋았던 시절/ 그때가 언제였나" 생각해 본다. '내어주는 시절'을 살기 전, '자신을 위한 시절'만 살았던 그때. 시인은 그 '좋았던 시절'을 지나 '내어주는 시절'을 살아-왔다. 그리고 이제 '내어주는 시절'도 지났다. 시인은 "그늘막에 앉아서" '내어주는 시절'을 본다.

갯벌 위에 발자국을 낙인찍는 여심아

뒤돌아 서서 보면 밀려오는 물보라

상처로 얼룩져 있는 물기 없는 눈망울

흙 속에 밀려 보낸 파편의 아픔들

새로이 움 돋는 한 줄기 샘 퍼오른다

내일을 기약해보는 희망의 언어들

—「희망의 언어」 전문

「내어주는 삶」이 희생을 이야기한다면, 「희망의 언어」는 희생의 고통을 말하고 있다. 인용시는 "갯벌 위에 발자국을 낙인찍는 여심"의 "뒤돌아 서서 보면 밀려오는 물보라"와 같은 노동의 고통을 그리고 있다. 갯벌에서 수산물을 잡아 생계를 유지하는 여성의 노동으로 짐작되는데, "상처로 얼룩져 있는 물기 없는 눈망울"과 "흙 속에 밀려 보낸 파편의 아픔들"을 품고 있는 '여심(女心)'이 아프게 온다. 물론 동의하기 어렵지만, 정확히 말해 가능한지 의문이지만, "새로이 움 돋는 한 줄기 샘" 혹은 "내일을 기약해보는 희망의 언어들"이 과연 존재할지 모르겠다. 그것은 이경애 시인의 희망 사항. 아니, 우리 모두의 희망 사항. 아마 '여심'은 내일도 모레도 "갯벌 위에 발자국을 낙인"찍어야 할 것이고, "밀려오는 물보라"를 맞으며 "상처로 얼룩져 있는 물기 없는 눈망울"로 "흙 속에 밀려 보낸 파편의 아픔들"을 바라봐야 할 것이다. 삶은 고통이다.

색 바랜 열 손톱 아픔의 흔적인가

낡은 옷 벗고서 새 옷을 뒤적인다

고운 빛 어디서 찾나 지난날 헤아리며

초췌한 언어 장벽 어눌한 음색 되고

구겨진 종이 되어 뒹구는 이부자리

새로운 창조의 힘은 어디서 오는 걸까

— 「아픔의 흔적」 전문

　　시인은 '아픔(고통)'을 좀 더 찾아본다. "색 바랜 열 손톱", "낡은 옷", "구겨진 종이 되어 뒹구는 이부자리"가 아닐까. "고운 빛 어디서 찾나"하며 "지난날 헤아"려 보지만, "초췌한 언어 장벽"은 "어눌한 음색"으로 들릴 뿐이다. '그럼에도 불구하고' 시인은 아픔을 쓰려고 한다. 이는 마치 시쓰기의 과정을 보여주는 것 같기도 한데, '아픔의 흔적'이 시가 된다는 것을, '아픔의 흔적'으로 시가 출발한다는 것을 인식하고 있다. 앞서 언급한 벤야민의 '이야기의 흐름'과 이야기를 막는 '댐(고통)'처럼 말이다. 아픔이 이야기를 막고 있고, '아직' 아픔이 무너지지 않았다. 아픔이 더 모여야 한다. 댐을 무너뜨릴 만큼 수위가 높아졌을 때, 낙차가 최대치일 때, 이야기는 흐를 것이고, 시의 리듬도 흐를 것이다. 그리고 시인은 그렇게 흐르고 있는 이야기의 강바닥을 부드럽게 어루만지고 있다. 이미 시인은 아픔을 모두 겪어냈기 때문이다. 물론, 섣부른 아픔은 이야기를 막지도 않고 이야기를 흐르게도 못할 것이며 낙차도 작아서 그 무엇도 되지 못할 것이다. 부디 "새로운 창조의 힘"을 찾고자 하는 시인의 노력이 헛되지 않기를 바랄 뿐.

엄마 등에 업혀서 피난살이 떠났다

두려움과 공포로 험난했던 시절이다

옛 생각 희미한 기억 언니 통해 알 수 있다

지지리도 가난할 때 질병도 거들었다

부스럼 파리는 쉼 없이 달려들고

모든 것 '이명래고약'으로 통했다 만병통치약

급체가 되면은 손 밑에 피를 내고

검은 피 나오면 다 낫다고 손뼉을 쳤다

스르르 눈감고 있으면 엄마는 간호사 병원장

　　　　　　　　　　　　　　　― 「희미한 기억」 전문

　이경애 시인은 "엄마 등에 업혀서 피난살이" 했던 과거를 떠올린다. 시인은 "두려움과 공포로 험난했던 시절", "지지리도 가난할 때 질병도 거들"만큼 간난신고(艱難辛苦)의 세월을 관통해 왔다. 그리고 기억한다. '근현대의 전통의약 1호'라는 칭호를 받고 있는 '이명래고약'. 항생제가 없던 시절 만병통치약으로 불릴 만큼 유명해진 '이명래고약'은 종기 뿐만 아니라 각종 피부질환 치료에도 효과가 좋아 다방면으로 활용되었다고 한다. "부스럼 파리는 쉼 없이 달려들" 때 썼던 이명래고약. 시인은 한국 근현대사의 질곡을 온몸으로 겪어냈다. 이와 더불어 시인은 '간호사 병원장'이었던 엄마 덕분에 "급체가 되면은 손 밑에 피를 내고" "검은 피 나오면 다 낫다고 손뼉을 쳤다". 지금은 희미해진 기억들. 아픈 나날들. 시인은 그렇게 아픔이 막아두었던 이야기를 흐르게 한다. 그리고 그 이야기의 강바닥을 어루만지고 훑고 다진다. 이야기가 더 잘 흐를 수 있도록, 이야기가 더 멀리 갈 수 있도록. 이경애 시인의 손길에 이야기가 더 멀리 더 오래 흘러가기를. 시조의 리듬처럼 말이다.

이야기가 더 멀리 갈 수 있도록 고통을 응축하는 자, 그래서 이야기의 강바닥을 어루만지는 인간을 우리는, 시인이라 부른다.

비극을 노래하며, 북극성을 향하는

─ 김월수론

첫 시조집 『화살나무』(2020)에서 "그리움의 길이고 슬픔의 길이며, 동시에 도전의 길인 '고래의 길'로 나아가고 있다"(이지엽)는 평가를 받았던 김월수 시인의 신작 5편에서 우리는 비극과 애도를 읽어낼 수 있다. 이곳은 "삶과 죽음도 저리 가볍게 사운거"(「하늘공원」)리는 곳이지만, '천사'가 된 어머니와 '북극성'을 바라보는 곳이기도 하다. 비극이 아닐 수 없다. 그러나 비극은 삶의 약동을 가능하게 하기도 한다. "세계와 인생은 우리가 집착할 만한 것이 못 된다"(야스퍼스)는 지적처럼 비극은 이 '세계'를 살아가는 우리 '삶'에는 필수적이다. 하지만 비극은 오히려 죽음으로도 소멸하지 않는 인간 자체를 노래하는 것이자 정점에 다다를수록 세계의 본질에 더 가깝게 다가갈 수 있게 한다. 비극은 자기 삶에 대한 자기에의 의지와 동일성의 폭력에서 벗어나 사물의 본질을 인식할 수 있도록 우리의 세계관을 확장시킨다. 특히 죽음의 경우, 우리는 모든 인간은 '결국' 죽는다는 비극에서, 죽음 앞에 선 존재로서 우리의 삶이 '다시' 시작되는 희망을 찾을 수 있다. 사물의 본질, 우리의 본래성을 찾아가려는 기회가 '다시' 주어졌기 때문이다. 특히, 김월수 시인의 이번 신작들에서 '아버지'와 '어머니'라는 그리움의 대상은 부재로서 '여전히' 시인 곁에 현존한다. 부재의 방식으로 현존하는 그리움의 대상들은, 시인 자신의 삶 그리고 인간의 삶이 무엇인지를 질문한다. 따라서 '그리움'은 질문의 방식으로 존재하는 것이라고 말해도 될 것이다. 이때의 질문이 곧 사물의 본질, 우리의 본래성을 찾는 일이 될 것인데, 시와 문학이 바로 그 질문 자체라 할 수 있다.

니체의『비극의 탄생』에 따르면, 고대 원형극장에서 연극이 상영될 때, 슬픔과 고통이 최고조에 이르는 순간이 오면 합창단(Choreutae)이 노래한다. 관객 가운데 뽑힌 합창단은 신들의 이야기를 연기하는 무대 위의 공연자들을 신으로 실재하는 것으로 느끼는 합일을 경험한다. 그리고 점잖게 앉아 있는 관객을 마치 신의 입장에서 인간을 보듯 한다. 니체는, 이 합창단이 바로 '비극'이라는 것이다. 합창단은 배우와 관객 사이에서 매개하며, 모두가 공통으로 비탄을 느끼게 될 때 관객은 합창으로부터 그 슬픔에 대한 동의와 지지를 얻는다. 운명에 의해 삶이 파괴되는 인간의 슬픔을 공연하는 원형극장에서 합창단은 신이며 예언자이자 시인이었다. 그래서 관객은 합창단의 장엄한 노래를 들으며 주인공의 파멸을 슬퍼하지만, 동시에 자신의 삶은 아직도 여기에서 '멀쩡히' 유지되고 있음에 안도와 감사를 느끼게 된다. 연극에 빠져 있다가 연극이 연극임을 알게 되는 이상한 쾌감, 이른바 '영원한 삶의 의지'를 경험하게 되는 것이다.

*

니체는 학문은 예술가의 관점에서 보고, 예술은 삶의 관점에서 보라고 말했다. 그러니까 우리는 현실이라는 원형극장에 앉아 있고, 무대 한켠에 시인이라는 합창단이 있다. 그 합창단의 노래를 눈감고 들어보자. 삶은 우리를 어떻게 비탄에 빠지게 하며, 합창단은 비탄을 어떻게 노래하고 있는가.

> 당신이 가시 찔리며 뜯어온 두릅 순
> 잎사귀가 펄럭여도 달려가 받아오리
> 수십 년
> 나달나달 경
> 두 귀에 모으리
>
> 구부러진 손가락 구부러진 허리로
> 가까워도 먼 길 걷는 작은 걸음 한 발짝에
> 손바닥
> 받쳐드러서
> 편한 길 되게 하리
>
> 양 눈 가득 차오른 눈물에 담겨 있는
> 켜켜이 쌓아놓은 귀속 얘기 천 가지
> 가는 길
> 좌표를 잡아
> 북극성에 닿으리

—「북극성을 향하여」 전문

현실은 "가시 찔리며 뜯어온 두릅 순"과 "구부러진 손가락 구부러진 허리"와 "양 눈 가득 차오른 눈물이 담겨 있는" 곳이다.

그러나 각 수의 중장부터 현실의 고통을 기쁨으로 승화시키고 있다. "잎사귀가 펄럭여도 달려가 받아오리", "가까워도 먼 길 걷는 작은 걸음 한 발짝에", "켜켜이 쌓아놓은 귀속 얘기 천 가지"로 현실과 그에 따른 고통을 기꺼이 감내한다. 마침내 시인은 "수십 년/ 나달나달 경/ 두 귀에 모"을 것이고, "손바닥/ 받쳐드러서/ 편한 길 되게" 할 것이며, "가는 길/ 좌표를 잡아/ 북극성에 닿"으려 한다. '북극성'이 무엇을 상징하는지는 정확히 알 수 없으나, 시인이 가야 할 곳, 가야 할 방향이라는 것은 분명하다. 현실과 슬픔, 고통과 비극이 정점에 다다르는 곳, 혹은 폭발하여 초신성(supernova, 超新星)이 되는 곳. 어떤 항성이 진화 마지막 단계에서 폭발하여 일시적으로 매우 밝게 빛나지만, 별의 일생 가운데 죽음의 단계라 일컫는 초신성이 바로 시가 아닐까. 그곳이 존재하는 한, 시인은 써야 한다. 쓸 것이다.

뒤꼍에서 밥 짓던 스무 해 전 마른 풀잎

보낸 임도 모르는 채 잘도 타던 연애편지

그 냄새

다시 맡으라는 듯

출렁이는 억새꽃 향기

오늘따라 푸른 하늘, 북악 한층 가깝고

삶도 죽음도 저리 가볍게 사운거려

흰 구름

흘러가는 몸짓 따라

나도 흘러가네

—「하늘공원」 부분

우리가 흔히 '운명'이라고 말하는 삶의 과정은, 우연으로 가장하여 필연으로 우리에게 밀물져 온다. 그것에 순순히 따르거나, 우연을 우연으로 받아들인다면 운명이라는 거창한 수사는 그다지 필요하지 않을 것이다. 그러나 이때의 우연성을 경계하고, 우연성을 필연성으로 자기에게 가져오는 것, 그것이 바로 해석의 힘이자 바로 운명애(amore fati)일 것이다. 억새꽃을 통해 "뒤꼍에서 밥 짓던 스무 해 전 마른 풀잎/ 보낸 임도 모르는 채 잘도 타던 연애편지"가 소환되었다. 마치 마르셀 프루스트의 『잃어버린 시간을 찾아서』의 마들렌처럼 말이다. 시인은 과연, 잃어버린 시간을 되찾았을까. 시인은 하늘을 본다. "삶도 죽음도 저리 가볍게 사운거려/ 흰 구름 흘러가는 몸짓 따라/ 나도 흘러가"는 것을 본다. 마치 「제망매가」처럼 삶과 죽음이 여기서 함께 흔들린다. 무심하게 흘러가는 흰 구름처럼 나 역시 역사의 한 부분으로서, 대자연의 순환 중 한 부분으로서 그렇게 흘러가는 운명애. 우리 삶의 면면이 우연인지 필연인지는 '여전히' 알 수 없다.

*

주지하다시피, 프로이트는 「슬픔과 우울증」(1917)에서 '멜랑꼴리'와 '애도'를 구분한다. 멜랑꼴리는 대상의 상실이 곧바로 자아의 상실로 전환되지만, 애도는 멜랑꼴리와 다르게 대상의 상실에서 차츰 벗어나게 한다. 멜랑꼴리는 그 이유를 전혀 알지 못한 채 우울증에 빠지게 되지만, 애도는 그 슬픔을 능동적으로 감내하려 하기 때문이라는 것이다. 따라서 시인이 망자(亡者)를 노래할 때는 대부분 멜랑꼴리보다는 애도에 가깝다. 멜랑꼴리에 갇혀 있다면 당연히 그 어떤 일도 할 수 없으니 망자의 그림자에서 벗어나지 못할 것이나 애도의 경우, 망자를 기억하는 일이 마냥 슬프지만은 않다.

길 양옆에 내 키 넘게 쌓인 눈 더미를
몇 번째 쓸었는지 샛길처럼
뻥 뚫린
썰매길 따라
날아가던 화살 눈

아버지 오늘은 구름 모자 쓰셨네요
열어주신 길 위로 즐겁게 갑니다
추억도
목화솜처럼 몰입하면
포근하고 따사하네요

— 「하늘길에서」 전문

시인은 기억한다. "길 양옆에 내 키 넘게 쌓인 눈 더미를/ 몇 번째 쓸었는지 샛길처럼" 만드신 아버지. "뻥 뚫린/ 썰매길을 따라/ 날아가던 화살 눈"은 시인에게 원기억이 되었을 것이다. 눈이 내릴 때마다 시인은 썰매길을 따라 날아가던 화살 눈과 아버지가 떠오를 것이다. 그래서 오늘, 시인은 '구름 모자'를 쓰고 계신 아버지를 본다. 시인은 아버지가 "열어주신 길 위"라는 현실을 즐겁게 살아가고 있다. 아버지 덕분이다. "추억도/ 목화솜처

럼 몰입하면/ 포근하고 따사하네요"라는 고백이 포근하고 따뜻
하다.

맑고 파란 하늘에 들어선 당신
왜 자꾸자꾸 내려오세요
천천히 활공하면서
위로 위로 올라가세요

눈처럼 부드러운 긴 길을 지나가세요
반사된 빛에도 눈이 안 아플 거예요
당신은 이제 그곳에
가셔야 하거든요

육신을 감싸고 있던 가벼운 날개로
훨훨 하늘나라로 떠나야 해요
어머니의 일은 끝났어요
당신은 천사예요

—「천사」 전문

이번에는 어머니를 기억한다. 그런데 어머니는 아버지와 다
르게, 지상으로 내려오고 계신다. "왜 자꾸자꾸 내려오세요/ 천
천히 활공하면서/ 위로 위로 올라가세요"하고 시인은 말하지만,
어머니는 여전히 시인 곁에 있다. 이곳은 죽음과 슬픔이 있는
곳, 비극이 존재하는 곳. 시인은 다시 말한다. "눈처럼 부드러운
긴 길을 지나가세요/ 반사된 빛에도 눈이 안 아플 거예요"하고

말이다. "당신은 이제 그곳에/ 가서야 하거든요"하고 재차 설득한다. 그동안 당신은 눈처럼 부드러운 길을 지나가지 못했고, 반사된 빛에 눈이 아프셨다. 그래서 당신은 "육신을 감싸고 있던 가벼운 날개로/ 훨훨 하늘나라로 떠나야" 한다. 그러나 어머니는 여전히 시인 곁에 있다. 어머니의 일이 '아직' 끝나지 않았기 때문이다. 시인 곁을 지키는 일. '천사'처럼 시인 곁을 머무는 일이 아직 끝나지 않았다. 그러나 시인은 말한다. 당신의 이번 일은 하지 않아도 되는, 이제 그만 해도 되는 일이라고. 어머니는 살아서도, 죽어서도 천사처럼 우리 곁에 있다.

*

죽음은 내가 나의 밖으로 사라지는 유일한 지점이다. 죽음이야말로 타자 중의 타자다. 그래서 죽음은 정돈되거나 질서 지워진 사물들이 아닌, 태초의 사물, 혼돈의 사물, 사물의 근원으로 다가가게 한다. 그러니까 우리는 죽음으로 사물을 구원해야 한다. 우리는 사물에게 이름을 지어주면서 사물의 본질을 오염시키거나 거세시켰다. 우리는 오르페우스처럼 내가 더 이상 아닌 곳, 내가 말할 수 없는 곳으로 깊이 내려가야 한다.

김월수 시인 역시 죽음으로 내려가면서 혹은 망자를 기억하면서 북극성을 향한다. 물론, 죽음은 나를 텅 비게 하고, 그 무화의 공간, 비인칭의 세계에서 말을 하는 것은 시인이 아니라 시 자체. 시인을 사라지게 하는 텅 빈 공간 또는 존재의 영점(zero degree)에서 시는, 시인은 출발해야 한다. 그곳은 무척 슬픈 곳이지만, 그곳에 있는 사람을 기억하는 일은 무척 슬픈 일이지만, 그곳으로 가야'만', 그곳에 있는 사람을 기억해야'만' 사물의 근원을, 인간 삶의 비의를, 시를 만날 수 있다.

여기가 온전한 지도의 정수리
마늘 같은 신화가 눌러 잠든 땅이지요
꿈속에
선명히 떠올라
갈기 세워 말 달리던

그대 만날 기다림에 설레던 맘 뒤로하고
걸어서 올 수 있는 그날에 꼭 매달려
땅 하늘
당신의 얼굴 속에
내 얼굴도 넣어 봐요

― 「천지(天池)」 부분

인용시의 '천지(天池)'는 한반도에 있는 '천지'일 수도 있지만, '북극성'과 같은 상징일 수도 있다. 역사가 시작되었던 곳, 신화가 시작된 곳에서 시는 시작한다. "땅 하늘/ 당신의 얼굴 속에/ 내 얼굴도 넣어" 보는 일이 바로 시쓰기 아닐까. 그러나 지금은 불가능하다. 그럼에도 불구하고 계속 희구하고 끊임없이 그리워하는 일이 바로 시쓰기 아닐까. 나의 외재성, 나의 바깥을 향하는 언어. 자꾸만 뻗어나가려는 힘. 그 힘을 만드는 것이 바로 비극. 비극에서 리듬이 만들어진다. 그러나 비극은 우리 함께 겪는 것이면서 동시에 모두의 비극이기도 하다. 함께 살고 있기 때문이다. '비극 합창단'이 우리의 슬픔과 고독을 위로하고 긍정할 때, 비로소 우리는 우리가 될 수 있다. 물론, 합창단의 역할을 자임(自任)하는 자들이 꼭 있다. 예컨대, 김월수 시인을 비롯한 시인들이 그러하다. 우리의 연극은 아직도 끝나지 않았다.

초월적 아름다움을 향하는 시, (당)신을 닮아가는 시
— 선안영론

"진정한 삶은 부재한다."

랭보의 시「지옥에서 보낸 한 철」의 한 구절이다. 그렇다면 우리의 '진정한 삶'은 어디에 있는가. 우리가 살아가고 있는 '이 곳'이 아닌 '다른 곳'이 있기라도 한 것일까. 아마 사후세계나 유토피아 정도를 생각해볼 수 있겠으나, 명확하지 않다. 여기서 출발하는 것이 바로 형이상학. 형이상학은 절대적으로 다른 것을 향하고 다른 곳에 있다. 그러나 그곳은 우리가 단 한 번도 경험한 적 없으며 우리가 결코 도달할 수 없는 곳이다. 만족이 불가능한 욕망보다 더 근원적이고 본질적인 형이상학. 대부분의 사람이 애써 외면하는 형이상학. 이때, 형이상학에 몰두하는 소수의 사람이 있다. 이들은 '자아(自我)', 즉 나를 나 자신으로부터 떼어내려고 한다. '동일자의 지옥' 또는 '동일자의 폭력'에서 벗어나려는 이들은 '내가 아닌 것(他者)' 즉, 외재성(外在性) 또는 바깥을 향한다. 혹자(특히 평론가)는 이 운동을 노스탤지어(향수)나 (상실한) 존재 근원에 대한 탐색이라고 말하면서 시인의 '서정'이 바로 그것이라고 말하기도 하지만, 이는 동일자의 자기성을 찾는 일에 또다시 빠지고 만다. '찐' 형이상학은 동일자의 대립항도 아니며 동일자를 한계 짓지 않는 '멀어짐' 그 자체의 외재성에서 시작된다.

"내연의 고단한 행려가 초록 그물을 짜네"(「초록 몽유」)라는 문장으로 첫 시집 『초록 몽유』(2008)를 묶어낸 선안영 시인은 유성호 평론가의 시집 해설처럼 '기억과 꿈으로서의 생의 형식'을 이번 시집 『저리 어여쁜 아홉 꼬리나 주시지』(문학들, 2021)에서도 여전히 잘 보여주고 있다. "눈밭에 서 있었는데 깨어보니 흰 꽃밭"(「섬」)처럼 말이다. 물론, 이번 시집이 이전 시집보다 훨씬 폭발적이고 단단하며 미려하고 웅숭깊다는 것은 두말할 필요가 없다. 그러나 이번 시집이 이전의 시편과 다른 점이 있다면, 거침없이 써 내려간 문장은 이곳의 문장이 아니며, 이곳이 아닌 다른 곳을 향하고 있다는 점이다. 그곳은 말할 수 없는 곳이자 말로 다 할 수 없는 곳인데, 시인은 끝내 그곳에 다가가기 위해 안간힘을 쓰고 있다. 그래서 이쯤 되면 (대부분의 시인이 그렇듯이) 대충 아는 척하거나 아니면 아예 무신경할 법도 한데, 시인은 멈추지 않는다(못한다). 왜일까. 대충 아는 척하는 일은 동일자의 논리로 세계를 가두는 일이며 무신경한 것은 동일자 자신에게만 침잠하는 일이이겠지만, 선안영 시인은 외재성을 택한 듯하다. 왜일까.

이 글은 세 가지의 방식으로 진행될 것이다. 시인이 보려는 그곳, 그곳에 접근하기 어려운 이유, 그러나 끝내 그곳에 가려는 도저함. 이는 선안영 시인의 개성적 시쓰기에서 비롯된 일이기도 하지만, 현대시조의 존재론이기도 할 것이다.

*

생각보다 우리 삶에는 인과나 필연이 부재한다. 더 정확히 말하면, 우리는 우리 삶의 인과나 필연을 '거의' 알지 못한다. 사후 해석학을 빌려 선분을 이어볼 뿐이다. 그러나 "운율을 통해 시간이 압축되고, 비유를 통해 공간이 겹쳐진다"는 김인환 평론가의 적실한 정의처럼 시공간이 압축되고 겹쳐질 때 우리는 '의미'라는 것을 발견한다. 아니, '의미'가 우리를 찾아온다.

> 쥘부채처럼 접혀진 햇살이 펼쳐지고 세상 모든 관절들이 우두둑 기지개켜고
> 강아지 봄 마중 나가 꼬리 한 뼘 길어지고
>
> 새끼 밴 돼지 등을 득득득 빗어주면 뻣뻣한 검은 털 사이 허옇게 인 살비듬
> 짐승의 젖은 구유에도 봄빛이 차오르고
>
> 주머니 속 조약돌을 꽃밭에 놓아주고 봄볕 적신 마음은 또 어디를 건너는가
> 꽃비 속 말간 발굽들이 천진하게 지나가고
> —「춘분(春分)」 전문

춘분을 둘러싸고 여러 사건이 장(章)마다 포개져 있다. "쥘부채처럼 접혀진 햇살이 펼쳐지"는 일과 "세상 모든 관절들이 우두둑 기지개켜"는 일, 그리고 "강아지 봄 마중 나가 꼬리 한 뼘 길어지"는 일이 인과에 얽힌 사건들이라고 볼 수 있겠지만, 첫째 수의 일이 둘째 수 "새끼 밴 돼지 등을 득득득 빗어주"는 일과 "짐승의 젖은 구유에도 봄빛이 차오르"는 일과는 관련이 없다.

셋째 수도 마찬가지. 여러 이미지를 함께 보여주고 있지만, 이들이 실제로 한 화면에 담겨있는 것인지는 알 수 없다. 그리고 이 모든 장면의 인과 역시 장담할 수 없다. 그러나 시(인)에게 있어 이 세 장면 혹은 사건이 춘분이라는 시공간을 구성하기에 충분하다. "주머니 속 조약돌을 꽃밭에 놓아주"기 좋은, "봄볕 적신 마음"이 "또 어디를 건너"는, "꽃비 속 말간 발굽들이 천진하게 지나가"기 위해 첫째 수와 둘째 수의 사건은 반드시 전제되어야 한다. 그러나 시인도 시도 다만 이미지만 보여줄 뿐이다. "봄볕 적신 마음"이 어딘가를 건너기 위해. 더 이상 할 말도 없고 더 이상 말할 수도 없다. 봄은 이런 것, 봄은 이런 의미를 갖고 있다. "한 단어에 촉이 돋는다// 뿔이 될까, 꿈이 될까// 한 덩이 침묵 위로// 불쑥 솟는 열점들// 진부한// 아홉을 버리고// 또 배반한 새 움 하나"(「백도선 선인장」)처럼 그저 언어를 기다릴 뿐이고, 그저 받아 적을 뿐이다.

숯불 위를 걸어온 재 된 발을 놓고 갈까
눈알에 든 모래알들 무엇으로 씻어내나
두어라. 가엾은 오늘은 울게 그냥 두어라

못쓰게 된 거울이어서 녹이 슨 기도여서
숨구멍 환히 열린 석양을 바라보면
네모난 구멍에 누울 흙 잠이 떠오르고

램프와 종이와 펜, 푸른 잉크 밤을 건지려
뒤돌아 선 (당)신에게 도르래를 매다는데

뒤집은 모래시계 속 허공이 너무 깊다

—「서쪽으로 걷는 안식일」 전문

시인은 "숯불 위를 걸어"왔고 "눈알에 든 모래알들"을 씻어
내지 못해 운다. 가엾게 운다. 울어도 된다고 하셨다. "못쓰게
된 거울"과 "녹이 슨 기도"로 "네모난 구멍에 누울 흙 잠" 이후를
짐작해보지만, 무섭고 두렵다. 그래서 시인은 "종이와 펜"으로
"뒤돌아 선 (당)신에게 도르래를 매다는" 일을 시작한다. 그러나
"모래시계 속 허공"처럼 밤과 삶과 죽음 이후는 까마득하게 깊
다. 나는 "부서질 운명 혹은 유리(遊離)의 다른 이름"(「유리의
감정」)과 같을 뿐, (당)신에게 영영 다가갈 수 없을지도 모른다.
(당)신은 어디에 있는가. 다만, (당)신이 만든 이 세계는 (당)신
의 세계이고, (당)신으로부터 의미를 부여받았으며, 나는 (당)신
을 닮아야 (당)신의 세계를 이해할 수 있다. (당)신을 닮지 않은
나의 세계는 숯불 위의 세계, 눈알에 모래알만 가득한 세계다.
이때의 (당)신은 초월자일 수도 있고 특정한 대상일 수도 있으
나, 여기서 중요한 것은 여기는 (당)신이 만든 세계라는 것. 그래
서 이곳은 (당)신을 닮았고, 이 가운데 나는 (당)신을 보려고 한
다. (당)신으로 향하는 것, 그것을 우리는 종교적인 어휘로 '신
앙'이라 부르고, 철학적인 어휘로 '형이상학'이라 부른다. "싸늘
한 전지전능하심보다 잘 울고 웃는 (당)신을 찾고"(「가장 작은
교회」) 있는 이유, "가본 적 한 번 없는 먼 곳만 그리웠"(「거꾸로
타는 불」)던 이유가 바로 여기에 있다. 이곳은 (당)신이 만든 세
계라서 (당)신이 아니면 이 세계를 이해할 수도 살아갈 수도 없
다. 이해하기 위해 믿는다(credo ut intelligam). 눈알에 모래알

만 가득한 세인(世人, das Man)의 관점이 아니라, 선안영 시인은 (당)신의 관점에서 이 세계를 보려 한다. 세계는 (당)신을 닮았고, 나도 당신을 닮고 싶다.

타다 꺼진 심지의 밑바닥을 가다듬고 빗소리를 들으려 저수지를 맴도는 날
눈 없는 진흙지렁이 배를 밀며 기어간다

물속 버드나무 제 몸으로 물금을 재고 귀를 열면 여태 가라앉고 있는 돌멩이
찬비는 또 밀려왔다 잠언처럼 밀려가고

짐승을 쓰다듬듯 빗줄기가 순해지자 파문을 어루만지는 손발 시린 풍경들
아득한 빙점을 넘으려 푸른빛이 감돈다
　　　　　　　　　　　　—「맴도는 것은 다시 맴돌고」 전문

플라톤은 『향연』에서 인간의 감각 영역 너머에 초월적 아름다움이 있다고 보았다. 이러한 초월적 아름다움을 추구하는 행위가 '에로스(erōs)'이고, 초월적 아름다움을 추구하는 사람을 '에로티코스(erōtikos)'라 불렀다. 물론 여기서 아름다움은 진리 또는 선(善)을 궁극적으로 지향하는 것이며, 이는 '본성상 아름다운 어떤 놀라운 것'이니 사물의 현상이 문제가 아니다. 인용시에서 "타다 꺼진 심지의 밑바닥"은 현상이 아니며, "눈 없는 진흙지렁이" 역시 마찬가지다. "물속 버드나무 제 몸으로 물금을 재"

는 일과 "여태 가라앉고 있는 돌멩이"는 눈앞의 이미지가 아니다. "파문을 어루만지는 손발 시린 풍경들"과 "아득한 빙점을 넘으려 푸른빛이 감"도는 것은 인간의 감각 너머의 아름다움이다. 그렇다면 선안영 시인은 어떻게 감각 너머를 받아 적었는가. 간단하다. 초월 너머의 형이상학, 외재성을 향해 시인 자신을 투사하면서, 바깥을 지시하는 시의 세계를 더듬어가며 시인 자신이 사유하고 보는 것으로 살아가기로 했기 때문이다.

*

그러나 불행하게도, '이곳'에서의 삶은 '어쩔 수 없이' 우리의 자유를 빼앗는다. 삶을 살아-가려는 이상, 우리는 염려와 노동을 (끊임없이) 이어가지만 우리 자신을 어쩌지 못한다. 나의 '있음', 나의 존재를 책임져야 한다. 그래서 우리는 삶에 대립하는 것, 삶에 고통을 주는 것에서 벗어나기 위해 안간힘을 다한다. 이곳은 "독해지려고 자기 뺨을/ 자기가 때리면서" "앙버틴 시푸른 독기로 관절들이 불거"(「독창(獨唱)」)지는 곳이다. 혹자는 초월을 말하거나 긍정을 말하면서 이곳을 쉽게 건너가려 한다. 과연 그것은 가능할까.

가본 적 한 번 없는 먼 곳만 그리웠다
구두를 벗으면 피가 나는 발뒤꿈치
짓눌린 발가락 열 개를 구근처럼 심고픈

'멀다'라는 말속에는 실뭉치가 풀린다

풀어진 실오라기 외길 따라 펄럭여서
나는 또 한숨이 만드는 웅덩이에 앉아있다

몸 사막을 건너는 말 없는 여행자는
천수관음 손처럼 천 개의 발이 돋아
칠흑의 꼭짓점들이 흰 뿔을 세운다

—「거꾸로 타는 불」 전문

"구두를 벗으면 피가 나는 발뒤꿈치"로 "몸 사막을 건너는 말 없는 여행자"가 있다. "'멀다'라는 말속에서" 풀린 실뭉치는 끝이 없어 보인다. "짓눌린 발가락 열 개를 구근처럼 심"고 싶다. 여전히 가야할 길은 멀고 마음은 "가본 적 한 번 없는 먼 곳"을 향할 뿐이다. 그러나 나는 몸에 갇혀 있다. "한숨이 만드는 웅덩이"가 바로 나의 몸(신체). 나는 '웅덩이'라는 몸에 앉아 있다. "천수관음 손처럼 천 개의 발이 돋아"나더라도 여전히 가야 할 곳에 당도하지 못한다. "칠흑의 꼭짓점들이 흰 뿔을 세"우도록 가야만 하지만, 나의 몸은 이미 고통에서 헤어나올 줄 모른다. "아수라장 난바다에 구명정을 던지듯/ 끼니마다 내장 속에 꿀꺽 삼킨 알약들"(「병가의 계절 2」)은 나를 위한 것이 아니라 몸을 위한 것이다. 나는 가야 하지만, 나의 몸은 더 이상 나아가지 못한다. 나는 몸을 건너지 못한다.

젖이 돌 듯 수북수북 산수유꽃 피어오른다
꽃그늘 건너 건너 불 번지듯 환해져서
긴 겨울 단잠 깨우듯 풀모가지를 세운다

수술 몇 번 하고 나서 시낭고냥 앓는 내게
흑염소 한 마리를 푹푹 고아 먹이시며
탕약도 그믐달같이 기울여 먹이신다

바닥까지 긁어모은 가난한 조 몇 줌 같이
따닥따닥 모여 핀 초유(初乳)빛 나무 아래
어미의 두 자루 가슴이 납작하게 텅 비었다

－「모녀의 모월 모일 3」 전문

　그럼에도 불구하고 앞으로 나아가야 한다면, 지친 몸을 끌고
더 나아가야 한다면, 우리는 어디서부터 '다시' 시작할 수 있을
까. 〈모녀의 모월 모일〉 연작에서 우리는 시인의 몸이 다시 일
어서는 것을, 나아가는 것을 본다. "흑염소 한 마리를 푹푹 고아
먹이시며/ 탕약도 그믐달같이 기울여 먹이"시는 당신. "젖이 돌
듯 수북수북 산수유꽃"은 피어오르는 봄날, "두 자루 가슴이 납
작하게 텅 비"어 있는 당신. 당신이 꺾여 있는 내 "풀모가지를
세"웠다. 당신은 늘 그래 왔다. "바닥까지 긁어모은 가난한 조 몇
줌 같이/ 따닥따닥 모여 핀 초유"라도 당신은 내게 주저 없이 베
풀었다. "가슴이 온통 젖뿐이던/ 여덟 꼭지 샘도 말라"(「모녀의
모월 모일 2」). 그리고 당신은 텅 비게 되었다. 몸에서 마음을
건네는 것. 여성이 가장 잘하는 일이다. 몸은 멀리 가지 못해도
마음은 멀리 갈 수 있다. 몸은 이어지지 못해도 마음은 이어질
수 있다.

여덟 개의 불어터진 어미개의 젖통마다
살이 오른 새끼들은 악착으로 매달려
어미를 노란 물감 짜듯 쥐어짜서 삼킨다

젖배 곯은 니를 저리 후북히 멕였어야했는디
목이 세서 울어 싸도 점방에서 일만했니라
엄마는 봄볕의 어미말로 내게 수유 하시고

조팝나무 긴 울타리 꽃가지들 흔들린다
엄마야, 저리 어여쁜 아홉 꼬리나 주지
세상을 꼬리 쳐 후릴 꼬리 하나 없는 봄날

—「모녀의 모월 모일 1」 전문

메를로 퐁티는 발레리의 시에 덧붙여 화가는 자기 몸을 세계
에 빌려주며 세계를 회화로 바꾼다고 했다. 그리고 여기 자기 몸
을 다른 이에게 빌려주며 세계를 회화로 바꾸는 '엄마'가 있다.
"살이 오른 새끼들은 악착으로" "노란 물감 짜듯 쥐어짜"듯이 "여
덟 개의 불어터진 어미개의 젖통"에 매달린다. 그 광경을 시인과
함께 지켜본 엄마는 "젖배 곯은 니를 저리 후북히 멕였어야했는
디"하고 시인에게 "봄볕의 어미말로" 수유하신다. 그리고 "조팝
나무 긴 울타리 꽃가지들"이 봄바람에 흔들린다. 꽃가지들이 얼
마나 어여쁘게 흔들렸는지, 시인은 "엄마야, 저리 어여쁜 아홉
꼬리나 주지"라고 말하면서 "세상을 꼬리 쳐 후릴 꼬리 하나 없
는" '여시'가 되었다. 엄마는 '어미'의 말을, 시인은 '여시'의 말을
주고받았지만 모두가 봄날의 일이며, 엄마의 '봄볕의 어미말'로

세계는 봄날의 회화가 되었다. 그리고 그 회화 안에서 시인은 여시가 되었다. 강아지도 엄마도 시인도 조팝나무도 제 나름의 삶에 대한 애착을 갖고 있으니, 어찌 되었든 살아내야 한다. 따라서 랭보의 시처럼 진정한 삶이 여기 없다는 말은, 이곳의 삶을 포기하지 말자는 말이 아니라, 이곳의 삶을 지금 상태 그대로 놓아둘 수 없다는 말이다. "불행이 들어오는 틈새마다/ 호랑이똥을 놓아야겠어요"(「호랑이 똥을 삽니다」). 불행이 들어오는 곳마다, 때마다 '호랑이똥'을 놓아야 하는 수고, 그것이 바로 삶이다. "부수고 무너뜨린 마음의 내전 이 너덜겅"에서 "불면에 속눈썹은 닳고 빠져 성글어져도" "흰 문장 높이 보내려 외줄 끈을 감고 풀"(「북향의 방 2」)어야 한다. 그렇게 삶은 계속 나아가야 하고, 삶에 대립하는 고통도 함께 겪어내야 하지만, 삶에 대한 대립은 곧 삶에 대한 사랑이기도 하다. "벼랑 끝 사랑이라는 바람 속에 지은 집"(「복숭아꽃」)처럼 말이다. '봄볕의 어미말'이 이를 잘 일러주고 계신다.

*

삶은 현실(現實)이다. 그러나 시인은 현실에서 시로 들어가는 것이 아니고, 시에서 출발하여 현실로 향하는 자라고 막스 피카르트는 말했다. 시인은 현실의 세계와 시의 세계 사이를 오가지만 시는 곧 시인을 떠나 시의 세계 저 너머로 갈 것이고, 시인은 현실에 홀로 남을 것이다. 그때 시인이 할 수 있는 일이라곤 떠나간 시를, 떠나간 시가 있는 시의 세계를 그리워하거나 되찾는 일일 것이다. 물론 시가 시인에게 다시 올 수 있지만 끝내, 곁을 떠날 것이다. 그렇게 시는 선안영 시인을 찾아왔다가, (저쪽으로) 사라진다.

> 어릴 적 발등 위로 독사가 지나갔다
> 대낮의 능금 몇 알 붉은 빛 불이 들 때
> 얼음 든 칠흑을 봤다. 비명 없는 천둥으로
>
> 거두절미한 한 획으로 꾸역꾸역 배를 밀며
> 미문에 밑줄 긋듯, 옻칠에 피를 섞듯
> 긴 터널 허물을 둘러쓴 기차가 지나갔다
>
> 서녘들이, 그믐들이, 공포들이 지나갔다
> 흰 발목 휘감았던 독 오른 똬리를 풀듯
> 어둠이 칭칭 동여맨 아침 달을 놓아주듯
>
> —「그러니까 해피엔딩」 전문

그동안 전혀 알지 못했다. 무엇인지 몰랐던, 어떤 의미인지 몰랐던 "서녘들이, 그믐들이, 공포들이" 지금 시인을 스쳐 지나간다. 첫째 수와 둘째 수의 사건은 오랜 시간차가 있어 보인다. 시인은 어릴 적 "발등 위로 독사가 지나갔"고 "대낮의 능금 몇 알 붉은 빛 불이 들 때" "얼음 든 칠흑"을 봤다. 그리고 오랜 시간이 지나 "미문에 밑줄 긋듯, 옻칠에 피를 섞듯" "긴 터널 허물을 둘러쓴 기차"가 지날 때 비로소 어릴 적 그때 기억이 떠올랐고, 그동안 시인의 흰 발목을 휘감았던 '독 오른 똬리'와 '칭칭 동여맨 어둠'이 이제야 시인을 놓아주었다. 기차를 타고 가며 혹은 기차가 지나가며 시인은 "거두절미한 한 획으로 꾸역구역 배를 밀며" 나아가는 기차를 통해, 시인의 삶이, 그리고 시인을 사로잡았던 매혹이 무엇인지 알게 된다. 그것은 다가가는 것을 멈출 수 없으나 다가갈 수 없고, 붙잡을 수 없으나 놓을 수 없는 것. 나의 칠흑. 나의 미문. 나의 그믐. 나의 어둠. 나의 시. 그동안 오래 붙잡혀 있었다. 비로소 시인은 그것이 무엇인지 알게 되었으나, 그것은 어느새 시인의 곁을 지나 (저쪽으로) 가고 있다.

흐린 날의 바다는
잔금 많은 얼굴이죠

노을은 서쪽으로 서쪽으로만 사람을 불러내 서둘러서 시간을 닫지 않아도 되었죠 하루에 한 끼니만 먹고 돛이거나 닻이어서 아슬아슬 하루의 벼랑길이 열리었죠. 무뚝뚝한 섬도 곁이 열리어 폭풍과 모닥불, 술과 램프, 알약과 단풍, 함박눈과 라디오…… 못난이 돌을 주워 와 곁에 두어도 다정한 짝이 되는데

목발을 세워두고서
오지 않는 한 사람
—「그리운 세화」 전문

오늘날의 시인들은 시인 자신이 가진 세계보다 더 많은 것을 쓰려고 한다. 어쩔 수 없이 언어를 탕진하거나, 세상으로부터 언어를 빌려온다. 자기 것이 아닌 문장으로 이뤄진 시의 세계는, 시인으로부터 너무 멀리 떨어져 있어서 시인은 아예 접근조차

못하는 것이 요즘 시가 아닐까. 그 가운데 선안영 시인에게 '그리운 세화(細畵)'가 있다. 흐린 날의 바다가 그것인데, 그 바다에는 "잔금 많은 얼굴"이 있다. 그곳은 노을이 "서쪽으로만 사람을 불러내 서둘러서 시간을 닫지 않아도" 되는 곳이고, "하루에 한 끼만 먹고 돛이거나 닻"인 사람이 있고, "아슬아슬 하루의 벼랑길"이 있다. "무뚝뚝한 섬"도 곁을 두면서 "폭풍과 모닥불, 술과 램프, 알약과 단풍, 함박눈과 라디오"를 허락한다. 얼마나 외롭고 무뚝뚝한 곳인지 "못난이 돌을 주워 와 곁에 두어도 다정한 짝"이 되는 곳이지만, "목발을 세워두고서/ 오지 않는 한 사람"이 있다. 그 사람이 누구인지 알 수 없으나, (스스로) 시간을 닫은 사람, 돛이거나 닻이었던 사람, 다정한 짝이 (끝내) 되지 못한 사람, 그래서 결국 그리움의 대상인 사람이 있다. 이와 같은 '얼굴'이 있는 곳이 어디인지는 모르겠으나, 시인이 불쑥 가볼 수 있는 곳이지만, 또한 자주 갈 수'는' 없는 곳처럼 보인다. 시인은 늘 이곳을 그리워하는 힘으로 살아가고 있는지도 모른다. 따라서 이곳은 당연히 현실이 아닌, 시인을 '늘' 밀어내는 시의 세계가 될 것이다.

늘어진 천만사 현 조율해 들려주겠니
어여쁜 달아, 달아, 귀엣말 속삭여주겠니
우리는 불꽃을 청춘을 어디에 다 쏟았을까

손목에 칼금 긋듯 수평선을 그으며
소금 절인 짐짝들 그 어디쯤 내려놓고
백발의 수직 꽃대 얼굴, 북벽의 얼굴인가

기침을 해대며 숨 가쁘게 따라갔던가

눈비를 맞고 있는 먼 건너편 풍경이던가

주름도 피어나지 않는 왜 유정한 얼굴인가

─「당신을 지나갔다」전문

"실버들을 천만사(千萬絲) 늘여놓고도 가는 봄을 잡지도 못한단 말인가". 김소월의 시「실버들」처럼 '천만사 현'이 들려주는 음률과 달이 속삭이는 귀엣말이 있는데, 우리는 불꽃과 청춘을 어디에 다 쏟았는가. "손목에 칼금 긋듯 수평선을 그으며/ 소금 절인 짐짝들 그 어디쯤 내려놓고" 우리는 서로의 얼굴을 본다. "백발의 수직 꽃대 얼굴"인가, 아니면 "북벽의 얼굴"인가. 우리는 "기침을 해대며 숨 가쁘게 따라갔"었고, "눈비를 맞고 있는 먼 건너편 풍경"을 함께 건너왔거나 혹은 함께 바라봤다. 그래서 우리는 "주름도 피어나지 않는" "유정(有情)한 얼굴"을 하고 있다. 질문의 방식이지만, 시인은 이미 답은 알고 있는 듯하다. 시인은 당신을 지나갔다. 당신을 등 뒤에 남겨두고, 시인은 나아간다. 때때로 뒤돌아보겠지만, 당신과 함께 한 시간들이 아득해진다. 이따금 그곳으로, 그때로 되돌아가는 것. 그때의 시공간을 소환하는 것을 혹자는 회상 혹은 추억이라고 부르지만, 선안영 시인에게는 전혀 다른 층위의 일이다. 그곳에 시언어의 근원이 있으며, 그곳이 바로 시인 자신의 끝 간 데 없는 심연(深淵)이자, 모든 것을 무(無)로 되돌리는 침묵의 공간이다. 침묵 안에서는 과거, 현재, 미래가 하나로 존재하고 있으며, 언어의 근원이, 사물의 본질이 깃들어 있다. 말보다 침묵이 선행한다. 침묵이 말을 한다. 이번 시집의 마지막 시가 이를 잘 알려준다. "당신의 눈을 보자 시간이 멈추었고// 빗방울의 전신은 물기 도는 흰 구름// 휘발성 이름을 부르면 또 화상을 입는다"(「시, 하얀 암흑」). 따라서 선안영 시인은 당신과 함께 한 그때, 당신과 함께 건너왔던, 여전히 의미를 알 수 없는 그 시공간에서 시(언어)를 찾는다.

> 나도 당신 옆에 찰싹 붙어 피어야지 당신을 지켜야지 아픈 물집도 우리 이뻐해 주자 땅속에 있을 때는 우리 둘 뿌리를 얽히고 만지작거리고 있을까? 내가 당신을 낳은 거 같아 두 눈에 꾸역꾸역 넣어도 아프지 않아 쌔근쌔근 자고 있는 어린 당신을 업고 내 노래 내 빛깔을 다줘야지 파도를 빙 둘러친 살구 빛 그 별에서 우리 둘 근사한 물결무늬가 새겨질 거야
>
> ─「탐라 산수국」 부분

당신을 얼마나 좋아하는지, 당신에게 얼마나 미안한지. "사랑은 천신만고 끝에// 죽었다 탄생할 테니"(「마침표」). 끝내 함께 할 수 없는 절절(切切)함이 '탐라 산수국'을 밀어올린다. '산수국'을 '시언어'로 읽어도 괜찮겠다.

> 안영아, 안영아, 불러대던 옛집을 찾아
> 닻줄 같은 탯줄에 나를 묶어 잠들어야지
> 꽃잠을 어루만지는 자장가가 들리는 집
>
> 낮은 짧고 밤은 길어 풋 열매 가득하여
> 가시를 피한 날은 더 가시가 되어서는

수많은 나를 업고서 무릎이 깨졌구나

혼자인 11월에는 잎새들아 떠나가지 마
아직 뛰어내리지 마 제발 글썽이지 마
아버지 늙은 복서처럼 울면서 달려온다

— 「11월, 고요히 별똥별처럼」 전문

11월, 시인을 부르는 '옛집'에 간다. "닻줄 같은 탯줄에 나를 묶어 잠들"고 싶을 만큼 아늑하다. 그러나 옛집이 아닌 지금-여기는 "낮은 짧고 밤은 길어 풋 열매 가득"하고 "가시를 피한 날은 더 가시가 되어서는" "수많은 나를 업고서 무릎이 깨"져야 한다. 얼마나 더 수많은 나를 업고 무릎이 깨져야 할까. 옛집에 있으니, "늙은 복서처럼 울면서 달려"오는 아버지가 있고, 아버지의 목소리인지 시인의 목소리인지 알 수 없는 "혼자인 11월에는 잎새들아 떠나가지 마" "아직 뛰어내리지 마 제발 글썽이지 마"하는 소리가 들려온다. 선안영 시인에게 11월은 그런 날이다. 떠나간 모든 것, 뛰어내린 모든 것을 '고요히 별똥별처럼' 본다. 시인이 하늘을 올려본다는 것이 아니라, 이 모든 지상의 일을 마치 우주에서 내려다보는 것처럼, 별똥별이 지나가다가 세상을 슬쩍 훑어보는 것처럼, 시인은 자신을 하늘에서, 우주에서 내려다보고 있다. 시인은 이 세상으로부터, 이 세상의 언어로부터 멀어지려고 하는 것이다. 다음 시집이 내심 기대되는 이유가 여기에 있다. 선안영 시는 이곳에서, 이 세상의 언어에서 얼마나 더 멀어질 수 있는가. 그래서 시가 얼마나 더 아름다워질 수 있는가.

*

　선안영 시인은 자신으로부터 그리고 현실 세계로부터 끝없이 멀어지려 한다. 이곳은 (당)신이 만든 세계이므로 (당)신이 아니면 이 세계를 이해할 수도 살아갈 수도 없다. (당)신의 눈으로 세계를 보려면 어쩔 수 없이 자신의, 현실의 눈을 버려야 한다. (당)신을 닮아가는 시를 위하여. 그러나 현실은 여전히 고통과 아픔으로 가득하며, 시인은 이 현실에서 고통을 겪는 몸조차 뛰어넘지 못한다. 하지만 시인에게는 (당)신과 함께한 시공간이 있다. 시인은 견딘다. 받아 적는다. (당)신과 함께 한 그곳은 이곳과 달라서 이 세상 모든 아름다움을 뛰어넘는 초월적 아름다움과 시-언어의 근원이 침묵의 형식으로 존재한다. 하여, 선안영 시인은 초월 너머에 있는 근원, 외재성을 향한다. 물론 여기서 외재성은 시인 자신을 부정한다는 말이 아니다. 외재성을 통해 시인 자신의 유한함을 알고, 그래서 무한과 영원성을 꿈꾼다. 그곳에 시의 세계가, 시의 언어가 있기 때문이다. 시는 이곳에 없다.

　현실과 최대한 멀어지며 초월적 아름다움을 향하는 에로티코스(erōtikos), 그래서 시의 세계에 끝없이 다가가려는 인간을 우리는, 시인이라 부른다.

자연과 연대하며 잃어버린 것을 찾는 일, 리듬
— 조영희론

니체에 따르면, 시의 리듬은 생각에 빛을 더하며 특정한 단어들을 선택[46]하게 한다고 했다. 음악과 춤이 시와 어우러지고 리듬이 언어에 부가되는 곳이면 언제 어디서든 시는 종교적 제의와 연관되어 있다는 것이다. 이는 고대 그리스시대 공연되었던 비극이자 제의-노래였던 예술과 시의 기원을 두고 하는 말일 것이다. 니체는 시의 리듬이 당시 사람들에게 다음의 네 가지 영향을 준다고 보았다. 인간은 리듬을 통해 연대감을 느끼거나, 격정이 폭발하는 것을 무마하거나, 기억과 각인의 수단이 되거나, 리듬을 통해 말의 공명력이 커지므로 인간은 신과 더 명확하고 더 먼 거리에서도 소통할 수 있다고 믿었다는 것이다. 이와 같은 니체의 분석은 고대 제의와 관련한 것이지만, 지금-여기 시의 리듬론에도 해당한다. 인간은 시의 리듬을 통해 연대를 구성하기도 하고, 시는 격정이 폭발하되 흘러넘치는 것을 막거나, 대상을 기억하는 윤리이기도 하며, 시는 인간과 신 혹은 인간과 타자와의 소통을 가능하게 한다. 이는 시조라는 장르에도 마찬가지로 적용될 것은 물론이거니와, 특히 격정을 제어한다는 점에서 시조의 리듬은 더욱 돌올하게 빛날 것이다.

---

46) 프리드리히 니체, 김기선 역, 『니체전집 1』, 책세상, 2003, 25쪽.

이번 조영희 시인의 시조집 『밤이 달을 입었다』(조은출판사, 2022) 역시 위와 같은 시의 리듬을 보여주고 있는데, 특이하게 시인은 시조의 리듬을 통해 자연과 '연대'를 이루고 있다는 점에서 주목할 만하다. 자연의 리듬(순환)과 시조의 리듬이 닮았는지 자연의 리듬을 시조로 좇으려는지 정확히 알 수 없으나, 시인은 자연을 관조의 대상으로 바라보거나 음풍농월(吟風弄月)하는 것에 머물지 않으려 한다. 시인은 자연에 새로운 감각을 부여하면서 적극적으로 자연에 개입한다. 이때 자연에 개입한다는 것은, 시인들이 흔히 실수하기 쉬운 자연 바깥에서 자연을 내려보는 초월자의 자리가 아닌, 자연 안의 주체로서 자연과 긴밀히 조응하고 있다. "풀잎에/ 묻은 바람/ 털어서 담아놓고// 추녀 끝/ 이슬방울/ 켜켜이 쌓아놓고// 별빛은/ 졸린 눈으로/ 팔베개를 해주네"(「팔베개」). 별빛이 시인에게 팔베개를 해주고 있다. 이때 시조의 리듬 역시 중요한데, 언어에 일정한 음률을 부여하면서 긴장과 이완의 반복을 통해 차이를 생성하고 있다. 여기서 차이는 바로 새로운 감각. 차이는 새로운 감각을 형성하면서 기존의 낡은 감각을 파괴하고 새로운 세계를 구성한다. 이에 따라 구현된 새로운 세계상(world picture)은 시인의 시업에 따른 결과물이자, 과정 그 자체일 것이다. 따라서 이 글은 조영희 시인이 구현한 세계상을 살펴보는 동시에, 그곳에 기여하는 시조의 리듬 역시 살펴볼 것이다. 이는 조영희 시인의 시집 전체를 이해하는 작업인 동시에, 현대시조의 존재론이기도 할 것이다.

*

철학자 한병철은 '매끄러움'이 현대사회의 징표[47]라고 말했다. 매끄러움은 상처를 입히지 않으며, 부정성을 제거한다. '매끄러움의 예술'은 어떤 판단이나 해석을 '전혀' 제공하지 않고, 사유의 거리 자체를 삭제하면서 그저 편안함과 쾌락만 제공한다. 의미를 추구하거나 의미 생성을 요구하지 않고, 기다리지 않으며 즉각적이고 즉물적인 반응을 의도하는 현대사회 그리고 현대예술에서, 문학의 위치는 점점 위태로워지고 있다. 문학과 시는 여전히 상처를 후벼 파고 보여주며 은폐된 무언가가 '있음'을 표시해주는 역할을 맡고 있지만, 언제까지 가능할지'는' 장담하기 어렵다.

가을빛 발자국에
긴 목을 늘여 빼고

지나가는 바람에게
귓속말 건네고는

살그락
옷깃 여미다
손가락을 베었다.

―「갈대」전문

깊숙이
숨겨놓고

---

47) 한병철, 이재영 역,『아름다움의 구원』, 문학과지성사, 2016, 9쪽.

꺼내보던 겨울밤이

눈감은
여름밤에
익다 데인 아픔으로

엎어진
밤을 뒤집어
외로움도 삶는다.

—「열대야 전문

"가을빛 발자국에/ 긴 목을 늘여 빼고" 있는 갈대는 어쩌면
시인이 아닐까. 하릴없이 "지나가는 바람에게/ 귓속말 건네고
는" 스스로 "살그락/ 옷깃 여미다/ 손가락을 베"기도 한다. 연약
하고 부서지기 쉬운 존재, 상처받기 쉬운 존재로서 갈대는 시인
이기도 하고, 우리 장삼이사(張三李四)이기도 하다. 이때 상처
를 주는 부정성이 예술의 본질이라 할 수 있는데, 우리는 어떤
연유로 상처를 받는가. "깊숙이/ 숨겨놓고/ 꺼내보던 겨울밤"이
"눈감은/ 여름밤에/ 익다 데인 아픔"으로 오는 이유는 무엇인가.
"엎어진/ 밤을 뒤집어/ 외로움도 삶는다"고 할 때, 밤은 왜 엎어
지고, 밤은 왜 뒤집어지는가. 이 모든 현상이 '외로움'으로 귀결
된다고 말할 때, 외로움은 모든 상처의 집결지이자 출발점이다.
이때, 우리는 묻는다. 우리의 존재(있음)는 무엇인가. "타다 만
생각들을/ 밤 그늘에 재워놓"(「바람의 무게」)지만, 곧 깨어날 것
이다. '좋아요'의 세계로 점철된 현대사회에서 시가, 시인이 해

야 하는 일이 바로 이것 아닐까. 시는, 시인은 질문하는 사람이
(어야 한)다.

> 실밥 뜯던 찬 기운을 냇둑에 펼쳐 널고
> 해져서 코가 얼던 솜이불은 걷어차고
> 다리 밑
> 시냇가에서
> 콧수염을 깎고 있다.
>
> 살가운 봄바람이 귓속말을 하려는데
> 물 위에 떠내려 온 봄빛을 건져 들고
> 보송한
> 햇살 한 입을
> 얼른 덥석 베물었다.
>
> ―「멧버들」 전문

　아우구스티누스는 신이 은유('비유의 외투')를 통해 성서의
의미를 의도적으로 모호하게 만들면서 성서를 욕망의 대상으로
만들었다고 말했다. 시도 마찬가지. 시는 은유를 통해 의미를 의
도적으로 모호하게 만들면서 시를 욕망의 대상으로 만든다. "실
밥 뜯던 찬 기운을 냇둑에 펼쳐 널고" 있는 이, "해져서 코가 얼
던 솜이불을 걷어차고" 있는 이, "다리 밑/ 시냇가에서/ 콧수염
을 깎고 있"는 이는 누구인가. "살가운 봄바람이 귓속말을 하려
는데" "물 위에 떠내려 온 봄빛을 건져 들고" "보송한/ 햇살 한 입
을/ 얼른 덥석 베"무는 이는 누구인가. '멧버들'로 은유되고 있는

어떤 인물을 상상해 본다. 시냇가에서 거주하는 이, 시냇가를 집으로 삼는 이가 누구인지 유추하게 된다. 다시, 작품을 읽어본다. 은유를 하나씩 뜯어본다. 누구인가. 봄이 누구에게 왔는가. '멧버들'은 그저 객관적 상관물 혹은 은유의 대리자에 지나지 않는다. 우리는 시를 욕망한다. 우리에게도 봄이 오는가. "사소한 것 비장하게 등짝에 들쳐 매고/ 햇볕을/ 덤으로 얹어/ 비탈재를 넘는"(「맹물 한 병」) 우리의 삶은 무엇인가. 「멧버들」은 우리 삶을 '다시' 생각하게 하고, 작품을 '다시' 읽어보게 한다. 시는 욕망의 대상이 되었다.

*

"모든 리듬은 하나의 태도이며 의미이고 세계에 대한 상이하고 독특한 하나의 이미지"[48]라는 옥타비오 파스의 말처럼 리듬은 곧 세계에 대한 시인의 태도라 할 수 있다. 따라서 시조의 리듬은 곧 세계에 대한 시인의 태도인데, 이때 시조의 리듬은 주지하다시피 그 어떤 문학 장르보다 각별하다. "시의 리듬은 시인의 흥분된 정신 상태의 산물이기 때문에 열정과 충동을 함축하고 동시에 반복되는 질서이기 때문에 의지와 절제를 드러낸다"[49]는 김인환 평론가의 지적처럼, 시조의 리듬은 의지와 절제를 동시에 드러내는 과정이자 그 결과물이라 할 수 있다. 그런데, 이때 시조의 리듬은 무엇을 향해 의지와 절제를 향하는가. 다시 말해, 한 시조집에서 반복되는 리듬이 무엇을 향하는가를 살펴보

---

48) 옥타비오 파스, 김홍근 · 김은중 역, 『활과 리라』, 솔출판사, 1998, 77쪽.
49) 김인환, 『현대시란 무엇인가』, 현대문학, 2011, 22쪽.

는 일은, 곧 그 시인의 세계에 대한 태도를 살펴보는 작업이라
할 수 있다.

눈썹에
달라붙는
어둠은 밀어내고

밤마다
뜬 눈으로
외로움은 즐기면서

잊혀진
그리움 하나
밤길 홀로 지킨다.

　　　　　　　　　　　　　　　　　　—「달빛의 고독」 전문

문 틈새 찬바람에 통밤을 에끼면서
인연에 뜸을 뜨며 이별하며 사는 법에
꼬부려
달그락대는
심장소리 파랗다.

　　　　　　　　　　　　　　　　—「외로움도 색깔이 있다」 둘째 수

　　시인이 있는 세계는, 우리의 세계는 "낮에는 해가 와서/ 밤에
는 달이 와서// 허공을 메워놓고/ 밤낮을 채워놓고// 고독을/ 세
속에 감아/ 노끈으로 묶었다"(「노끈」)고 말하는 세계다. 이때의

고독은 당연히 나의 존재를 묻는 실존의 문제일터. 누군가의 부재로 인한 허전함과 더불어 나의 '비어있음'까지 묻는 시간이 바로 시의 시간 아닐까. "눈썹에/ 달라붙는/ 어둠을 밀어내고" "밤마다/ 뜬 눈으로/ 외로움을 즐기"는 자는 "잊혀진/ 그리움 하나/ 밤길 홀로 지"킬 수 있는 자다. '그리움'은 밤길을 홀로 지키지만, 밤마다 뜬 눈으로 외로움을 즐기게도 한다. 이때 밤을 지킨다는 것은 불면의 밤을 지칭하는 것이기도 하겠지만, 깨어있음이 지속되면서 자신의 '있음'을 고민하게 하는, 존재 문제를 사유하게 하는 시간이기도 하다. "인연에 뜸을 뜨며 이별하며 사는 법"을 터득해 가며 "꼬부려/ 달그락대는/ 삼장소리"를 듣는 시간이 바로 시의 시간이다. "속눈썹 달라붙어 충혈된 밤하늘에/ 새벽빛 납작하게 밀치고 들이댈 쯤/잘린 밤/ 풀칠을 하여/ 밤과 낮을 이었다"(「불면증」)는 시간에 과연, 우리는 무엇을 생각하는가.

참다가 게워내는
병이 된 기다림이

다정한 바람에도
사지가 떨려오는

감췄던
열병이 터져
붉게 번진 전염병.

— 「단풍」 전문

밤이슬에 피다 말고 얼굴 가린 달맞이꽃

짧은 밤 끌어안고 부릅뜬 눈두덩에

별빛만

아련히 감고

발목만 잡고 있다.

기나긴 여름 한낮 바람을 밀어내곤

어둠을 섬기는 까만 밤이 무거워서

턱 괴고

달을 찾던 밤

새벽빛이 눈 가렸다.

—「夜花의 애련」 전문

"외롬도/ 틀어서 엮어/ 뒹구는 게 삶"(「산내끼」)이다. "참다가 게워내는/ 병이 된 기다림"은 누구에나 있을 것이다. "다정한 바람에도/ 사지가 떨려오는" 경험 역시 누구나 한번쯤은 있었을 것이다. 그러나, "감췄던/ 열병이 터져/ 붉게 번진 전염병"은 누구나 '쉽게' 겪는 일은 아니다. 이때의 정념(pathos)은 전염병이 될 정도로 강력하나, 시인은 이것을 '단풍'으로 은유하는 동시에 시조의 리듬으로 펼쳐냈다. 한 사람을, 한 사람의 세계를 태울 수 있는 불을 단풍에 질렀다. 물론 여기서, 정념의 대상이 누구인지, 어떤 대상을 그리워하는지는 궁금해 할 필요도 없다. 대상을 향한 정념이 시를 만드는 것이지, 대상 자체가 시를 만드는 것이 아니기 때문이다. "짧은 밤 끌어안고 부릅뜬 눈두덩에/ 별빛만/ 아련히 감고/ 발목만 잡고 있"는 상태가 시를 끌고 가는 것이지, "밤이슬에 피다 말고 얼굴 가린 달맞이꽃"이 중요한 것이 아니다. 마찬가지로 "어둠을 섬기는 까만 밤이 무거워서/ 턱 괴고/ 달을 찾던 밤/ 새벽빛이 눈 가"리는 상태에 우리는 주목한다. 흔히 독자는 시를 읽으면서 그리움의 특정한 대상이 있다고 생각하지만, 시인의 의도와 상관없이, 시는 그 대상에 대한 정념으로만 가득 차 있다. "고독을 옥죄어 매는 그 고약한 그리움"(「나, 바다를 찾는 건」)이 바로 그것.

인용시들에서 살펴볼 수 있듯이, 시인은 자연의 특정한 풍경 또는 사물을 끌어와 정념의 공간으로 재조직한다. 이때 재조직하는 힘이 바로 정념인데, 이 정념을 가능하게 하는 것이 그리움이다. 그리고 이때의 그리움은 사물과 사물 간의 관계에 주목한 것이면서 동시에 시인 자신의 내면풍경이 투여된 것이기도 하다. 이는 시인의 개성 또는 고유성이 되는 작업이라 할 수 있는데, 조영희 시인의 경우, 시조의 리듬이 이러한 그리움에 의해 촉발되고 있다.

*

그렇다면, 우리는 조영희 시인의 시조집을 읽으면서 생각한다. 조영희 시인은 그리움을 이번 시조집의 라이트모티프(Leitmotiv)로 삼아 반복을 보여주고 있는데, 이때의 그리움은 무엇으로부터 발원했을까. 더 정확히 말하자면, 조영희 시인의 시세계를 무엇이 떠받치며 지탱해주고 있고, 조영희 시인 시세계의 본질 혹은 근원은 무엇일까, 하고 고민하게 된다. 충실한 독자라면 말이다. 물론 시인의 개인사 혹은 전기적 사실은 시를

(깊이) 읽는데 그다지 도움이 되지 않으며, 이 글을 쓰고 있는 필자 역시 시인의 개인사를 전혀 알지 못한다. 그러나 시를 읽고 감상하는 데 아무런 문제가 없다. 시 스스로 모든 것을 드러내고 말하며 의미를 형성하고 있기 때문이다.

그 봄은 떠났는데
찻잔 속 노란 향내

그 얼굴
핼쑥한 미소
향긋하게 웃고 있다

그만, 난
떨리는 입술
차마 선뜻 입 맞췄다.

─「모과차」 전문

어제를
잃어버린
때 묻은 세속에서

소리 없이 펑펑 울던
지난 길을 지워놓고

찬바람
목덜미 잡고

흰 목도리 씌웠다.

—「함박눈」 전문

"찻잔 속 노란 향내"로부터 떠난 봄을 기억한다. 물론, 그 봄날 어떤 일이 있었는지 알 수는 없다. 다만, 그 봄에 "향긋하게 웃고 있"는 "그 얼굴/ 핼쑥한 미소"가 있었다. 모과차 덕분에 기억난 것이다. 그리고 시인은 "떨리는 입술/ 차마 선뜻 입 맞췄다". 모과차가 아닌 다른 차, 다른 사물이었다면, 그 봄날은, '그 얼굴'은 기억나지 않았을 것이다. 그러나 함박눈은 "소리 없이 펑펑 울던/ 지난 길을 지워놓"는다. 어제를 잃어버리게 하고 세속은 때가 묻는다. 모두가 시간 때문이다. 모두가 과거의 일이 되어버렸기 때문이다. 그럼에도 불구하고 지나간 시간을 지금 여기의 시간으로 당겨올 수 있는 것은 모두가 다 리듬 때문에 가능한 일이다. 리듬으로 과거-현재-미래의 선분을 이을 수 있다. "운율을 통해 시간이 압축되고, 비유를 통해 공간이 겹쳐진다"[50]는 김인환 평론가의 정의처럼 말이다. 시조의 리듬이 매력적인 이유가 바로 여기에 있다. 시조의 리듬은 그 어떤 예술 장르보다 시간을 극도로 압축하고 당겨온다. 따라서 하나의 사물, 하나의 사건을 통해 어떤 과거가 리듬에 의해, 리듬의 과정으로 소환되고 도래한다. 마치 마르셀 프루스트의 『잃어버린 시간을 찾아서』의 마들렌 혹은 포석처럼 말이다.

지나가는 시간들을

잡아매고 묶으려다

---

50) 김인환, 『비평의 원리』, 나남, 1994, 98쪽.

참새 떼 잔소리에
귀가 솔은 대나무는

잎새에
날을 세우고
잔바람만 베고 있다.

―「대나무」 전문

연못 속
빠져 있는
시간을 건져내며

인연의 푸른빛을
꽃잎새에 포개 얹은

달빛도
기대고 앉아
염주 알을 세고 있다.

―「수련」 전문

    조영희 시인은 여러 자연물 중 대나무와 수련이라는 사물을
통해 시간을 당겨오고 있다. "지나가는 시간들을/ 잡아매고 묶
으려"는 대나무는 "참새 떼 잔소리"를 듣고 "잎새에/ 날을 세우
고/ 잔바람만 베고 있"지만, 대나무는 계속 그 자리에서 지나간
시간들을 잡아매고 묶어두려는 일을 멈추지 않을 것이다. 수련

도 마찬가지. 수련은 "연못 속/ 빠져 있는 시간들을 건져내며" "인연의 푸른빛을 꽃잎새에 포개 얹은/ 달빛" 옆에 기대고 앉아 "염주 알을 세고 있다". 연못에 비친 달의 둥근 형상을 염주 알로 빗댄 것으로 짐작된다. 아주 오랜 시간동안 달은 뜨고 지면서 많은 염주 알을 연못에 내려놓았을 것이다. 그리고 수련은 연못에 빠진 그 염주 알을 하나둘 세어봤을 것이다. 수련의 피고 지는 꽃도 염주 알이 될 수 있겠다. 세어보는 일. 그것만으로도 인연이 된다.

혀가 없는 아픔으로 못 박힌 사연들은
시간을 세어가며 걷어내도 길을 내고
세월은
꼴만 보고서
웃음마저 참고 있다.

　　　　　　　　　　　　　　　　　　　—「시간의 전설」첫째 수

뉘엿뉘엿 저녁때면 눈 덮인 가랑잎을
아궁지 밀어 넣다 매캐한 연기 가득
부뚜막 뒤엎어놓고 부지깽이 불태운 너

상수리 불똥 튀어 양 볼때기 얻어맞고
부르튼 두 눈두덩 잿물 콧물 콜록대며
타다만 꼼 방울 세며 꾸질꾸질 시꺼먼 너

여름밤에 친해진 달 겨울밤에 반가워서

달빛 한줌 뭉쳐 들고 마늘밭 뛰 다니며

추위도 모르던 아이, 그 소녀가 보고 싶다.

—「잃어버린 나」 전문

누구나 "혀가 없는 아픔으로 못 박힌 사연들"이 있을 것이다. 그러나 시간은 '끊임없이' 계속 앞으로 나아간다. 열역학 제2법칙에 따라 우리는 변형되고 달라질 수밖에 없다. 우리는 "시간을 세어가며 걷어내도 길을 내"야 한다. "세월은/ 꼴만 보고서/ 웃음마저 참고" 있더라도 우리는 나아가야 한다. 그렇게 나아가면서 우리는 우리 지신을 잃어버린다. 자신의 근원 혹은 본래성을 잃고, 세계-내-존재로서 우리는 비본래성을 추구하게 된다. 왜냐하면, 대부분의 사람들이 그러하므로. 노동하며 향유하는 주체로서 우리의 욕망은 보다 자본주의에 최적화되어 가고 있기 때문이다. 모방욕망이 시대정신인 지금, 그럼에도 불구하고, 시인은 잃어버린 '나'를 찾으려고 한다. "부뚜막 뒤엎어놓고 부지깽이 불태운 너", "타다난 꼼 방울 세며 꾸질꾸질 시꺼먼 너", "추위도 모르던 아이"였던 '나'는 어디에 있는가. 분명 그때의 나와 지금의 나는 같은 나인데, 무엇이 달라졌을까. 시간이, 세월이 그때의 '나'를 제거하고 소멸시켜 버린 것은 아닌가. 시집 말미에 있는 이 작품을 통해 조영희 시인의 시조집이, 시세계가 어디로 향하고 있는지 조금은 알 것 같다. 시인은 무언가 잃어버렸다는 것을 알았고, 그 잃어버린 것을 어떻게 찾아가야 하는지 그 과정을 시조로 적고 있는 것이다. 아마 시인은 '끝내' 잃어버린 것을 찾지 못하겠지만, 그 찾는 과정으로도 충분히 아름다울 것이다.

*

    조영희 시인은 이번 시조집에서 자연에 새로운 감각을 부여하고 있다. 적극적으로 자연에 개입하여 시인만의 독특한 세계상을 구현해내고 있다. 자연과 연대하면서 상처받기도 하고, 시간을 불러오기도 하며 자연을 통해 우리 인간의 삶을 사유하게 한다. 그렇다고 해서 자연을 관조하거나 무조건적으로 삶을 예찬하지도 않는다. 시인의 목소리가 무척 차분하기 때문에 가능한 일이다. 시인은 강렬한 정념에 '그리움'이라는 미학적 표상을 보여주지만, 정념에 사로잡히지 않는다. 진짜 그리움은 그런 것이니까. 그리움의 대상이 누구인지는 시인만 알겠지만, 몰라도 상관없다. 시인은 이미 잃어버린 것을 찾아가고 있으니까. 찾아가는 과정을 낱낱이 기록한 것이 이 한 권의 시조집이라 할 때, 우리는 조영희 시인이 좀 더 오래 찾아가길 바랄 뿐이다. 찾아가는 과정이 곧 시조의 리듬이니까. 우리는 그 과정을 '아름다움'(美學)이라고 부르고, 그와 같은 일을 업으로 삼는 자를 '시인'이라고 부른다.

유리처럼, 고독은 얼마나 아름다운지

— 김태경론

글쓰기에 대한 질문으로서의 글쓰기가 있다. 그것은 바로 시. 시는 질문의 방식으로 존재하며 질문은 시의 형식을 취한다. 이때 시와 질문은 전혀 다른 존재로 향한다. 기존의 관계와 질서, 진리와 전통 모든 것에 균열을 내고 뒤흔든다. 사물은 그때마다 새롭게 갱신된다. 이제, 진리를 비롯하여 고정된 것은 아무것도 없으니, 우리는 무엇을 말할 수 있고 무엇을 할 수 있는가. 이때 우리를 압도하면서 등장하는 것이 바로 불안. "불안이 불안을 말하게 내버려두거나, 그것을 말하지 않으면서, 불안이 모든 침묵을 차지하도록 내버려두라"[51]는 블랑쇼의 말처럼 우리는 불안을 내버려두고 싶지만, 불안은 아무것도 하지 않는데 우리는 '도저히' 아무 일도 하지 못한다. 그때 우리는 깨닫는다. 참으로 삶은 부서지기 쉽구나. 우리 인간은 정말 나약하구나. 그래서 우리는 잠을 청한다. 불안의 스위치를 끄기 위해. 그러나 우리는 불안에서 불안으로 다시 깨어난다. 모든 것이 결정되어 있고 모든 것이 정해져 있다면, 불안할 일이 전혀 없겠으나, 아무것도 결정되어 있지 않고, 아무것도 정해진 것이 없다. 이와 같은 불안을 문제 삼고 질문하는 것이 글쓰기니, 이렇게 말할 수 있겠다. 적어도, 불안에 무감각한 자는 글 가까이에 있을 필요가 없

51) 모리스 블랑쇼, 박영옥 역, 『저 너머로의 발걸음』, 그린비, 2019, 100쪽.

다.

김태경 시인도 마찬가지. "다 건너기 전까지는/ 시커먼 물결
/ 영원한 밤"에서 시인은 "목숨 건 시간을 걷는다"(「유리 다리」).
사뭇 비장해 보이기도 하지만, 떨리는 숨결은 숨기지 못한다.
"소리로/ 소리를/ 감싸줄 수 있을까// 문틈으로 새어 나온/ 누군
가의 울음소리// 역사 내 여자 화장실/ 벽면에서/ 흘러내렸다"(「
손을 오래 씻었다」). 우리 모두 연약하다.

특히 김태경 시인은 유리(glass)의 물성을 이번 첫 시집 『액
체 괴물의 탄생』(시인동네, 2022)에서 자주 드러내면서 깨지기
쉽고 다루기 어려운 인간의 삶을, 마음을, 관계를 보여준다. 시
인은 "제조법도 모르면서/ 유리를 만든다// 자음의 모서리가/ 마
음을 묶고"(「유리꽃」) 있지만, "유리가 밝은 빛으로/ 변하는 걸
본 적 있다"(「눈빛」)고 말한다. 시인이 만든 유리, 시인을 가둔
유리, 유리처럼 맞닿아 있는 우리. 유리를 통해 본 세계는 얼마
나 투명하고 반짝이며 부서지기 쉬운가.

이 글은 "유리로 관을 만들고 숨어 지낸 건 나였구나"하며 자
조(自照)하면서 동시에 "유리관 뚜껑을 연다/ 천국이 흘러나온
다"(「유리관」)고 말하는 시인의 '유리-계'(glass world)가 얼마나
매혹스럽고 아름다운지, 얼마만큼 반짝이다 사라지는지, 차분하
게 읽어보려 한다.

*

한국의 전통 가옥은 창호의 개폐로 외부를 볼 수 있었다. 그
러나 개화기 조선에 신문물로 유입된 신식 주택의 유리창은 개

폐와 상관없이 언제든 외부를 볼 수 있게 하였다. 정지용보다 먼저, 일본의 근대 시인 이시카와 다쿠보쿠(石川啄木)는 전에 없었던 유리의 속성에 주목하였다. "늘 마주치는 통근길 전차 속의 키 작은 남자/ 날카로운 눈초리/ 요즈음 거슬리네"(1909. 5.), "유리창/ 먼지에 또 빗물에 잔뜩 흐려진 유리창에도/ 역시 슬픔은 있네"(1910. 3.) 등의 시구에서 알 수 있듯이, 유리(창)는 외부와 내부의 경계인 동시에 자기 내면으로 침잠하게 한다. 자신이 처한 현실에 대한 성찰이면서 이상과의 괴리를 표상하는 유리. "유리창을 닦은 듯이 지워지는 텅 빈 세상"(「feat.Mad God」)에서 김태경 시인에게 있어 유리는 내외부의 경계이자 '거울 단계' 주체의 탄생을 가능케 한다.

너는 늘 벽이었고
겨울에 목격되었다

실금 있어 위태롭고
모르는 척
노크한다

네 손에 성에가 서린다
쓸어보고
잎을 붙인다

그렇게 왜 그렇게 현관문을 열어놓았니?

기다리는 이유와 꽁꽁 언 유리 사이

녹는 건

노크한 손이다

몸에서

잎이 자란다

— 「내 친구 이유리」 전문

　겨울이면 유리창에 성에(window frost)가 자란다. "실금 있
어 위태롭"지만, 시적 주체는 "모르는 척/ 노크한다". 유리창에
반사된 내가 있기 때문이다. 반사된 '네' 손에 성에가 서리니, 나
는 너를 쓸어보면서 '성에의 잎'을 이어 붙인다. 깨진 거울의 퍼
져가는 실금처럼 말이다. 성에의 잎은 실금처럼 더 자라날 것이
고, 더 뻗어나갈 것이다. "성에 낀 유리창으로 세상을 보던 꿈은/
실금 따라 흘러나와 도수 높은 안경"(「안경도」)이 되니, 안경의
도수는 계속 높아질 것이다. 시적 주체는 스스로 묻는다. "그러
게 왜 그렇게 현관문을 열어놓았니?" 주체는 쉽게 깨질 것을 알
면서, 쉽게 얼 것을 알면서 '일부로' 문을 열어두었을까, 아니면
전혀 짐작조차 하지 못한 실수였을까. "불온한 침입"을 막으려
면 "견고한 방탄유리로/ 피라미드"(「……을/를 지키기 위한……
」)를 지을 수밖에 없다. 그러나, "기다리는 이유"가 있는 것을 보
니, 일부로 문을 열어둔 듯하지만, 기다리는 이유 때문에 유리가
얼어버렸다. '이유+유리=이유리'라는 등식이 성립되었다. 그리
고 다시 노크한다. 손이 녹는다. 문 닫은 실내의 성에는 수명을
다했지만, '성에의 잎'이 주체에게 옮겨왔다. 성에와 실금은 위
태롭게 계속 퍼져나갈 것이다. '불온한 침입'이, 겨울 추위가 들

어오도록 문을 열어두었기 때문이다. 누군가를 혹은 무언가를 기다려야 하니까. 그러나 그 이유는 정확히 알 수 없다. 영원히 알 수 없을 지도 모른다.

슬픔의 친구들은 몇 호에 살고 있을까?

유리 아파트는 사계절이 겨울이었다

오늘도 유리된 사람이
몸의 불을 끄고 있다

별빛은 모음으로 이루어진 독백이다

네게 가면 독백은 고백처럼 환해진다

별빛은 36.5도
말에는 온기가 돈다

별빛이 다치고 닫힌 유리문을 통과한다

안부는 누군가의 혼잣말을 눈뜨게 하고

차갑던 슬픔의 파편도
별이 되어 흩어진다

— 「별빛의 말」 전문

"우리가 만날 때는 언제나 겨울"(「눈꽃」)이었으니, '유리 아파트'의 사계절은 겨울일 수밖에 없다. 이 아파트는 "슬픔의 친구들"이 살고 있는 곳인데, 친구들은 모두 '유리(遊離 또는 流離)된 사람'으로 "몸의 불"을 *끄*지만, "모음으로 이루어진 독백"인 '별빛'은 '유리된 사람'에게 온기를 전한다. 슬픔이 몸의 불을 *끄*지만, 별빛 같은 독백으로 36.5도 몸의 온기를 겨우 이어가는 것이다. 이때의 독백은 '안부'에서 시작된다. "안부는 누군가의 혼잣말을 눈뜨게" 하니, 별빛은 "다치고 닫힌 유리문을 통과"할 수 있다. 유리된 사람들, 슬픔의 친구들에게 건네는 안부는 "차갑던 슬픔의 파편도/ 별이 되어 흩어"지게 하니, '별빛의 말'은 얼마나 귀한 것인가. '내 친구 이유리'를 가진 시인에게, 성에의 실금을 키워가는 시인에게 '별빛의 말'을 누가 해줄 것인가.

*

금방이라도 바스러질 것 같은 성에처럼, 금세 녹아 사라질 성에처럼, 투명하게 별빛을 통과시키면서 동시에 쉽게 별빛으로 흩어질 유리처럼, 우리 삶은 위태롭고 불안하다. 생(生)과의 계약은 언제나 불공정하고 파기의 위험에서 늘 자유롭지 못하다. "오늘 만난 당신 역시/ 금 간 맘일지 모른다고/ 혀에 베어 예리하게/ 조각난 기억들을/ 조심히 건넨 말로도/ 툭, 건들지 모른다고"(「깨진 유리창의 법칙」) 하니, 우리의 세계는 '깨진 유리창의 법칙'에 따라 계속, 더욱더 크게 망가질 것이다. "발 헛디딘 녀석들은 달콤한 먹잇감"이 되는 곳, "우리끼리 몰려 있으면 우리끼리 잡아먹"(「소금쟁이」)는 곳이 바로 이곳이다. 그래서 김태경 시인은 삶을, 관계를, 자신을 새롭게 만들기 위한 특별한 시도를 한다. 조물주가 자신의 형상에 따라 흙을 빚듯, 시인도 자신의 마음대로 시적 주체와 흙과 슬라임(액체괴물)을 빚는다.

어색한 너의 손을 버릴 수도 있었지만
내 몸의 질감을 바꾸기로 다짐했지
자기를 바꿀 수 있는 건
오직 자기뿐이니

그림자로 태어나서
그림자로 돌아가는

우리 모두 조금씩 병들어 있을 뿐이래
성벽에 생긴 금들을 멈춰 서서 메워볼까

찰흙 빚듯 매만져
너의 결에 맞추고

마법의 성 쌓던 시간을 물렁하게 만들 거야
시간에 주저앉아버린 앉은뱅이를 사랑하지

—「고무찰흙의 시간」 전문

"우리 모두 조금씩 병들어 있을 뿐"이고, "성벽에 생긴 금들을 멈춰 서서 메워"보기 위해 시적 주체는 찰흙을 빚듯 자신을 매만지기로 한다. 너의 '결'에 맞추기 위해서다. 너의 결에 맞추기 위해 자기 "몸의 질감"을 바꾸기로 결심했다. 주체는 고백한다. 우리는 "그림자로 태어나서/ 그림자로 돌아가는" 존재일 뿐. 주체는 이제 "마법의 성 쌓던 시간을 물렁하게" 만드는 동시에, "시간에 주저앉아버린 앉은뱅이"를 사랑할 것이라고 말한다. 이때의 '앉은뱅이'는 누구일까. 너의 결에 맞추다가 뭉개진 주체 자신일까, 우리들의 성(성벽)일까. 아니면 주체와 우리들의 시간일까. 어쨌든 망가지더라도 애정을 품겠다는 주체의 다짐이 부디 오래가길 바랄 뿐이다.

홀로 흘린 눈물이 너에게 닿지 않도록
돌처럼 굳은 입술로 손등을 누르지 않게

유쾌한 괴물이 되는 연습이 한창이야

젤리보다 말랑말랑한 눈웃음 지어보자
네 맘같이 반짝이는 펄 가루 뿌려보자

기억될 재회를 준비하는 단 하나의 레시피

뭉개고 주물러봐
뾰족한 자음의 끝
두 손에 꽉, 잡히는 ㅣㅠ가 느껴질걸!

유유히 흐르는 유리가 온몸을 바꾸는 이유……
— 「액체 괴물 만들기」 전문

한동안 '액괴(액체괴물)'가 어린아이들에게 '엄청난' 유행이었다. 점액질 성분이라 자유자재로 특정한 모양을 만들어 낼 수 있고 형태 없이 가지고 놀 수 있어 심신 안정에 도움이 된다는 이유로 현재도 세대를 막론하고 인기 있다. 아이를 키우는 집안이라면 빠질 수 없는 필수 코스라 할 수 있는데(우리 집에도 있다!), 시적 주체 역시 "유쾌한 괴물이 되는 연습이 한창"이다. 그러나 점차, '유쾌한 괴물'은 슬라임이 아니라 주체 자신이 되어가고 있다. "홀로 흘린 눈물이 너에게 닿지 않도록", "돌처럼 굳은 입술로 손등을 누르지 않게", "젤리보다 말랑말랑한 눈웃음 지어"보는 주체에게 '액체괴물'은 "기억될 재회를 준비하는 단 하나의 레시피"다. 나를 "뭉개고 주물러"서, "뾰족한 자음의 끝"에서 "두 손에 꽉, 잡히는 ㅣㅠ(이유)가 느껴질" 것이라는 전언에 이어, "유유히 흐르는 유리가 온몸을 바꾸는 이유"가 바로 여기에 있음을 보여준다. 마치 '액체괴물'처럼 모음 'ㅇ'이 점성을 가지고 이 모양 저 모양으로 형태를 바꾸며 들러붙는다. 나는 너에게 말랑하게 가고 싶다고. 나는 너에게 흐르듯 끈적하게 갈 것이라고. 시인은 '유쾌한 괴물'이 되고 싶다. 아니, 될 것이다.

우리 같이 놀이 할까
마술 혹은, 마법 같은
나에게는 평등하고 당신에겐 불평등한

단 하루 약속된다면
바라보기만 하는 놀이

감췄던 루시퍼는 다락방에 남겨둔 채

그냥 마냥 경계 없는

눈싸움 말고

눈 맞춤

멈췄던 지난날들이

눈길에 녹는 놀이

말을 참는 당신 눈에 웃음꽃이 흐드러져

아주 오래 꽃잎 따서

머리 위로 뿌려볼까

유리가 흘러내리고

액체 괴물로 변하는 놀이

—「액체 괴물의 탄생」 전문

　시적 주체는 말한다. 우리 같이 '놀이'하자고. "눈싸움 말고/
눈 맞춤"하는 놀이, "바라보기만 하는" 놀이, "멈췄던 지난날들이
/ 눈길에 녹는" 놀이. 이 놀이를 할 때만 "말을 참는 당신 눈에 웃
음꽃이 흐드러"진다. 따로 떨어진 슬라임(들)을 한 덩어리로 뭉
치다가 그러다가 또 여러 덩이로 나눴다가 다시 또 하나로 뭉치
는. 반짝이는 동시에 날카롭게 깨지는 유리가 마침내 "액체 괴물
로 변하는 놀이". 그러나 이 놀이는 "단 하루 약속"하는 놀이다.
그만큼 쉽지 않다. 우리는 '각자' 언제까지 유리로 잔뜩 긴장한

채, 깨질 것을 염려한 채, 뾰족하게, 반짝이다 말 것인가. 불안은 눈을 감지 않는다.

*

　　김태경 시인은 날 선 유리의 차가운 물성에서 액체괴물의 점액질과 탄력성으로, 날카롭게 깨지기보다 형태 없이 자유롭게 뭉개지며 뭉쳐지길 바란다. 유쾌한 놀이처럼 말이다. 그러나 '무척' 쉽지 않다. 시인이 보고 있는 바깥은, 시인이 보고 있는 자신은, 시인이 내세운 시적 주체의 세계는 여전히 차갑고 깨지기 쉬운 유리의 세계. "자신의 고독을 수호하는 유일한 방법은 모든 사람에게 상처 입히는 것이다. 우리가 사랑하는 사람들로부터 시작해서"[52]라는 에밀 시오랑의 말처럼, 시인은 자신의 고독(solitude)을 수호하려 한다. 주체는 위태롭게 실금을 키우는 사람, 무언가를 기다리려고 문을 열어두지만 겨울 추위만 마주하는 사람. 결국, 주체가 가진 건, 주체에게 남은 건 고독(孤獨 혹은 蠱毒[53]) 뿐이다. 나는 타인과 뭉쳐질 수 없다. 나는 날카롭게 누군가를 '결국' 찌르고 만다. 나는 유리니까. 누구든, 내게 다가오지 말 것.

　　어젯밤 꾸던 꿈에 젖은 빗금 긋는 소리

---

52) 에밀 시오랑, 전성자 역, 『지금 이 순간, 나는 아프다―태어남의 불행에 대해』, 챕터하우스, 2013, 139쪽.
53) 뱀, 지네, 두꺼비 등과 같은 유독 벌레들을 잔뜩 모아 항아리에 넣으면, 먹을 것이 사라지면서 서로 먹고 먹히다가 최후에 한 마리 벌레가 남는다. 이 한 마리 벌레를 '고(蠱)'라 하고, 그것으로 만든 독을 '고독(蠱毒)'이라 한다. (『의학강목(醫學講目)』)

누가 더 그리움을 오래도록 참으려나

창밖에 두 손 내밀고
빗줄기에 베이고

엉킨 마음 빗질하며 네 표정 지울수록

새장 속 웅크린 새가 부스스 일어나지

날개 위
쏟아지는 비문
고칠 수 없는 지난날

*듣고픈 목소리로 슬픈 꿈을 꾸고 있어.

　　　　　　　　　—「빗줄기*, 빗금, 빗질」 전문

고장 난 겨울 하늘 절반쯤 열려 있어
숨을 곳 찾다가 슬픈 새의 발을 밟았지

날개에 무지개처럼 빗금이 걸려 있구나

멎은 비가 눈꽃 되어도 빗질은 멎지 않아
빗의 솔 가지런한데 변명은 왜 너절할까

숱 많은 다짐의 끝이 푸석하게 갈라지네

새장은 망가진 채 눈길 위에 버려져 있고
절반으로 빗을 쪼개 먼 곳으로 던질 거야

마음은 빗을 수 없는 그리움에 머물지

*이곳은 녹지 않는 눈꽃이 눈물 대신 빛을 내지.

　　　　　　　　　　　　　　　　　　　　　　—「빗줄기, 빗금, 빗질*」 전문

　　시집의 다양한 연작 중, '빗줄기', '빗금', '빗질'이라는 단어를
차례로 하나씩 강조한(*표) 연작이 특히 주목할 만하다. 모두가
'비(雨, 悲, 非)'에 'ㅅ'을 덧댄 단어인 듯하다. 전부 고독을 은유
하고 있다. "어젯밤 꾸던 꿈에 젖은 빗금 긋는 소리"에서 출발한
시적 주체의 '그리움'은 "빗줄기에 베"일만큼 강렬하다. 동시에
"빗금 친 그리움의 면적을 구"해야 하고, "끝이 없는 후회의 시간
을 구"해야 한다(「빗줄기, 빗금*, 빗질」). 꿈에서 깨어난 주체는,
"엉킨 마음 빗질하며 네 표정 지울수록" (나라는) "새장 속 웅크
린 새가 부스스 일어"난다. 물론, 새장에 갇힌 채, 할 수 있는 일
이라곤, "날개 위/ 쏟아지는 비문/ 고칠 수 없는 지난날"을 견디
는 것.
　　"이곳은 녹지 않는 눈꽃이 눈물 대신 빛을 내"는 곳. "고장 난
겨울 하늘"에 "숨을 곳 찾다가 슬픈 새의 발"이 있다. 새장이 망
가졌으니(열렸으니), 새는 멀리 날아가야 할 텐데, "날개에 무지
개처럼 빗금이 걸려" 있다. 너절한 변명 때문인지, "숱 많은 다짐
의 끝이 푸석하게 갈라"진다. 그래서 주체는 "절반으로 빗을 쪼

개 먼 곳으로 던"지려고 한다. 빗이 날개가 되었다. 절반의 빗이 주체 곁에 남아 있는지 모르겠다. 두 조각 모두 던졌는지, "마음은 빗을 수 없는 그리움에 머"문다. 결국, "구하지 못한 것은 얼어버린 마음"(「빗줄기, 빗금*, 빗질」).

눈꽃이 눈물 대신 빛을 내며, 아주 잠깐 반짝이는 고독. 미학적이고 고혹적이다.

*

시적 주체는 그리움이라는 '곳'에 갇혔다. 누군가를 찌를까 봐 "문을 잠근 빈방"(「고독한 독대, 독한 독백」)과 "안에서 잠긴 문"(「〈고독한 독대, 독한 독백〉의 이면」)이 있는 곳에 자신을 유폐시켰다. 달리 방도가 없다. 게다가 "숨는 게 특기인 줄 길을 잃"(「훅!」)어버리기까지 했다. 누군가가 다가오길 바라지만, 이내 누군가는 나의 뾰족한 유리에 찔릴 것이다. 가장 가까이 사랑하는 사람도. "서로가 유리문 틈에/ 녹슨 귀를 기울이며"(「몬데그린」) 온기를 주고받고 싶지만, 세상은 온통 겨울이다.

결국, 시인은 누군가를 영원히 그리워하는 것 혹은 일을 첫 번째 시집 시세계로 선택했다. '액체괴물'처럼 모난 곳 없이 그 누구와도 쉽게 합쳐질 수 있고 어떤 형태든 쉽게 변할 수 있었으면 좋겠으나, 시인이 내세운 시적 주체는 '유리-계'의 사람. 깨지지 않기 위한 불안이 오히려 불안의 모서리를 날카롭게 벼린다. 마치 성에의 잎처럼. 이번 겨울은 성에가 끝없이 자랄 만큼 매섭게 추울 것이다. 그러나 유리는 빛을 반사하기도 하고 굴절시키기도 하며 투과시키기도 한다. 그만큼 반짝일 것이다. 뾰족하게 우리를 찔러 들어올 것이다. 마치 시처럼 말이다. 그래도 "가장 높은 별을 향해/ 둘이 손 맞잡고서"(「셋 중 둘」) 우리가 안아줄 수 있다면, 그래도 "젤리보다 말랑말랑한 눈웃음"(「액체 괴물 만들기」)으로 우리가 함께 웃어줄 수 있다면, '유리-계'의 주체는, 시인은 용기를 내 볼 것이다. 두 번째 시집이 아마 그러할 것이다.

제3부

시의 일, 너머의 세계

음악 : 시는 어떻게 음악이 되는가

강지원, 『잡화살롱』(책만드는집, 2015)
이송희, 『이름의 고고학』(책만드는집, 2015)
임성구, 『앵통하다 봄』(시인동네, 2015)

1. 리듬은 태도

고려 후기부터 이어져오던 '고시조'가 최남선에 의해 '부르는 시조'에서 '읽는 시조'로 '발명'되었을 때, 비로소 '현대시조'라는 장르가 탄생하였다. 이후로 우리는 노래로 불렸던 시조가 아니라, 문식성(literacy)에 의거한 시조를 향유하게 되었다. 시조의 '음보(音譜)'는 노래의 리듬이기보다 통사적 구분의 경계에 더 가까워졌고, 시조는 율독이 아니라 묵독의 장르가 되었다. 그러나 일반적인 시(lyric)가 그러하듯이 시조 역시 음악성에서 멀어질 수는 있어도 완전히 벗어날 수는 없다. 운(rhyme)과 율(meter)이라는 시의 요소가 여전히 존재하기 때문이다.

따라서 시는 소리의 반복이자 소리의 구조이므로 시조 역시 하나의 구조를 형성하고 있다. 그것을 '리듬'이라고 하는데, "모든 리듬은 하나의 태도이며 의미이고 세계에 대한 상이하고 독특한 하나의 이미지"[54]라는 옥타비오 파스의 말처럼 리듬은 곧 세계에 대한 시인의 태도가 내재되어 있다. 더 정확히 말해, 세

---

54) 옥타비오 파스, 김홍근 · 김은중 역, 『활과 리라』, 솔출판사, 1998, 77쪽.

시의 일, 너머의 세계 286

계에 대한 시인의 태도가 곧 시의 리듬이다. 우리가 잘 알고 있는 시의 기본원리로서 모방 즉 미메시스(mimesis)는 원래 외적 현실의 복제가 아니라 내면 표현을 의미했다. 즉, 내적 움직임(情動)이 제의적 '춤'으로 나타난 것이었고, 그 몸을 매개로 일어나는 정념(pathos, 겪음)의 공명이 곧 시의 효과라고 말할 수 있을 것이다.

그러므로 리듬은 곧 춤이자 태도 그 자체인데, 시적 대상이 사라지지 않고 감각에 의해 주체 내면으로 파고들면서 정념의 움직임을 만들어낼 때, 즉 주체와 대상이 공명할 때, 그때 '시적인 것'이 촉발된다. 그리고 시조-시인들은 그 '시적인 것'을 '받아적는다'. 따라서 시조라고 해서 모든 작품이 동일한 리듬을 갖고 있는 것도 아니며, 각각의 개성적인 호흡으로 이뤄진 리듬을 손쉽게 획일화시켜서는 곤란하다. 오히려 갇혀있다고 생각되는 정형률 안에서 무한성과 개별성을 발견해야 한다.

그렇다면, 시인들의 그 '무엇'(시적인 것)이 어떻게 노래(리듬)가 되는가, 하고 질문이 제기될 수밖에 없다. 각 시인들의 시를 짓는 능력이 아니라, 그 '무엇'이 어떻게 시인들의 손을 움켜쥐고 문장을 써내려가게 하는지 그것을 생각해보자는 말이다. 여기서 그 '무엇'은 특정한 대상이나 특정한 상태—이를테면, 쉽게 시화(詩化)될 수 있다고 생각되는 '목련', '파지 줍는 노인' 등의 소재나 감수성이나 멜랑꼴리 따위를 운운하는 상태—가 아니다. 그 '무엇'은 오로지 '태도'에 관계하는데, 태도에서 시가 촉발되고 태도를 통해 시가 완성다고 말할 수 있다면, 우리는 시인들의 작품들이 어떤 태도를 취하고 있는지, 그래서 그 태도가 어떻게 리듬으로 재현되고 있는지 살펴볼 수 있을 것이다. 물론, 우리가 알고 싶고 읽고 싶은 것은 시인의 윤리가 아니라, 시의 미학임은 두말할 나위가 없다.

2. 사색에서 리듬으로 : 강지원, 『잡화살롱』

우리는 성과사회에서 지배 없는 착취를 당하고 있다. 자본주의는 우리의 무한한 자유와 무한한 가능성을 긍정한다. 자본의 순환을 위해서 그렇다. 우리는 그 논리에 설득당한 나머지, 우리 자신을 끊임없이 채찍질하고 억압한다. 우리 자신이 착취의 가해자이자 동시에 피해자인 것이다. 그래서 시간이 없다. 진짜 시간 부족은 우리가 시간을 잃어버리는 것이 아니라, 시간이 우리를 잃어버리는 것이다. 우리에게 '남겨진' 시간(여가)은 더 많은 성과를 내기 위해 쉬는 시간으로, 노동은 아직도 끝나지 않았다. 앞으로도 그럴 것이다. 우리는 살기 위해 노동하는 것이 아니라, 노동하기 위해 산다. 그래서 삶은 의미가 없다. 의미는 관계에서 출발하는 것인데, 그 관계가 끊어졌다. 우리는 우리 자신만 보다가, 결국 우울증에 빠진다. 그와 같은 악순환을 우리는 '권태'라고 부른다. 그리고 그와 같은 권태에서 벗어나려는 시도는 곧 자본주의에 반하는 것이자, 자본주의에 무용(無用)한 인간이 되기를 자처하는 것이다. 그래서 시인이 필요하다. 시인은 자본주의에 쓸모없는 인간이지만, 그렇기 때문에 무용의 유용성을 갖고 있다. 자본을 위해 노동하지 않지만, 진리를 위해 봉사하기 때문이다. 그러한 삶을 '사색적 삶(vita contemplativa)'[55]이라 부르는데, 사색적 삶은 시간 자체를 새롭게 구성하고 생성해낸다.

흘러라

바스러질 때까지

흘러라

그리워질 때까지

흘러라

그래서 새로워질 때까지

— 시집 『잠화살롱』 〈시인의 말〉

강지원 시인의 시집 전체가 향하고 있는 방향을 짐작하게 한
다. 시인의 시는 바스러지고 그리워질수록 새로워질 것이다. 그
러니까 언어는 흐르고 흘러서 다시 새롭게 되어야 한다는 것이
다. 마치 우리가 처음 접하는 외국어처럼, 언어는, 시는 '늘' 새로
워야 한다. "그래서 새로워질 때까지"에서 접속 부사 '그래서'를
주목하자. 왜 '그래서'를 스스로에게, 그리고 독자에게 강요하는
가.

퉁퉁 부은 능선이 무릎까지 차오른다

가쁜 숨 내쉬면서 횡격막을 지나가는

거칠게 구부러진 길

투욱툭 찍혀 가고

---

55) 한병철, 김태환 역, 『시간의 향기』, 문학과지성사, 2013, 142쪽. 한병철은 인간의
행동이 모두 사색적 차원을 상실함으로써 단순한 활동과 노동으로 추락했다고 본
다.

고산의 관절들이 삐거덕거릴 때에
물집 터진 운동화 소금꽃 피고 있다
절벽을 등짐에 진다
심야버스 졸고 있다

—「셰르파」 전문

심야버스에 몸을 싣고 있는 이들이 모두 셰르파다. 그들은
누굴 돕는가. 히말라야 등반원이 아니라 자본주의를, 자기 자신
을, 혹은 자신의 가족을 돕고 있다. 지금은 "고산의 관절들이 삐
거덕거릴 때"이자 "물집 터진 운동화"에 "소금꽃"이 피고 있는 상
황이다. 히말라야도 지금 여기도 '등짐'을 지고 오르는 '절벽'이
다. '운율을 통해 시간이 압축되고, 비유를 통해 공간이 겹쳐진
다'[56]는 지적처럼, 저 멀리 히말라야와 지금 여기 심야버스의 공
간이 한 작품 안에서, 비유 안에서 겹쳐지고 있으며, "퉁퉁 부은
능선"과 "가쁜 숨 내쉬면서 횡격막을 지나가"기까지의 세월이
"거칠게 구부러진 길"로 압축되고 있다. 따라서 '그래서'의 당위
성은 다음과 같다. 주름 잡힌 세계를 펼치기 위해서다. 우리는
그동안 부채처럼 주름 잡힌 세계를 펼치지 못하고 손에 쥐고만
있었다. 게을렀기 때문이다.

보면대 위의 바람 오선지를 놓는다
방음벽 틈새마다 폐지 겹겹 두르고
건반을 먹어치운 선율 졸고 있는 비둘기

---

56) 김인환, 『비평의 원리』, 나남, 1994, 98쪽.

제 박자 놓쳐버린 서울역 시계탑엔
풀어졌다 조였다 날갯짓 퍼득이고
파리한 대리석들이 그림자 열고 있다

그들은 여전히 흔들리고 있는 게다
축축이 젖은 채로 두 발을 끌고 가는
플랫폼 빗방울 소리 가을을 이탈하다

―「메트로놈」 전문

시간은 타자와의 관계가 있어야 성립한다. 타자가 없는 무인
도에서는 시계가 필요 없다. 그러므로 여기 "제 박자 놓쳐버린
서울역 시계탑" 아래에서는 시간이 성립하지 않는다. 따라서 박
자가 무의미하다. "폐지 겹겹 두르고" 있는 노숙자들이 건반을
형성하고 있지만, 이들은 "여전히 흔들리고" 있을 뿐이다. 아무
도 기다려주지 않고, 아무도 반기지 않는 그들은 광장에 있지만,
오히려 그들은 무인도에 살고 있는 셈이다. 그러므로 이곳은 '메
트로놈'이 필요 없는 곳이다. 자기 자신을 착취할 이유가 없지
만, 그렇다고 해서 시간이 생성되는 곳도 아닌, 아무런 흐름 없
이 고여 있는, 그래서 죽어 있는 시공간이 바로 이곳이다. 시인
과 마찬가지로 자본주의에 무용한 인간이 여기에 있다.

그러나 고여 있는 시간을 고여 있다고 언표할 때, 그 시간은
더 이상 고여 있지 않다. 고여 있는 시간을 고여 있다고 명명하
는 순간, "그래서 새로워질 때까지" 시공간이 우리에게 흐른다.
그것을 발견하게 되는 것, 그것 앞에서 어쩔 줄 몰라 하며, 혹은

어리둥절하며 머뭇거리는 것, 그래서 그것을 읽게 하거나 쓰게 하는 힘, 그것이 바로 사색이다.

성과사회에서 최고의 죄악으로 여겨지는 것이 '시간 낭비'라고 할 때, 시인은 어지럽게 펼쳐진 "퇴근길 성좌"(「바퀴」)를 '쓸데없이' 읽으려는 사람이자, "대출과 반납 사이 분리되지 못한 언어"(「읽지 않은 시」)를 '쓸데없이' 구분하려는 사람이자, "입속엔 깔깔한 망각의 벽"(「정박」)을 '쓸데없이' 느끼려는 자다. 왜 쓸데없는 일을 굳이 하려하는가. 사물 곁에서 사색적으로 머물기 위해서이다. 왜 사색적으로 머무르려고 하는가. 행동하기 위해서다. 행동하기 위해 사색하는 것이다. 영원한 것 혹은 초월적인 것에 몰입하는 사색적 태도를 통해 '인간다움'과 '존재의 본질' 혹은 '진리'를 물고 늘어지는 '행동'을 하는 것이다. 여기서 행동은 거창할 것도 없다. 그저 남들(世人, das Man) 살아가듯 일상을 영위하는 것과 다를 바 없다. 그러나 그들과 전혀 다르다. 다른 시간을 살고 있기 때문이다. 그리고 그 다른 시간을 창조하는 힘이 바로 사색이다. 그러니까 '새로운' 시간이 압축되고 풀리는 리듬은 사색에서 온다.

3. 애도에서 리듬으로 : 이송희, 『이름의 고고학』

슬픔을 처리하는 '애도'는 결코 지체할 수 없는 작업이다. 슬픔에 고착되어 무기력에 빠지면 새로운 행위의 가능성이 사라지기 때문이다. 예컨대, '세월호 사건'이 발발했을 때, 그리고 지금도 여전히, 슬픔과 무기력에 빠지기 쉽다. 애도하는 자는 사자

(死者)로부터 자신을 천천히 떼어냄으로써 슬픔을 '처리'하고, '사자와 자신을 동일시하는 우울증'[57)에서 빠져나올 수 있게 된다. 다시 말해 사자를 기억하는 일은 그 부재를 표상하는 상징화를 통해 산 자가 사자를 현실의 일부로 기록하고 자신의 정체성을 재편함으로써 계속 살아갈 힘을 얻게 되는 것이다. 반면에 정상적으로 애도 작업이 완료되지 않고 사자의 부활이 끊임없이 반복된다면, 산 자는 큰 고통을 겪게 될 것이다. 그것을 '죄책감'으로 말할 수 있다면, 우리의 삶은 항상 그 누군가에게 빚져 있다.

바다는 오늘 밤도 온몸을 뒤척인다

닳아진 운동화 뒤축을 만질 때마다 쓰다 만 공책 한 권을 넘겨 볼 때마다 먼지만 쌓여 있는 빈 책상을 볼 때마다 책상 옆에 홀로 놓은 책가방을 볼 때마다 흘러간 유행가처럼 잊힐까 두려운 이름, 그 이름 부르며 뜬눈으로 지새우던 밤, 부끄러운 세상에 갇힌 그 붉은 울음을

가만히 끌어안으며 팽목항을 적시는 비

─「비의 문장」 전문

이제 '팽목항'이라는 지명은 슬픔의 고유명사로 지정되었다. 우리는 여전히 "그 이름 부르며 뜬눈으로 지새우던 밤"을 기억하고, 기억해야 한다. "부끄러운 세상에 갇힌 그 붉은 울음"은 아직

---

57) S. 프로이트, 윤희기 · 박찬부 역, 「슬픔과 우울증」, 『정신분석학의 근본개념』, 열린책들, 1997, 243쪽.

도 그칠 줄 모른다. "흘러간 유행가처럼 잊힐까 두려운 이름"을 끊임없이 부르는 애도 작업은 희생자의 부재를 상징적으로 표상하고, 그 표상을 통해 희생자를 의미 있는 대상으로 구성하려는 마지막 절차에 이른다. 그리고 그 애도 작업은 감사와 더불어 실행될 때 완성된다. 감사는 상실의 고통을 부드러운 회상으로, 절단의 아픔을 현실의 수용으로 이끌어내기 때문이다. 물론 감사한다고 해서 잃어버린 대상이 되돌아오지 않는다. 그러나 그 상실감을 기꺼이 수용하면서 우리는 다시는 그와 같은 상실이 일어나지 않도록 우리의 삶과 세계를 변혁시키려는 주체로 재탄생될 것이다.

텔레비전 속에서 걸어 나온 그녀가
열세 살 짓밟힌 꿈, 가슴에서 꺼낸다
위안소 천막 들추던 붉은 숨의 증언들

입안에 오물들을 쑤셔 넣던 그들이 온다
뱀처럼 엉겨 붙어 독기를 뿜어대며
꽃다운 몸과 다리에 성냥불을 긋던 그들

목 잘린 코스모스, 검은 피가 흘렀다
온 몸에 대못이 박힌 언니들이 떠나가고
찢어진 자궁 속으로 숨어들던 울음들

폭우가 지나간 후 묻혀버린 목소리
불 꺼진 방 안에서 홀로 울던 세월 속에

밤마다 눈 감으면 온다, 목 조이던 짐승들이

―「그들이 온다」 전문

그러나 애도 작업이 완전하게 이뤄지지 않으면, 여전히 고통스럽다. 실재적인 죽음과 더불어 상징적인 죽음이 선언되지 않았기 때문이다. 과거를 여전히 용서하지 혹은 용서받지 못했기 때문에, 미래로 나아갈 수도 없고, 과거는 지금 여기 계속 반복되기 때문에 고통스러울 수밖에 없다. '언데드(Un-Dead)'라는 말처럼, 죽지 않고 "그들이 온다". 점차 "묻혀버린 목소리"가 되고 있는 "열세 살 짓밟힌 꿈"은 시적 주체와 동일시되고, 주체 역시 "밤마다 눈 감으면" "목 조이던 짐승들"이 다가오는 공포에 시달린다. 그런데, 시적 주체는 그와 같은 불안과 공포의 위협을 감수하면서까지 무슨 이유로 애도 작업을 완성하려 하는가. 시대의 고통이 개인의 고통으로 전이되었을 때, 특히 시적 주체는 시를 통해 애도를 진행하고 서사적 임무를 수행하려 한다. 자신을 포함한 사람들이(독자) 슬픔에 다가가게 함으로서 그 슬픔에서 벗어나도록(카타르시스) 해주는 일종의 임무를 시적 주체 '스스로' 떠맡기 때문이다. 애도 작업에 참여하는 사람들 모두가 자신들이 처한 상실감을 극복하고, 그 상실을 자기 삶의 일부로 만드는 것. 그와 같은 과제를 수행하는 일이 문학에서 곧 리듬인 것이다.

그녀는 문밖에서 오래오래 울었다
군홧발에 짓이겨져 허무하게 떠난 뒤에도
매일 밤 나를 부르며 창문을 두드렸다

…(중략)…

그녀의 울음들은 노래가 되었을까

우묵한 둥지를 떠나 돌아오지 않는 사랑

망월(望月)의 침묵 속에서 말문마저 닫은 사랑

— 「이명(耳鳴)」 부분

"매일 밤"에 "나를 부르며 창문을 두드"리는 울음은 '비로소'
노래가 되었다. 시인이 '그녀'의 울음을 기억하고 언술하였기 때
문이다. 시인은 "삼 십 년 전 오월에 막내아들 잃"(「이장(移葬)」)
었던 자를, "청계천을 물들이며 촛불로 타오르던"(「가위」), "철
탑에서 투쟁하는 한진중공업 노동자"(「빙하기 2」) 등, 여전히 이
름 없이 소외된 자를 기억하기 위해 노래를 부른다. 비록 "부끄
러운 시 한 줄로 그들을 위로"(「518번 버스를 타고」)할지라도,
애도를 완성하려는 혹은 애도의 부재가 낳은 파국을 극복하려
는, 그래서 더 이상 애도할 일이 없도록 현실을 변혁하려는 시도
에서 시의 리듬은 마치 '씻김굿'과 같은 것이다. 살아가야 하는
자에게도 죽음의 의미가 '반드시' 필요하기 때문이다.

4. 정념에서 리듬으로 : 임성구, 『앵통하다 봄』

"실패할 것을 알고 덤비는 사람이 하지 못할 말은 없다"[58])는
지적처럼, 시는 언제나 실패한다. 두 가지 의미에서 그렇다. 언
어는 지시하는 대상에서 늘 미끄러질 수밖에 없고, 주체는 대상

---

58) 황현산, 「잘 표현된 불행」, 『잘 표현된 불행』, 문예중앙, 2012, 63쪽.

과 완벽한 동일화를 이룰 수 없기 때문이다. 타자의 다양성을 자기의 동일성에 종속시키고 지배하려는 욕망은 오히려 '폭력'일 뿐더러, 윤리적이지도 않다. 시선은 권력이기 때문이다. 그래서 주체의 자리는 언제나 불안정하고 불행하다. 세계와 어긋난 자리, 언어와 어긋난 자리에 주체의 정념(pathos, 겪음)이 발생하는데, 그것은 '부분충동'처럼 불쑥불쑥 문장 사이에서, 단어 사이에서 솟구쳤다가 사라진다.

> 고아 같은 나무에서 자라난 예쁜 꽃을
>
> 콱 찢어 뭉개고 싶다,
> 세상 어디 발도 못 딛게
>
> 상처도
> 빛나길 열망하는
>
> 이 병신 같은
> 새끼
>
> ─「내 시의 아가리를 찢고 싶다」 전문

자기 자신의 한계에 닿아 무한한 열림과 거친 파열로 개진되는 글쓰기 혹은 언어의 경계와 얼개를 끊고 낯선 경험으로 다가오는 실존('있음')의 문제는 주체에게 좌절감을 안겨준다. 시인은 "고아 같은 나무에서 자라난 예쁜 꽃"을 "세상 어디 발도 못 딛게" "뭉개고 싶다"고 말하지만, 동시에 "상처도 빛나길 열망"한

다고 말한다. 상반된 언술이 상충(相沖)하면서 "이 병신 같은/
새끼"로 귀결된다. 끝내 세계와 불화하는 자리 혹은 세계와 정합
할 이유를 찾지 못하는 자리에서, 시인은 시의 "아가리를 찢고
싶다"고 말하지만, 그럼에도 불구하고 쓸 수밖에 없다. '실패할
것을 알고 덤비는 시인은 하지 못할 말이 없다'.

> 높은 지붕 쪽으로 독사 머리 쳐들다가
> 뒤척인 마음 자락을 모로 뉘어 봐도
> 뜨거운
> 밤을 못 식히는
> 한 사내가 서 있다
>
> ─「달에게 사정(射精)하다」 전문

'생각하다(penser)'와 '무게를 달다(peser)'라는 프랑스어가
한 갈래에서 나온 것처럼, 자신의 실존에 대해 사유한다는 것은,
곧 자신의 물체성인 몸(corpus)[59]을 깨닫는 일이다. 아리스토텔
레스는 '영혼은 몸의 형식'이라고 말했다. 몸이 저로 하여금 말
하고 생각하고 상상하고 느끼게 한다는 것은, 결국 몸과 영혼이
같다는 말이기도 하다. 그동안 우리는 몸/영혼 또는 신체/정신
을 이분(二分)하였으나, 몸이 곧 사유 자체라는 고대의 말을 되
짚어봐야 한다. 시인은 달에게 '사정(事情)'하고 '사정(射精)'한
다. 전자는 "밤을 못 식히는" 이유 때문에, 후자는 "높은 지붕 쪽
으로 독사 머리 쳐들"기 때문이다. "뒤척인 마음 자락을 모로 뉘
여 봐도" 알 수 없는 "뜨거운" 그 무엇은 신체적인 것인가, 정신

---

59) 장-뤽 낭시, 김예령 역, 『코르푸스』, 문학과지성사, 2012, 14쪽.

적인 것인가. 이 시가 단순히 '에로티시즘적'으로 읽히지 않는
이유도 여기에 있다. 시인의 '뜨거움'은 단순히 생리적 현상에
의거한 것은 아니기 때문이다.

내 심장에 한 바가지 시너를 끼얹었다

불씨도 던져넣는다

확 타들어가는 것이

탕! 탕! 탕!

어찌 몸뿐이랴

한줌으로 우는

슬픈 우주

— 「잘 까분다는 것」 부분

시의 리듬은 시인의 흥분된 정신 상태의 산물이기 때문에 열
정과 충동을 함축하고 동시에 반복되는 질서이기 때문에 의지와
절제를 드러낸다.[60] 그러니까 리듬은 흥분과 안정 혹은 기대와
만족이 되풀이되는 흐름이지만, 그 흐름 역시 나름의 질서 혹은
논리가 있어야 한다는 말이다. "내 심장에 한 바가지 시너를 끼

---

60) 김인환, 『현대시란 무엇인가』, 현대문학, 2011, 22쪽.

없"고 "불씨도 던져넣"으면 몸과 함께 "슬픈 우주"가 타들어간다. "이 빠진 일상들이", "틀니 같은 행간들이", "달걀로/ 바위 치던 자음들"이 "낭심을 물었다"(「개 한 마리」)는 언술처럼, 세계와의 불화는 시인의 몸으로 오고, 몸으로 표현하되, 단순히 몸만의 이야기가 아닌 것이다. 시의 의미를 에로티시즘으로 치환해버리거나 정신분석학으로 분석하는 것만큼 시를 망치는 일은 없다.

> 쿰쿰하게 잘 썩은 세상
> 내 창자를 모두 꺼낸다
>
> 소금 대신 짠 눈물 섞인
> 백일 잠을 깨부수고
>
> 뜨신 네,
> 밥숟가락에게
>
> 개좆처럼 대들다
> ―「내 시로 창난젓을 담그다」 전문

시인은 "쿰쿰하게 잘 썩은 세상"에 "개좆처럼 대들"기 위해 시를 쓴다. 창난(명태의 창자)을 소금에 절이듯, 자신의 창자를 "짠 눈물"에 절여 "뜨신 네,/ 밥숟가락"에 대드는 것. 그것은 세계에 온몸으로 대항하는 일이다. 그러므로, 시집 『앵통하다 봄』에서 불쑥불쑥 '대가리'를 쳐드는 것은, 성(性)적인 모티프가 아니라, 시인의 실존으로 봐야 한다. 세계와 어긋난 자리, 언어와 어긋난 자리에 시인의 육체가, 시인의 삶이 놓여 있기 때문이다. 그리고 그 시인의 몸은 의미와 닿기 위한 접촉을 끊임없이 시도한다. 그러니까 의미는 선험적(先驗的) 혹은 선재적(先在的)으로 존재하는 것이 아니라, 의미를 향한 제스처(gesture, 몸짓)에 의미가 있을 뿐이다. 운동 그 자체가 의미이며, 운동을 가능하게 하는 힘 자체가 의미인데, 그것이 바로 시조의 리듬이다.

5. 힘은 리듬

모든 리듬은 하나의 '태도'이며 '의미'이고 세계에 대한 상이하고 독특한 하나의 '이미지'라고 앞서 언급했다. 사색, 애도, 정념 모두 세계와 삶에 대한 시인의 '미적' 태도인데, 그 태도가 곧 몸짓으로 나타날 때 비로소 노래(리듬)가 탄생한다. 그리고 그 리듬이 의미를 구성한다. 그러므로 리듬은 반드시 의미와 관계 있어야 하며, 시조의 리듬은 시인의 수만큼 존재한다. 물론 태도 역시 시인의 수만큼 존재'해야' 한다. 시인의 수만큼 존재하는 힘. 이 힘이 모이면 우리는 무엇이든 할 수 있을 것이다.

비극 : 비극의 탄생

박영식, 『굽다리접시』(동학사, 2016)

박현덕, 『겨울 등광리』(고요아침, 2016)

이민아, 『활을 건다』(신생, 2015)

1. 비극 합창단

우리가 살고 있는 이 현실은 너무 비극적이다. 비극보다 더 비극적인 현실. 그래서 더 비극이다. 우리는 비극을 보고 영혼이나 감정의 정화(카타르시스)와 같은 심리적 현상이 일어나 삶의 고통을 극복할 수 있는 힘을 얻는다고 생각한(믿는)다. 눈물 흘리면서 속이 후련해지고, 현실의 고통을 망각하게 해주거나 고통을 이길 용기를 준다는 것이다. 이른바 황홀경 혹은 환각상태(ecstasy)에 이르게 되는 것이다. 그러나 그것은 아리스토텔레스의 『시학』을 효용론적 관점에서 본 것에 불과하다. 물론, 비극이 삶의 약동을 가능하게 하지만, 그것은 삶에 의미를 부여하는 형이상학적 차원에서 논의되는 것이 더 가치 있어 보인다.

다시 말해, 세계와 인생이 우리가 집착할 만한 것이 못 된다는 사실에서 비극이 열리지만(야스퍼스, 『비극론』), 그 비극은 오히려 파괴되지 않는 삶 그 자체를 노래하는 것으로서, 비극의 정점에 다다를수록 우리는 세계의 본질에 좀 더 가까워질 수 있다. 비극으로 인해 자기 삶에 대한 자기애의 의지에서 벗어나 도

구적 사물이 아닌 사물의 본질 그 자체를 인식할 수 있도록 우리의 시야가 확장되기 때문이다. 예컨대, 죽음을 다룬 비극을 통해 우리는 모든 인간은 결국 죽는다는 인식에 이르지만, 이에 따라 죽음 앞에 선 존재로서 우리의 삶은 다시 시작된다. 우리의 본래성을 찾아가려는 노력의 기회가 '아직' 우리 앞에 주어져 있기 때문이다. 죽음 앞에 결단을 내리는 '불안에의 용기'가 생기고, 삶은 언젠가는 파괴되겠지만, 그럼에도 불구하고 지금의 삶은 계속될 것이라는 '아직 아님'의 상태가 우리 앞에 놓여 있다.

그래서 우리는 또 하나의 문제와 맞닥뜨린다. 예술은 아름다움을 노래해야 하는가 하는 문제다. '아우슈비츠 이후 서정시를 쓰는 것은 야만이다'라는 아도르노의 낡고 오래된 명제는 오히려 빛을 발하고 있다. 이 세계가 아름답지 않은데 왜 아름다움을 노래해야 하는가, 하는 의문이 시를 쓸 때마다 찾아온다. 비극적인 현실에 몸담고 있으면서, 시는 아름다움을 노래하고 있다면, 그것은 거짓말이 아닌가. 혹은 아름다움이 있다고 믿는 순진함 혹은 어리석음에서 기인한 것은 아닌가. 현실의 고통은 매우 적나라(赤裸裸)한데, 시는 고통을 극복하는 척하면서, 오히려 고통을 은폐하려는 것은 아닌가.

니체의 『비극의 탄생』에 따르면, 고대 원형극장에서 연극이 상영될 때, 슬픔과 고통이 정점에 이르는 순간이 오면 합창단 (Choreutae)은 노래했다. 관객 가운데 뽑힌 합창단은 신들의 이야기를 연기하는 무대 위의 공연자들을 신으로 실재하는 것으로 느끼는 합일을 경험한다. 그리고 점잖게 앉아 있는 관객을 마치 신의 입장에서 인간을 보듯 했다. 이 합창단이 바로 비극이라는 것이다. 합창단은 배우와 관객 사이에서 매개하며, 모두가 공통으로 비탄을 느끼게 될 때 관객은 합창으로부터 그 슬픔에 대한 동의와 지지를 얻는다. 운명에 의해 삶이 파괴되는 상황을 공연하는 원형극장에서 합창단은 신이며 예언자이자 시인이었다. 그래서 관객은 합창단의 장엄한 노래를 들으며 주인공의 파멸을 슬퍼하지만, 동시에 자신의 삶은 아직도 여기에서 유지되고 있음에 쾌감을 느끼게 된다. 연극에 빠져 있다가 연극이 연극임을 알게 되는 이상한 쾌감, 이른바 '영원한 삶의 의지'를 경험하게 되는 것이다.

니체는 학문은 예술가의 관점에서 보고, 예술은 삶의 관점에서 보라고 말했다. 그러니까 우리는 현실이라는 원형극장에 앉아 있고, 무대 한켠에 시인이라는 합창단이 있다. 그 합창단의 노래를 눈 감고 들어보자. 현실은 우리를 어떻게 비탄에 빠지게 하며, 합창단은 비탄을 어떻게 노래하고 있는가. 우리의 연극은 아직도 끝나지 않았다.

2. 비극은 어디에서 오는가 : 이민아, 『활을 건다』

이민아 시인은 늘 씩씩하다. 호탕한 웃음을 짓는, 그러나 불의에 분노할 줄 아는, '대장부'의 기질이 있다고 생각하게 된다 (2014년, 시인은 불의에 항거해 직접 삭발까지 했다). 그러나 그녀의 시집 『아왜나무 앞에서 울었다』(신생, 2012)와 시조집 『활을 건다』(신생, 2015)는 그녀와 정반대의 모습을 보여주고 있다. 금방이라도 쏟아 내릴 것 같은 고통과 슬픔이 시집 전체를 감싸고 있으면서 동시에, 힘겹게 버티고 있는 언어들이 시집과 시조집 곳곳에서 출몰하고 있다.

그러나, 시인은 섣불리 울지 않는다. 어떤 시인은 이렇게 말했다. "시인이 울면 독자는 무관심하지만, 시인이 겨우 울음을 참으면 독자는 펑펑 운다"고 말이다. 따라서 이민아 시인의 독자라면, 무엇이 시인을 이렇게까지 아프게 했을까, 하는 질문을 하지 않을 수 없다. 끝까지 울지 않고, 끝까지 버티고 있기 때문이다. 그 '끝'은 도대체 어디이고, 무엇일까 하는 생각이 들게 한다. '아'라는 감탄사와 '왜'라는 의문으로밖에 대응할 수 없는 이 세계의 고통 속에서 시인은 "내 안에 아왜나무가 오랫동안 울고 있다"(「아왜나무 앞에서 울었다」)고 선언한다. 불에 타지 않아 방화용수나 생울타리용으로 심는다는 아왜나무. 불에 타지 않겠다는, 불이 와도 버티겠다는 시인의 정신적 고투가 고스란히 읽히는 시집 『아왜나무 앞에서 울었다』를 곁에 두고 시조집 『활을 건다』를 읽는다.

골동 골동 하는 말에 입 안은 동굴이 되고
골동 골동 기억 너머 옛 동네가 생각나고
수술실 들어가며 눈감던 우주여행 다시 가고

골동 골동 하는 말은 환부를 들추는 말
폐렴 수술 절개 흔적 의사무감각 피부처럼
하나로 붙어버린 갈비뼈 내리막길 따라서

진주성 골동거리 과거를 들추며 걷다
칠흑의 밤 석등 밝혀 동판화 찍는, 골동이란 말

정지된 시간의 프리즘 늑골 곁에 웅크린 그 말

　　　　　—「골동이라는 이름의 늑골—진주성 외곽을 걷다」 전문

'골동'이라는 발음이 '동굴'과 '옛 동네' 그리고 '수술실'을 불러온다. 발음의 유사성이 의미의 유사성으로 자리를 옮겨간다. "폐렴 수술", "하나로 붙어버린 갈비뼈 내리막길"이라는 표현에서 시인의 현실적 고통을 상상해 본다. 이미 시인은 신체적으로 삶의 고비를 몇 차례 넘어온 것이다. 그 고비를 통해 시인의 언어는 "늑골 곁에 웅크린 그 말"이었을 것이고, "환부를 들추는 말"이었을 것이다(실제로 시인에게 들은 적은 없었으나, 시집과 시조집 해설을 보면 시인은 죽을 고비를 수차례 넘겼고, 불운한 가정사를 겪어냈다는 것을 알 수 있다). 시인의 전기적 사실을 뒤로 하고, 시집의 맥락을 따라가다 보면 어떻게 고통이, 어떻게 슬픔이 승화되(었)는지 알게 된다.

상처 난 잔디들이 봄날에 더 푸른 법이죠
참고 견딘 세월들은 이렇게 경黥을 쳐도
침묵도 잔디처럼 뾰족, 비명도 뾰족했죠
　　　　　…(중략)…
잔디가 푸른 것은 광합성인줄 알겠지만
내 안에 파랑치는 멍이 삭아 물든 거였죠
지상의 모든 잔디는 뿌리깊이 아픈 거였죠

　　　　　　　　　　　　　　　　　—「멍」 부분

고통과 슬픔을 겪어내는 방식에는 여러 가지가 있겠지만, 시인의 방식은 일반인들과 다르다. 일반인은 고통과 슬픔을 이겨 내려고 하거나 그 앞에서 좌절하지만, 시인은 시를 쓴다. 시를 쓰기 위해 시를 쓴다는 말이다. 말장난 같겠지만 쉽게 풀이하자 면, 시를 쓰기 위해 소재를 찾는 것이 아니라, '그저' 시를 받아 적는 것이다. 시를 만들기 위해 시의 대상과 소재를 탐색하는 것 이 아니라, 시인으로 하여금 시를 쓸 수밖에 없는 상황. 그것을 우리는 '미학적' 혹은 '시적'이라고 부르는데, 시인은 그저 적을 뿐이다. "내 안에 파랑치는 멍"은 '경(黥, 죄인의 이마나 팔뚝 따 위에 먹줄로 죄명을 써넣던 옛형벌)'이 되고, "봄날에 더 푸른", "뿌리깊이 아픈" 잔디가 된다. 지금 시인에게 골프장의 잔디는 침묵이고 비명이며, 경(黥)이자 멍일 뿐이다. 지금 시인은 골프 장에 있는 것이 아니라, 시인의 삶에 골프장이 있다. 물론 시 몇 편에서 알 수 있듯이, 시인은 골퍼가 아니다. 골프장에서 골퍼가 아니라면, 할 일은 뻔하다. "절반을/ 건너왔다/ 누구도 탓하지 않고// 미쓰 리도/ 캐디 언니도/ 일용잡부며 그린키퍼도// 등짝 에/ 짙푸른 멍이 깊어/ 황금빛 살가죽이 될 때"(「오후 세시, 클럽 하우스로 간다」). 그렇다면, 시인의 멍(비극)은 어디에서 오는 가.

　　창에 드리운 버티칼이 어머니를 체촌한다
　　한 치 두 치 세 치 네 치, 더러는 주름졌지만
　　장엄한 가죽의 품위 무두질해온 햇살이다

　　긴 가뭄 범람의 흔적 홀수처럼 남은 몸
　　가족이라는 주름의 등고等高를 되넘으며

온 숨껏 고비사막을 유영해온 검은등사막딱새

새끼 낙타 묻고 가는 명사鳴沙의 불문율이나
주소 없는 가계가 죄스럽고 서러울 때
난 가끔 행장을 꾸리고 카라반이 되곤 했다

달팽이관 같은 골목 끝을 이제 돌아왔다
웅크린 모든 것의 굽은 등이 담벼락인 집
놓임을
견디는 어머니를
온 하루가 다림질 중이다

— 「이 주름을 다 펼 수 없다」 전문

　　비극은 선택할 수 없다. 사막을 오가는 '검은등사막딱새'처
럼, "새끼 낙타 묻고 가는 명사鳴沙의 불문율"처럼 이유가 없다.
비극이 비극인 것은, 비극을 선택할 수 없고 예측할 수 없기 때
문이다. "가족이라는 주름의 등고等高"를 넘어 "긴 가뭄 범람의
흔적 흘수처럼 남은 몸"은 어머니의 몸이면서 시인의 몸이기도
하다. 시인의 어머니는 "견디는 어머니"가 되고 싶어서 그렇게
살아 오셨겠는가. 또한 시인 역시 고통 받고 싶어서 고통 받겠는
가. 삶은 정해지지 않았지만, 단 한 가지 정해진 것은 죽음 쪽으
로 가고 있다는 사실이다. '가족이라는 주름의 등고'는 결국 펴
지 못하고, "웅크린 모든 것의 굽은 등이 담벼락인 집"처럼 어머
니의 삶은 '굽은 등'처럼 굽을 것이다. 그리고 후일에는 시인도
그러할 것이다. 그러므로 지금 시인이 보고 있는 장면은 어머니

의 장면이면서 동시에 시인의 장면이기도 한 것이다. 시인은 마침내 "달팽이관 같은 골목 끝을 이제 돌아왔다"고 말할 때까지 '달팽이관 같은 골목'을 수없이 지날 것이다. "내 안의 나를 밀치고 줄 세우며 다툰 날들"(「몸」)이 무성할 것이고, "원색이 바래고 닳은 가족사진 한 장이/ 남겨진 누군가에게 형벌이 될 때"(「가족 사진 1」)가 불쑥불쑥 찾아올 것이며, "내 안에 독하게 자란 곰팡이를 닦고"(「바둑론」) 닦아야 할 것이다. 살아 있기 때문에 그러하다. 그러니까, 비극은 살아 있기 때문에 오는 것이다. 시집 곳곳에 살아 있다고, 꺼질 듯 꺼지지 않는, 작은 불빛들을 보라. 스스로 현존을 증명하는 언어를 보라. 누구든 죽음 직전에는 슬프겠지만, 망자亡者에게 슬픔과 고통은 없다. 비극은 살아서 남아있는 자에게만 온다.

다시 강조하건대, 살아있기 때문에 비극은 온다.

3. 비극은 무엇을 묻는가 : 박영식, 『굽다리 접시』

"시간을 되돌릴 수 없는 개찰구를 나선다"(「터미널에서」)는 것이 결국 삶이라고 한다면, 앞으로만 뻗어가는 선분 상의 한 점이 우리 삶의 한 순간이라면, 비극은 우리에게 무엇을 묻는가. 아니 정확히 말해, 비극은 우리에게 무엇을 묻게 하는가. 비극에게 우리가 묻는 것인가, 비극이 우리에게 묻는 것인가.

다산의 복을 안고
소풍 왔던 옆집 할매

이 봄날 쑥 캐느라
산과 들 헤매더니

늦도록
길을 잃고서
집을 찾질 못하네

—「부고」 전문

마치 천상병의 「귀천」처럼 "아름다운 이 세상 소풍"을 왔던 '옆집 할매'는 "이 봄날 쑥 캐느라/ 산과 들 헤매더니" 집을 영영 찾지 못하고 부고(訃告)를 전해준다. 그 옛날 세대가 그랬듯이 식구가 일손이고 경제력이었던 그때, "다산의 복"을 안았다고 해야 할지, 불운한 시대를 감내해야 했다고 말해야 할지 어려운 것은 사실이다. 그렇게 옆집 할매는 돌아가셨다. 평생 농사일과 대식구를 지극 정성으로 보살피셨던 그런 우리 할아버지, 할머니 세대. 봄쑥이 올라오는 이 봄날, 돌아가셨다. 과연 그 세대의 삶이, 그렇게 살아야 했던 시대는 희극인가 비극인가. 마냥 아름답게만 보기에는 마음 한 구석이 '짠'하고, 그렇다고 해서 부정적으로 보는 것도 곤란해 보인다.

어쩌지 못한 이 그리움
가꿔온 만평 연밭

버팀대 삼으려고
은죽 몇 다발 베었더니

독 묻은

화살이 되어

온 심장에 퍼붓는다

—「은죽銀竹」 전문

　‘은죽銀竹’은 소나기와 같이 큰 비를 뜻하는데, 그리움이 가꿔온 혹은 그리움을 가꿔온 “만평 연밭”에 소나기가 내린다. 커다란 연잎에 급하게 빗물이 튀기고 있다. 그 소리가 “독 묻은/ 화살이 되어/ 온 심장에” 퍼부은 것이 아닐까. 지금 세상은 비 오는 소리로 가득하고, 오히려 은죽 때문에 ‘만평 연밭’이, 그리움이 더 크게 부각되고 있다. 그리고 그 부각된 그리움이 다시 시인의 가슴에 비수(匕首) 또는 비수(悲愁)로 날아와 꽂힌다. 은죽의 날카로움과 그리움의 날카로움이 중첩되고 있다. 그렇게 “어쩌지 못한 이 그리움”은 시인의 귀를 열게 하고, 남들은 맞지 않는 ‘독 묻은 화살’을 ‘굳이’ 맞아야 한다. 모두 다 그리움 때문이다. 그리움은 보고 싶어서 애타는 마음인데, 이때 그리움의 대상 유무에 따라 양상이 달라진다. 그리움에 대상이 있다면 사랑의 감정이 될 것이고, 대상이 없거나 불분명한 경우에는 존재의 문제를 다루게 된다. 그것을 ‘외로움(loneliness)’과 ‘고독(solitude)’의 차이라고 말할 수 있다면, 후자의 경우 삶의 근원적인 문제를 묻게 된다. 그래서 시인은 묻는다. “우리는 어디서 와 어디로 가는 건가/ 사랑태 기지개태 우쭐우쭐 위엄태로/ 흰 도포 너울거리며 외발 서기”(「울산학춤」)하는 우리의 삶은, 도대체 어디에서 오고, 어디로 가는가.

흘러 흘러감이
이끼 낀 세월뿐이랴

삶이라는 것
정이라는 것
다 흘러 흘러갔어도

남는 건
가슴에 한 점
못 지우는 이 그리움

— 「녹우당에서」 부분

    결국 시인에게 남는 것은 '그리움'이었다. "삶이라는 것/ 정
이라는 것/ 다 흘러갔어도" 가슴에 남은 한 점의 그리움은 지울
수 없다는 것이다. 그러나 시인은 그리움의 정체도, 그리움의 대
상도, 그리움의 원인도 알지 못한다. 만약 시인이 그리움의 원인
과 대상을 알게 되는 순간, 더 이상 시를 쓸 수 없을 것이다. 시
는 그 알 수 없는 대상을 에둘러가는 것이자, 끝내 그 대상을 비
밀처럼 꼭꼭 감추려는 것이기 때문이다. 그것을 존재의 비밀 혹
은 존재 근원이라고 한다면, 우리 삶이 어디에 가고 어디로 오는
지의 문제와 같은 것이다. 존재의 근원을 알기 위해 살아가는 것
이 우리 삶이고, 존재의 본래성을 찾기 위한 고투가 바로 우리
삶이다. 비극적이지 않은가. 그러니까, 비극이 우리에게 묻는 것
은 비극의 원인과 그 해결책이 아니라, 비극이 무엇인지에 대한
질문 자체다. 그리움의 대상을 통해, 그리움의 양상을 통해 우리

삶의 방향성을 고민하게 하는 것, 더 나아가 우리 주변 타자를 인식하기 시작하고, 그래서 우리 삶이 정말 무엇인지 성찰하게 하는 것. 이런 질문을 우리 스스로 하게 만드는 것, 그것이 바로 비극이다.

요컨대, 비극은 우리에게 질문을 하는 것이 아니라, 우리 자신에게 비극이 무엇인지 질문을 하게 하는 것이다.

4. 비극은 누구의 몫인가 : 박현덕, 『겨울 등광리』

이번 시집의 키워드는 크게 '겨울'과 '등광리' 그리고 '아버지'를 들 수 있겠다. 그래서 시집 전체 분위기는 겨울에 가까워서 마음을 여미게 한다. 그러나 겨울 다음에는 '무조건' 봄이 오듯이, 봄을 기다리는 마음으로 시집을 읽게 되는 힘이 있기도 하다. 그러니까 비극은 언제나 희극의 가능성을 품고 있는 것이다.

친구의 부음 듣고
눈 훔치며 열차 탄다

덜컹덜컹 스쳐가는
이승과 저승의 시간

어두운
창문 너머로
깜빡이는 인가 한 채

혼곤한 잠 속에서
불현듯 깰 때마다

녹이 슨 기억 앞에
머뭇거리다 가는 기차

우리는
낯선 역 하나를
막 지나가는 중이다

— 「밤 기차」 전문

"눈 훔치며" 가는 밤 기차와 겨울이 잘 어울리는 작품이다. "이승과 저승의 시간"이 스쳐가고, "녹이 슨 기억 앞에" "머뭇거리다 가는" 기차. 정거장마다의 사연과 그에 따른 시간을 지나가는 시인. 과연 "낯선 역 하나"를 지나가는 것은 죽음일까, 삶의 한 장면일까. 죽음조차 '낯선 역'으로 본다면, 이 기차는 어디를 향해 가고 있는가. 평소에 하지 못한 상념들이 "어두운/ 창문 너머로/ 깜빡이는 인가 한 채"와 같아서 마냥 지나치기 어렵다. 어쩌면 "혼곤한 잠 속"에서 아직 깨어나지 않았을지도 모르며, 우리는 여전히 친구의 부음을 듣고 가는 기차 안에서 비몽사몽간에 있는 것인지도 모른다.

산소 호흡기에 가쁜 숨을 걸어놓고//
모든 것을 비워낸다 그 바다 밑바닥에//
역류를 꿈꾸던 물고기 지느러미 찢긴 채//

가끔 눈을 껌벅이며 무어라 말하지만//

끝끝내 알 수 없는 심해의 어둠이여//

살아낸 하나씩의 기억, 끄집어내 지우나//

허옇게 비늘 벗겨진 등허리 곳곳마다//

움푹 팬 등가죽에 뼈마디가 드러나고//

이제서 허물을 벗느라 저무는 울음이다//

—「아버지」 전문

　시인의 아버지는 지금 "모든 것을 비워낸다". "역류를 꿈꾸던 물고기"였던 아버지는 "끝끝내 알 수 없는 심해의 어둠"속으로 조금씩 가라앉고 있다. "살아낸 하나씩의 기억"들을 하나씩 하나씩 곱씹으며, 바다 밑바닥으로 한없이 가라앉고 있다. 바닥 없는 바닥으로 한없이 침잠(沈潛)해가는 삶. 모두에게나 언젠가는 꼭 한번 일어날 일이다. '왜'라는 질문을 할 필요가 없는 일, '언제'라는 질문을 할 수 없는 일. 그러나 이제 곧 아버지는 모든 질문이 필요 없게 될 것이다. 질문에 따른 해답이 필요 없기 때문이다. 그러므로 질문은 살아 있는 자들에게만 허락된 것이며, 남겨진 자에게 비로소 주어지는 것이다. 그래서 시인은 "바람벽 못에 걸린 닳고 해진 작업 바지/ 무심히 저녁 먹다 아버지를 떠올"(「저녁 무렵」)리며, 질문하게 된다. 그것은 아버지의 "남루한 평생"에 대한 질문이 아니라, 우리의 "남루한 평생"에 대한 질문이다. 아버지의 남루(襤褸)를 시인 역시 유산으로 상속받는다. 시인 역시 아버지이기 때문이다.

　하루 하루 덧쌓이는 적막한 소읍에서

바람이 몸 어딘가 번질나게 드나들 때
떠나신
아버지처럼
고주망태 비가 온다

눈물에 얼룩지는 누추한 방을 나와
도시로 열려있는 버스에 올라 탄다
이런 날
내 품에 흥건히
안겨들 여자 있을까

질긴 여름 썹어가며 장마가 이어지자
으시시 떠는 가로수, 여름에 잠겨들고
나 또한
버스가 되어
무작정 달려간다

　　　　　　　　　　　— 「우기雨期, 버스는 달린다」 전문

　　이번 시집 중에 가장 눈길이 오래 가는 작품이다. 소읍에서
도시로 가는 시골버스를 타면 으레 마주치게 되는 풍경들을 떠
올리게 한다. 저마다의 보따리와 짐들을 가득 손에 쥐고 버스에
올라타는 장면도 인상적이지만, 고주망태가 된 우리의 아버지들
의 표정이 실감나게 떠오른다. 그렇게 비틀거리며 버스에 올라
탄 고주망태가 된 아버지처럼 비가 내린다니. "누추한 방"에서
도시를 향하는 시인을 반겨 "안겨들 여자"가 있을까하고 되묻는

시인의 혼잣말에는 자신의 누추함(陋醜, 좁고 추함)을 내려 보는 부끄러움이 있다. 그럼에도 불구하고 버스는 달린다. 지금 버스는 "질긴 여름 씹어가며 장마가 이어지"는 우기(雨期)를 맞이했고, 버스에 탄 모두가 우기를 맞이했다. 모두가 비에 젖어있고, 모두가 슬프다. 저마다의 사연과 저마다의 삶을 보따리에 이고 지고 간다. 그렇게 각자의 비극을 바닥에 내려놓고, 버스 손잡이에 의지하는 사람들은 같은 노선을 따라 함께 간다. 내릴 곳이 달라도, 우기를 함께 건너가고 있는 것이다. 그러니까, 비극은 각자에게 있는 것처럼 보이지만, 알고 보면 모두가 함께 내려놓고 같은 버스를 타고 가는 것이다. 그 버스를 '삶'이라고 부른다면, 버스 안의 사람들은 함께 흔들리고 있으니 그나마 덜 외롭지 않을까. 모두 함께 가고 있는데 오히려 나 혼자 내릴 때가 있다는 것이 더 슬픈 일이 아닐까. 앞사람의 흔들리는 뒤통수를 보며 함께 흔들리는 것. 각자의 크고 작은 보따리들을 갖고 있지만, 결국 한 버스에 모두 내려놓고 평등하게 흔들리고 있다.

그러니까, 비극은 나의 몫이 아니라, 우리의 몫이다.

5. 연극은 끝나지 않았다

'운명'이라는 것은 우연을 가장하고 필연으로 우리에게 닥쳐 온다. 그것에 묵묵히 따르거나, 우연을 우연으로 받아들인다면 운명이라는 거창한 수사를 말할 필요가 없다. 그러나 우연성을 경계하고, 우연성을 필연성으로 자기에게 가져오는 것, 그것을 운명애(amore fati)라고 부른다. 비극도 그와 같아서, 비극성에 집중하기보다는, 비극이 주는 질문―우리 자신에게 비극이 무엇인지 질문하는 것―에 몰두할 때, 비극의 형이상학적 의미를 획득할 수 있다. 이에 따라 우리는 세계의 본질에 한 발 더 가까워질 수 있게 된다.

비극은, 그래서 필요한 것이다. 모두가 비극을 회피하고, 희극만 맛보려고 한다면 희극은 모두 소진되고 비극만 더 남게 된다. 희극은 비극에 반해 존재하는 것이므로, 역설적으로 비극이 사라지면 희극도 마찬가지로 사라지기 때문이다. 그래서 결국 희극이 모두 사라지면 다시 비극만 남게 되거나 혹은 희비극 자체가 없는 텅 빈 무(無)의 상태에 이르게 되는데, 그것 자체가 이미 비극이다. 그러므로 무의 상태에 이르는 것이 바로 죽음이고, 비극은 살아 있는 자들에게만 주어지는 것이다. 그래서 우리는 우리 스스로에게 질문하게 된다. 이 비극이 나에게 무슨 의미로 오는지 '해석'해야 살아갈 수 있기 때문이다. 따라서 아름다움은 지켜지는 것이지, 표현되거나 드러나는 것이 아니다. 아름다움이라는 비밀을 간직하려고 하기 때문에 비극이 오는 것이다. 현실은 전혀 아름답지 않기 때문이다.

그러나 비극은 모두 함께 겪는 것이면서 동시에 모두의 비극이기도 하다. 함께 살고 있기 때문이다. 비극 합창단이 우리의 슬픔과 고독을 위로하고 긍정할 때, 비로소 우리는 우리가 될 수 있다. 물론, 합창단의 역할을 자임(自任)하는 자들이 꼭 있다. 예컨대, 시인들이 그러하다.

하여, 우리의 연극은 아직도 끝나지 않았다.

일상 : 일상이 일상이 아닐 때

김영주, 『오리야 날아라』(현대시학, 2016)
전연희, 『이름을 부르면』(목언예원, 2016)
정수자, 『비의 후문』(시인동네, 2016)

1. 일상은 온다

우리가 살(아가)고 있는 시간들을 통칭하는 말로 '삶'이라 하고, 그 삶 가운데 특별하지 않은 시간들을 '일상'이라고 부른다. 따라서 '일상'이라는 말에는 '평범하다'는 말을 품고 있고, 한편으로는 그래서 '지루하다'는 말 또한 품고 있는 것처럼 보인다. 그러니까, 일상은 평범한 것이고 지루한 것인데 이 일상으로부터 벗어나려는 탈주의 욕망을 그 누구보다 꿈꾸는 것이 아마 예술가일 것이다. 이러한 일상에서 탈주하려는 초-일상 혹은 초-현실은 비-현실이기도 하므로, 창조된 예술의 공간은 '이곳'이 아닌 '저곳'이기도 하다. 그러나 아무리 일상을 극복하고 초월하려고 해도, 다시 돌아올 수밖에 없는 것이 바로 일상이다. 일상에서 벗어난다한들, 벗어난 그 시공간 역시 일상이 되어버리기 때문이며, 일상 밖에 영원히 거주할 수도 없다. 앙리 르페브르는『현대세계의 일상성』(기파랑, 2015)에서 산업사회에서 겪는 일상성은 사회적 존재(먹고 살아야하는)로서 어쩔 수 없이 겪게 되는 병폐라고 지적하였다. 예컨대 일상의 지루함과 권태에서 벗어나 여행을 떠난다고 해도, 영원히 여행지에 머물 수는 없다. 다시 일상으로 돌아가 돈을 벌어야 하고, 사회적 지위와 역할을 유지해야 하므로, 일상으로 되돌아가지 못할까봐(실직할까봐) 두려워하는 것이 바로 현대사회의 일상성이라는 것이다. 반면에 하이데거는 일상성을 현존재의 실존 양식으로 보고 그러한 일상성에서 빠져 있지 않고, 본래적인 것을 탐구하는 실존철학을 제시하였다.

그러나 시인에게 일상은 앞서 언급한 것과 조금(혹은 매우) 다른 양상을 보이고 있다. 때때로 시인이게 일상이 새롭게 다가오는 순간이 '온다'. 그것을 '실재'라고 부르기도 하고, '시적 체험'이라고 부르기도 하고, '영감'이라고 부르기도 하는데, 그때의 일상은 기존의 일상과 전혀 다른 층위의 것이다. 그것을 시인들은 소위 '받아적는다'고 말하는데, 그 달라진 일상이 시인을 시인이게 한다. 따라서 달라진 일상이 곧 새로운 세계이자, 온 세상에서 단 하나뿐인 시인의 공화국인 것이다. 이에 따라 일상이 일상이 아닐 때 시인의 존재론이 구성된다고 말할 수 있지만, 달라진 일상이 시인을 시인으로 만드는 것인지, 시인이 일상을 달라지게 하는지 그 선후관계는 알기 어렵다. 다만, 이들의 관계 속에서 시와 시인이 촉발된다는 사실만은 어느 정도 인정할 수 있다.

그러므로 일상은 '온다'. 일상을 겪는 것이 아니라, 일상이 계속 우리에게 오고 있으며, 우리는 항상 새로운 일상을 겪는다. 르페브르는 일상성으로 인해 어떤 사건도 사건이 되지 못하고 일상이 된다고 말했지만, 시인에게 일상은 늘 사건의 가능성을 갖고 있으며, 실재의 누빔점이기도 하다. 그것을 발견하는 것,

이른바 견자(見者)가 되는 일이 곧 시인의 의무이자 권리인데, 어떻게 보면 시인은 귀문살(鬼門殺, 귀신이 들락거리는 살)을 가지고 있는 것과 같아서 영감과 영매에 뛰어난 사람이지만, 이것으로 인해 일반사람이 겪지 않아도 될 고통을 받을 수도 있다. 그러니까 남들이 못 보는 것을 보는 것이 꼭 좋은 것만은 아니겠지만, 남들보다 다른 세계를 최소 한 개 이상은 가지고 있으니 이 점은 무척 매력적이기도 하다. 이 매력(매력이라 쓰고 마력이라 읽는다!)에 저당 잡힌 시인들의 작품들을 통해 우리 역시 새로운 세계의 도래에 참여할 수 있다면, 감히 영광이겠다.

2. 얼굴이 얼굴에게 묻고 있을 때 : 김영주, 『오리야 날아라』

"몇 권의 책으로도 묶지 못할 삶이지만/ 마흔다섯 글자로도 참고 넘칠 때"(「인생, 그 진부한 제목으로」)가 있다고 시인은 말한다. 물론 그 '때'는 순간을 의미할 수도 있고, 도래를 의미할 수도 있다. 더 정확히 말하자면, 그 때가 과거일수도 있고 미래일수도 있지만, 중요한 것은 그 '때'가 기존과 다르게 새로운 의미를 획득하거나, 의미로 충일할 수 있다는 것이다. 그러므로 항상 '때'는 해석과 연관될 수밖에 없다. '때'를 '때'로 만드는 것은 의미 해석의 문제이지, 시간의 흐름 혹은 시간의 분절로 이야기되는 것이 아니기 때문이다. 이제부터 시인이 말하는 때는, 시계의 시침과 분침이 만들어내는 숫자가 아니라, 시적 진술에 의해 구성되는 시공간이다.

얼굴, 얼굴 하면 억울한 굴레 같다
굳이 묻지 않아도 골골이 드러내는
어디서 많이 본 듯한
너는 분명 내 얼굴

거울 앞에 앉아서
내 얼굴 앞에 앉아서
한 번도 날 위해선 웃어주지 않는다고
어느 날
얼굴이 문득
얼굴에게 묻고 있다

―「얼굴」 전문

　　얼굴의 현현은 시인 자신의 노력을 통해서 나타나는 것이 아
니라 시인과 상관없이 스스로 표현하는 타자다. 얼굴은 나를 바
라보고 "억울한 굴레"를 호소하며 "골골이 드러내"며 스스로 표
현한다. 얼굴은 나의 입장과 위치와는 상관없이 스스로 자기를
표현하기 때문에, 내가 직접 부여한 의미보다 타자의 존재 자체
가 더 중요해진다. 따라서 얼굴은 나의 표상과 인식, 나의 자유
에 의존하지 않으면서 그 자체로 존재하고, 그 자체를 보여주는
타자의 존재방식이라 할 때, '나는 타자다(Je est un Autre)'라는
랭보의 명제가 성립하게 된다. 그러나 여기서 중요한 것은 바로
'문득'이라는 순간이다. 타자의 존재방식을 알게 되는, 내가 나
를 타자화시키게 되는 순간이야말로 시인에게 없어서는 안 될
순간인데, 이 순간은 시인에게 다가온 것인가, 시인이 다가간 것

인가. 시인은 '문득'이라는 말을 함부로 쓰지 말아야 하며, '문득'
에 책임져야 하는 주체가 아닐까.

> 그 사람을 보내놓고 보내지 못 합니다
> 그렇게 큰 우물이 내 안에 있었다니
> 그 사람 앉았던 자리
> 그리움 가득 괸 자리

—「자리」 전문

나는 '그 사람'이 "앉았던 자리"이면서 "그리움 가득 괸 자리"
에 있거나, 그 자리 자체다. 그 자리는 '큰 우물'과 같아서 들여다
볼수록 침잠해지는, 그래서 심연(深淵)이라 부르는, 볼 때마다
말할 때마다 목에 걸리는 자리다. 구강(口腔)에서 파열되는 자
음 'ㄱ' 음가의 반복('그 사람', '그렇게', '그리움')처럼 파열되는
순간이 온다. 그 순간이 바로 '문득'이 아닐까. 그러니까 '문득'은
관계에서 오는 것이자, 관계에 문제를 제기하는 것이라고 말할
수 있다면, 그 관계의 팽팽한 줄다리기가 일어나고 있음을 아는
것 혹은 보는 것이 시안(詩眼)일 것이다.

> 너에게로 가는 길이
> 내 마음에 놓인 길이
>
> 손닿고 싶었다고
> 귀엣말 하고 싶다고

가까이

더 가까이 오라며

두드리는

더듬이

—「점자를 읽다」 전문

점자가 바로 그런 것이다. 터치해야 알 수 있는 관계. 조심스럽게 떠듬떠듬 알아가는 소통. 그것이 바로 관계다. 점자를 읽는다는 것은 결국 해석을 한다는 것인데, 가시적인 판단에 따른 오류를 피해가기 위해, 직접 손으로 조심스럽게 만져가며 알아가는 것. 그것이 바로 타자와의 관계가 아닐까. '만지지 않는 관계는 가짜다'라고 말할 수 있다면, 의미는 접촉에서 온다. 새로운 일상, 새로운 세계도 접촉에서 온다. 접촉하지 않는 세계는 허상이다. 물론, 접촉이 모두 '만짐'에 의한 것은 아니다. "더 가까이 오라며/ 두드리는/ 더듬이"가 작동할 때, 그때 역시 접촉했다고 말할 수 있을 것이다.

풀잎이 V 요렇게 돋아나는 까닭은

사람과 사람 사이 파고들고 싶단 말씀

사람과 사람 사이를 이어주고 싶단 말씀

풀잎이 또 V 요렇게 돋아나는 까닭은

사람과 사람 사이 떼어주고 싶단 말씀

가까워 너무 가까워 상처 주지 말란 말씀

풀잎이 자꾸 V 요렇게 돋아나는 까닭은
사람도 풀잎처럼 손 내주고 살란 말씀
손잡고 바람 부는 대로 흔들리며 살란 말씀
　　　　　　　　　　　　　— 「풀잎이 하는 말씀」 전문

　　풀잎은 'V' 모양으로 돋아난다. 사람과 사람 사이 "파고들
고", "이어주고", "띄어주고" 싶어서. "너무 가까워 상처 주지"
않을 만큼의 간격을 유지하되, 서로에게 "손 내주고" 살 수 있을
만큼 거리. 이 손닿을 만큼의 거리를 유지하는 것. 그것이 풀잎
의 전언(傳言)이다. 그러니까 시인이 거울 앞에 앉았을 때처럼(「
얼굴」), 얼굴이 얼굴에게 묻는 질문은 결국 내가 나를 타자로 보
면서 타자와 나의 관계를 다시 생각하게 하는 '때'이다. 타자에
게 나는 어떤 사람인가 혹은 타자와 나는 어떤 관계인가를 고민
하는 자리가 바로 '우물의 자리'(「자리」)이면서, 관계에 따른 원
심력과 구심력이 작용하는 순간이 드러나는 '문득'의 시간, 새롭
게 구성되는 시간이다. 나라는 주체는 타자 없이 있을 수도 없으
며, 파악할 수도 없기 때문이다. "나는 너로 인해 있다." 이때의
'너'는 거울 속의 너이자 거울 밖의 나이며, "그 사람 앉았던 자
리"이자 "손닿고 싶었"던 너라고 할 수 있다. 이처럼 얼굴이 얼굴
에게 묻고 있을 때, 일상은 일상이 아니게 된다.

3. 저녁상을 차릴 때 : 전연희, 『이름을 부르면』

　　"살아온 길이듯이 한 숟갈 밥이 되"(「쌀 한 톨의」)는 일은 결

코 쉽지 않다. 대가 없는 순수한 노동은 찾기 어렵겠지만, 적어
도 우리는 우리에게 필요한 재화를 얻기 위해 (평생) 일을 해야
하고, 그 노동의 대가로 삶을 꾸려갈 수 있다. 어떻게 보면, 비참
한 일일 수도 있지만, 또 한편으로는 숭고한 일이기도 하다. 자
기 현존재를 책임지는 일이기 때문이다. 물론 방식의 문제는 또
다른 차원에서 논의되어야 하겠지만, 일반적으로 "한 톨도 놓칠
수 없는 오 무거운 생"을 모두가 지고 있으니, 버티는 삶은 그 자
체로 숭고하다.

> 남루도 개켜 두면 윤이 나는 저녁에는
> 오랜 날 모가 깎인 빈자리도 따뜻하다
> 아랫목 묻은 밥사발 온기 아직 남은 채
>
> 때 묻지 않은 노래 간간이 흥얼대면
> 숟가락 부딪치는 김 오르던 두레 밥상
> 다 낡은 기억을 따라 무성영화 상영 중
>
> ―「겨울 저녁에는」 전문

　　해질 무렵이면 저마다의 가정에서 식기 부딪는 소리, 설거지
하는 소리가 들린다. 매우 일반적인, 그래서 흔한 풍경이지만,
가끔 그 풍경조차 낯설고 눈물겨울 때가 있다. 무언가 그립고,
있어야 할 것이 없어졌다는 상실감에서 비롯된 그 감정은 주변
을 새롭게 돌아보게 한다. 그러니까, '느닷없이' 찾아오는 상실
감은, 일상을 뒤흔들고 일상을 깨우며 일상을 여지없이 무너뜨
린다. 그동안 몰랐던 '남루'가 "개켜 두면 윤이 나는" 것을 알게

되고, "오랜 날 모가 깎인 빈자리도 따뜻"하다는 것을 느끼게 된다. 그러나 이미 늦었다. 이미 "낡은 기억을 따라" 상영되는 "무성영화"가 되어버렸기 때문이다. 예전에는 겪었지만, 지금은 겪을 수 없는 일, 예전에는 있었지만, 지금은 있을 수 없는 일. 일상은 원래 소중한 것이었다.

> 시장통 국밥집에 한기를 말아낸다
> 허리깨 통증쯤은 습관인 양 접어둔 채
> 냉기만 안겨올 테지만 기웃대며 문을 딴다
>
> 갯가로 논둑으로 연을 높이 날려보던
> 방패연 한 자락이 먼 나라로 펄럭일 쯤
> 아비는 구긴 바지를 꿈길에도 펴고 있다
>
> ─「기러기아빠」 전문

물론, 가장(家長)은 남성만 하는 것은 아니지만, 일반적으로 가장은 "구긴 바지를 꿈길에" 비로소 펼 수 있을 만큼 지난하다. '기러기아빠'는 말할 것도 없고, 한가족이 모여 사는 가정에서도 '아빠'는 기러기아빠와 별반 다를 게 없다. 아이가 사춘기를 겪을 때쯤, 아이가 부모의 품안을 차차 떠나면서, 부모들도 사춘기를 겪는다. 중2병과 취업난 그리고 빈둥지증후군을 견뎌야하고, 그렇게 아이와 부모 모두 어른이 되어간다.

> 새로 차린 동네 슈퍼
> 바지런한 젊은 부부

대형마트 할인공세
버틸 길이 아예 없다

분식집 국물에 빠뜨린
저녁노을 자꾸 붉다

— 「붉은 저녁」 전문

　　인용시를 소외된 자 혹은 '을(乙)'에 대한 연민으로 읽을 수
도 있지만, 그것보다는 "바지런한 젊은 부부"에게 집중하는 것이
좋아 보인다. 무엇을 하든 간에 원래 삶은 고통스러운 것인데,
그것을 극복하는 가능성 혹은 긍정성이 시에 내재되어 있음을
본다. '바지런'하고 '젊은' 부부이기 때문에 가능하다. "분식집 국
물에 빠뜨린" 붉은 저녁은, 결코 부정적이지만은 않다. "대형마
트 할인공세"에 휘청거리는 이들을 위로하거나 연민하기보다는,
오히려 이들이 잘 견뎌나가기를 바라며 응원하는 것이 윤리적으
로도 나아 보인다. 물론 시가 윤리적일 필요는 없지만, 적어도
우리의 삶을 긍정하려는 마지막 희망 한 가닥 정도는 남겨 두어
야하지 않겠는가. 그러니까 일반적인 삶의 패턴 혹은 흐름이 아
득해질 때가 있고, 행복하다고 느껴질 때가 있다. 모두가 사소한
일상에서 비롯된 감정들이다. 평소 아무렇지 않게 들어가던 집
에서 '냉기'를 느낄 때, 우리는 외롭다. 있던 것이 지금 없기 때문
이다. 그렇다면 있던 것 혹은 있었다고 여긴 것은 무엇이었는가.

　　밥 짓고 국 끓이는 일상의 상차림이

벽돌 한 장 켜를 쌓아 성전을 올리는 일

늦은 밤 귀가를 위한 두 손을 모으는 일

정년도 이미 오래 먹빛으로 눅진하던

심줄 돋는 남은 날이 꽃빛으로 살아온다

경건히 수저를 놓는 저녁상을 차릴 때

—「저녁예배」 전문

시집 『이름을 부르면』에서 가장 마음이 오래 가는 작품이다. 남들 모두가 매일 겪는 일이지만, 적어도 이 시를 읽고 있는 지금은 특별하다. 별일 아니었다. "밥 짓고 국 끓이는 일상의 상차림"은 말 그대로 평범한 일상인데, 그 일상이 '예배'라니. 일상 자체가 예배가 된다는 것은, 가령 '선데이 크리스천(sunday christian)'처럼 특정한 날만 신 앞에 서는 것이 아니라, 매일 신 앞에 서 있다는 말이기도 하다. 그러니까 일상이 매일 특별할 수밖에 없다. 오늘도, 내일도 "경건히 수저를 놓는 저녁상을 차릴" 수 있다면, 매일매일이 "벽돌 한 장 켜를 쌓아 성전을 올리는 일"이 될 것인데, 그러한 일상은 마치 선물로 주어진 것과 같아서 늘 기쁠 수밖에 없다. 물론 포장지도 뜯지 않은 선물이다. 그러니까 일상이 일상이 되지 않으려면, 일상을 선물로 여겨야 한다. 일상은 내가 보내는 것이 아니라, 나에게 주어진 것. 일상은 선물로 온다.

4. 서름할 때 : 정수자, 『비의 후문』

정수자 시인의 이번 시집은 울음으로 빼곡하다. "구름아/ 너도 캄캄하니// 크게 한번/ 울고 가렴"(「그래그래」) 새카만 먹구름이 크게 한번 울고 갈 것 같은, 그래서 페이지 한 장 한 장 넘기기가 쉽지 않다. 서름하기 때문이다. 그리고 작품에 사족을 붙이기 두렵다. 시가 이미 모든 것을 말하고 있고, 한편으로는 행간의 웅숭깊어 쉽게 간섭하기 어렵기 때문이다.

울다 깬 새벽이면 다른 생에서 왔나 싶게

서름한 그림자가 창 너머에 우런 섰다

꿈인 척 따라가 버릴까 발가락이 달달했다

후생의 손짓만 같아 꽃노을에 마냥 취하다

햇귀 잡고 이슬 터는 지붕들 날갯짓에

후다닥 눈곱을 떼며 이생의 문을 잡았는데

문고리를 잡고 서면 덜미가 다시 선뜩해져

고치다 지친 사춘기적 유서라도 복기할 듯

울다 깬 서름한 날이면 고아인 양 서러웠다

— 「서름한 날」 전문

남과의 관계가 서먹하거나, 사물 따위에 익숙하지 않고 서툴다는 뜻을 가진 형용사 '서름하다'의 변주는 '다른 생'으로 이어진다. 이유 없이 "울다 깬 새벽" "서른한 그림자가" 창 너머로 보일 때, "꿈인 척 따라가 버릴까 발가락이 달달했다"는 진술은, 단숨에 시인이 제시한 시공간으로 빨려 들어가게 한다. "후생의 손짓만 같아 꽃노을에 마냥 취하다" 번쩍 정신이 들어 "이생의 문"을 잡았다는 진술은, 이생과 후생이 그다지 멀리 있지 않음을 보여주는 동시에, 전생이든 후생이든 간에 후회 없이 떠날 준비가 되어 있다는 말이기도 하다. 그렇다면, 이생의 삶이 여전히 서먹서먹하고 익숙하지 않다는 말인가. 서늘하다. "고아인 양 서러웠다"는 말을 안아주고 싶다.

   꽃 한 송이 피우는 데 가담한 적 없는데

   꽃 진다, 찍는 것도 가소로운 간섭 같아

   숙이며 지나치려 하니 발 놓을 데 가뭇없네

   아픈 쪽에 가담해온 詩 자취도 희미할 때

   뒤트는 지렁이들 피해 서던 아래쯤엔

   말없이 기는 것들이 흙빛 윤을 돋우려니

   가벼운 적선만 같아 '좋아요' 망설이듯

슬픔도 함부로는 호명치 않으리라

테라도 우웅 울려야 꽃숨 없는 가담이러니

— 「소심한 고백」 전문

시는 그랬다. 원래 "아픈 쪽에 가담해"왔다. 아픈 곳에 로고
스와 파토스 그리고 에토스까지 숨어있다. 그러나 시인은 "꽃 한
송이 피우는 데 가담한 적 없는" 겸손한 주체일 뿐, 오히려 "말없
이 기는 것들이" "흙빛 윤을 돋우"며 꽃 피우는 노동에 참여했다.
그러니 시인은 꽃 한 송이가 피든 지든 간에 가담한 적 없으니
그 사진을 찍어 SNS 등에 올려 '좋아요'를 구걸할 권리가 없다고
생각한다. 시인은 아픈 쪽에 가담하지 못했다고 생각하기 때문
이다. 그래서 시인은 "슬픔도 함부로는 호명치 않으리라"고 선
언하지만, 시인 역시 아프다. 다만, 섣불리 혹은 함부로 슬픔을
호명하며 시를 '팔지' 않겠다는 일종의 윤리가 작동한 셈이다.
진리까지는 아니더라도 사물의 본질이 드러날 때까지 사물을,
이 세상을 그리고 슬픔과 아픔을 노려보겠다(맞서겠다)는 의지
를 본다.

허공을 찢으며 우는 기러기떼 발톱이여

멀건 국물에 뜬 노숙의 눈발들이여

한평생 오금이 저릴 저 강변의 아파트여

— 「슬픈 편대」 전문

하여, 시인은 본다. "허공을 찢으며 우는 기러기떼"가 아니고 기러기떼의 발톱을, "멀건 국물에 뜬 노숙"이 아니고 노숙의 눈발을, "강변의 아파트"가 아니라 한평생 오금 저리게 하는 아파트를 본다. 수식에 진실이 숨겨있다. 모두 함께 '편대'를 이루고 있다. 각자 삶의 진실이 편대를 이루고 있는 것인데, 기러기떼와 눈발은 어디론가로 이동하지만, 노숙자와 아파트에 사는 인간은 그 어디에도 가지 못하고 장소에 매여 있다. 강변의 아파트를 내 집으로 삼기 위해 우리는 평생의 삶을 소모하지만, 흩날리는 눈발보다도, 먼 곳으로 이동하는 기러기떼보다도 자유롭지 못하다. 우리는 지금 이 땅에 '노숙(露宿)'하고 있는 셈이다.

*

비만 오면 헤매던
너를 쓰다 손이 식는다
공기를 깨뜨리며 맨몸을 내던지는
투명한 투신들을 받느라
풀잎들 팔팔 떠는 날

…(중략)…

***

난간을 짓깨물며
파랗게 혼자 식어갔을
뒤꿈치를 바람은 잠시나마 안았을까
낙수들 팔꿈치 길게 저린

뒤끝도 긴 장마 끝물

─「비의 후문」 부분

"공기를 깨뜨리며 맨몸을 내던지는" '투명한 투신'들은 "난간을 짓깨물며/ 파랗게 혼자 식어갔을" 이들과 포개진다. 파랗게 혼자 식어갔을 이들. 아픈 이들이 떠오른다. 차게 떨며, 파랗게 식어갔을 이들을 기억하는 것. 그것은 시가 할 일이다. 그리고 이들과 함께 살아가는 것이 일상이다. 이들을 기억하는 것. 그것은 일상을 뒤흔드는 일이다. 모두들 일상에 함몰되어 잊기 때문이다. "슬픔은 어디서 숙여 울까"(「봄꽃 앞에서」) 하며 슬픔을 노려보고 기억하며 숙고하는 것. 그때 일상은 일상이 아니게 된다.

5. 일상은 나의 것

일상은 온다. 지금도 왔다 갔다. 일상에 빠져 있지 않고, 일상 밖으로 나오는 것. 일상 밖에서 일상을 보는 일은, 거울에 비친 내 얼굴을 보는 것처럼 중요한 일이다. 나에게서 빠져나올 수 있기 때문이다. 다시 말해, 일상은 오로지 나의 것이고, 일상 밖은 오로지 타인의 것이다. 그래서 남들과 똑같이 주어진 시간에서 나에게 주어진 시간만 선물처럼 특별해지는, 일상이 일상이 아닐 때를 사는 것도 나쁘지 않겠다. 죽음은 혼자 건너가지만 삶은 혼자 건너갈 수 없기 때문이다. 서늘하다.

혁명 : 해뜨기 전이 가장 어둡다

변현상, 『톡』(알토란북스, 2016)

이달균, 『늙은 사자』(책만드는집, 2016)

이처기, 『하늘채 문간채』(동방, 2016)

1. 혁명 전야

정치에 전혀 관심이 없는 사람조차 광장으로 나오게 하는 요즘, 들끓는 분노가 당분간 사그라질 것 같지 않은 요즘, 우리는 조심스럽게 '혁명'을 기대해본다. 우리가 혁명의 주체가 된다니! 설레면서도 한편으로는 두렵다. 혁명의 동의어는 혼돈이기에 자칫 잘못하면 지금보다 더 어려운 상황에 직면할 수도 있기 때문이다. 그럼에도 불구하고, 늦었지만 '이대로는 안 되겠다'는 위기의식에서 우리는 희망 또한 기대해본다. 그러니까 겨울 뒤에는 반드시 봄이 온다는 것을, 우리는 믿는다.

> 무너져 가는 체제의 특성은 온갖 신념과 절대적 논리들이 뒤범벅되게 내버려 두면서 동시에, 결단의 시간을 언제까지나 연장할 수 있을 것 같은 착각을 준다는 점이다. 혁명을 앞둔 시기의 매력은 거기에, 오로지 거기에 있을 뿐이다.
>
> — 에밀 시오랑, 『지금 이 순간, 나는 아프다』(전성자 역, 챕터하우스, 2013) 175~176쪽

지금이 그렇다. 에밀 시오랑의 지적처럼 지금 체제(혹은 나라)가 무너지고 있다. 좌/우 또는 진보/보수 등의 대립이 첨예하면서도 아무도 책임지지 않으며 결단을 쉽게 내리지 못한다. 대통령도 여당과 야당도 결단(決斷)하지 못하고 누군가가 먼저 지치거나 무너지길 기다리고 있다. 감나무 밑에서 감이 떨어지기를 기다리는 마음으로. 그래서 우리는 광장으로 나간다. 우리는 감나무에 직접 오르거나 장대를 높이 들고자 한다. 전운(戰雲)이 감도는 최전선, 일촉즉발(一觸卽發)의 상황. 혁명 전야. 해뜨기 전 가장 어두운 시간. 지금 우리는 그 시간에 있다. 그리고 시인도 여기에 있다.

한국전쟁 때 문인들은 〈문총구국대(文總救國隊)〉를 조직하여 직접 전선에 뛰어들었다. 시, 소설, 희곡, 미술, 음악, 방송 등 다방면의 예술가들이 종군(從軍)하였다. 시대의 참상을 외면할 수 없었기 때문이다. 전쟁이 끝날 때까지 이들의 활동은 중단되지 않았다. 누가 시킨 일도 아니었다.

지금이 그렇다. 다방면의 예술가들이 광장으로 모여들고 있다. 예술가뿐만 아니라, 일반 시민 역시 저마다의 방식으로 현실에 참여하고 있다. 누가 시킨 일이 아니다. '전체는 거짓이다. 진실은 파편으로만 존재한다'는 아도르노의 말처럼 지금 우리는 '전체'를 강요하는, 소수의견을 묵살하는, 국가라는 전체를 개인보다 우선시하는 전체주의를 부정하고자 한다. 물론, 진실 역시 하나일 수 없다. 그러나 각각의 진실이 모여 일종의 '진리' 혹은 '선(善)'을 이룰 수 있다는 '순진한' 믿음이 여전히 존재하는 이상, 각각의 파편화된 진실들에 주목해야할 이유가 여기에 있다.

그리고 시인도 여기에 있다. 시인은 전체주의에 포섭되지 않고 오히려 전체주의에 반기를 드는, 무정부주의자이자 혁명가이기 때문이다. 시인의 국가이자 정부는 곧 시다.

2. 온누리가 청군 : 변현상,『툭』

변현상 시인의 이번 시집은 보다 현실에 천착하고 있다. 물론 현실을 있는 그대로 보도(報道)하지 않는다. 그것은 시가 아니기 때문이다. 변현상 시인은 현실을 모방(mimesis)하되, 그만의 방식으로 재현한다. 익살스러운 해학의 목소리와 걸쭉한 경상도 사투리를 들을 수 있고, 자못 진지한 삶의 문제를 다루기도 하는데, 그 자리에서 시인의 윤리와 시인의 마음을 읽는다.

> 빌딩 넘고 광장 지나 호통 치며 달려온다
> 술 취한 지상을 뺨 때리고 쥐어뜯고
> 똑 같은
> 그놈 그놈이
> 먼지 나도록 패고 있다
>
> ─「소나기」 전문

소나기라는 자연 현상을 이야기하고 있지만, 그 이면에서 지금 이곳의 현실을 읽게 한다. '빌딩'과 '광장'이 있는 "술 취한 지상"에서 "똑 같은 그놈 그놈"이 서로를 "뺨 때리고 쥐어뜯고" "먼지 나도록 패고 있다". 어느 누구의 잘잘못을 따질 필요가 없다.

'똑 같은' '놈'들이기 때문이다. 그렇다면 누가 이들을 단죄하고, 잘잘못을 가리겠는가. 시인은 그 누구의 편도 들지 않는다. 섣불리 판단하지 않으려는 조심성에서 우리는 시인에게 신뢰를 보낸다. 만약 시인이 자신의 기준만으로 현실을 판단하고 재단한 것을 시로 재현하는 것에 몰두하고 독자에게 교훈(계몽)을 강요하려 한다면, 그것은 시가 미학에서 점점 멀어지는 결과를 초래하게 할 뿐, 예술로서의 가치에서 멀어지는 이른바, 자충수(自充手)가 될 것이다. 적어도 변현상 시인은, 그 자충의 자리를 비껴가고 있는 것은 확실하다.

쪽빛 하늘 바라보다
괜스레 웃음 난다

저게
만약
툭 터져서
내린다면

싸울 일
진짜 없겠네!
온누리가
청군이니

— 「쪽빛 하늘 바라보다」 전문

모두에게 평등하게 주어지는 하늘이 시인에게는 달리 보인다. 시인은 '쪽빛 하늘'을 가을운동회 때 청군과 백군이 나뉘어 터뜨리는 '박'으로 비유한다. 그러나 그 박을 '함께' 터뜨리는 것에 주목한다. 함께 터뜨리는 우리. 청군이든 백군이든 간에 함께 터뜨리는 쪽빛 하늘. 그 쪽빛으로 인해 청군과 백군은 하나의 색인 청색으로 물든다는 것이다. 너와 내가 반목하고 대립하더라도 결국은 하나가 되는 쪽빛. 그 쪽빛 하늘은 그 누구에게나 머리 위에 있다는 사실에 시인은 "괜스레 웃음 난다"고 말한다. 엉뚱한 상상을 하는 자기 자신에 대한 실소일 수도 있고, 안타까운 현실에 대한 씁쓸한 웃음일 수도 있겠다. 시인이 생각해보기에, 너와 내가 대립 혹은 충돌하는 것은 어쩌면 "교차로 택시와 트럭 서로 와락 껴안"는 눈이 머는 사랑(「사랑 이미지—정면충돌」)일지도 모르기 때문이다.

순간 툭!
떨어져서

데굴데굴 구르다

"으윽"
차바퀴에
사정없이 깔렸다!

맥주 캔
오기만 남아

부글부글

끓고 있다

—「사정 정국(司正政局)—맥주 캔」 전문

'그릇된 일을 바로잡는 일이 진행되고 있는 정치적 국면'이라는 '사정 정국(司正政局)'이라는 제목을 통해 시의 의미를 몇 가지 유추해볼 수 있다. 시집 해설(장경렬)에서 언급되었듯이 '맥주 캔'을 정치적 희생양 혹은 타락한 공직자를 비유한 것일 수도 있겠지만, 적어도 나는 '맥주 캔'을 우리 일반 개인(시민)으로 읽고 싶다. '맥주 캔'이 알레고리로 기능한다고 할 때, 지금 여기에서 우리가 바로 잡아야할 현실은 바로 "차바퀴에 사정없이" 깔려서 "오기만 남"은 맥주 캔이 "부글부글 끓고" 있는 것을 목도하고, 기억하는 일이 아닐까. "순간 툭!" 떨어지는 것이 그다지 특별하지 않아 무심결에 지나갈 수 있는 일이지만, 맥주 캔에게는 오기만 남아 최후를 맞이하는 절체절명의 순간이기도 하다. 무엇을 바로 잡아야겠는가. 순간 떨어지는 것이 전혀 이상하지 않는 것이 문제인가. 맥주 캔을 깔아뭉개는 '차바퀴'의 문제인가. 오기만 남은 맥주 캔의 문제인가. 지극히 일상적인 '상황'을 특별한 '사건'으로 보려는 시인의 윤리는 어디에서 비롯되었을까.

후려치는 저기압의

강권에 궐기로 맞선

계절을 굴린 갈대들의 땀내 나는 서러운 현장

보인다

스크럼을 짠

핏발선 눈빛들이

—「12월 을숙도」 전문

평소에는 듣기 어려운 '궐기(蹶起)'라는 단어가 매우 일상적으로 들리는 요즘 시국을 염두에 둘 때, "계절을 굴린 갈대들의 땀내 나는 서러운 현장"을 시인은 본다. "핏발선 눈빛들이" '스크럼(scrum)'을 짜며 버티는 것을 본다. 물론 좌/우 혹은 진보/보수 한 편에서만 이야기하는 것은 아니다. 어느 쪽이든 간에 현실에서 버텨야할 나름의 이유가 있다. 중요한 것은 "후려치는 저기압의 강권"이다. 강권(强勸)을 행사할 수 있는 권력에 대항하는 것. 그것은 특정한 한쪽 진영만의 문제가 아니라 우리 모두의 문제로 보는 것. 쪽빛 하늘 아래 함께 있기 때문에 가능한 일이다. 안타깝게도, 시인은 핏발선 눈빛들이 스크럼 짜는 것을 을숙도에서 봤지만, 우리는 을숙도가 아닌 광장에서 보고 있다. 시인이 이미 예견한 일일지도 모르겠다.

3. 저무는 연대 : 이달균, 『늙은 사자』

이달균 시인의 이번 시집은 변현상 시인과 비슷한 익살스러움이 있지만, 해학보다 비극에 좀 더 무게를 두고 있다. 비극보다 더 비극적인 현실을 재현하는 것에, 그래서 그 비극성을 '어떻게든' 극복하려는 힘겨운 시도가 시집을 더욱 두껍게 하고 있다. "죽음 곁에 몸을 누이고 주위를 돌아"(「늙은 사자」)보는 표제작에서 알 수 있듯이, 비극 곁에 몸을 누이고 주위를 돌아보는 시인의 고투(苦鬪)가 독자로 하여금 페이지를 쉽게 넘기지 못하게 한다.

北극성은 기울고 새들은 길을 잃는다

누가 하늘에 운하를 파나 보다

달에는 계수나무 대신 굴삭기 바퀴자국

— 「가을밤」 전문

시인이 현실에서 비극성을 목도하는 여러 스펙트럼 가운데 가장 눈에 띄는 것은 '궁핍'이다. 시인은 주로 천민자본주의와 인간 실존에 따른 궁핍에 주목하고 있다. 먼저, "북극성은 기울고 새들은 길을 잃는"다는 것은 사물의 본래성(고유성)이 처참하게 무너졌음을 대변하는 것인데, 그 원인으로 시인은 "굴삭비 바퀴자국"을 든다. 이른바 '경제성'의 논리가 우선시되면서 전국 곳곳이 파헤쳐졌고, 시인은 "하늘에 운하를 파나 보다"하고 탄식을 감추지 않는다. 국가 정책의 옳고 그름을 논의하자는 것이 아니라, 본래성이 무너질 수밖에 없는 현실을 모른척하지 않는 것에서 시인은 궁핍의 원인을 찾는다.

여보게, 시방은 궁핍과 퇴행의 시대
운명의 첨탑에 갇힌 변방의 장수는

나약한 순례자처럼 몇 문장 일기를 쓴다

충만한 신화는 어디에도 없었네
인간의 굴레 속에서 기실 나도 두려워
몇 차례 위병을 앓고 악몽을 꾸곤 했지
—「난중읽기3—변방의 순례자처럼」 부분

시인은 난중일기에서 "운명의 첨탑에 갇힌 변방의 장수"를 불러온다. "시방은 궁핍과 퇴행의 시대"인데, 그 시대는 그때나 지금이나 별반 다를 바 없다. 그때나 지금이나 "충만한 신화는 어디에도 없었"고, "인간의 굴레 속에서 기실 나도 두려워"하는 것은 시대와 상관없이 인간이라면 누구나 겪어야 할 인간 실존의 문제다. 운명의 첨탑에 갇힌 단독자로서의 장수 그리고 시인이 살고 있는 세계는 궁핍과 퇴행의 시대인데, 그것은 시대로 인한 것인가, 아니면 인간의 근본적인 문제인가. 시인은 후자 쪽에 주목하는 듯 보이지만, 실은 서로 상보관계로서 시대 안의 인간, 세계 내 존재로서의 인간 실존의 문제다. 자신의 본래성 혹은 고유성을 잃지 않으려면 현실에 구애받지 않는 '순례자'로 살아야 하는데, 아직은 '나약'하다. 운명의 힘이 세기 때문이다.

시를 쓰지 않는 날들이 길어졌다

그동안 두어 개 조선소가 문을 닫았고

시인이 할 수 없는 일들로 술잔을 주고받았다

술병이 쌓여가도 사랑은 오지 않는다

숱한 희망의 말은 화장실에도 붙어 있지만

사람은 돌아오지 않고 길은 더 멀어진다

TV에선 북극의 빙하가 녹는다고,

바다의 질량은 그래도 변함없다고……

이 저녁, 눈물에 녹은 술의 질량은 또 어떤가
—「통영에서」 전문

"시인이 할 수 없는 일들"이 생기면서 시인은 시를 쓰지 못한다. "두어 개 조선소가 문을 닫았"기 때문이다. 실직자들은 다시 돌아오지 않았고, 희망이 사라진 통영에서는 "술병이 쌓여가도 사랑은 오지 않았다". 그 누구를 탓할 수는 없다. 자본의 논리에는 선악을 물을 수 없다. 다만 삶의 무게만 짐작할 수 있을 뿐이다. 그러나 북극의 빙하가 녹아도 바다의 질량은 변함이 없다고 시인은 말한다. 그리고 "눈물에 녹은 술의 질량" 역시 변함없을 것이라고 추측한다. 그렇다면 삶의 질량에 더해지는 중력은 어디에서 비롯되는가. '실직'인가, '희망'-없음인가, 돌아오지 않는- '사랑'인가. 실직이 현실적 조건이라면 후자들은 현실적 조건에서 소급되거나, 현실적 조건에서 비롯되는 것이라 할 수 있는데,

시인이 주목하는 것은 후자다. 어떻게 후자를 잃지 않을 수 있는지, 잃었다면 어떻게 다시 찾아올 수 있는지, 잃으면 어떻게 살아야 하는지 등 현실의 피폐함이 존재의 피폐함으로 이어지는 것에 보다 주목한다.

늙은 소나무는 말하지 않는다 생의 이전과 이후, 책에도 실리지 않은 두려운 마을의 잠을 건너가던 슬픈 신화

독립군 뒤를 밟던 밀정이 왔다 가고 다시 어느 핸가 포연이 뒤덮던 날 허기져 눈만 깊어진 산(山)사람이 지나갔다

공장에서 손이 달아난 사내는 저만치서 솔가쟁이 부러지듯 꺼이꺼이 울었고 나무는 저무는 연대(年代)를 담담히 바라보았다

푸른 솔바람으로 대갈일성도 못 하고 세한(歲寒)을 지키는 독야청청은 더더욱 못 된, 등 굽어 키마저 작아진 늙고 마른 소나무

— 「소나무」 전문

시인은 마치 백석의 「남신의주 유동 박시봉방」의 '그 드물다는 굳고 정한 갈매나무'를 생각하는 듯이 읊조리고 있으나, 굳고 정한 갈매나무가 아니라 "등 굽어 키마저 작아진 늙고 마른 소나무"를 생각하고 있다. 그 늙은 소나무는 "두려운 마을의 잠을 건너가던 슬픈 신화"를 모두 기억하고 있다. 독립군과 밀정이 있었던 때에도, 공장에서 사내의 손이 달아난 때에도 소나무는 그 자리를 지키고 있다. "책에도 실리지 않은" 비극은 그치지 않고 연

대를 건너갈 것이지만, 시인이 주목하는 것은 "저무는 연대를 담담히 바라보"고 있는 소나무의 속성이다. 이미 "대갈일성도 못하고" "세한을 지키는 독야청정"도 하지 못하는 소나무는 언젠가 혹은 곧 멸(滅)의 때를 맞이하겠지만, 끝까지 담담함을 유지하고 있는 소나무. 어쩌면 이달균 시인의 늙은 소나무는 백석의 갈매나무일지도 모른다. 저무는 연대를, 궁핍과 퇴행의 시대를, 현실의 비극성을 담담히 바라보고자 하는, 그래서 극복할 힘을 얻고자 하는 시인. 시인도 그렇게 저무는 연대를 담담히 건너갈 것이다.

4. 결국 되돌아오는 것 : 이처기, 『하늘채 문간채』

이처기 시인의 이번 시집은 변현상, 이달균 시인의 시집보다 비교적 긍정적이고 감성적이다. 그러나 이처기 시인 앞에 펼쳐진 현실이 다른 시인들과 다르게 낙관적 혹은 아름답기 때문은 아닐 것이다. 다만, 이처기 시인이 몰두하는 것은, '세상이 왜 아름답지 않은가'가 아니라, '세상에 아름다운 것이 남아 있는가'에 대한 질문일 것이다. 물론 후자는 전자를 경유하며, 전자를 건너뛰고 바로 후자로 갈 수도 없다. 다만, 후자를 찾아가는 과정에서 전자가 돌올하게 드러나기를, 마치 이데아를 향해 거슬러 올라가듯 사물의 시원(始原)을 복원하고자 하는 시도에서 이번 시집은 보다 '아름다움'에 주목하는 것으로 읽힌다.

결국 이렇게 되돌아오는 것이었네

간질 간질거리며
겹겹이 쌓여오는

속엣말
삼키지 못해
짓눌려 번지고 있는

―「티눈」 전문

시인에게 사물은, 시인에게 감정은 그렇게 "속엣말 삼키지
못해 짓눌려 번지고 있는" 티눈처럼 온다. 시인을 간질이며 겹겹
이 쌓여온다. "결국 이렇게 되돌아오는 것"이었으니, 시인은 되
돌아오는 지점, 되돌아오는 '것'에 집중한다. 그러나 그것은 생
각보다 쉽게 발견되지 않는다.

처음 만나던 그날엔
꽃비 내리고

종소리 하얗게 깔려
문득 사라져가는

아직도
식지 않은 미열
당신이
남긴 지문

―「달력」 전문

당신을 "꽃비 내"릴 때 만났으나, 당신은 문득 "종소리 하얗게 깔려" 사라져 간다. "아직도 식지 않은 미열"을 느끼게 하는 지문을 만져본다. 부재의 방식으로 현존하는 당신. 당신이 없어진 후에야 당신의 '있었음'을 알게 되는 이상한 구조. 시는 언제나 부재의 방식으로 언어를 구성한다. 지금 있는 게 아니라, 지금 없는 것, 그래서 있었던 것을 언어로 재현하나, 언어가 지시하는 것은 언제나 있었던 것의 자리만을 가리킨다.

> 골 깊은 골짜기만 가며 왜 골물 적시고 있나
> 제삿날 맏형 어깨는 왜 무겁게 떨고 있나
> 얼멍한 삼베올에 심는 비장한 유언이다
>
> 잎이 진 바람이 은중경을 부른다
> 고였던 물이 녹아 개골산 가는 소리
> 허새비
> 허한 옷섶을
> 더듬다가
> 꺾인다
>
> — 「아쟁」 전문

우리나라 전통 악기 중에 유일하게 베이스의 역할을 하는 아쟁의 선율은 "골 깊은 골짜기"의 골물처럼, 무겁게 떨고 있는 "제삿날 맏형 어깨"처럼, "삼베올에 심는 비장한 유언"처럼 흐른다. 그것은 "잎이 진 바람"이기도 하고, "고였던 물이 녹아 개골산 가는 소리"이기도 하다. 부모의 은혜를 적은 책『불설대보부모은 중경(佛說大報父母恩重經)』을 부르는 아쟁의 선율은 허새비(허수아비) "허한 옷섶을 더듬다가 꺾"이는 것처럼 시인의 허한 마음을 더듬는다. 망자(亡者)를 여전히 보내지 못했기 때문이다.

> 떠난 너, 고무신 뒷굽에 스친 흙밥이구나
> 갯가에 떠돌다 멎은 혼령이구나
> 양지에 등을 돌리고 돌아앉은 심줄이구나
>
> 어눌한 사투리 머금고 세필을 쓰고 있는
> 검푸른 속살이 파르르 떨고 있는
> 선사를 순례하다 온 포근한 눈빛이구나
>
> 얼었다 녹았다 체온을 주고받으며
> 흰 옷자락 보채다 남은 때묻은 단물 얼룩
> 상 차린 시금치 물밥, 자규도 같이 운다
>
> ― 「시금치」 전문

시금치의 속성을 변주했지만, '떠난 너'가 시금치라는 소재를 불러왔다고 하는 것이 옳을 것이다. '떠난 너'는 "고무신 뒷굽에 스친 흙밥", "갯가에 떠돌다 멎은 혼령"처럼 있었다가 사라진 존재며, "흰 옷자락 보채다 남은 때묻은 단물 얼룩"처럼 얼룩만 남은 존재다. 그러니까 '너'가 떠났다는 것을 흙밥과 혼령과 단물 얼룩으로 알게 된 것이다. 흔적으로만 존재하는 너. "떠돌다 멎은 혼령", "양지에 등을 돌리고 돌아앉은 심줄"이라는 표현에서 너는 이 세상 사람이 아님을 짐작하게 한다. 그러나 망자(亡者)가 시금치의 형상으로 지금 여기에 있다면, 망자(亡者, 이 세상에서 달아난 사람)가 아니지 않은가. 다시 말해, 시인은 망자를 보내지 않았다. 아니, 망자는 시인과 함께 있다. 그렇게 '결국 이렇게 되돌아오는 것'은 바로 망자며, 그 망자를 기억하고 추모하는 것. 망자의 상실감을 견디고 버티면서 다시는 그와 같은 상실이 일어나지 않도록 삶과 세계를 변혁시키려는 힘. 그 힘이 시를 쓰게 한다. 그것이 이 세상에 남은 마지막 아름다움이 아니겠는가. 사물이 아름다운 '것'이 아니라, 사물을 기억하는 '일'이 아름다운 것이다.

5. 실패할 혁명

마침내, 혁명은 실패할 것이다. 혁명이 일어났다고 해도, 완수되는 것은 아니다. 역사 이래로 혁명이 일어난 적은 있었어도 완수(完遂)된 적은 없었다. 혁명은 완료형이 아니라 진행형이기 때문이다. 그러나 혁명의 실패가 오히려 더 많은 것을 가져올 것이다. 실패를 통해 우리는 우리 자신의 모습을 보게 된다. 그래서 실패는 언제나 본질적이며, 성공보다 더 성공적이다.

변현상 시인은 쪽빛 하늘 아래 함께 있는 우리를 통해, 이달균 시인은 저무는 연대를 담담히 바라보는 늙은 소나무를 통해, 이처기 시인은 망자를 기억하는 일을 통해 현실에 참여하고 있다. 광장에 촛불을 들고 가는 것이 아니라, 문학이라는 광장에 펜을 들고 간다.

언제까지 계속될지 모르겠지만, 당분간 광장에는 사람이 가득할 것이다. 그러나 정작 중요한 것은 광장에 있는 많은 사람들이 '한' 목소리를 내는 것이 아니라, '다양한' 사람들이 광장에 나왔다는 점이다. 저마다 다른 개인들이, 저마다 다른 방식으로 선언하고 현실에 참여하는 것. 그래서 부분의 합이 전체보다는 '훨씬' 크다는 것을 증명한다면, 이제 혁명이 시작된 것이라고 말해도 좋을 것이다. 해뜨기 전이 가장 어둡지만, 우리가 먼저 아침에 도착할 것이다.

이미지 : 이미지는 힘, 힘의 폭발

김진길,『화석지대』(지혜, 2016)

문수영,『화음』(북랜드, 2016)

박옥위,『낙엽 단상』(목언예원, 2016)

윤경희,『태양의 혀』(그루, 2016)

이종문,『아버지가 서 계시네』(황금알, 2016)

0. 이미지가 곧 리듬

시각적인 형상으로 출현하는 이미지는 기억이나 상상으로 재현된다. 그리고 시각과 유사성을 갖고 있는 청각이나 촉각 등의 모든 감각들도 이미지가 된다. 예컨대 귀에 들리는 선율은 그 즉시 사라지지만 마음속에 일종의 형상을 만들어낸다. 소위 '심상(心象)'이라는 것이 그것이다. 따라서 이미지는 단순히 시각적인 재현에만 머무르지 않고, 서로 다른 질료가 유사성으로 묶이는 것에 관여하기도 한다. 즉, 이미지 그 자체가 시를 끌고 가는 역량 혹은 리듬이 된다는 것이다.

그러나 그동안 우리는 이미지를 감각기관(시각, 청각, 촉각 등), 질료(불, 물, 바람 등), 운동성(상승과 하강, 확산과 수렴 등)에 따라 분류하고 분석했다. 한 시인의 작품에 청각 이미지가 많다든가, 물의 이미지가 많다는 등의 분석은 이미지를 시의 의미에 종속시키거나 기교(technique) 차원으로 보는 것에 불과하다. 이러한 기존의 '전통적인' 접근법은 결국 기계적인 결과만 가져올 뿐인데, '이것' 아니면 '그것'이라는 이분법은 시-읽기에 그다지 큰 도움이 되지 않는다. 시를 '구조'로 환원할 뿐이다. 중차대한 것은 그 이미지가 어떻게 시를 끌고 가며, 이미지에 어떤 수많은 감정들이 달라붙어 있는지 파악하는 것이다. 따라서 이미지에서는 '초라한' 내용 따위가 중요한 것이 아니라, 이미지가 포획하고 있는 폭발 직전의 강렬한 에너지[61]가 중요한 것이므로, 이 글은 다섯 권의 시집을, 혹은 시 한 편을 끌고 가는 이미지나 장면 하나를 찾고자 한다. 그 이미지가, 곧 시인의 개성이자 시인의 리듬일 것이며, 시집 전체를 견인해 가는 힘일 것이다.

1. 입 무거운 한 사내─김진길, 『화석지대』

육군 중령 김진길 시인의 세 번째 시집 『화석지대』는 섬세한 감각과 군더더기 없는 단시조들이 눈에 밟힌다. "낭독하기 좋은 그리움의 시편"(시집 해설)이라는 박수빈의 지적처럼 몇몇 작품은 소리 내어 읽다보면 오랜 그리움이 스며들기도 하는데, 강직하고 굵은 남성의 목소리가 시집 배면에 깔려 있다.

운다,
천둥 같은 소리를 감추고

---

61) 질 들뢰즈, 이정하 역, 『소진된 인간-베케트의 텔레비전 단편극에 대한 철학적 에세이』, 문학과지성사, 2013, 43쪽.

첨리한 발톱으로 산등을 찍고 서서
고압을 송전하는 사내
속으로 운다

아, 멀찍이 서서
어디론가 향하는 건
한 송이 개화를 위해
극통을 건너는 것
현란한 꽃들의 도시,
외곽이 앓는다.

―「송전탑」 전문

송전탑은 "고압을 송전하는 사내"가 되었다. 이제부터 송전
탑은 사내다. "천둥 같은 소리를 감추고" "첨리한 발톱으로 산등
을 찍고" 서 있다. 산등을 찍고 서 있을 만큼 강인한 모습을 보여
주고 있지만, "속으로 운다". 마치 이 세상의 아버지처럼, 일반적
인 남자의 일생처럼 "멀찍이 서서" "어디론가 향하"는 일, 그것은
"한 송이 개화"를 위한 일이지만, 정작 자신을 위한 일은 아니다.
'극통(極痛)'을 건너는 '사내'라는 이미지가 끝까지 시를 끌고 간
다. 굵은 전선을 다발로 이어있는, 가끔은 축 처져 있는 듯한 송
전탑처럼. 그러나 멀리 간다.

역사를 끌고 온 등은 반쯤 헐고 굽어 있다
묵언으로 수행해온 질긴 생태의 업(業)
단단한 곡력(曲歷)이런가 낙타처럼, 소처럼

한때는 꼿꼿했던 저 굽은 아버지 등

한 생이 야위도록 누대로 부대껴온

저 산맥, 하늘 한 판을 통째로 업고 있다

— 「능선을 읽다」 전문

　시인은 산들을 따라 이어진 봉우리의 선(線)인 '능선'을 "굽은 아버지 등"으로 이미지화시키면서 능선과 아버지를 동일시하는 작업을 시도한다. "역사를 끌고 온 등"이면서 "반쯤 헐고 굽어 있"는 아버지의 등은 지구의 역사와 함께 해온 산맥과 같아서 "생태의 업"을 갖고 있고 "단단한 곡력"을 유지하고 있다. 낙타처럼, 소처럼 말이다. 산맥이 하늘을 업고 있듯이, 아버지 역시 한 생을 업고 있다. 능선=아버지라는 등호가 끝까지 유지되면서 시의 긴장이 팽팽히 유지되고 있다.

눈 밝은 가등처럼 입 무거운 한 사내가

빗나간 예보 앞에 알몸으로 홀로 서서

흑암을 뚝뚝 자르는 광검(光劍)을 맞는다

십자가 등에 지고 대속하는 예수처럼

일가를 이룬 위엄 그 위엄으로 영접하는

꼿꼿한 함묵을 보라, 저 거룩이 찌릿하다

으아아 으아아아 감전된 속울음으로

긴 묵언 빛을 벼리다 빛이 된 사나이들

갈라진 어둠 틈새로 가솔(家率)의 등을 켠다.

이제는 피뢰침이 '입 무거운 사내'가 되었다. 이제 사내의 속성이 피뢰침의 속성과 얼마나 같은지 하나씩 살펴보자. 사내는 "눈 밝은 가등"이지만, "빗나간 예보 앞에 알몸으로 홀로 서서" "광검을 맞는다". 피할 수 없다. 그래서 사내는 "십자가 등에 지고 대속하는 예수"와 같아 보이기도 해서 "꼿꼿한 함묵"을 유지하고 있다. 그래서 위엄(威嚴)을 이루고 있으며 "거룩이 짜릿하다". 모두 사내의 일이며 피뢰침의 일이다. 마침내 "감전된 속울음"으로 "빛을 벼리다 빛이 된 사내"는 "가솔의 등"을 켜는 가장임을 밝힌다. '피뢰침'이라고 직접적으로 언급한 것은 시의 제목뿐이다. 마지막 마침표가 찍힐 때까지, 시는 끝까지 가장이라는 사내의 속성을 이야기했다. 피뢰침이 아니라, 가장이라는 사내가 시를 끌고 간 것이다.

앞서 인용한 작품 모두 대상을 '사내'로 치환시켰는데, 일반적인 시집에서 보여주듯이 가족-서사는 극히 일반적인 것이면서 보편적인 것이다. 그러나 김진길 시집의 곳곳에서 등장하는 '사내'는 변검(變臉)처럼 여러 사물들의 얼굴을 썼다 벗었다 하며 시집 전체를 관통하고 있다. 그것은 아마도 시인이 바닥이 다 드러난 저수지 물곬에서 발견하는 자신의 근원을 '아버지'로 보았기 때문일지도 모른다. "바닥이 다 드러난/ 저수지를 바라본다// 창시 혹은 탯줄처럼/ 수원을 잇는 물곬// 가문 날,/ 아주 가문 날/ 나는 근원에 닿는다"(「아버지」). 사내에게 아버지는 끝내, 극복의 대상이자 경외의 대상이다. 사내는 곧 아버지이기 때문이다.

2. 소문은 넝쿨 타고— 문수영, 『화음』

"계절과 계절 사이, 환절기마다 몸살을 한다"(시인의 산문 「Black and White」)는 문수영 시인은 예민하다. 이번 세 번째 시집 『화음』은 "연두는 온 힘을 다해 들창문 두드리지만" "점점 더 무채색이 되어가는 내 방안 모서리"(「갱년기 1」—4월)에 민감하게 반응하면서 "보송보송 싹 틔우는 바닥에 고인 밀어"를 본다. 시인은 자신과 가까운 세계에서 세계 전체로 줌 아웃(zoom out)하고 있는데, 피사체는 같다. 굳이 멀리 갈 필요가 없기 때문이다. 시인은 "집안이 광활한 우주"이며 "틈새가 먼지의 집"(「먼지의 행로 2」)인 것을 안다.

> 내장 속까지 진동하던 장미향 사라졌다
> 서랍에서 오래 뒹군 볼펜 속 잉크처럼
> 만지면 부스러질 듯
> 뺨은 아직 붉은데
>
> —「장미 2—갱년기 2」 전문

시인은 장미향이 사라진 것을 알았다. 불과 얼마 전까지 "내장 속까지 진동하던" 장미향은 이제, "서랍에서 오래 뒹군 볼펜 속 잉크"처럼 모조리 휘발되었다. 아마 장미향은 시인이 알기 오래 전에 사라졌을 것이다. 서랍을 정리하다 한참이나 늦게 발견한 볼펜처럼, 장미향도 그동안 잘 몰랐지만, 그렇게 오래 전에 사라졌을 것이다. 이제 "만지면 부스러질 듯" 존재 자체가 무용

(無用)해졌다. 그러나 이 시에서 말하고자 하는 것은 장미 혹은 장미향이 아니라, '갱년기'다. "뺨은 아직 붉은데" 소멸을 향하는, 향이 사라진 장미와 같은 존재성에 처하게 된 '갱년기'. "뺨은 아직 붉은데"에서 '은'과 '데'에 눈길이 간다. 아직 끝나지 않았다.

> 네가 눈이거나
> 비었으면 좋겠어
> 선 채로 온몸으로 받을 수 있으니까
>
> 빈 들녘 바라만 보다 우두커니 보낸 날
>
> 꽃잎은 갈기갈기
> 하늘 향해 솟구치고
> 만개한 꽃 속에 벌이 푹 빠져있듯
>
> 열기는 유효기간 없이 하루하루 자란다
>
> ―「꽃무릇」 전문

시인은 "선 채로 온몸으로 받을 수 있"는 '꽃무릇'을 이야기한다. 그래서 "네가 눈이거나/ 비었으면 좋겠다"고 한다. 물론 "빈 들녘 바라만 보다 우두커니 보낸 날"이 많았을 것이다. 네가 없는 빈 들녘을 지키는 꽃무릇. 그럼에도 불구하고 "꽃잎은 갈기갈기/ 하늘 향해 솟구"쳐 있다. 너를 기다리기 때문이다. 그러나 너는 여전히 오지 않았다. "만개한 꽃 속에 벌이 푹 빠져있듯", '열기'는 "유효기간 없이 하루하루 자란다". 여기서 말하는 열기는 너를 향한 욕망에 의한 것일 수도 있고, 너의 부재로 인한 것일 수도 있다. 시인이 바로 그렇다. 시인은 지금 유효기간 없이 하루하루 자라는 열기 속에 또는 열기로 있다. 꽃무릇이라는 이미지가 시인을 거울처럼 보여주고 있다.

너에 대해 모르지만, 가슴에 안기는 거야
꽃이 상하지만 너를 감싸고 싶어

쉽게 저물지 못하는 여름밤, 소문은 넝쿨 타고 하얗게 담을 넘는다 돌담을 따라가다 보면 무심코 지나친 시간의 무늬가 새겨져 있다 얇은 잎사귀의 소문들 벌처럼 붕붕거리며 날아다닌다 누가 언제부터 이곳에 돌담을 쌓아 먹은 귀 열어 다시 바람소리 들리게 하는지… 키 작은 꽃들이 뙤약볕 아래 발돋움해서 살갗을 태울 때 담장을 타고 스르륵 넘는다 꽃봉오리 맺을 땐 꼿꼿할 자신 있었다 자라나면서 자꾸만 기댈 곳을 찾는다 담쟁이도 이끼도 자라나 그늘로 치부를 감출 때 담장에 기대어 속삭인다

담 위에
손때 자욱도 금간 곳도 덮었다

— 「넝쿨장미」 전문

너를 잘 모르지만 네 가슴에 안긴다. 너는 꽃인데, 나는 너를 안고 싶다. 그리고 그 소문은 "넝쿨 타고 하얗게 담을 넘는다". 돌담을 따라가며 "무심코 지나친 시간의 무늬"를 보고, "벌처럼 붕붕거리며 날아"다니는 "얇은 잎사귀의 소문들"을 듣는다. 너

를 안았기 때문이다. 나는 다시 "담장을 타고 스스륵 넘는다". 꽃봉오리일 때는 "꼿꼿할 자신 있었"지만 이제는 "자꾸만 기댈 곳"을 찾게 된다. 내가 기댄다는 것도 소문이다. "그늘로 치부를 감출 때" 담장에 기대어 속삭이는 것은 장미인가, 소문인가, 나인가. 나와 장미와 소문이 뒤엉키며 담장을 넘는다. 그렇게 넝쿨장미가 돌담 따라 뻗어가듯 소문이, 시 한 편이 뻗어간다. "손때 자욱도 금간 곳도" 덮어가며 시 한 편이 뻗어간다.

이 시에서 독자가 읽어야 할 것은, 내용이 아니라 리듬이다. 넝쿨장미가 리듬이 되었다. 시인의 이번 시집에서 쉽게 찾아볼 수 있는 식물성은 지금 시인의 (마음의) 상태일지도 모른다. 식물은 쉽게 꺾일 수 있지만, 끈질긴 생명력은 꺾이지 않는다. 시인도, 시도 그렇다.

3. 선홍의 고백 — 박옥위, 『낙엽 단상』

3수 이상의 연시조가 상당수 수록된 이번 시집 『낙엽 단상』은 여전히 할 말 혹은 해야할 말이 많은 시인의 부지런함이 엿보인다. 시력 35여 년이 넘고, 10권의 시집을 상재하였지만, 여전히 써야할 것이 많다는 것. 그것은 축복이면서 동시에 고통일지도 모른다. 물론, 그 고통은 신비화된 창작의 고통 따위를 말하는 것이 아니다. 그만큼 살아내야할 삶이 녹녹치 않다는 뜻이다. 시는 쓰는 것이 아니라, 사는 것이기 때문이다.

고요에 강이 실려 흰 돛배 한 척 뜬다

흐름을 타고 앉아 비문 읊는 저 강물

가슴이 다 저리도록

보름달이 기운다

새하얀 돛배에 앉아 삿대를 쥐는 여인

웃을 듯 손 흔들 듯 맨발로 가는 사람

적막에 빈틈이 있어

하늘은 푸르구나

사유의 실 머리는 무아(無我)처럼 가벼운가

고요바다 한가운데 서먹서먹 일엽편주

투명한 실루엣으로도

돌아보지 못한다

―「편주(片舟)―언니 가시는 날」 전문

'편주(片舟)'를 타고 떠나는 '언니'가 시의 동심원을 그리고 있다. "흰 돛배 한 척"은 뒷모습이 보이지 않을 때까지, "돌아보지 못"할 때까지 강물을 타고 간다. 이 강은 그리스로마신화의 스틱스 강 혹은 레테 강일 것이다. 이승과 저승의 경계, 망자는 레테의 강물을 한 모금씩 마시면서 과거의 모든 기억을 깨끗이 지우면서 저승으로 간다. "비문 읊는 저 강물" 그리고 "가슴이 다 저리도록" 보름달이 기우는 강을 건너는 "삿대를 쥐는 여인"은 "맨발로 가는 사람"이다. 더 이상 땅에 발을 디딜 필요가 없기 때문일 것이다. 그렇게 시 한 편은 강물 흐르듯, "고요바다 한가운데 서먹서먹 일엽편주"로 떠 있다.

창세기를 읊어가는 우포늪의 새벽 비는
풀잎 끝 실잠자리 점 같은 귀도 열어
들릴 듯 아니 들릴 듯 창세기를 들려준다

구겨진 메시지를 소살소살 펼치다가
소나긴 저녁 하늘에 무지개를 걸쳐둔 채
솟아난 뭉게구름타고 산을 넘어가는데

성성한 가시연꽃이 시린 가슴을 열었다
저 진보라 가슴은 누가 쓴 메시진가
아파라 못내 아파라 다 읽을 수 없구나

온몸이 가시, 가시투성이인 삶의 이력
너는 네 고통을 선홍이라 고백하지만
선홍의 고백이 있어 숲은 선한 눈을 뜬다

—「가시연꽃」 전문

시인은 우포늪의 새벽 비 내리는 소리를 '창세기' 읊는 것으로 들었다. "풀잎 끝 실잠자리 점 같은 귀도 열"만큼 가늘지만, 시인은 듣고 있다. 시인은 지금, 실잠자리로 새벽 비 내리는 우포늪 풀잎 끝에 앉아 있다. 시인은 "구겨진 메시지" "소살소살 펼치"는 소나기가 "뭉게구름타고" 산을 넘어가는 것을 본다. 그리고 "성성한 가시연꽃이 시린 가슴"을 열고 있는 것을 본다. 그러나 다 읽지 못한다. 아프기 때문이다. "가시투성이인 삶의 이력"

을 읽어야 하기 때문이다. 그러나 그 "선홍의 고백"이 있어 우포늪은, 숲은 선한 눈을 뜰 수 있다고 말한다. 이제 빗소리는 우포늪 전체에 내리는 소리는 잦아들고, 가시투성이 가시연꽃에 내리는 소리만 또렷이 들린다. 창세기처럼. 창세기를 읊어가는 우포늪의 새벽비는 마침내 가시연꽃의 '선홍의 고백'에 가 닿는다.

평생 밥 먹고 살았다고 아버지봉분

그 옆에 밥그릇 오늘 새로 엎어놨다

비로소 젖가슴 한 쌍, 성형이 완성되다

티없이 한 생 잘 살았다고 그 밥그릇

땅은 곧 선반이라고 또는 시렁이라고

고봉밥 뚜껑을 덮고 아랫목에 묻었다

아버지의 아버지 어머니의 어머니도

밥 먹고 살기란 그리 쉽지 않았지만

때 되면 밥그릇에 밥 푼다 고봉밥 두 그릇

—「밥 그릇」 전문

'밥그릇'이라는 이미지는 아버지와 어머니의 봉분에 대한 시를 끌고 간다. "밥그릇 오늘 새로 엎어놨다"는 진술은 아버지 곁에 누군가가 죽음을 맞이했다는 뜻이다. "고봉밥 뚜껑을 덮고 아랫목에 묻었"으니 그것은 마치 "젖가슴 한 쌍"과 같지만, "밥 먹고 살기란 그리 쉽지 않"다. 죽어서야 "때 되면 밥그릇에 밥 푼다"고 할 수 있는 것이다. 생전에 '고봉밥' 한 번 먹기 쉽지 않으나, "티 없이 한 생 잘 살았"으니 이제 영원히 "고봉밥 두 그릇"이 되었다. 밥(삶)과 고봉(죽음)이 팽팽하게, '젖가슴 한 쌍'처럼 나란하다.

이승과 저승, 가시투성이인 삶의 이력, 삶과 죽음은 우리 곁에 있지만, 끝내 죽음은 경험하지 못한다. 경험하는 순간, 이 세상 사람이 아니기 때문이다. 경험은 이 세상 사람에게만 가능한 일이다. 그래서 사는 것은 축복이면서 고통이다. 죽음 앞에 선 존재이면서, 필멸하는 존재가 바로 우리이기 때문이다. 그래서 시인의 시-쓰기는 늘 고통스럽다. 시와 언어의 극한에는 죽음이 있기 때문이다. 그러나, 시인은 이제 극한의 다른 쪽, 창세기에서 시작하였으니, 써야할 삶이 많을 것이다.

4. 어쩌다 우릴 버린 냉정한 하느님― 윤경희, 『태양의 혀』

이번 윤경희 시인의 단시조집 『태양의 혀』는 이미지가 가득하다. 짧은 단시조 안에서 직관과 통찰로 승부를 보려는 의도로 읽힌다. 시제목이 시 외부를 지시하면서 시는 바깥으로, 시 제목으로 향한다. 바깥을 향하는 힘, 그것을 시의 역량이라고 부를 수 있다면, 그 힘을 가능하게 하는 것은 역시 이미지다.

늦가을, 마른 숲들이 일제히 쿨럭인다

황홀히 바스러지는 저 환한 폐부 한쪽

여태껏 보지 못했던 실핏줄들이 불끈하다

—「입동」전문

쿨럭이면서 "여태껏 보지 못했던 실핏줄들이 불끈"하는 늦가을이다. 감기 혹은 폐렴 증상의 이미지는 '마른 숲들'을 일제히 쿨럭이게 했다. 일제히 숲이 흔들리는 광경, "황홀히 바스러"진다는 표현이 적확할 것이다. 아마, 숲의 '실핏줄'은 잎들을 떨군 앙상한 나뭇가지를 형상화했을 것이다. 그리고 '입동'이 온다. 그러니까, 찬 공기에 숨조차 투명해질 때 혹은 '입김'이 보일 때, 그때 사람도 숲도 기침을 하게 된다. '입동'이라는 추상명사를 '장면'으로 정의하고 있다. 하나의 사물을 사전적 의미로 정의하지 않는 것. 그것이 시일 것이다.

마침내 저 붉은 외침 이파리들의 반란

삽시간 번져 오는 걷잡을 수 없는 혁명

머리채 붙잡힌 산자락

물속에 감금당하고,

― 「홍류동 계곡」 전문

　'반란'과 '혁명'이 시작되었다. 진압세력에게는 '반란'이지만, 주체세력에게는 '혁명'이다. 그것도 '마침내'다. 폭발직전까지 인내하고 견디다가, 마침내 "저 붉은 외침"으로 "이파리들의 반란"이 시작되었다. 가을 단풍이 계곡으로 투신하기 시작하자, 걷잡을 수 없이 계곡이 붉어지고 있다. 그것은 혁명에 가까워서 "머리채 붙잡힌 산자락"이 "물속에 감금"당하는 것과 같다. 산자락의 머리채가 이파리 낱낱이니, 물속에 감금당하는 것이 맞다. 말 그대로 '홍류(紅流)', 핏빛, 붉은 빛. 레드 콤플렉스(Red Complex)처럼 붉은 빛이 예사롭지 않다.

　　지그시 눈 감고 외발로 우뚝 선 너는
　　어쩌다 우릴 버린 냉정한 하느님처럼

　　떠날 듯
　　침묵의 언어만
　　물살 위에 부려 놓네

― 「신천 왜가리」 전문

　그동안 수많은 시인들이 '왜가리'를 노래한 것을 보았지만, 윤경희 시인의 왜가리보다 탁월한 묘사를 본 적이 없다. "어쩌다 우릴 버린 냉정한 하느님처럼"이라는 진술이 시 전체를, 시집 전체를 끌고 간다. 그렇다. 우리는 신 앞에 선 단독자다. 자기 자신이기를 원하지 않거나, 절망적으로 자기 자신이기를 원하는 것. 이 '죽음에 이르는 병'인 절망. 가능성과 현실성을 모르거나 외면하는 가운데 우리는 철저하게 고독을 누릴 수 있다. 그곳에서 시는 촉발된다. 우리는 우리 자신을 책임져야 한다. 그래서 우리는 "물살 위에 부려 놓"은 "침묵의 언어"를 해석해야 한다. 물론, 침묵의 언어를 거부해도 된다. 전적으로 자기 자신의 문제다. 왜가리가 그렇듯, 우리 역시 "지그시 눈 감고 외발로" 이 땅을 버티고 서있다. 한편으로는 섬뜩하게 두려운 일이지만, 한편으로는 한없이 자유롭다.

절망에 지배당하는 실존. 그것을 노래하고 재현하는 것이 시라고 한다면, "때론, 독기 품은 숨겨 둔 칼날"이었다가 "물렁뼈 붉게 자라는, 더 붉게 말이 자라는"(「태양의 혀」) 일이야말로 시 자체가 아닐까. 누구보다 자유롭고 누구보다 두려움에 덜덜 떠는 그래서 그 떨림이 부지불식(不知不識)간에 입 밖으로 나오는 것. 그것이 바로 시가 아닐까.

5. 눈이라도 감고 죽게― 이종문, 『아버지가 서 계시네』

'언제나' 걸출한 입담과 해학이 가득한 이종문 시인의 이번 시집 『아버지가 서 계시네』 역시 기대를 저버리지 않는다. 무엇보다도 각 시마다 '이야기'가 가득하다. 시집 한 권이 소설집 한 권보다 이야기가 많다. 그러나 그 이야기들은 시인이 부러 지어낸 것이 아니라, 보고 듣고 경험한 것을 그대로 받아 적은 것이 대부분이다. 시인이 '작정'하고 시적인 소재를 찾아나선 게 아니라, 시적인 상황이 시인에게 다가온 것이다. 물론, 그것도 시인의 안목이 있어야 가능한 일이긴 하다.

봄날이다
문진표 들고
건강검진 가는 봄날
미친 벚꽃들이 팝콘을 터뜨려서
아침을 쫄쫄 굶어도
배고프지
않은
봄날!

명품
핸드백에
채변통을 담고 오는
백목련 여 교수를 병원 어귀에서 만나
슬며시 미소 지으며
눈인사만
하는
봄날!

봄날이다
백목련이
꽃잎을 터뜨려도
대장 내시경을 일단 한번 하고 나면
구겨서 내동댕이친
휴지 쪽이
되는

봄날!

— 「봄날」 전문

'봄날'과 '건강검진'. 시인이 봄날에 건강검진을 받으러 갔기 때문에 서로 연관시킬 수 있었겠지만, 사실, 이 소재는 상관관계가 전혀 없다. 그러나 끝까지 '건강검진'이라는 이미지를 끌고 가면서 "아침을 쫄쫄 굶어도" "벚꽃들이 팝콘을 터뜨려서" "배고프지/ 않은/ 봄날"이 되었고, "명품/ 핸드백에/ 채변통을 담고 오는" "백목련 여 교수를 병원 어귀에서" 만나기도 하며, "대장 내시경을 일단 한번 하고 나면. 구겨져 내동댕이친/ 휴지 쪽이/ 되는 봄날"이 되었다. 벚꽃=팝콘, 채변통 여교수=눈인사, 백목련=휴지 쪽 등이 '건강검진'이라는 소재로 '봄날'과 묶여질 수 있는 것이다. 그러니까 이 시는 봄날의 전경을 봄날이 아닌 상황에서 본 것이다. 백목련이 꽃잎을 터뜨리는 봄이기 때문에 가능한 일이다.

나는 작은 멸치, 너는 참 잘난 사람
너여! 나의 몸을 낱낱이 다 해체하라
머리를 똑 떼어내고 배를 갈라 똥을 빼고

된장국 화탕지옥에 내 기꺼이 뛰어들어
너의 입에 들어가서 피와 살이 되어주마
그 대신 잘난 사람아 부탁 하나 들어다오

두 눈을 시퍼렇게 뜨고 있는 내 머리를
제발 대가리라 부르지는 말아주고
뜰에다 좀 묻어다오, 눈이라도 감고 죽게

시인 자신을 '멸치'로 보고, 서사가 이어진다. "참 잘난 사람" 너는 "나의 몸을 낱낱이 해체"하고, 너의 "된장국 화탕지옥에 내가 기꺼이 뛰어들어" "입에 들어가서 피와 살이" 되는 이야기가 이어진다. 그리고 "두 눈을 시퍼렇게 뜨고 있는 내 머리를/ 제발 대가리라 부르지는 말아주고" 뜰에 묻어달라고 한다. "눈이라도 감고 죽게" 해달라는 말이다. 시인은 '참 잘난 사람'에게 자기 자신을 하찮은 멸치라는 존재를 빗대어 비록 해체되고 먹거리로 전락하지만 눈이라도 감고 죽을 수 있는 마지막 자존감을 지키겠다는 의지를 보여주고 있다. 멸치라는 이미지가 처음부터 끝까지 시를 이어간 것이다. 마찬가지로 「부부」에서도 '자석'과 '못'이 서로 주거니 받거니 하며 '핑퐁게임'을 이어간다. "그대는 거대한 자석 나는 작은 못이다가/ 나는 거대한 자석 그댄 작은 못이다가/ 결국은 그대는 자석 나는 작은 못대가리" 자석과 작은 못이라는 유비를 통해 자신과 아내의 관계를 그려내고 있다. 이에 따라 부부라는 관계의 문제는 해석을 통해 시 바깥으로 외연을 확장하게 된다.

풀잎 끝//

이슬 하나//

투욱,//

떨어진다.//

들판에//

쿵—하고//

천둥이 내려앉아//

지축이//

요동치다가//

이윽고//

고요하다.

—「하관(下棺)」 전문

'하관'을 '이슬'이 떨어지는 것으로 보고, 이슬이 들판에 "쿵-하고" "천둥이 내려앉아" "지축이// 요동치다가" 고요해질 때까지를 그려냈다. 하관의 이미지를 이슬로 보고 쓴 것인지, 이슬이 떨어지는 것을 하관으로 비유한 것인지 선후관계는 정확히 알수 없으나, 중요한 것은 이슬이라는 이미지가 시 전체를 끌고 간다는 것이다. 하관이라는 죽음의 이미지까지 말이다. 하관과 직접적으로 관련된 언술은 없지만, 충분히 이슬을 통해 하관의 상황, 느낌, 분위기를 감지할 수 있다. 그렇기 때문에 이야기가 더욱 더 탄력을 받을 수 있다. 있는 그대로의 사실과 그 사실이 지시하는 세계와의 거리가 멀수록 시는 더 단단해지기 때문이다. 지시체와 지시세계와의 거리, 그 거리의 간격에 따라 리듬이 발생한다.

이번 이종문 시인의 시집에서 우리는 유머 가득한 일상을 엿볼 수 있지만, 시인은 그 일상에 가치 판단을 하지 않는다. 있는 그대로 그려내지만, 그 윗단계 혹은 아랫단계의 층위는 독자에게 맡기는 것이다. 시는 시로 말하게 하는 것. 이야기에 진실이 있다고 믿는 시인의 믿음을 우리 역시 믿는다.

6.

이미지는 스스로 생각하고 스스로 움직인다. 아마도 시인은 이미지가 작동하는 방식 하나하나까지 간섭하지는 못했을 것이다. 그러니까 시인이 시를 쓰기 시작할 때, 시의 결말은 시인도, 그 누구도 알 수 없으며, 뱀이 종잡을 수 없이 휘어가듯, 이미지는 자유롭게 저 멀리 이동할 뿐이다. 그 흔적을 적는 것, 이미지가 지나간 자리를 추적하는 것, 그것이 바로 시인의 역할이자 권리일 것이다. 이미지를 통해 시인이라는 주체와 객체, 시인과 대상이 관계하는 방식이 그려지는 것인데, 그것 역시 그 영향 관계가 팽팽하게 주고받으며 특정한 곳으로 뻗어나가겠지만, 어디로 갈지는 아무도 모른다. 다만 그 대상과의 팽팽한 긴장감이 시의 리듬을 만들어낼 것이다. 그러므로 시의 리듬은, 이미지와 이미지 사이의 공백과 연결에서 박자를 획득하게 되는 것이다. 경사가 급한 곳과 완만한 곳에서, 강한 곳과 약한 곳에서 이미지는 출몰했다가 사라진다. 그리고 폭발한다. 폭발 직전의 강한 그 힘, 그것을 리듬이라고 할 때, 이미지는 마치 안전핀 뽑힌 수류탄과 같아서 손을 조금만 놓아도 폭발한다.

김진길 시인의 '사내', 문수영 시인의 '넝쿨장미', 박옥위 시인의 '창세기', 윤경희 시인의 '왜가리', 이종문 시인의 '멸치' 이미지 등은 시인의 시 한 편을, 시집 한 권을, 시세계 전체를 끌고 가고 있다.

이미지는 힘이다. 힘은 리듬이다. 이미지는 리듬이다.

미학 : 과정으로서의 아름다움

서석조, 『별처럼 멀리 와서』(교음사, 2017)
오종문, 『지상의 한 집에 들다』(이미지북, 2017)
이명숙, 『썩을,』(고요아침, 2017)

1. 아름다움은 과연 존재하는가

　시는 궁극적으로 미-학(美-學)을 다룬다. 미학을 향하거나 미학을 근원으로 한다. 그러나 "아우슈비츠 이후 서정시를 쓰는 것은 야만이다"라는 아도르노의 낡고 오래된 명제는 유감스럽게도 여전히 유효하다. '홀로코스트'는 지금도 세계 곳곳에서 자행 중에 있으니, 우리는 '미(아름다움)'가 과연 (이 세계에) 존재하는가라는 질문부터 해야 한다. 또한 불행하게도, 세계의 아름다움을 전제하고 글을 쓴다면, 아름답지 않은 현실에는 침묵하거나 외면했다는 혐의를 부인하기 어렵다. 다시 말해 시의 불가지론 혹은 불가능성을 제기해야 한다는 것인데, 추미(醜美)라는 것은 논외로 하고, 세계가 아름답지 않다면 시는 무엇을 근원으로 하고 무엇을 향해가야 하는가. 다음의 세 가지 가정을 해볼 수 있겠다.

첫째 : 현실은 아름답지 않으니, 아름답지 않은 현실을 그대로 폭로하는 시
둘째 : 현실의 아름다움은 숨겨져 있으니, 그 아름다움을 찾는 시
셋째 : 현실의 아름다움은 없으나, 아름다움을 희망하는 시

첫째, 현실을 폭로하는 것은 시가 아니라도 다른 글에서 가능하다. 대표적으로 신문 사설 등이 그렇다. 그러나 그러한 성격을 가진 글이 특수한 '리듬'을 갖고 있다면 시가 될 것이다. 둘째, 현실에 아름다움이 숨겨져 있다고 보는 것은, 현실을 낙관하거나, 시인(만)이 그 아름다움을 발견할 수 있다는 시인의 '특별한 능력'에 손을 들어주는 것이다. 셋째, 현실의 아름다움을 희망하고 그 가능성을 찾고자 한다면 그것 자체로도 의미가 될 것이나, 그 의도 자체가 이미 현실에 아름다움이 없다는 것을 반증하게 된다. 다시 말해, 아름답지 않은 세계를 아름답지 않은 언어로 말할 수 없기 때문에, 우리는 고민할 수밖에 없다. 아름답지 않은 세계에 대해 아름다운 언어로 말한다면, 그것은 거짓이기 때문이다. 문학은 원래 '꾸민 글'이 아닌가 하고 허구성 혹은 환상성을 제기하면서 거짓을 옹호하려고 한다고 한들, 독자는 그 거짓에 동조하지 않을 것이다. 시인은 동조를 강요하겠지만.

　따라서 (아름다움을) 재현(re-presentation)하는 일에는 윤리가 개입할 수밖에 없으며, 이러한 가정에 비춰볼 때 시는 아름다움의 가능성을 논하는 과정 자체가 된다. 그리고 시인은 그 과정에 참여하는 주체로 호명되거나 사명을 감당해야 한다면, 독자 역시 함께 그 과정에 참여하게 된다. 독자도 일정 부분 책임이 있다는 것이다. 해석이 개입되기 때문이다. "인간은 이 땅에 시적(詩的)으로 존재한다"는 하이데거의 말처럼 존재자의 존재 의미를 밝혀주는 일에 시가 기여하고 있다고 믿는 우리의 순진함이 여전히 작동하기를, 우리는 바라면서, 동시에 걱정하고 있으니, 우리의 할 일은 생각보다 많다.

2. '망할 것들'― 이명숙, 『썩을,』

"쓴 말은/ 삼키라 했거늘/ 망할 것들"(「미용일지―소문」). 시인은 '망할 것들'에게 말을 거는 동시에, "어미와 지어미 사이/ 적막한 내 그리움"(「빈 들」)을 본다. 시인은 "섬으로 내려와서 섬처럼 지내다가/ 팽팽한 바람살에 겨우 문 연 미용실"(「이사」)에서 "녹이 슨 경첩처럼 빼걱대는 고관절"(「빈 들」)을 얻게 되었다는 것을 유추해볼 수 있는데, 그렇다고 해서 시인이 세계를 부정적으로 인식하는 것을 그의 직업('머리꾼') 혹은 가부장주의와 페미니즘의 문제로 환원하는 것은 온당해 보이지 않는다. 고단한 직업(職業)을 갖고 있기 때문이라거나, 시에서 부정되고 있는 여러 군상과의 관계를 설정하는 것은 시를 읽는 데 그다지 도움이 될 것 같지 않다. 사실과 진실을 '쉽게' 일치시키는 일은 '늘' 오류의 여지를 안고 있다.

별이 거라
새벽녘에 걸려 있는 이슬처럼

내 숱한 다리로도 포박 못한 그리움

시작이
끝인 사람아

울지 않는 별이 거라

― 「내 안의 거미」 전문

다만, 우리가 시집의 첫 작품을 통해 알 수 있는 것은 하루 종일 서 있는 시인의 다리로도 "포박 못한 그리움"이 거미처럼 시인에게 달라붙어 있다는 것이다. 그러므로 그리움-거미가 '하지정맥류'와 같은 작용을 하고 있다면, 생계(生計)의 고단함으로만 이야기할 수 없을 것이며, 그것이 시인으로 하여금 시를 쓰게 했으니, 우리는 시인의 언술보다는 목소리에 보다 귀를 기울여야 할 것이다. 목소리가 언술을 만들어내고 있기 때문이다. 시인은 "시작이/ 끝인 사람"이 "새벽녘에 걸려 있는 이슬"처럼 별이 되기를, 울지 않는 별이 되기를 조심스럽게 동시에 강렬하게 소망하고 있다. 어쩌면 시인은 '시작이 끝인 사람' 때문에 현실을 부정적 혹은 비관적으로 바라보게 되었는지도 모른다..

내 몸에도 몇 개의 간이역은 남아있다

어긋난 세월의 한쪽
반골의 뼈 한 조각

내 맘속
보내지 못한
그 사람
그 사람 같은

— 「디스크」 전문

'시작이 끝인 사람'은 시인의 몸에 '간이역'으로 남아 있기도 하다. 그로 인해 나는 "어긋난 세월의 한쪽"과 "반골의 뼈 한 조각"을 갖게 되었다. 전자는 어긋남과 이룰 수 없음을, 후자는 뼈가 거꾸로 솟을 만큼의 절망과 분노라 할 때, 이 양자는 '그리움'을 만들어내는 조합이자, 두 속성이기도 하다. 이룰 수 없는 안타까움과 그로 인한 절망과 분노는 곧 정념(pathos)을 만들어내며, "허망하고 허망한 폐허의 그리움은/ 눈물에 말아먹는 밥"(「추억이 될 수 없는 너를 위하여」)이 되니, 시인은 완치가 불가능한 디스크처럼 평생을 그렇게 살아야 할지도 모른다. "이별은 세상 떠날 때// 딱 한 번/ 그때 하자"(「그냥 가」)는 언술을 통해 우리는 시인이 세계를 부정적으로 인식하(려)는 이유를 알게 된다. 바로 '부재(不在, 있음의 없음)'다. 있어야 할 사람, 있어야 할 것이 시인 곁에 없다. 그래서 "널 두고 네 마음이 먼저 온다"(「입춘」). 시인 곁으로 오지 못하는 너는, 시인에게 기억으로만 온다. 부재의 방식으로 현존을 증명하는 '너'는 여전히 시인에게(만) 존재한다.

아마도 널 잊어야 하는 걸 잊었으리
가끔 아주 가끔은 생각날 때 있느니
어차피 운명인 거라 가슴으로나 피울 꽃

— 「물망초」 전문

시인에게 망각은 생각보다 수월하지 않다. "널 잊어야 하는 걸 잊"을 정도로, 그러니까 딱 그만큼 그립고, 딱 그만큼 잊고 산다는 것이다. 아예 잊어버린 것도 아니고, 늘 생각나는 것도 아니고. 부재한 자는 '불현듯' 온다고 말할 수 있지만, 더 정확히 말하자면, '때때로' 찾아오는 것이다. 갑자기 들이닥치는 것이 아니라, 뜬금없이, 늘 그렇듯 맥락 없이 찾아와 잠깐 시인 곁에 머물다 간다. 어색하거나 놀랍지 않다. "어차피 운명인 거라"하고 시인은 체념하는데, 차라리 그것이 나아 보인다. 망각은 늘 실패의 형식으로 우리 곁에 머물기 때문이다.

봄과 여름 사이를 병원에서 보냈다
가위질 삼십여 년 어깨도 덧났는지
창가에 기대어 앉아
밤을 지새운 날 있다

그래도 그럭저럭 통증은 참았지만
내 가슴 시詩와 사랑은 수술도 안 되는지
한사코 링거 방울 헤며 천장만 바라봤다

썩을, 괜찮냐는 사무적인 문자만
상갓집 화투판에서 간간이 날리는 사내
남편도 내 그림자도
내 것은 아니었다

— 「미용일지—회전근개 파열」 전문

현실을 아름답거나 혹은 아름답지 않다고 말하기보다는, 차라리 있는 그대로 말하는 것이 나을지도 모른다. 최소한 거짓말은 하는 것은 아니니까. 시인은 현실을 '그대로' 받아적거나, 현실을 있는 '그대로' 본다. 여기서 '그대로'에는 당연히 시인만의 해석이 개입될 수밖에 없지만. 적어도 시인에게는 그것이 최소한의 윤리로 작용할 것이다. 시인은 "내 가슴 시詩와 사랑은 수술도 안 되는지"라고 말한다. 강한 통증에 불면을 겪고 있지만, 불면은 단순히 신체의 고통에 의한 것은 아닐 것이다. 신체가 정신을 지배하는지 정신이 신체를 지배하는지 알 수 없으나, 분명한 것은 "남편도 내 그림자도/ 내 것은 아니었다"는 인식과, 그로 인해 내뱉은 "썩을"이라는 감탄사는 행방을 알 수 없는 말이자 거처가 없는 말이며 목적지 역시 없는 말이다. 이 말은 남편을 향한 말도 아니고 자기 자신을 향한 말도 아니다. 다만 현실에 내던져진 시인이 현실에 참여하는 방식으로, 현실에 내딛고 있는 방식으로 시인이 내뱉는 말이다. 그것은 시인이 현실을 부정적으로 보기 때문에 '썩을'이라고 말한 것이 아니라, 부정적 현실을 '비로소' 직시하게 되었기 때문에 내뱉은 말일지도 모른다. 이것은 말장난 같지만, 엄연히 다르다. 시인은 현실을 고발하고 싶어서 시를 쓰는 것이 아니라, 부정적 현실을 '발견' 혹은 '포착'했기 때문에 그와 같이 쓴 것일 뿐이다. 따라서 앞서 언급한 가정에서 우리는 시인의 윤리를 발견할 수 있다. 시인은 아름답지 않은 현실을 고발하기 '위해' 시를 쓰는 것이 아니라, 시를 쓰면서 아름답지 않은 현실을 발견하게 된다는 것이다. 전자는 시쓰기의 목적이 고발인 것이니, 앞서 언급했듯이 그런 글은 시가 아니어도 충분히 가능하지만, 후자의 현실-발견은 시쓰기로만 가능한 일이다. 다시 말해, 이명숙 시인이 내던져진 '망한 것들'이 존재하는 '썩을' 현실은, 그렇게 시인에게 발견된 것이니, 시인은 자책할 필요도, 독자는 시인을 손가락질할 필요도 없다. 현실은 그렇게 있을 뿐이다.

3. '먼 이역' — 서석조, 『별처럼 멀리 와서』

서석조 시인은 2016년 10월 25일부터 12월 8일까지 시인의 친구 5명과 함께 중남미 9개국으로 배낭여행을 다녀왔고, 그 기록으로 시집 1권을 묶었다. 시집 한 권이 45일의 일기인 셈이다. 우리는 시인의 일기에서 시인의 소회(所懷)를 발견하는 동시에 시인이 보고자 했던 이상향 또는 세계를 유추해 볼 수 있는데, '기행시조집'이라 해서, 말 그대로 여행지에서의 특별한 느낌과 이국적인 정취를 노래했다고 해서 그것을 '감상'하는데 그쳐서는 안 된다. 그것은 '여행'이 아니라 '관광'이며, 시인과 함께 관광한 것에 불과하므로, 보다 적극적이고 능동적인 읽기(해석)를 시도한다면, 우리 역시 "저잣거리의 허기 깊는 노역"(「치첸잇사 엘 카스티요」)을 시인과 함께 하며 그 자리에 있으니, 우리는 시인의 문장에 잠깐 앉았다 가는 것으로도 충분할 것이다.

> 긴 세월 허기지고 거센 바람 몰아쳐도
> 잠자듯 한 고른 숨결로 누워있는 대평원
> 곱다시 피를 끓이며 까치발을 들 수밖에
>
> — 「아바나」 전문

시인은 시인을 압도하는 중남미의 풍광 앞에서 "까치발을 들 수밖에" 없을 것이다. 처음 본 것이려니와, 다시 여행을 가지 않는 한, 두 번 다시 볼 일이 없기 때문이다. 그러니까 시인은 지금 "곱다시 피를 끓이며" 처음이자 마지막으로 "잠자듯 한 고른 숨결로 누워있는 대평원"에 압도당한 채 아무 말도 하지 못하고 그저 감탄사만 내뱉고 있다. 상상이 불가능한 풍경, 어떤 말로도, 그림으로도 심지어 사진으로도 재현과 복사가 불가능하며 '스스로 드러냄(顯示)' 그 자체인 풍경. 그 풍경에 시인은 일종의 숭고(*Sublime*)를 경험하고 있는지도 모른다. 숭고의 어원인 di-airein, 즉 사로잡아 옮겨가는 행위에 따라 시인은 '들림'을 경험하고 어디론가로 이동하는 듯한 느낌을 받을 것이다. (그래서 시인은 까치발을 들 수밖에 없었을 것이다.) 독자 역시 시인과 함께 들림을 체험할 수 있다면 혹은 그 들림을 볼 수 있다면, 시인은 행복해할 것이다.

> 경배의 마음만으로 나를 우러러보라
> 오만한 자 무릎 꿇고 질환자는 희생하라
> 오로지 나의 호명이 너희의 생사려니
>
> 달문을 쌓은 자는 물의 정령에 임하고
> 해문을 쌓은 자는 재생에 임하리니
> 높여라 나를 높여라 돌 깨고 돌 다듬어
>
> ─「제사장─마추픽추 1」 전문

"오만한 자"인 시인은 "경배의 마음"으로 무릎을 꿇고 고대의 제사장을 우러러본다. 신을 대언하는 제사장의 호명이 시인의 생사를 주관하고 있으니, 시인은 달문을 쌓거나, 해문을 쌓아야 한다. 그러나 몇몇 인간은 가능할지 몰라도 일반 인간은 달과 해의 일을 감당할 수 없으니, 그저 "돌 깨고 돌 다듬"는 일에 매진할 수밖에 없다. 그러니까, 시인을 포함한 우리 인간은 평생을

"저잣거리의 허기 깁는 노역"으로 제사를 지낼 뿐이다. 달문을 쌓는 일, 해문을 쌓는 일은 우리 범인의 영역이 아니므로, 우리는 우리의 삶 자체가 혹은 통째로 제단이 되어야 하니, 우리는 얼마나 낮고 낮으며 얼마나 비천하고 비천한가.

하늘이 물에 박히고 물이 하늘에 박혀
설산이 쪽빛 물고 또 하나 하늘인 저
필설로 다할 수 없다, 망연자실 오로지

와서 보라 와서 보라 그대여 와서 보라
나 그만 눈을 돌려 그대를 담을지니
이 세상 어디도 없을 저 장관을 와서 보라

— 「엘 칼라파테」 전문

'장관(壯觀)', 말 그대로 훌륭하여 볼 만한 광경이 시인과 우리 앞에 펼쳐 있다. 우리는 그저 "하늘이 물에 박히고 물이 하늘에 박혀"있고 "설산이 쪽빛 물고 또 하나 하늘"을 '망연자실(茫然自失)'하며 볼 뿐이다. 시인은 평소에 접할 수 없는 이 장관을 보기 위해 중남미로 여행을 떠났고, 그 장관은 "필설로 다할 수 없"으니 실패의 가능성을 안고 쓴다. 직접 보지 않는 이상, 원본 그대로 전할 수 없다. 그러니까, 시인은 장관을, 시인을 압도하는 숭고를 재현하려 하지만 끝내 실패할 수밖에 없으나, 그래도 쓴다. 실패하지만 그래도 써야할 이유가 있기 때문이다. 그것은 아마도 "나 그만 눈을 돌려 그대를 담을지니"에서 유추해볼 수 있는데, 결국 시인에게 있어 '장관'은 혼자 보는 것이 아니라 함께 보는 것이고, 혼자 가는 것이 아니라 함께 가는 것(旅程)이다.

> 우유니사막 한밤, 열사흘 달이 환해
> 추위에 몸을 떨며 하염없이 올려보다
> 내 몹쓸 욕심은 얼마 샅샅이 비칩니다
>
> 사만 리 외딴 멀리 눈치 볼 무엇 없어
> 굽고 젖은 마음들 하나 없이 꺼내놓고
> 이 지상 더없이 맑은 달빛으로 바랩니다
>
> 견주어 바글대며 때 없이 부린 욕심
> 왜 하필 먼 이역 소금 사막 달빛인지
> 부신 눈 내려놓으며 그대만일 뿐입니다
>
> ─「사만 리 외딴 멀리─우유니사막 3」 전문

시인은 우유니사막에서 "열사흘 달이 환해" "내 몹쓸 욕심"
이 샅샅이 비치는 것을 경험한다. 동시에 시인은 "사만 리 외딴
멀리 눈치 볼 무엇 없"으니 "굽고 젖은 마음들 하나 없이 꺼내놓
고" 달빛에 앉아 있다. 이제 시인은 아무것도 가진 것 없이, 가릴
것 없이 투명하게 있으니, 자신의 "견주어 바글대며 때 없이 부
린 욕심"을 볼 수 있게 되었다. 이제야 비로소 시인은 자신을 타
자화시켜 볼 수 있게 된 것이다. 그리고 시인은 질문한다. "왜 하
필 먼 이역 소금 사막 달빛"에서야 자기 자신을 볼 수 있게 되었
는지, 그동안은 왜 그렇게 보지 못했는지, 스스로에게 묻는다.
그리고 알게 되었다. 시인 곁에 '그대'가 늘 있었으나, 먼 '이역

(異域)'에 와서야 그대의 부재를 통해 자신을 볼 수 있게 되었음을 알게 된 것이다. 나는 그대와 한 몸과 같아서 함께 있을 때는 알 수 없지만, 떨어지고 나면 서로의 부재를 경험하면서 비로소 떨어진 자리, 그 자리의 허전함을 볼 수 있으니, 그 자리가 그대가 채워준 자리이자, 나의 부족한 자리인 것이다! 그 부족한 자리가 곧 나를 아주 잘 드러내는 표상이자 누빔점이므로, 시인은 그 수많은 중남미의 장관과 스펙터클 속에서 (소중한) '그대'를 보는 것이다. 이에 따라 '그대'가 소중하고 아름다운 존재였음을 '비로소' 알게 되었다. 그러니까, 시인은 중남미라는 먼 이역에서 늘 가까이 있었던 타자를 찾게 되었으니, 멀고 긴 여행을 한 보람이 있겠다. 그리고 여행에서 돌아온 시인은 그 전과 같지 않을 것이다. 이제 한국에서 (타자-아름다움을 발견했던) 이역을 살아(내)야 한다.

4. '은유의 봄'— 오종문, 『지상의 한 집에 들다』

"세상은 춘래불사춘/ 금일은 은유의 봄"(「갯버들 꺾어 들고」)이라 말하는 오종문 시인은 세계를 "추한 것이 아름다운 에로틱 봄날"(「립스틱 광고를 보며─心法 30」)로 본다. 따뜻한 봄과 여전히 봄이 오지 않았다는 인식이 함께 하며, 추미(醜美)와 미(美)가 함께 있다. 더 정확히 말하면, 시인에게 아름다움은 봄처럼 '아직' 오지'는' 않았다. 어쩌면 시인은 고도(『Waiting for Godot』)를 기다리는 마음으로 앙상한 나무 한 그루 서 있는 시골길에 서 있는지도 모르겠다. 어찌되었든 간에 시인은 여전히 기다린다. "삶의 해독 강요하는 봄볕들"(「여유당 다산 선생께」)
이기 때문이다.

> 세상은 봄 천지지만
> 인생의 봄 아직 멀고
> 옳은 것은 아니고 아닌 것이 옳다는 세상
> 늦은 밤 지하철 안에 환하게 핀 산수유꽃
>
> 그 꽃 꼭 쥔 아이의
> 산빛 물빛 웃음처럼
> 찌들고 지친 이의 어깨 처진 침묵 속에
> 한 번쯤 헐거운 삶도 활짝 피고 졌으면
>
> ―「지하철을 타고 오는 봄」 부분

　시인이 사는 세계는 "옳은 것은 아니고 아닌 것이 옳다는 세
상"이다. 그래서 시인에게 "인생의 봄"은 미래(未-來, 아직 돌아
오지 않음)의 일이다. 혹은 "세상은 봄 천지"인데 시인 개인의
문제로 시인만 봄이 아닐 수도 있다. 어쨌든 시인은 봄을 기다리
고 있고, 그 기다림 끝에 시인은 지하철에서 봄을 만난다. 산수
유꽃을 쥐고 있는 아이, "산빛 물빛 웃음"을 보이는 아이를 통해
시인은 봄을 본다. 봄은 "찌들고 지친 이의 어깨 처진 침묵 속"에
서도, "한 번쯤 헐거운 삶"에서도 활짝 피고 진다. 봄은 모두에게
평등하게 온다는 것이다. 그러나 시인은 봄을 기다린다고 하지
만, 정작 봄이 시인을 기다리고 있는 것인지도 모른다. 봄이 지
하철을 타고 온다고 말할 만큼 봄은 시인에게 호명될 때 봄이므

로, 시인은 이미 봄에 머물러 있거나, 봄을 부정하고 있는지도 모른다. 시인은 "목이 멘다 무너지는 것 보며 운다"(「봄날을 서성거리다」)고 말하는 사람이자, "날 밝히기 전 움켜쥐는// 그 돌멩이 같은 것"(「산다는 것은―心法 6」)을 쥐고 있는 사람이니, 시인은 "참 아득한 봄날"(「봄날을 서성거리다」)을 견디고 있는 것처럼 보이기도 한다. 시인은 산다는 것을 "최후의// 순간을 위해// 눈물 한 점 찍는 것"(「산다는 것은―心法 6」)으로 보는데, 어떤 연유로 시인은 궁지(窮地)에 몰린 것일까.

세상에 진 빚 얼마냐
오금 저린 생 견딘다

종일 뉘 골라내듯 돌을 골라 팔매치다

젖은 몸 다시 안 젖게
담방담방 뛰어가게

몇 번의 자맥질 끝
아득히 날아간 돌

얻은 것 모두 잃고 강물에 휘둘린 채

짠 눈물 말리는 사이
앞산 높이 걸린 달

—「물수제비뜨다」 전문

"세상에 진 빚"이 있어서 그렇다. 시인은 부채의식에 사로잡혀 있어서, 안간힘을 다해 빠져나가려고 하면서 동시에 그것을 인정하며 버티고 있다. 시인은 "살다보면 부러질 일 한두 번 아닌 것"(「연필을 깎다」)을 인정하고, "마음에 품은 칼을 칼집에 채우는 것", "사는 게 싱거워지고 더러 실속 잃는 것"(「나이를 먹는다는 것은」) 또한 알고 있지만, 시인에게 "내 마음의 오랜 습지 불을 지른 가시연꽃/ 칠십만 평 그 물로도 소낙비로도 끌 수 없어/ 풍경 끝 맞불을 놓"(「그 여름, 가시연꽃」)을 수밖에 없는 '그 여름'이 있다. "세상이 날 중심으로/ 돌아가길 원했"(「봄, 참으로 발칙한 봄날」)던 시인은, "신경쇠약의 이 봄날"(「뭉크, 절규를 말하다」)을 살아내야 한다. 살아-내기. 그것은 세상에 빚을 져야만 가능한 일이다. 우리는 혈혈단신(孑孑單身)으로 이 땅에 왔다.

고통의 삶 빼고 나면 살 날 그 얼마인가
산다는 건 또 다시 많은 죄를 짓는 일
오래된 마음의 감옥
무시로 갇히는 일

그래, 내 기억에서 무엇을 지운다는 건
어떤 추억 속에 마음이 폐허되는 것
그 위에 욕망의 집 한 채
또 세우고 허무는 것

여기서 갈 길 잃고 쓰러질 것 알았던가
상처 곪아 터지도록 견디고 또 견디었을
힘들게 살아온 길에
강물 소리 묻어 있다

오늘 한 날씩 슬리는 가을 햇살 경영하며
세상의 감나무 한 잎 물들일 수 있다면
황폐한 그 집 골방에
편한 잠 잘 수 있으리

―「황폐한 옛집에 서다」 전문

"산다는 건 또 다시 많은 죄를 짓는 일"이니, "고통의 삶 빼고 나면 살 날"이 생각보다 많지 않다. 죄가 고통을 만들고, 고통은 다시 죄를 짓게 한다. 그래서 시인은 "오래된 마음의 감옥"에 수시로 간힌다. 그곳이 폐허인즉, 시인은 "그 위에 욕망의 집 한 채" 세우고 또 허문다. 죄와 고통이 뫼비우스 띠처럼 순환하듯 마음의 감옥과 욕망의 집 한 채가 순환한다. 선후(先後)와 인과(因果)를 따지는 것이 무의미한 삶. 그렇게 힘들게 버텨온 삶은 "강물 소리"가 묻어 있다. 어찌되었든 간에 지금-여기까지 흘러왔기 때문이다. 시인은 그렇게 황폐한 옛집, 자신의 기원으로, 자신의 밑바닥이 보이는 곳에 지금 서 있다. 그리고 혼잣말을 되뇌인다. '여기서 갈 길 잃고 쓰러질 것 알았던가'. 시인은 가을 햇살을 경영하여 "감나무 한 잎"이라도 "물들일 수 있다면" 그렇게 작은 일이라도 할 수 있다면, "황폐한 그 집 골방"에서 편히 잠을 잘 수 있을 것 같다고 말한다. 이 일은 죄를 짓는 일이 아니며, 고통을 겪을 필요가 없는 일이다. 자연의 일(順理)이기 때문이다. 순리대로 사는 것. 그게 가능하다면, 황폐한 그곳, 절망과 좌절로 겨우 버텼던 그 옛날, 그 옛날을 긍정할 수 있다는 말이다. 아니, 그 황폐한 때가 지금까지 이어진다 해도 시인은 여전히 버틸 수 있음을 선언하는 동시에 자신에게 주문을 걸고 있다.

제 키만큼 키운 것들 더는 자라지 않고
가진 것 모두 잃고 길 위에 나앉은 때
인생은 헐거워지고
내 사랑은 얇아졌다

초록이 마음에도 번져 가는 그 해 유월
산 사람 벌목하는 거친 잡목숲 지나
아득한 벼랑 끝에서
발싸심을 해댔다

한 가족 아직 넉넉히 두 발 뻗을 방 한 칸
그녀의 이쪽 편에 달빛이 먼저 와 눕는
유배된 하루를 접고
지상의 한 집에 들다

—「지상의 한 집에 들다」 전문

"가진 것 모두 잃고 길 위에 나앉은 때"는 시인에게 지울 수 없는 과거, 늘 진행되고 있는 과거다. 끝난 일이지만, 여전히 끝나지 않은 그때. "초록이 마음에도 번져 가는 그 해 유월"은 매년 돌아온다. "아득한 벼랑 끝에서/ 발싸심을 해댔"던 그때와 지금. 그다지, 멀지 않다. 시인은 "한 가족 아직 넉넉히 두 발 뻗을 방 한 칸"으로 위로받을 수 있는, 스스로를 위무할 수 있는 그런 사람이다. 시인에게 집 밖은 위험하다. 집 밖이 유배지이고, 집 밖이 위리안치(圍籬安置)다. 오히려 집이 시인에게 무한한 자유를 허락하는 공간이니, "지상의 한 집"에 들 수 있다니 얼마나 다행인가. "연필심이 다 닳도록 길 위에 쓴 낱말들/ 자간에 삶의 쉼표 문장부호 찍어 놓"(「연필을 깎다」)을 수 있는 공간이 바로 '지상의 한 집'이니, 시인에게 봄은 '아직' 도래하지 않았지만, 언젠가 도래할 것이다. '지상의 한 집'에 가장 먼저 당도할 것이다. '지상의 한 집'에서 시인은 봄을 기다리는 마음으로 시를 쓴다. 설령 봄이 영원히 오지 않는다 해도 시인은 올 때까지 시를 쓸 것이다. 그리고 곧 알게 될 것이다. 시인의 시가 이미 봄 그 자체임을.

5.

아름답지 않은 세계 혹은 아름다운 세계를 재현하는 일에는 반드시 시인의 윤리가 작동된다. 아름다움만을 노래하거나, 아름답지 않은 세계를 고발만 하는 것에만 집중한다면 그 글은 거짓과 허위에 가까워질 것이다. 아름다움이 있든 없든 간에 한쪽은 열어두고 글을 쓰는 것. 혹은 반대편을 바라보며 끝내 자리를 지키는 것. 결국 아름다워지는 것은 세계가 아니라, 시가 아름다워질 것이다. '그리고' 시인도 아름다워질 것이다. '그래서' 세계는 다시 아름다워질지도 모른다. 그러므로 시쓰기는 아름다움의 유무 혹은 진위를 따지는 일이 아니라 아름다움 그 과정 자체라고 할 수 있다. 이명숙 시인은 시를 쓰면서 아름답지 않은 현실을 발견하게 되었고, 서석조 시인은 중남미라는 먼 이역에서 아름다운 '그대'를 발견하였으며, 오종문 시인은 봄(아름다움)을 기다리는 마음으로 시를 쓴다. 모두가 기다리고 있고, 기다리기 때문에 시를 쓰며, 시를 쓰면서 기다린다. 만약 우리가 기다리는 그것(美, 善, 眞理)이 영원히 오지 않아도 작품은 남으니, 그래도 손해 보는 장사는 아니다. 매우 안타깝지만, 작품만이라도 남아서 아름다워지길. 일단 한 가지는 이룬 셈이다.

말 : 존재 스스로 말한다

구애영, 『호루라기 둥근 소리』(고요아침, 2017)
박방희, 『시옷 씨 이야기』(고요아침, 2017)
서석조, 『각연사 오디』(고요아침, 2017)
신필영, 『우회도로입니다』(천년의시작, 2017)

0. 말은 말하지 않고, 존재한다

일상 언어는 기표와 기의, 주어와 서술어, 말하는 이와 듣는 이 등 서로를 보증하거나 서로를 향한다. "A는 B다"라고 말할 때 A와 B는 연관이 있거나 연관이 아예 없어도 서로가 서로를 보증 선다. 그리고 일상 언어는 기본적으로 '말-건넴'을 전제하고 있다. 혼잣말 역시 나에게 말을 건네는 것이며, 일상 언어는 항상 누군가에게 말하는 형식으로 존재한다. 그렇다면, 시의 언어는 어떠한가. 소위 '소통'을 근거로 시 역시 독자에게 말을 걸고 독자와 작가가 소통해야 한다고 말하지만, 실상 시는 그 누구와도 소통하지 않고 말도 걸지도 않는다. 더 정확히 말하면, 시는 시인의 것도, 독자의 것도 아니다. 시가 탄생하는 순간, 시는 작가를 살해한다. 최근 '화자'나 '시적 자아'라는 말을 쓰지 않고, '시적 주체'라고 말하는 이유가 바로 그것이다. 시에서 말하는 자(화자)는 시인이 아니고 시인이 만든 가상 인물(배역)일 뿐이며, 시의 목소리는 시인의 목소리가 아니라 시인이 세운 가상 인물의 목소리다. 예컨대, 김소월이 여성적 성향을 가지고 있어서 그의 작품에 여성적 어조가 나타나는 것이 아니라, 김소월은 여성적 어조로 작품을 만들 필요(의도)가 있어서 여성 화자를 (각본 없는) 무대에 올린 것일 뿐이다. 그러므로 최후에, 아니 처음부터 남아 있는 것은 작품뿐이다. 작품은 스스로 존재한다.

시의 언어도 마찬가지다. 시의 언어는 처음부터 '말 건넴'을 염두에 두지 않는다. 시에서 말은 말하지 않고, 그저 존재할 뿐이다. 일상에서 말은 사용하는 것(有用)이고 말을 통해 우리는 세계에 속하게 되지만, 시의 말은 사용하는 것이 아니고(無用) 시 자체가 하나의 세계다. "A는 B다"라고 말할 때, A와 B는 서로를 보증하지 않고, 근원도 없다. 그저 작품 안에서 존재할 뿐이다. 예컨대 김수영의 '힘으로서의 시의 존재'처럼 시의 언어는 그 자체로 힘 혹은 능력(역량)이다.

따라서 작가는 글 쓸 때마다 두려워하고 절망해야 한다. 쓰면 쓸수록 작가는 작품에서 사라진다. 작품은 타자가 된다. 타자의 현현. 글쓰기가 윤리적인 이유가 바로 여기에 있다. 글쓰기는 근본적으로 타자를 향한 글쓰기다. 여기서 말하는 '타자를-향한'은 타자를 대상으로 혹은 타자로 회귀한다는 것이 아니라, 글쓰기 자체가 타자임을 알고 쓴다는 말이다. 소위 '천형(天刑)'이라고 말하는 '시인'의 운명은, 그래서 가혹한 것이다. 수명을 갉아먹기까지 하는 모진 고통과 불면을 자처하지만, 결국 시인의 손에 남는 것은 아무 것도 없다. 무위의 글쓰기. 침묵의 글쓰기. 독자도 마찬가지다. 독자가 작품을 읽고 느끼는 여타의 감정은 시로 인해 촉발된 것이지만, 그것은 해석 주체의 문제다. 작품은 철저히 고독하게 '혼자' 있다. 작품의 내밀성, 작품의 내적 실재와 끈질기게 싸우는 부지런한 독자만 있을 뿐이다. 그러므로 작품이 '난해하다', '소통 불가능하다'라고 말하는 것은, 어쩌면 독자의 나태함과 무지함을 은폐하려는 말일지도 모른다. 훌륭한 독자만 있을 뿐, 나쁜 작품은 없는 것이다.

따라서 이 글은 네 명의 시집을 읽으며 시인의 작품성 혹은 성과를 논하기 보다는, 내적 실재를 가진, 시인도 독자가 감히 범접(犯接)하기 어려운 작품을 함께 읽어보고자 한다. 그런 작품들은, 우리의 사유를 작동시키면서 모든 사물의 근원을 흔든다. 다가가는 것을 멈출 수 없으나 다가갈 수 없고, 붙잡을 수 없으나 놓을 수 없는 그런 작품. 우리는 그런 말(언어)로 구성된 세계를 '시'라고 부른다.

1. 허밍—구애영,『호루라기 둥근 소리』

구애영의 시조 선집『호루라기 둥근 소리』에서 우리는 일상에서 경험하고 느낀 것을 옮겨 적은 '일기'가 아니라, 어떤 소재와 어떤 언어가 시(가 될 수 있는)인지 시인이 치열하게 고민한 흔적을 엿볼 수 있다. 시인은 일상성이 한순간 낯설어지거나 특별한 정동(情動)에 주목하기 보다는 시 자체를 본다. 시를 만들기 위해 세계와 언어를 재구성하거나 변형하지 않고, 세계 그 자체를 본다. 그것이 시가 되었다. "수련 잎을 두드리는 푸른 달빛 소나타// 떠도는 풀잎마저 그 파문에 술렁이고// 합죽선 펼쳐진 댓잎, 묵 향기에 잠이 들 듯"(「나비효과」 전문)에서처럼 시인은 수련 잎을 두드리는 파문을 '있는 그대로' 본다. 여기서 '있는 그대로'는 물론, 주관의 세계이다. 절대적인 객관은 없기 때문이다. 그러나 시인은 겸손하다. 함부로 판단하지 않고, 다만 사물과 사건이 무엇인지 그 '의미'를 '해석'하려 한다. 물론 의미 역시 해석 주체로부터 비롯되는 것이지만, 적어도 구애영 시인은 발견하지 않고 그저 보려고 노력한다. 그래서 「나비효과」의 세계는 하나의 독자적인 세계로 존재한다. 시인은 그저 받아 적었을 뿐이다.

누군가를 기다리며 겨울밤이 비어있네
촘촘히 적신 눈가에
천千의 별들 숨을 때
하늘 땅 이어주려는 꽃잔친 줄 알았네

부딪히지 못하여 저 홀로 깊어가는 등
울금빛으로 온몸 적셔
이어지는 적멸인가
얇은 사絲 휘장 사이로 그대 사붓거리고

눈동자로 꾹꾹, 눌러 담는 묵독의 풍경
늦은 저녁 양푼 가득
한 그릇씩 쏟고 싶네
산마을 가지쳐 돋는가 슴슴한 저 살내음이여
　　　　　　　　　　　　—「눈 내리는 유동柳洞 마을」 전문

시인은 백석의 「남신의주 유동 박시봉방」를 패러디했다. 그러나 시인은 백석의 작품을 복사(copy)한 것에 머무르지 않고, 백석의 세계, 백석의 시언어가 존재하는 곳을 형상화했다. 시인은 백석의 작품이 아니라, 백석이라는 시인의 글쓰기 자체를 그리워하고 동경했던 것이다. 비어 있는 겨울밤, "누군가를 기다리며" "촘촘히 적신 눈가에/ 천의 별들 숨을 때" 구애영 시인은 '꽃잔치'를 본다. "부딪히지 못하여 저 홀로 깊어가는 등" 밑에서 혹은 앞에서 시인은 "눈동자로 꾹꾹, 눌러 담는 묵독의 풍경"을 "양푼 가득/ 한 그릇씩 쏟고"자 한다. 백석도 아마 그리했을 것이다.

> 너의 소리 무지개처럼 바람타고 날아올 때 횟가루 금 앞에서 일제히 튕겨 나갔어 내 마음 쿵쾅거리고, 새 운동화 꿈을 그리고
>
> 운동장 빙빙 돌며 청 백군 이어 달릴 때 손에 쥐었던 바통은 분신처럼 소중했어 하늘에 펼쳐진 풍선, 음표처럼 반짝거려
>
> 확성기 울림소리에 홑벚꽃 하르르르 그 환한 풀밭에서 펼쳐지는 꽃밥 잔치 그래도 귀 기울이며 종종종 따라갔었지
>
> 세細모래 살근살근 뜀틀대 간지럼 해도 상賞이 찍힌 공책은 끝내오지 않았어 호르르 분홍 살구 씨, 말갛게 비워낸 소리
> ─「호루라기 둥근 소리」 전문

　시인에게 "묵독의 풍경"은 때로는 과거의 것, 지금 이곳의 것이 아니기도 하다. "슴슴한 저 살내음"이 나는 풍경. 시인은 유년

시절 운동회를 떠올린다. 그리고 그 이미지들, 소리들을 하나씩 불러본다. '호루라기 둥근 소리'는 마치 최면의 시종(始終)을 알리는 것과 같은 기능을 하는데, 이 작품의 시적 주체는 그 최면에서 빠져나오지 못하고 있다. 시적 주체는 "너의 소리 무지개처럼 바람타고 날아올 때" "내 마음 쿵쾅거리고, 새 운동화 꿈을 그리"고, "확성기 울림소리"에 "귀 기울이며 종종종 따라갔었"지만 끝내 "상(賞)이 찍힌 공책은 끝내오지 않았"다. 그 아슴하고 조금은 쓸쓸한 시절. 시인이 불러왔지만, 어느새 작품은 시인(과 시적주체 마저)을 몰아내고, "호르르 분홍 살구 씨, 말갛게 비워낸 소리"만 작품 안에서 맴돈다. 그러나 최면은 깨지 않을 것이다. 그러니, 이 작품은 '호루라기 둥근 소리'가 난다. 아니, 이 작품은 호루라기 둥근 소리의 세계다. 호루라기 둥근 소리의 세계가 "확성기 울림소리"처럼 우리의 귓가에 머문다. 우리를 부른다.

어두움을 그슬려놓은 줄무늬 작은

달빛 스민 뜰에 앉아 허밍으로 노래하다

내 집이 꽃밭인줄 알고 한동안 부끄럽네

접시꽃에 웅크린 별, 눈 맞추다 스러진

그리움 둥글게 여민 그 껍데기 등에 지고

이슬 길 맨살로 미는 저 여린 오체투지

느릿느릿한 몸을 뒤척이려 더 아파했지

가난한 침상 같은 그늘 속 반지하방

꽃처럼 피어나고 싶어 그려보는 은화隱花의 벽

— 「달팽이 시詩」 전문

　시인은 "어두움을 그슬려놓은 줄무늬 작은" "달빛 스민 뜰에
앉아 허밍으로 노래"하는 달팽이(혹은 달팽이 같은 자신)를 본
다. "내 집이 꽃밭인줄 알고 한동안 부끄"러워 하는 시인은, "그
리움 둥글게 여민 그 껍데기 등에 지고" "이슬 길 맨살"로 지금까
지 왔다. "느릿느릿한 몸을 뒤척이려 더 아파했"던 "가난한 침상
같은 그늘 속 반지하방". 어느새 시적 공간은 달팽이의 '허밍'으
로 가득하다. 이제 시인(시적 주체)이 반지하방에 기거했든 '오
체투지'로 살아왔든 간에 그 사실 여부는 중요하지 않다. 달팽이
의 허밍이, 맨살로 미는 여린 달팽이의 오체투지가 만들어내는
"은화隱花의 벽"을 보라. 그렇게 작품의 말들은 아주 천천히 '은
화의 벽'을 만들어간다. "달빛 스민 뜰"에 달팽이의 허밍이 나지
막이 들린다. 여기서 우리는 '달팽이=시인'이라는 독법을 멈춰야
한다. 이 시에서 우리가 해석해야할 것은 달팽이가 만드는 시이
지, 달팽이라는 상징을 통해 어떤 말을 건네려는 시인(시적 주
체)의 의도가 아니다. 시는 우리에게 말을 건네지 않는다. 그저
달팽이의 허밍만 들릴 뿐이다. 달팽이의 허밍만 가득한 세계, 천

천히 그렇지만 무한하게 만들어지고 있는 은화의 벽. 구애영 시집의 시는 그렇게 존재하고 있다. 호루라기 둥근 소리와 달팽이 허밍으로. 은밀하게 피는 '은화(隱花)'처럼, 우리는 치명(致命)과 매혹(魅惑)에 붙들린 채 그 안에서 철저히 무력해진다. 물론, 황홀(恍惚)도 가능하다.

2. 이야기―박방희, 『시옷 씨 이야기』

"생각하는 모든 사람의 이름"을 '시옷 씨'라 칭하고, 시옷 씨의 '이야기'를 연작으로 묶은 박방희 시인의 이번 시집은 사물과 현상에 대한 다양한 '시옷 씨'의 생각을 읽을 수 있다. 물론, 서두에서 언급했듯이, 시옷 씨를 박방희 시인으로 보는 것은 옳지 않으며, 단지 시인이 (자유의지가 있는) '시옷 씨'를 『시옷 씨 이야기』라는 무대에 풀어놓았을 뿐이다. 그래서 우리는 박방희 시집의 다양한 이야기를 '경험'한다. 이 시집이 매력적인 점은 바로 여기에 있다. 듣지도 보지도 못한 이야기들을 그저 보고 듣는 것에 그치지 않고 경험한다는 것이다. 여기서 이야기-경험은 그 이야기를 지각하거나 판단하는 것이 아니라, 사태의 형상과 본질을 파악하기 위해 그 이야기에 주체가 직접적으로 개입하고 그 이야기 안에서 주체가 '시옷 씨'와 함께 생각하는 것이다. 따라서 우리는 『시옷 씨 이야기』라는 시집 안에서 생각하게 되고, 『시옷 씨 이야기』는 생각하는 공간이 된다. 우리는 그 이야기 안에서 자유롭게 생각만 하면 된다.

이삿짐 풀어놓고 벽에 못을 박으면

생활은 시작되고 타관도 고향 된다.

그렇게
못 박힌
하루하루가
일생이 되는 거다.

—「시옷 씨 이야기 3—이사」 전문

새로 이사 온 집 벽에 못을 박으면 "생활은 시작되고 타관도 고향"이 된다. 벽에 못을 박으면서 '입주(入住)'가 본격적으로 시작되는 것이다. 그렇게 우리는 이 세계에 못을 하나씩 하나씩 박기 시작한다. 인간관계, 직업, 여가생활, 취향, 종교 등등 우리는 세계를 선취(先取) 혹은 선취(選取)하면서 세계-내-존재(In-der-Welt-sein)가 된다. 그 못 하나하나가 모여 '일생'이 되는 것인데, 이 이야기에서 우리는 생각한다. 우리 자신이 박은 못은 무엇인가. 그 못은 제대로 박은 것인가. 잘못 박은 것이라면 빼낼 수 있는가. 우리가 박은 것인가. 우리가 박힌 것인가 등등. 우리는 못에 빙의되어 또는 못을 박는 일에 빙의되어 생각한다. 우리가 이사 온 이 세계는 우리에게 적합한가.

아침이 일찍 와서 밤을 보고 물었다.

"캄캄한 네 속에는 무엇이 들었느냐?"

"눈 뜨고 못 볼 것들이 다 들어 있지."

아침은 주저하다 새벽을 앞세웠다.

미명 속에 벗은 모습 가릴 수 있도록······.

뒤이어, 더딘 걸음으로 아침이 찾아왔다.
— 「시옷 씨 이야기 4—아침」 전문

이번 박방희 시인의 시집에는 다양한 인물과 사물이 말을 하고 행위를 한다. 물론, 어느 정도 시인이 각색하고 구성한 세계겠지만, 그 세계 전부를 시인의 것, 시인을 조물주로 보아서는 곤란하다. 그렇게 보면, 결국 시는 선(仙)의 경지에 이르고 마는데, 우리의 세계는 여전히 속(俗)된 곳이라 '섣불리' 선의 세계로 초월하기 어렵다. 초월의 다른 말은 외면이기도 하므로, 우리가 살아 있음을 증명하기 위해서는 여전히 여기서 먹고 싸우고 사랑해야 한다. 그러니, 우리는 "눈 뜨고 못 볼 것들"을 가리려는 '미명(未明)'이라는 이름 아래 '미망(迷妄)'을 경험하거나 눈을 감는다. "더딘 걸음으로 아침이 찾아"오도록 우리의 '캄캄한 속'을 얼마나 캄캄한가. 아침과 밤, 그리고 새벽이라는 세 가지 시간 변화. 어두움(숨겨짐)과 밝음(밝혀짐). 그것이야말로 세계이자 삶 아니겠는가. 지금 「시옷 씨 이야기 4」는 새벽안개로 가득하다.
「시옷 씨 이야기 6—횡단보도」도 마찬가지다. "20초 만에 건너는 허방 많은 사다리"인 횡단보도는 "천길 벼랑이 아가리를 벌리고 있어" "아뿔싸! 하는 순간에 나락"으로 떨어진다. "수시로 내걸리는 눈물 젖은 붉은 등"은 "비명횡사한 목숨"을 조문하기 위해 켜지는 것이니, "바닥에 누운 사다리"인 횡단보도가 바로 "황천 행 열차"다. '비명횡사한 목숨'에 대한 다양한 상징과 해석을 뒤로 하고, 우리는 허방 많은 사다리 위에 서 있다. 우리는 아무 것도 모른 채 천길 벼랑이 아가리를 벌리고 있는 이곳에서 황천 행 열차를 기다리고 있다. 이야기가, 시가, 말이 황천 행 열차가 되어 우리에게 온다.

"사람들은 한 음절의 말들을 좋아하죠.

해, 달, 별, 땅, 물, 흙, 꿈, 봄, 등

심지어 술이나 돈을 드는 사람도 있고요.

나 역시 한 음절로 된 말을 좋아해요.

는, 과, 을, 이, 도, 같은 토씨들로서

언제나 주목받지 못하는 말들이랍니다."
　　　　　　　　　　　　　　　ー「시옷 씨 이야기 38ー가장 좋아하는 말」 전문

우리는 "해, 달, 별, 땅, 물, 흙, 꿈, 봄" 등의 1음절의 단어를 좋아한다. "심지어 술이나 돈을 드는 사람"도 있다. 그러나 시옷 씨는 "는, 과, 을, 이, 도" 같은 '토씨'를 좋아한다고 말한다. "언제나 주목받지 못하는 말"이기 때문이다. "모든 글자들의 받침"을 좋아하는 이유로 "아래가 받쳐주지 않으면 위란 없는 거거든요" (「시옷 씨 이야기 39―받침」)라고 말하는 것처럼, 우리는 토씨와 받침의 세계보다는, 명사나 주어의 세계에 거주하고자 한다. 주목받기 위해서다. 물론 주목 받는 말들을 좋아한다고 해서 나쁠 것도 없다. 모두가 각자의 자리, 각자의 그릇이 있으니 그에 맞춰 살아갈 뿐이다. 말도 그와 같다. 그러나 '시옷 씨'는 주목받지 못하는 말들에 주목한다. 같은 처지이기 때문일 수도 있고, 동정 때문일 수도 있다. 중요한 것은, 이야기 속에서 시옷 씨와 함께 우리는 '토씨'들을 생각해본다. 우리는 누군가에게 토씨였는가. 누군가가 나에게 토씨가 되지 않았는가. 나는 누구인가. 결국 질문에 답하지 못한 채 질문은 또 다른 질문을 낳고, 우리는 우리 자신을 돌아보게 된다. 그 '힘'을 시인의 의도로 보기에는 시인을 너무 높인 꼴이 되니, 결국, 모든 게 이야기 때문이다. 이야기 안에서 우리는 이야기를 경험하고 생각한다. 말은 결국 이야기다. 말의 여러 기능과 목적이 있지만, 『시옷 씨 이야기』에서 말은 이야기를 만들어 그 안에서 존재하고 있다. 독자 역시 그 이야기 안에서 마음껏 존재한다. 그러나 이야기가 독자와 작가에 선행한다. 태초부터 이야기가 있었다.

3. 겨냥―서석조, 『각연사 오디』

서석조 시인의 시조 선집 『각연사 오디』에서 우리는 하나의 지점으로 향하(려고 하)는 힘과 의지를 발견하게 된다. 그 지점은 역사적 사실 또는 특정한 대상으로 보이는데, 그 강렬한 '힘에의 의지'가 시를 견인하고 있다. 현실은 "기우는 수평을 바로잡을 이 목책"(「장보고」)이 필요하고, 현실은 "장군의 칼날 아래서 졸음 겨운 오늘"(「천강 장군 생각」)이기 때문인지 모르겠으나, 시인은 "천 년도 잠시잠깐 실국(失國)의 한도 한 줌 바람" "연잎에 앉았다 가는 빛의 그늘"(「빛의 그늘」)을 보면서 그 '빛의 그늘'을 형상(形像)하는 일, 즉 시쓰기가 시인을 붙잡으면서 동시에 붙들려 있는 듯하다. 더 정확히 말하면, 시인은 시에 다가가는 것을 멈출 수 없으나 다가갈 수 없고, 붙잡을 수도 없으나 놓을 수도 없는 그 상태. 그 비인칭의 상태에서 '황홀(恍惚)'을 경험한 나머지, 시인은 그 상태가 시인을 시 바깥으로 내쫓음에도 불구하고, 계속 시쓰기에 몰입(沒入)하는 것인지도 모른다.

깊이를 모르거든 전설로나 남겨두라
물과 뭍 어름에는 부표 하나 띄워놓고
근근이 오금을 펴다 물너울에 걸리는 하루

돌아올 기약 저쯤 숨비소리 풀어내고
시리고 저린 걸음 구들목을 파고들 때
이어도 이어도사나 불침번을 서는 결기

아무려면 얼붙으랴 도저한 파랑지문
멀고 먼 북천이 보석 별로 뜨는 밤에
무연한 아귀 한 마리 경계망 같는 소리

— 「이어도」 전문

'이어도'는 그런 곳이다. "깊이를 모르거든 전설로나 남겨두라"고 말하는 곳. "긴긴 세월 섬은 늘 거기 있어 왔다. 그러나 섬을 본 사람은 아무도 없었다. 섬을 본 사람은 모두가 섬으로 가버렸기 때문이다. 아무도 다시 섬을 돌아온 사람이 없었기 때문"(이청준,『이어도』)인 그곳. 제주도 사람들의 낙원과도 같은 곳. "돌아올 기약 저쯤 숨비소리 풀어내"는 제주 해녀들이 노래로 불렀던 그곳. "이어도 이어도여, 요내 노야 부러진들요, 내 손목이야 부러질 소냐, 한라산에는 곧은 나무가 없을쏜가, 이어도요 이어도요."(제주 해녀 노래)하고 이어도는 노래로 존재한다. "멀고 먼 북천이 보석 별로 뜨는 밤"이면 "무연한 아귀 한 마리 경계망 갉는 소리"를 들을 수 있는 그곳. 신화화된 공간이자 탈현실화된 공간 불귀(不歸)의 섬 이어도. 우리는 작품에서 신비(神秘)를 경험하게 된다. 작품의 말은 이 세속의 말이 아닌 저쪽 혹은 저세상에서 온 듯하다. 공간이 신성하니, 말도 신성해진다.

　금강역사 콧구멍에 불침 한번 놓아 버리면

　범종루 들어 메쳐 천 년 종을 울게 할까

　너에게 닿는 길이면 눈 딱 감고 귀 딱 막고

　바람이 몰아쳐도 단풍이 흐드러져도

　법당문 닫아걸고 꿈일까보냐 부처님

저 감국 바위를 안고 뜨거워질 어느 천 년에

보고 싶다, 이 축담에 X표 하나 그려놓고

어느 외진 길 돌아들다 나처럼 주저앉아

짓붉은 낙엽 한 잎의 경을 읽고 있을 사람

— 「관룡사에서」 전문

    우리는 지금 우락부락한 근육질의 몸매로 우리를 무섭게 내려 보고 있는 금강역사(金剛力士)를 지나가고 있다. 불법과 사찰은 수호하고 있는 수문장(守門將)이 범종루를 들어 메치면 천 년 동안 종이 울릴 지도 모른다. 작정하고 나선 관룡사. "너에게 닿는 길이면 눈 딱 감고 귀 딱 막고" 가야 한다. 너에게 가는 길, 너에게 가는 이 시간에만 오로지 집중해야 하기 때문이다. "바람이 몰아쳐도 단풍이 흐드러져도" "법당문 닫아걸고" 침묵하고 계신 부처님. 그러나 시적 주체는 "감국 바위를 안고 뜨거워질 어느 천 년"이라고 말할 만큼 '천 년'동안의 그리움으로 가득하다. 그러나 부처님은 침묵하고 계신다. (신은 언제나 침묵하고 계신다.) 천 년을 기다려도 너는 오지 않을 것이지만, 시적 주체는 "축담에 X표 하나 그려놓고" "어느 외진 길 돌아들다 나처럼 주저앉아" "짓붉은 낙엽 한 잎의 경을 읽고 있을 사람"인 너를 기다리고자 한다. 불가능의 가능성. 천 년을 기다려도 너는 돌아오지 않겠지만, 혹시 천 년을 기다리면 네가 돌아올까. 천 년을 기다릴 수 있다면, 무엇을 (당)해도 괜찮다는 강한 정념(pathos)이 작품에 깃들어 있다. 감국 바위를 안고 천 년을 기다려도 좋으니, 어느 외진 길 돌아들다 주저앉아도 좋으니, 네가 돌아올 수 있다면야. 너를 볼 수 있다면야. 그리움의 힘이 너무 큰 나머지 천 년을 감내할 수 있다니. 그리움은 천 년 동안 노래가 되어 세상을 떠돌 것이다.

1.
아침 해를 쏘아보다 까맣게 먼눈으로
맨땅바닥 걷어차다 다리도 작신 부러져
그 봐라 아무나 못 해 살쾡이가 남긴 자국

2.
시위 당긴 팔꿈치에 코피 터진 사람들
온 마을 문패 잡고 피 칠갑을 해대자
묘지의 혼령들마저 살 떠는 밤이 된다

이제 야만의 시대 벽면 액자 다 부서지고
외계에 주파수 맞춘 뿔 돋은 영웅들 세상
깊이 판 해자를 둘러 시위 소리만 나는 성

3.
부레옥잠 꽃잎 위에 청개구리 한 마리
햇살을 비껴 돌며 사방을 겨냥하다
무자수 지나는 참에 혼비백산 흔적 없다

—「겨냥」 전문

말은 겨냥한다. 말 자체가 시위를 떠난 활이니, 힘 그 자체다. 말은 작품 안에서 시위를 떠난 활처럼 어디론가 '쏜살같이' 뻗어가고 있다. 회전 없이 목표물을 향해 날아가는 활. 무시무시하다. 아침 해가 우리를 쏘아보고 있어("아침 해를 쏘아보다 까맣게 먼눈") 고작 "맨땅바닥 걷어차다 다리도 작신 부러"질 뿐이다. 자연이 우리를 노리고 있다. "시위 당긴 팔꿈치에 코피 터진 사람들"은 "온 마을 문패 잡고 피 칠갑"을 한다. "묘지의 혼령들마저 살 떠는" "야만의 시대"—사람이 사람을 노리고 있다. 그러나 이제, 겨냥은 강한 자의 특권이다. "깊이 판 해자를 둘러 시위 소리만 나는 성"에 살고 있는 사람(들)이 있고, 그 성 바깥에서 성으로 진입하려는 사람(들)이 있다. 서로가 서로를 겨냥하지만, 아무래도 성 안쪽이 바깥보다 유리하다. 강한 자, 가진 자만 겨냥할 수 있다. "부레옥잠 꽃잎 위의 청개구리"는 사방을 겨냥할 수 있지만, 우리는 부레옥잠이 아닌, "햇살을 비껴 돌"수 없는 도시에 살고 있다. 그렇게 겨냥은 한쪽에서 다른 한쪽으로 혹은 강한 쪽에서 약한 쪽으로 향한다. 겨냥은 기본적으로 목표물을 전제로 진행되는 것이지만, 저 '청개구리'처럼 사방을 향한다. 더 정확히 말해, 목적은 있지만 목표는 없다는 것이다. 시도 그렇다. 시의 말은 사방을 향한다. 당겨진 시위의 탄성력으로 활이 나아가듯, 시인의 시쓰기에서 말이 나아간다. 다만, 시인은 그저 시위를 당길 뿐, 활이 어디로 나아갈지는 모른다. 어느 정도 방향만 짐작할 수 있겠다.

4. 무위—신필영, 『우회도로입니다』

시집의 맨 앞에 놓인 작품을 통해 우리는 신필영 시인의 시집 전체를 갈무리해볼 수 있다. "노래/ 혹은 울음으로/ 제비노정 분주한 날// 대자보 내걸듯이 이르고자 할 바 있어// 이 땅이/ 들썽거린다/ 들풀 한창/ 시푸르다"(「봄, 正音」). 유성호 평론가가 작품 해설에서 언급했듯이 '정음(正音)의 미학'이 시집 전체를 관류(貫流)하고 있다. 군더더기 없이 깔끔하고 감각적인 언어가 시집 전체를 이루고 있는데, 특히 시집에서 주목할 점은 시집 작품 대부분에서 시인은 아무 것도 하지 않거나, 아무 것도 생각하지 않기 위해 애쓴다는 점이다. 다시 말해, 시인은 무위(無爲)의 글쓰기를 지향하면서 동시에 작품은 무위(無爲)의 상태에 이르게 된다. 그러나 '무위(無爲)'는 아무 것도 하지 않는 것이 아니다. 아무 것도 이루어지지 않는 곳, 아무것도 완성되지 않은 이 무위의 깊이야말로 존재의 깊이이기 때문이다. 그러니까 처음과 끝도, 생성과 소멸도 없는 무위는 존재의 무한함을 조금이나마 엿보게 한다(유한자가 무한을 얼마나 볼 수 있겠는가). 이 무위의 공간은 침묵과 고독의 공간이지만, 아무 말도 하지 않았으나, 너무 많은 말이 숨겨져 있다.

입동으로 잎이 든다,

허공에 몸을 놓아

지는 일 하나에만

정진하고 있는 사이

나무는 밝아진 귀로

바람의 말 듣고 섰다

—「동안거」전문

음력 10월 15일부터 이듬해 1월 15일까지 승려들은 외출을 금하고 수행에만 전념한다. 원래 수행자들은 한곳에 머무르지 않고 돌아다니면서 생활하는 것이 원칙이었다. 그러나 인도에서는 무더운 여름이 지나고 우기가 되면 땅속에서 작은 벌레들이 기어나오기 때문에 길을 다니다 보면 벌레들을 밟아 죽일 염려가 있었다. 그래서 석가는 제자들의 제안을 받아들여 우기의 3개월 동안 돌아다니는 것을 중지하도록 했는데, 여기에서 안거(安居)가 유래하였으며, 한국에서는 기후 조건에 따라 여름의 3개월과 겨울의 3개월 동안을 안거 기간으로 삼게 되었다. 이 안거 기간 동안 수행자들은 '면벽수행'처럼 최대한 말을 아끼고 수행에 정진해야 한다. 그러나 무념무상에 이르기 위한 좌선 혹은 참선은 오히려 깊은 깨달음과 고차원의 경지에 이르게 한다. "지는 일 하나에만// 정진하고 있는" 나무조차 "밝아진 귀로// 바람의 말 듣고 섰다". 침묵으로 귀가 밝아져서 바람의 말까지 들을 수 있는 경지. 나무는 그저 "허공에 몸을 놓아" 지는 일 하나에만 정진하고 있을 뿐이었다.

울어

산을 넘는

절집 종소리거나

그 길섶

돌아앉아

향을 빚는 산국이거나

익히고

잦힌 생각들

운을 떼듯,

어슬녘

―「석남사」 전문

"울어/ 산을 넘는/ 절집 종소리"나 "그 길섶/ 돌아앉아/ 향을 빚는 산국"은 모두 "익히고/ 잦힌 생각들"을 가지고 있다. 서로 무심하게 자리를 지키고 있으나, 각자의 역할과 임무에 소홀하지 않는다. "묏새도 울지 않아 깊은 산 고요가 차라리 뼈를 저리"는 정지용의 「장수산 1」처럼 '고요'가 가득한 석남사. '판단정지(epoché)'할 수밖에 없는 이 곳. 아무 것도 알 수 없고 아무 것도 판단할 수 없는 이 곳. 그러나 말할 수 없는 그 '무엇'이 가득하다. 그 '무엇'은 마치 가만히 있는 창가 커튼이 흔들리듯, 불면에 시달리면서 나의 '있음'을 자각하게 되는 순간 '출몰(出沒)'한다. 그러나 이 '무엇'에 집중하면 할수록 우리는 두려움에 몸서리치게 된다. '무엇'이 '무엇'인지 전혀 알 수 없기 때문이다! 작품 「석

남사」에서 무심한 듯 들리는 '종소리'와 산국이 빚는 '향'이 느껴
질 때, 그래서 그것의 있음을 알고 또한 나 자신에 대해 '회의(懷
疑)'할 때, 우리는 이 작품이 만들어낸 존재의 블랙홀에 빨려 들
어가게 된다. 물론, 헤어 나올 수 없다.

순간을 멈춰 세워 길이 된 얼음 폭포

불가청의 고함 소리 동아줄로 엮어놓고

절벽에 발톱 찍으며 몸을 밀어 올린다

시위를 당기는 듯 지그시 굽힌 뜻은

장차 곧게 펴겠다는 네 보법의 고된 선택

시작은 끝을 위하여 언제나 겸손하다
— 「장수하늘소」 전문

"길이 된 얼음 폭포"는 "순간을 멈춰 세"운 것이고, "불가청의
고함 소리 동아줄로 엮어놓"으면서 "절벽에 발톱 찍으며 몸을 밀
어 올린다". 장수하늘소도 이와 같아서 "보법의 고된 선택"으로
"시위를 당기는 듯 지그시 굽힌 뜻"으로 나아간다. 정지되어 있
는 하나의 사진처럼 보이나, 우리의 눈을 찔러 들어오는 그 '무
엇'이 있다. 물론, 그 '무엇'은 아무 것도 아니고, 우리를 자극하
는 것도 아니지만, 우리는 그 '무엇'이 '있다(有)'는 것에 쉽게 눈

을 떼지 못한다. 우리도 그러하기 때문이다. 우리도 이렇게(혹은 그렇게) 있으니, 우리의 있음을 어떻게 견뎌내야 할지, 우리는 그 무시무시함을 자주 잊고 산다. 아니, 외면하려 노력한다. 이렇게 신필영 시집 곳곳에 자리하고 있는 무위(無爲)의 세계는 우리로 하여금 잊고 있었던(혹은 외면하고자 했던) '존재의 깊이'를 가늠하게 한다. 그것은 사물과 현상의 근원이면서 동시에 의미 그 자체이기 때문에, 우리가 다 아는 말로 언술되어 있다고 해도, 그 말은 우리가 이전에 알고 있는 말이 아니다. 잘 알고 있는 말과 상황이 낯설어지는 이 시간. 이 시간을 우리는 독서라고 부르기도 하고, 글쓰기라고 부르기도 하지만, 결국 끝까지 남는 것도 작품이고, 끝까지 이기는 것도 작품이다. 여기서 시인도 독자도 좌절하게 되고 절망에 이르게 된다. 우리는 철저히 유한하기 때문이다. 그러나 근원에 문제를 제기하는 작품은 무한하다. 말 역시 무한하다.

5. 말은 스스로 말한다

우리가 시집을 읽을 때, 우리는 손쉽게 시인의 목소리와 얼굴, 그리고 시인의 감정을 읽는다고 생각하지만, 실상은 그렇지 않다. 이미 작품은 시인을 살해했고, 작품은 곧 독자인 우리도 살해할 것인데, 우리는 순진하게 그렇게 시인이 (잘) 살아 있다고, 우리도 아무 일 없을 것이라고 생각하는 것. 그것 자체가 착각이자 오독이다. 작품은 끝까지 존재한다. 우리에게 말을 거는 것은 말 자체가 아니라, 존재다. 그러나 존재는 침묵의 방식으로 말을 건다. 그때 다시 말이 되고자 하는 것은 존재이고, 그리고 말은 존재가 되고자 한다. 존재의 존재성을 드러낼 수 있는 유일한 모습이 말이기 때문이다. 그러나 시에서 말하는 자는 어느 누구가 아니다. 말(존재)이 스스로 말을 하는 것이다. 말은 구애영 시집의 경우 '허밍'으로, 박방희 시집의 경우 '이야기'로, 서석조 시집의 경우 '겨냥'으로, 신필영 시집의 경우 '무위'로 말을 한다. 모두가 다 무한한 '힘'을 가지고 있으니, 그 힘에 '특히' 매혹되는 자를 우리는 '시인'이라고 부른다.

상처 : 상처 입을 가능성에의 의지

김연동, 『낙관』(시인동네, 2018)

김옥중, 『빈 그릇』(미디어민, 2018)

유자효, 『황금시대』(책만드는집, 2018)

임채성, 『왼바라기』(황금알, 2018)

0. 상처 입을 수 있는 가능성

인간 이성 중심 혹은 주체 중심의 세계관이 얼마나 위험한지는 재론할 필요가 없다. 대상과 세계를 동일자로 환원하려는 시도는 윤리적이지도 않지만, 미학적이지도 않다. 자연과 동일화할 수 있었던 그 옛날이 참으로 아름다웠으리라. 총체성이 무너진 지금 여기에서 서정의 가능성을 논한다는 사실 자체가, 서정의 불가능성에 맞닥뜨린 우리의 위기 상황을 잘 보여준다. 그리하여 예술과 문학의 장에서는 '타자'의 개입 혹은 타자의 목소리에 귀를 기울이는 일에 보다 집중하고 있는데, 타자의 출현은 여러모로 고통스럽다. 나의 자유를 억압하거나 나에게 무조건적인 의무를 요구하기 때문이다. 그래서 인간이 아름다울 수 있다! (서정이 가능하다는 말이다!) 아름다움은 목적 없는 합목적성에 의해 피어난 한 송이 꽃에서도 발현되지만, (목적 있는) 이타성에 의한 우리의 실천에서도 발현된다. 우리의 유전자 혹은 우리 생존-기계는 기본적으로 '이기적(selfish)'인데, '희생(sacrifice)'

을 통해 우리는 우리의 존재성을 초월할 수 있다. 시몬 베유(Simone Weil)에 따르면 미(美)는 우리에게 "자신이 세상의 중심에 있다는 생각을 버릴 것"(『중력과 은총』)을 요구한다. 우리는 미 앞에서 측면의 자리만 차지할 뿐이다. 따라서 대상을 온전히 소유할 수 있다는 헛된 믿음을 내려놓고 우리는 타자에게 맞을 준비를 단단히 하고 있어야 한다.

타자는 폭력적으로 온다. 느닷없이, 예고 없이, 다짜고짜, 내 입 속의 빵을 빼앗아간다. 그러나 우리는 '속수무책' 당해야 한다. 이것을 '상처-입을 수 있는-가능성'이라고 부른다면, 우리의 글쓰기는 '상처 입을 수 있는 가능성'에서 출발해야 함을 깨닫게 될 것이다. 다시 말해, 상처에서 작품이 발생하고 상처는 이내 사라지지만, 우리는 작품의 미세한 틈새에서 무한하게 열린 상처(타자)를 본다. 더 정확히 말하면 상처가 우리를 보고 있다. 아주 미세한 상처가 우리에게 무한함의 안쪽을 들여다볼 것을 요구하고 있다. 상처가 무한함을 덮고 있는 셈이다. 그래서 우리는 상처를 봐야하는 것이 아니라, 상처라는 덮개, 상처가 덮고 있는 상처 안쪽의 무한함을 봐야 한다. 비밀을 품고 침묵하고 있는, 그러나 우리를 보고 있는, 바르트의 '풍크툼(punctum)'처럼 상처는 우리를 찔러 들어온다. 풍크툼이 우리를 노려보고 있고, 우리를 공격한다. 상처가 상처를 입히는 상황. 독자도 상처 입을 수 있는 가능성에 노출되어 있다. 그러니, 작품과 저자, 독자 모두 '상처-연대'를 자처하고 있다. 아름답기 위해서다.

하여, 우리는 김연동, 김옥중, 유자효, 임채성의 작품집을 통해 상처를 입고자 한다. 상처가 우리를 보고 있는 것을 보려 한다.

1. 슬하—김연동, 『낙관』

이번 김연동 시인의 시집에는 '슬하(膝下)'를 떠나야 하는 시인의 슬픔 혹은 시인의 슬하를 떠난 슬픔이 주된 정조로 흐르고 있다. "낙엽만 떨어져도 쓸쓸함이 몰려오"고 "콧날 시큰 해"오는 (「슬하」) 상황에 처한 시인은 슬하의 부재에서 자기의 존재성을 문제 삼는다. 슬픔이 시인에게 선험적 조건이 되어 시인은 슬픔으로부터 자기 존재를 이해해야 하는 것이다. 그러나 슬픔이라는 기분은 단순히 시인 앞에 있는 어떤 것, 시인이 느끼거나 시인에게 주어진 것이 아니라, 시인의 존재 양태를 드러내 보이는 근본 양식이라 할 수 있다. 따라서 시인은 '슬하'를 복원하려는 시도에서부터 시인의 존재 가능성을 이해하고자 한다.

어두운 길에 선 듯 문득 소름 돋는
오래된 유골과의 소슬한 재회였다
잊힌 듯, 잊히지 않는
핏줄 붉은 아버지

꿈에서도 아리다던 식민의 못 자국이,
모서리 닳아버린 조국이란 조약돌이
드리운 그늘의 시간
유품인가 당신은

생전의 정신처럼 더없이 맑은 하늘
구천(九泉)이 거기 있어 영혼이 머문다면

앞섶에 물망장(勿忘章) 구절
새겨주고 가시리라

귀를 기울여도 이명만 일어날 뿐,
삶과 죽음의 경계 눈을 열고 오는 소리
서늘한 낙엽이 한 장
경전으로 내린다

— 한 장 경전(經典) 전문

「용비어천가」의 110장에서 124장까지를 '물망장(勿忘章)'
혹은 '무망장(無忘章)'이라 한다. 후대 임금들에게 경계(警戒)의
뜻을 전하고자 한 것이다. 마찬가지로 '핏줄 붉은 아버지'는 시
인에게 '물망장 구절'로 "서늘한 낙엽" 한 장을 내리신다. 그 낙
엽 한 장에는 월명사의 「제망매가(祭亡妹歌)」처럼 "삶과 죽음의
경계"가 담겨 있다. "죽고 사는 길이 여기에 있듯"(「제망매가」),
"어두운 길에 선 듯 문득 소름 돋는/ 오래된 유골과의 소슬한 재
회"는 시인에게 있어 시인의 존재가 처해 있는 곳을 적확하게 알
려준다. 시인은 '죽음 앞에 선 존재'라는 것을 '다시 한 번' 깨닫
게 된다. 일반적으로 대부분의 사람들은 자기 삶의 끝, 자기 가
능성의 끝을 외면하거나 무한정 늘리는 것으로 삶에 대한 애착
을 보이지만, 시인은 자기 삶의 끝을 가정하면서 죽음을 끌어안
고자 한다. 그러나 그것은 체념 혹은 허무가 아니라, 오히려 삶
에 대한 애착이기도 하다. 시인은 죽음 위에 자신의 몸을 포갠
다. 그것이 삶이다.

아흔넷 시린 생이

만장처럼

걸려 있는

병상을

돌아 나와

아린 눈물

훔칩니다

함부로

말할 수 없는

시든 꽃

우리 엄마

— 「시든 꽃」 전문

죽음은 내가 나의 밖으로 사라지는 유일한 지점이다. 죽음이
야말로 타자 중의 타자다. 그래서 죽음은 정돈되거나 질서 지워
진 사물들이 아닌, 태초의 사물, 혼돈의 사물, 사물의 근원으로
다가가게 한다. 그러니까 우리는 죽음으로 사물을 구원해야 한
다. 우리는 사물에게 이름을 지어주면서 사물의 본질을 오염시
키거나 거세시켰다. 우리는 오르페우스처럼 내가 더 이상 아닌
곳, 내가 말할 수 없는 곳으로 깊이 내려가야 한다. 시인 역시 죽
음으로 내려가면서 "함부로/ 말할 수 없는/ 시든 꽃"인 '우리 엄
마'를 부른다. 죽음은 나를 텅 비게 하고, 그 무화의 공간, 비인
칭의 세계에서 말을 하는 것은 시인이 아니라 시 자체이므로, 시

인은 존재의 영점(zero degree) 혹은 시인을 사라지게 하는 텅 빈 공간(모리스 블랑쇼, '문학의 공간')에 자신이 존재해 있음을 안다. 그곳은 무척 슬픈 곳이지만, 그곳으로 가야'만' 사물의 근원을, 시를 만날 수 있다.

이내 겨울이 오면 처방전이 바뀌겠지 까닭 없는 슬픔에도 익숙해진 이마 위로 찬 계절 채비를 하듯 여우비가 지나간다

파도가 밀고 오는 꼬였던 발자국들, 그 흔적 쓸어주던 늦은 가을볕이 등 굽은 어깨를 치며 단풍 진다 서두르네

뉘 모를 보푸라기 다독이는 아내에게 바람에 구겨진 옷 다림질만 시켰구나 아픔을 혼자서 삭인 그 눈물을 몰랐구나

빗금 친 시린 날들 허전한 삶의 뒤끝, 몸보다 마음의 병 깊어가는 시간 앞에 내 은발 기대선 와온 노을빛도 은빛이네
　　　　　　　　　　　　　　　　　　　　　　─「은빛 와온」 전문

이번 시집에서 가장 명편(名篇)이라 생각되는 「은빛 와온」은 릴케가 말한 '세계의 내적 공간(Weltinnenraum)'으로 다가가는 듯하다. 이 일은 지상을 초월하거나 고양되어 신에게 다가가는 일이 아니다. 오히려 시인 바깥, 세계 바깥으로 나아가 세계 내 존재들을 충만하게 하는 일이다. 사물과 존재가 '와온'에서 자유롭게 만나고 흩어진다. "슬픔에도 익숙해진 이마"와 "찬 계절 채비를 하듯 여우비"가 만나며, "등 굽은 어깨"가 "늦은 가을

볕"과 만난다. 이윽고 시인의 '은발(銀髮)'은 '와온 노을빛'과 만나 어우러진다. 아내에게 "바람에 구겨진 옷 다림질만 시켰"던 자신의 삶을 돌아보며 "아픔을 혼자서 삭인 그 눈물"과 만난다. 시인은 그렇게 아내의 본질, 사물의 본질, 삶의 본질과 마주하게 되었다. "허전한 삶의 뒤끝"에서 "몸보다 마음의 병 깊어가는 시간"에 시인이 있었기 때문에 가능한 일이다. 따라서 죽음은 시인에게 있어서 마지막 순간에 발생하는 사건 또는 사고가 아니라 시인이 살기 시작하면서 지금까지 계속 삶에 깊숙이 내재해 있었다. 그러므로 죽음은 시인 실존의 한 부분을 이루면서, 죽음은 시인의 가장 깊은 내면에서 오래도록 살아갈 것이다. 죽음을 삶 속에서 살아가게 하는 것. 죽음이라는 상처가 아물지도 덧나지도 않고 평생 삶에 새겨 있는 것(tattoo). "겨울이 오면 처방전이 바뀌"겠지만 결코 완치가 불가능한 불치병(不治病). 시인은 시인만의 고유한 죽음을 살아갈 것이다.

2. 그림자—김옥중, 『빈 그릇』

김옥중 시인의 단시조집 『빈 그릇』은 "넘치는 그릇보다/ 빈 그릇이 아름다워"라고 말하는 시집의 첫 작품 「빈 그릇」이 일러 주듯이 이미지의 범람 혹은 말-잔치로부터 멀어지려 한다. 시인은 빈 그릇이 오히려 바람과 달빛을 담을 수 있고, "청정한/ 저 하늘까지도" 담아볼 수 있는 것으로 보았기 때문이다. 시인에게 있어 글쓰기는 그렇게 비우는 일이자 무위(無爲)의 글쓰기이며, '무용함의 유용함'을 이번 시집의 시적 전략으로 삼은 듯하다.

따라서 시인은 시인을 보고 있는 풍경, 시인의 눈을 찔러오는 풍경에 주목하고 그 풍경의 틈새 혹은 라캉의 '누빔점(point de capiton)'을 본다. 그곳은 의미가 만들어지는 곳이면서 동시에 타자의 자리가 만들어지는 곳이기도 하다. 아무 것도 아닌 것, 알 수 없는 것에 의미를 고착시키려는 시인의 글쓰기-실천은 시인-아닌-곳에 시인이 있음을 알게 한다. 작품은 그저 시인과 독자를 잠깐 들어오라고 손짓하거나, 혹은 우리가 직접 문을 열고 들어갈 수 있을 뿐이다.

매끈한 장신에다
서시 같은 얼굴에다

한 귀를 열어 놓고
세상 소식 다 듣더니

조각난 슬픈 사연을
어루만져 꿰맨다.
— 「바늘」 전문

바늘이 지나간 자리, 봉합된 자리는 봉합 전의 상황을 짐작하게 한다(해야 한다). 만약 봉합이 "조각난 슬픈 사연"을 꿰매는 일이라면, 애초에 사연들은 슬프지 말아야 했고, 조각나지 말아야 했다. 바늘은 그런 곳을 지나가는 일을 천직으로 부여받았으니, 바늘이 지나간 자리는 슬픈 자리, 부정성의 자리다. 시인이 바늘을 보고 작품을 썼건, 바늘이 지나간 자리를 보고 작품을 썼건 간에 그 사실은 '전혀' 중요하지 않다. 두 개의 천을 바느질로 접어 안팎을 만들어 누비는 것처럼 기표의 기의가 미끄러지지 않도록 둘을 함께 고정시키는 점은 고정된 의미에 대한 환상을 만들어내니, 이제 우리가 할 일은 그 누빔점에서 우리를 보고 있는 것이 무엇인지 우리의 욕망을 말하는 일이다. 그러므로 조각난 슬픈 사연을 보고 있는(보려는) 우리의 욕망은 도대체 어디서 기인한 것인가. 신경증자처럼 조각난 슬픈 사연은 우리에게 어떤 증상과 환상을 허락하였는가. 수많은 증상과 환상이 있겠지만, 그 중 하나는 글쓰기일 것이다.

> 한평생 지킴이로
> 뒤에서만 서성인다
>
> 내 눈치 알고 사는
> 저 녀석이 얄밉다
>
> 더불어
> 푸른 의리는
> 언제나 손을 놀까.
>
> ―「그림자」 전문

그림자가 나를 보고 있다는 생각. 그림자가 나를 보고 있는 것을 본다. 그림자는 비로소 나에게 하나의 의미로 고정되어 나에게 '보여진다'. 시인은 "한평생 지킴이로/ 뒤에서만 서성"이던 그림자를 "내 눈치 알고 사는/ 저 녀석"으로 부르기로 했다. 그림자를 그림자로 부르기로 하자, "푸른 의리"도 나타난다. 그림자의 손을 잡고 있었던 것인지, 나의 손을 잡고 있었던 것인지 알 수 없으나, 그림자를 고정시키자 다른 환상이 나타났다. 이제 그림자의 본체인 '나'가 중요한 것이 아니라, 그림자와 푸른 의리와의 관계만 남게 되었다. 그렇게 시인의 자리는 사라지고 그림자와 푸른 의리만 자리에 남았다.

> 소나무 그늘 아래
> 바위에 사려 앉아
>
> 바람도 걸음 멈춘
> 새하얀 네 미소가
>
> 어둑한
> 내 가슴속의
> 그림자를 지운다.
>
> ―「석란꽃」 전문

　　이제는 시인의 가슴속 '그림자'까지 지워진다. 물론, 「그림자」의 그림자와 '내 가슴속의 그림자'는 다른 층위다. 전자는 말 그대로 그림자(shadow)일 것이고, 후자는 근심과 불행의 상징물일 것이다. 그러나 둘 다 본체에서 파생되는 것, 복사된 것임은 분명하다. "바람도 걸음 멈"추게 하는 석란꽃의 "새하얀 네 미소"가 시인 가슴속의 그림자를 지우게 한다. 근심과 불행의 대리물이 사라졌으니, 이제 근심과 불행 이전의 본체로 돌아가면 된다.

그러나 인용된 두 작품에서 본체는 중요하지 않다. 제거되었다고 봐야 할 것이다. 본체 없는 그림자. 부재로서의 현존으로 본체를 증명하려는 그림자. 그림자는 근심과 불행의 본체를 지시한다. 그러나 이제 그림자마저 사라졌으니, 본체는 어떻게 살아가야 할 것인가. 질문에 이미 대답이 있다. 이에 따라 그림자에게 본체의 자리를 내어주면서 시인은 시인 자신-본체의 무화를 경험하게 된다. 그 자리가 바로 '빈 그릇'이라고 말할 수 있다면, 빈 그릇이라는 형상, 그림자라는 형상은 시인의 형상이 아닌 '아무 것도 아닌 것은 아닌 것'으로 고정된 의미를 부여하려는 시인의 욕망을 보고 있다. 그러나 끝내 고정된 의미를 부여하려는 시인의 욕망과 그에 따른 의도는 실패로 끝날 것이다. 그것을 알고 쓰는 시인과 모르고 쓰는 시인이 있을 뿐이다. 다만 실패를 알고 쓰는 시인만이 그림자를 볼 수 있을 것이며, 비로소 시인 자신이 '아무 것도 아닌 것'임을 알게 될 것이다.

3. 고요—유자효, 『황금시대』

유자효 시인의 첫 단시조집 『황금시대』는 "가슴엔 만단정회 / 내려앉은 만근 수심"이 "그대가 떠난 뒤에도/ 어찌할 줄 모르" (「후회」)는 시인의 애절함이 여러 사물과 여러 사건을 통해 재현되고 있다. 그러나 시인은 그러한 감정을 전제로 대상을 바라보기보다는, 사물과 사건이 시인에게 애절한 인상을 불러일으킨다고 할 수 있다. 다시 말해, 시인이 보고자 하는 것은 대상이 시인을 보고 있기 때문에 가능한 일인데, 이러한 시인의 응시는 『

말테의 수기』에서 릴케가 말하듯 미지의 대상이 주체에게 틈입하는 일이기도 하다. 릴케에 따르면 '보기'를 통해 시인은 시인이 알지 못하는 미지의 영역으로 접근하는 동시에 거기에서 부정성 혹은 상처를 만나게 되거나 상처를 입게 된다. 즉, 본다는 것은 다르게 보는 것, 경험하는 것인데, 그것은 앞서 말한 '상처-입을 수 있는-가능성'과 조우하는 일(윤리)이다. 그러나 미지의 대상이 우리를 보고 있다고 해서 우리가 전부 반응하지는 않는다. 특정한 사람만이, 특정한 대상에 반응한다. 우리는 그 반응을 흔히 '시적 감수성'이라고 부르는데, 이때 상처와 고통도 함께 찾아온다. 그래서 시인은 늘 슬퍼해야 한다. 말 더 보태서 이 세상 모든 슬픔을 짊어가는 자를 시인이라고 부를 수 있다면, 다른 사람의 슬픔까지 대신하여 살아가는 것도 나쁘진 않겠다.

폐가
담장 밑
야생화가 피었다

그것도 그늘진 곳
새하얗게 내민 얼굴

이곳서 종신서원한
그 고독이 슬프다

— 「야생화」 전문

어디에서나 볼 수 있는 풍경이고 아무나 볼 수 있는 장면이지만, 시인에게는 "종신서원한/ 그 고독"으로 다가온다. 물론 "폐가/ 담장 밑"이 쉽게 볼 수 있는 풍경은 아니지만, 시인이 주목하는 것은 '폐가'가 아니라, "그늘 진 곳"이고, '야생화'가 아니라 "새하얗게 내민 얼굴"이다. 전자는 쉽게 보이는 것, 학습해야 하는 정보의 영역 '스투디움(studium)'이라면, 후자는 절반의 욕구와 절반의 욕망만 작동시키는 '풍크툼(punctum)'이라 할 수 있다. 특히 풍크툼은 내가 대상을 찾아가는 것이 아니라, 대상이 나를 찾아오기 때문에 절반의 욕구와 절반의 욕망만 작동시킨다. 더욱이 풍크툼은 대상에 어떤 이름을 붙이거나 정보로 변환시키는 것 역시 불가능하기 때문에, 우리는 어떤 것에 이름을 붙이지 못하고 정보로 환원시키지 못한다는 것에 불안을 느낄 수밖에 없다. 동일자의 원리를 벗어나기 때문이다. 따라서 시인은 야생화에서 슬픔을 보는데, 그 슬픔은 시인이 명명한 것이 아니라, 야생화가 시인에게 미적 거리를 제공하면서 사후적으로 얻게 된 하나의 '정념(pathos)'이다. 그러니까 풍크툼은 어떤 대상을 본 그 즉시 드는 느낌이나 수다(감상)가 아니라, 오랜 고민 끝에, 잠들기 직전, 불면의 끝에 출몰하는 반성과 침묵이다.

> 때로 내가 고요할 때 들려오는 말이 있다
> 한 마디가 들리면 전체가 다 들리고
> 끝없는 시공 속에서 함께이자 홀로인 것
>
> ─「우주의 말」 전문

고요할 때, 침묵은 말을 한다. 더 정확히 말하면 침묵이 침묵 자신의 얼굴을 가리키며 우리 앞에 나타난다. 충만한 침묵. 우리는 그것을 견디지 못한다. 우리는 '깊은 심심함'(한병철)을 견디지 못하고, 멀티태스킹해야 하는 강박에 시달린다. 자신의 고유성과 본래성을 마주하는 일은 언제나 고통을 수반하기 때문에, 우리는 그것들을 망각하려고 비본래적인 것과 먹고 살기 바쁜 세인(世人, das man)의 삶을 추종할 수밖에 없다. 물론 그것을 탓할 수는 없다. 다만, 돌아가지 않으려고 하는 것은 문제다. 상황이 이러하니, "고요할 때" "들려오는 말"은 바로 "끝없는 시공 속에서 함께이자 홀로인" "우주의 말"인데, 이것은 곧 우리가 재현하고 남은 것, 의미 부여가 끝나지 않은 것으로서 '잔여' 혹은 '잉여'로서의 의미들이다. 이러한 미지의 것, 끝낼 수 없는 것에 대한 판단은 유보하되, 끈질기게 물고 늘어지는 시인의 의지를 통해 시인을 비롯한 우리는 은폐된 진실 혹은 진리를 본다. 그것은 잠깐 출몰했다 사라지겠지만, 그것을 보려는 우리의 태도는 윤리적이지 않겠는가. 침묵은 각자의 방에 있고, 각자의 윤리는 각자의 침묵에 있다.

푸른 하늘
검은 획
가을 까치 한 마리

찌르릉
도끼날에 쓰러지는 나무들

이 사랑 채 다 못 주고
떠나서야 알겠네

— 「11월」 전문

11월이 주는 허전함과 애상(哀想)은 많은 시인들이 노래했지만, 이번 유자효 시인의 시집에서 가장 눈길이 가는 작품인 「11월」은 그 중에서도 특별해 보인다. 이시영 시인이 "다리 저는 할머니 한 분이 애기를 업고 나와 행길 가에 서성이고 있습니다/ 곧 들판이 컴컴해질 것 같습니다"(「십일월」)라고 말했다면, 유자효 시인은 "푸른 하늘/ 검은 획/ 가을 까치 한 마리"로 11월의 맑고 찬 하늘을 명징하게 보여주면서 동시에 "찌르릉/ 도끼날에 쓰러지는 나무들"의 소리로 늦가을의 적막감을 보다 극대화시켰다. 그러한 풍경들은 곧 시인에게 다음의 생각에 이르게 한다. "이 사랑 채 다 못 주고/ 떠나서야 알겠네". 까치와 쓰러지는 나무들로부터 시인은 사랑을 다 주지 못했다는 후회와 죄책감, 슬픔이 촉발되었다. 이 이미지들을 무어라 부를지, 어떻게 표현해야할지 시인은 망설이는데, 까치가 나는 하늘과 나무들 쓰러지는 소리가 시인에게 계속 잔여로 남아 있기 때문에 그러하다. 끝내 말할 수 없고, 말해도 부족하므로 시인이 대상들에게 그리고 타자들에게 주는 사랑은 언제나 미진(未盡)하다. 그래서 슬프다. 그리고 그 슬픔은 고요할 때만 찾아온다. 유자효 시인은 고요 속에서 "소소한 일상들/ 늘 보는 모습들"(「나의 것」)을 오래 노려볼 것이다. 슬퍼도 슬픔을 해야할 일로 믿는 자에게는 슬픔이 다 같지 않을 것이기 때문이다.

4. 화인―임채성, 『왼바라기』

임채성 시인의 두 번째 시집 『왼바라기』는 시집 제목처럼 부정적인 것과 함께 하려는 부정성의 옹호 혹은 '부정성에의 의지'를 잘 보여준다. 시인은 "연필과 숟가락은 꼭 오른손에 잡으라고", "옳은 쪽 바른 손만이 법이고 밥"(「왼바리기」)이라는 '아버지-법'에 시인은 "누르면 용수철처럼 튕겨지는 결기"로 대항한다. 마침내 시인은 "그른 쪽 그늘에 숨어 비익조를 꿈꾸"려 한다. 기존의 질서와 이념을 전복하려는 시인의 결기가 대단하다. 가속화된 소통에 반기를 제기하는 것이라면, 으레 돌 맞기 쉬우나, 진실은 언제나 파편적으로 존재하므로 경제성의 원리에 반기를 드는 실천은 '언제나' '반드시' 필요하다. 그리고 그것은 사회의 질서뿐만 아니라, 개인에게도 해당된다. 주체의 변증법이라는 것이 바로 그것인데, 개인 스스로가 안티테제가 되지 않으면 결국 고인 물이 썩듯이 동일자의 영원한 악무한 고리를 끊을 수 없다. 따라서 시인은 언제나 부정성과 함께 간다. 물론 이에 따라 발생되는 손해와 상처 혹은 슬픔 따위가 부정성을 더욱 빛나게 할 것이다.

비를 몬 손돌바람 갈기 바짝 세운 저녁
잘려나간 우듬지로 거먹구름 훑고 있는
입동의 플라타너스 그 몸피를 읽는다

결별의 낙숫물이 뚝뚝 듣는 거리에서
하릴없이 바라만 보는 먼발치 살붙이들
무젖은 한 겹 껍질마저 휘주근히 벗으며

옹이 밴 지난 이력 얼루기로 그려넣고

눈설레 땡볕마저 나이테에 새겼으리

우산도, 외투도 없이 떨켜만 키운 몸통

쭈글쭈글 접힌 뱃살 울 어매도 저랬을까

여섯 자식 배앓이로 살 트는 줄 몰랐던

나무의 겨우살이가 거스러미로 일어선다

— 「뱃살무늬를 읽다」 전문

"나무의 겨우살이가 거스러미로 일어선다"는 시인의 결론은,
"입동의 플라타너스 그 몸피"와 "쭈글쭈글 접힌 뱃살 울 어매"를
일치시키면서 오는 것이지만, 둘 다 "옹이 밴 지난 이력"에 의한
것이자 "비를 몬 손돌바람 갈기 바짝 세운" 지금 상황에서 비롯
된 것이다. '매끄러운 것'과는 거리가 먼 이 두 대상은 오로지 자
신을 고통스럽게 하는 타자(결국 시간의 문제)로 인해 '옹이' 혹
은 '주름'이 그 고통의 흔적으로 남았다. 그들의 '뱃살무늬'는 타
자의 틈입에 의한 것이면서 동시에 그것을 감내한 주체의 소산
이기도 한데, '떨켜'라는 것이 바로 그것이다. 떨켜는 잎이나 꽃
잎, 과실 등이 식물의 몸에서 떨어져 나갈 때, 연결되었던 부분
에 생기는 특별한 세포층으로 식물에 있는 수분이 빠져나가는
것을 막고, 미생물이 침입하는 것을 막는다. 다시 말해, 타자의
침입은 주체에게 항체를 만들어준다. 플라타너스와 울 어매의
삶을 볼 때, 타자의 침입 혹은 (같이 있어야 할 것) 상실은 고통
스러웠겠지만, 시인은 그것을 마냥 위로하거나 긍정하지는 않는
다. "떨켜만 키운 몸통" 나름의 삶도 인정해야 하고, 그것이 삶이
기도 하다. 그리고 시인 역시 그렇게 살 것이다. 옹이 하나 없는

무절(無節) 목재로만 짓는 건축물은 없다.

광고회사 신입 시절 광고주 인사 갔죠
갓 찍은 명함 주며 카피라이터라 했어요
남의 글 베껴 쓰는 일?
복사기냐며 웃대요

식은 커피 다시 끓어도 웃으며 대답하길
코피를 쏟을 때까지 문안 뽑는 일이라고,
오늘도 문안 여쭈러
잠시잠깐 들렀다고

살다보니 복사기가 도처에 있더군요
TV에도 신문에도 서점과 인터넷에도
거리엔 같은 얼굴에
같은 옷의 사람들

생각까지 복제하는 디지털 카피시대
내 시는 그 무엇을 베껴 쓴 판박일까
붕어 살 한 점도 없는
붕어빵도 그러거니

— 「카피, 라이터」 전문

시인 자신의 아픈 회고담을 시화(詩化)했다. "남의 글 베껴 쓰는 일"이라는 오해를 받았던 '카피라이터' 시인은 광고주-광고 기획자라는 갑-을 관계에서 자유롭지 못했다. 자본주의사회, 분업사회에서 흔히 일어나는 일이다. 그러나 시인은 이른바 '갑질'을 고백하고 폭로하는 것이 아니라, 자신의 글이, 자신의 생각이 그들의 조소(嘲笑)처럼 "생각까지 복제하는 디지털 카피시대"에서 "그 무엇을 베껴 쓴 판박"은 아닐까 반성해본다. '붕어빵' 찍어내듯 자신의 글이 그렇지 않은지 반문해보려는 시인은 "같은 얼굴에/ 같은 옷의 사람들"과 같지 않으려 한다. 시인 자신의 고유성을 지켜내고 싶은 것이다. 그것이 남과 다르다는 '선민의식' 혹은 무차별 '상대주의'에서 기인하는 것이 아니라 무척 다행이다.

그림자가 길어진다, 낮술에 취한 바다
결 고운 미풍에도 찡그리는 수면 위로
힘겹게 끌고 온 하루 허물어져 내린다

가늘게 들썩이는 네 야윈 어깨 너머
낙지처럼 흐늑이던 핼쑥한 빛의 촉수
잡지도, 놓지도 못한 꼬랑지가 밟힌다

해를 문 불새였다, 내 앞의 언제나 넌
데식은 심방 안에 둥지 몰래 틀어놓고
뜨거운 들숨날숨을 맥놀이로 뛰게 하던

네게로 가지 못해 시나브로 녹슨 말들
날마다 새로 찍는 그 화인 가슴에 묻고
첫사랑 저문 한때가 수평선을 넘어간다
                              ―「실안 낙조」전문

이번 임채성 시집 중에 가장 울림이 있다고 생각되는 인용시
는, "첫사랑 저문 한때"를 기억하는 동시에 지금 겪고 있는 시인
의 슬픔이 고스란히 전해온다. "낮술에 취한" 것은 바다가 아니
라 시인이고, "결 고운 미풍에도 찡그리는" 것은 수면이 아니라
시인일 것이다. "잡지도, 놓지도 못한 꼬랑지" 당신. 당신 앞에서
시인은 언제나 "해를 문 불새"였으나 당신은 지금 여기 없다. 그
러나 기억 속에 여전히 살아 있다. 잃어버린 시간, 잃어버렸다고
생각되는 그 시간. 다시 되찾아올 수 있을까. 잃어버린 시간을
되찾기 위해 시인은 "네게로 가지 못해 시나브로 녹슨 말들/ 날
마다 새로 찍는 그 화인 가슴에 묻고" 글을 써갈 것이다. '날마다
새로 찍은 그 화인'이야말로 시인에게는 저주이자 축복일 것이
다. 이제, 시인은 상실된 대상의 이미지를 애도한다. 그러나 애
도는 영영 실패할 것이지만, 애도하는 과정은 시인에게 글쓰기
의 영감(정감, emotion)을 선물로 건네줄 것이다. 시인은 상실
된 대상이 부재하나, 그 현존을 글쓰기로 채워나갈 것이며, 그
부정성이 시인의 마음을 끊임없이 격렬하게 운동시킬 것이다.

5. 미의 구원

아름다움(美)은 강제도 없고 욕망도 없다. 자유가 가득한 세
계다. 동시에 연약하고 부서지기 쉽다. 비밀을 간직하고 침묵을
사랑하기 때문에 그렇다. 그러나 우리가 미적 형식 혹은 미적 판
단에 개입하고자 한다면, 이야기는 달라진다. 우리는 자유롭지

않다. 미의 구원은 곧 타자의 구원을 전제로 하기 때문이다. "글쓰기는 당신이 없는 바로 그곳에 있다는 것을 아는 것, 이것이 곧 글쓰기의 시작"(바르트, 「사랑의 단상」)이라는 바르트의 지적처럼, 우리가 미에 매달릴 때, 우리는 필연적으로 자신의 무화를 경험해야 한다. 더욱이 타자는 우리에게 틈입하고 우리에게 상처를 입힌다. 그럼에도 불구하고 우리는 "계속하시오"의 정언명령을 따라야 한다. 이렇게 말할 수 있겠다. 시인은 '상처 입을 가능성에의 의지'를 가진 자다.

　김연동 시인은 죽음이라는 타자의 몸에 자신의 몸을 포개고 있고, 김옥중 시인은 자신이 아무 것도 아닌 '빈 그릇'에 불과하다는 것을 깨닫고 있으며, 유자효 시인은 고요 속에서 슬픔을 노려보고 있고, 임채성 시인은 부정적인 것과 함께 가고 있다. 모두가 타자로 인한 상처 때문(우리는 우리 스스로 상처를 만들어 내지 못한다)이다. 우리는 상처-연대로서 슬픔을 당연한 일로 여기는 자들이다. 그러나 미가 우리를 구원할 것이다. 우리는 저들 대신 슬퍼 우는 자들이다. 그러면 미가 우리를 대신해 울 것이다.

상징 : 은유 너머의 세계

이 광,『바람이 사람 같다』(책만드는집, 2018)

이정환,『오백년 입맞춤』(작가, 2018)

이형남,『쉼표, 또 하나의 하늘이다』(고요아침, 2018)

인은주,『미안한 연애』(고요아침, 2018)

조 안,『지구의 손그늘』(고요아침, 2018)

한분옥,『바람의 내력』(고요아침, 2018)

0. 은유 너머

상징을 간단히 정의하면 '원관념이 생략된 은유'(C. Brooks & Warren, *Understanding Poetry*, 1960)라 할 수 있다. 다시 말해 보조관념이 원관념을 포함하거나, 은유 너머의 세계를 지시하는 것이 바로 상징이다. 따라서 상징은 은유에서 출발하지만, 곧 은유와의 관계를 끊고 그 자체로 독립한 것이다.[62]

그러나 상징의 영역을 규정하는 것은 매우 어렵다. 모든 은유가 상징이 될 수 있고, 시인과 독자가 어떻게 쓰고 읽느냐에 따라 상징은 제각각으로 나타날 수 있기 때문이다. 그나마 우리

---

[62] 여기서 주의할 것은 알레고리다. 흔히 우리는 상징은 원관념과 보조관념이 多 : 1이고, 알레고리는 원관념과 보조관념이 1 : 1인 것으로 알고, 알레고리를 상징보다 낮은 차원으로 이해한다. 따라서 상징은 애매모호한 것, 알레고리는 확실하고 명료한 것으로 보고, 상징을 알레고리보다 높은 단계로 보지만, 실상은 그렇지 않다. 상징이 유기적 총체성을 추구(수직적)한다면, 알레고리는 현실과 역사성을 추구(수평적)한다. 상징과 알레고리는 형성 과정의 문제이지, 위계의 문제가 아니다.

가 '잘' 아는 관습 상징, 보편 상징, 원형 상징 등은 손쉬운 기호-해석으로 '이것은 ○○의 상징이다'는 어느 정도 확고한 심증(心證)을 가능하게 하지만, 시의 성패는 상징의 유무가 아닐 것이다. 시의 성패는 상징이 어느 차원까지 갔는지 즉 , '수직적 초월'[63]을 얼마나 이뤘는지에 달려 있을 것이다. 그러므로 좋은 시의 요건 중 하나를 상징이라고 할 수 있다면, 여기서 상징은 은유와의 관계를 끊고 은유 너머를 향해야 한다. 즉, 상징 앞에 '관습'이라는 꼬리표를 '얼마나 빨리' 떼고 '최대한 멀리' 은유로부터 달아나느냐에 따라 시의 미학적 성취도를 결정할 것이며, 진실 혹은 진리에 최대한 가깝게 접근하게 될 것이다.

그렇다면, 관습에서 최대한 벗어나기 위한 상징은 어떠한 것인지 질문하게 된다. 이 질문은 다시 '관습'을 질문한다. 관습(慣習, 어떤 사회에서 오랫동안 지켜 내려와 그 사회 성원들이 널리 인정하는 질서나 풍습) 혹은 전통(傳統, 어떤 집단이나 공동체에서, 지난 시대에 이미 이루어져 계통을 이루며 전하여 내려오는 사상, 관습, 행동 따위의 양식)[64]의 정의가 이렇다면, 관습(전통)에서 벗어나는 일은 집단과 공동체의 담론에 포섭되지 않는, 개별적이고 특수한 상징이되, 시 안에서 의미를 풍요롭게 만들

---

[63] 르네 지라르는 소설이란 주인공을 통하여 타락한 세계에서 타락한 방법으로 진정한 가치를 추구하는 이야기라는 점에서 유물론자 골드만과 의견을 같이하면서도, 소설가가 소설을 씀으로써 타락한 세계로부터 '수직적 초월'을 하여 진실에 도달한다고 한 점에서 의견을 달리한다(『낭만적 거짓과 소설적 진실』, 2001). 시에서도 지라르가 제시한 '수직적 초월'이 가능하다면, 시인이 아닌 시가 진실에 도달한다고 말해야 한다(지라르 역시 그런 의도로 말했을 것이다).

[64] 시조가 (한국의) '전통 장르'라고 해서 '전통'과 관련된 속성을 현대시조가 가져야 할 필요는 없다. 현대시조는 전통 리듬(律)을 이어받은 것이지, 현시대와 동떨어진 전통 장르가 되려고 한 적은 없다. 진짜 문제는 전통 리듬과 현시대를 긴밀(緊密)하게 연결시키거나, 전통 리듬이라 여겨지는 시조의 리듬이 최첨단, 최신식 리듬임을 밝히는 일이다(후자를 해결하면 전자는 알아서 해결되겠다).

어내야 할 것이다. 물론 사(私)은유로 보편성을 획득하지 못해
서도 안 된다.

하여, '가장 특수한 것이 가장 보편적인 것'이라는 말을 믿고,
시집 전체에서 상징의 극단까지 최대한 끌어올린 작품을 찾아볼
수 있다면, 우리는 시인의 시집에서 단 한 편의 시로도 시집의
시적, 미학적 성취도를 매겨볼 수 있을 것이다. 물론, 어느 정도
의 공로는 시인에게 돌아가겠다.

1. 그—이광, 『바람이 사람 같다』

띄엄띄엄 이어놓아 물길을 끊지 않고
흐르는 물도 비켜 길 한쪽 내어준다

여울진 생을 앞서간
그가 나를
부른다

—「징검돌」 전문

'징검돌'은 문학에서 쉽게 접할 수 있는 사물이면서, 다분히
상징적인 사물이기도 하다. 물을 건너게 하거나, 타자와 나를
'띄엄띄엄' 이어준다는 점에서 상징적인데, 이광 시인 역시 그와
같은 발견에서 멀리 나아가지 않았다. 그러나 시인의 징검돌은
기존의 징검돌과 '결'이 다르다. 징검돌을 통해 타자를 만나거나,
나를 디딤돌 삼아 누군가를 이어주는 것이 기존의 징검돌이라

면, 시인의 징검돌은 다음 징검돌과의 관계에 주목하고 있다. "흐르는 물도 비켜 길 한쪽 내어"주는 징검돌의 윤리를 시인 역시 추구하면서, 그렇게 "여울진 생을 앞서간" '그'를 앞에 두고 있다. 내 앞의 징검돌 '그'. '그'는 누구인가. '그'는 무엇을 상징하는가. '그'는 부모나 조부모 등과 같이 시인의 앞 세대인 혈육관계일 수도 있고, 종교적 의미에서 신(神) 혹은 초월자, 또는 시간이나 역사 그 자체일 수도 있다. 마치 소월이나 만해의 '님'처럼 명확하지 않고 정해지지 않은 대상인데, 이 대상을 한정할수록 시의 폭과 너비는 그만큼 좁아질 것이다.

그러므로 여기서 '그'가 무엇을 지시하고 상징하는 것인지 추적하고 추측하는 것은 그다지 의미 없어 보인다. 시의 리듬 안에서 기능하는 '그'를 보라. '그'가 시인을 부른다. 호명(呼名)에 응답하는 나는, '그'와 함께 징검돌이 된다. 그러니까 시인은 '그'와 함께 "여울진 생"을 건너가는 것이다. '그'가 없으면, 내가 없으면, 징검돌은 완성되지 못하고 징검돌의 기능을 하지 못한다. 따라서 '그'가 누구인지의 문제보다, 그와 함께 하는(해야 하는) '나'의 태도가 중요해진다. '그'는 사라지고, 이제 나의 문제만 남게 되는 것이다. '그'와 함께 징검돌이 될 수 있는지의 문제. "사람은 길을 닮고 길은 사람 닮아간다"(「산만디」)처럼 사람과 길은 함께 간다. 나는 '그'와 함께 간다. 그러므로, 시인의 존재 문제는, 시인의 존재를 문제 삼는 일은, '그'와의 징검돌-관계를 얼마나 성실히 이행하고 있는가에서 찾게 될 것이다. '그'가 누구인지는 전혀 중요하지 않다. '그'의 호명을 통해 주체 지워지는 나를 통해만 그가 누구인지 겨우 가늠할 수 있을 것이다. 이 일은, 독자인 우리에게도 해당될 것이다.

2. 설렘—이정환, 『오백년 입맞춤』

태초에

설렘이

있었다

설렘이

당신을

낳았다

빛나는

눈동자

깊숙한

수정체

그속에

머물던

무지개

비로소

당신은

영원을

꿈꾼다

태초에

설렘이

있었기

때문에

완강한

사랑의

동아줄

잡았기

때문에

─「태초에 설렘이 있었다」 전문

　태초에 말씀(요한복음 1:1)이 아니라 설렘이 있었다. 설렘은 이광의 '그'와 같이 (누군지 알 수 없는) '당신'을 낳았다. 설렘은 "빛나는/ 눈동자", "깊숙한/ 수정체"를 가진 '당신'을 낳았는데, 설렘은 그런 '당신'에게 빛나는 눈동자와 깊숙한 수정체에 무지개를 머물게 하였다. 그리고 '당신'은 영원을 꿈꾸게 되었다. 그러나 여기에서 '무지개'가 무엇인지, 무엇을 상징하는지 중요하지 않다. 태초에 설렘이 있었기 때문에, '당신'이 존재할 뿐이다. 그렇다면, 설렘은 무엇인가. 설렘은 마음이 가라앉지 않고 들떠서 두근거리는 것인데, 일반적으로 누군가를 좋아하거나 놀랐을 때 또는 새로운 것을 경험할 때 발생하는 마음의 동요(動搖)라 할 수 있다. 따라서 마음의 동요가 있어 설렘이 생겨났고, 이 설렘이 '당신'을 만든 것이니, 면밀히 말하자면, '당신'을 만나 설렘이 생긴 것이 아니라, 설렘이 있기 때문에 '당신'이 생겼다. 태초에 말씀이 있었던 것처럼, 태초부터 설렘은 그 무엇보다 선행하고 있었던 것이다. 다시 말해 설렘은 이미 존재했으나, "완강한/ 사랑의/ 동아줄/ 잡았기/ 때문에" '당신'이 생겨났고, '사랑의 동아줄'을 잡은 것은 '당신'이 아니라 설렘이다. 대상이 있어 설렘을 만든 것이 아니라, 설렘이 대상을 만들었다. 이와 비슷한 매커니즘이 시집 전체를 관통하고 있는데, 이를테면, "언제 어디에서든/ 바로 앞에 당신"(「바로 앞에 당신」)이 있어 시인은 당신 앞에서 어쩔 줄 몰라 한다.

결국 설렘은 '당신'을 만들었고, '당신'은 영원을 꿈꾼다. 그러나 여기서 영원은 '불멸'과 '무한'이 아니라, 시간 바깥, 시간성에 속하지 않는 '광대한 시간'에 속한다. 아우구스티누스가 말했던 것처럼 신이 태초에 천지를 창조할 때, 창조 전의 (무한하과 광대한) 시간은 시간 바깥, 계산할 수 없는, 언제 시작되었는지 알 수 없는 시간이다. 세계가 존재하지 않는 시간. 그 시간으로부터 지금까지 순간을 점(點)으로 하여 점의 무한한 집합으로서의 선(線)을 영원이라고 한다면, 그 선분상의 한 점은 '영원한 지금'(아우구스티누스)이다. 따라서 태초에 설렘이 있었던 무시간(無時間)에서 '당신'이 생겨났으니, '당신'은 당연히 영원을 꿈꿀 수밖에. 당신보다 설렘이 선행하고, 설렘은 영원이다. 우리는 지금 영원이라는 선분상에 점들을 무수히 찍고 있다.

3. 쉼표─이형남, 『쉼표, 또 하나의 하늘이다』

잘 익은 열매 하나 푸른 늪을 품었을까

먹빛 속 서늘한 밤 동면의 경지인지 눈자위 발아할 기약 알 수 없어 애가 탄다 애가 타 깨어라 일어나라 예서제서 들깨어도 수험생 어둠 새벽 꽃등이 아스라이 보이는지

가시연 타는 속내를 소나기가 씻고 있다
　　　　　　　　　　　　　　─「쉼표, 또 하나의 하늘이다」 전문

이형남 시인에게 '쉼표'는 "잘 익은 열매 하나"와 같은 것이다. 그리고 이 쉼표는 "푸른 늪을 품"었는데, 그 과정이 사뭇 유장(悠長)하다. 열매 하나가 품고 있는 푸른 늪에서 엄청난 사건들이 연달아 일어나고 있으니, 그 과정이 중장이다. "먹빛 속 서늘한 밤"이자 "동면의 경지"에서 "눈자위"는 "발아할 기약 알 수없어 애가 탄다". 작품에 언술된 '쉼표'가 무엇을 상징하는지, '눈자위'가 누구의 것인지 '굳이' 알 필요가 없음은 물론이다. 다만 먹빛 속 서늘한 밤에 눈자위 하나가 발아(發芽)하지 못하고 있는데, 그것이 쉼표라는 것이다. 뒤이어 '열매 하나' 혹은 '쉼표' 혹은 '발아하지 못한 눈자위'는 "예서제서 들깨어"야 하는 '수험생'으로 이어진다. 수험생의 "어둠 새벽 꽃등이 아스라이 보이는" 풍경이 "먹빛 속 서늘한 밤 동면의 경지"와 같은 '푸른 늪'과 같으니, '열매 하나'가 '푸른 늪'을 품듯 '수험생' 역시 '어둠 새벽'과 같은 고난과 인고의 시간을 이겨내야(버텨야) 함을, 그렇게 해야 하는 현실을 안타깝게, 그러나 조금은 희망적으로 보고 있는 시인의 눈빛을, 우리는 본다. "가시연 타는 속내"가 그러하듯 '소나기'가 내리기 때문이다.

하지만 여기서 '소나기'는 '기계 장치의 신'(deus ex machina, 그리스 비극에서 주인공이 위기에 처했을 때 하늘에서 기계장치를 타고 내려와 극적으로 모든 문제를 해결하고 결말을 내리는 신)이거나, 짐짓 딴청을 부리는 식으로 '끝내기 위해 끝내는' 방식도 아니다. 소나기가 '쉼표'를 만들었기 때문이다. 소나기가 내린 후 '어둠 새벽 꽃등'이 도처에 있다. 하늘에도 지상에도, 구름으로 혹은 가로등 불빛으로, 아니면 각자의 마음속에. 그것은 가시연에게도 마찬가지다. 가시연이 밀어 올리는

(밀어 올리려고 하는) '잘 익은 열매 하나' 혹은 '꽃등'처럼, 수험생을 비롯해 새벽을 깨우는 누구에게나 그와 같은 과정이 있다는 것이다. 여기서 시인은 이 과정이 결과물('열매')을 얻는 과정일지라도, 그 결과물을 '쉼표'로 보려 한다. 다시 말해, '잘 익은 열매 하나'도, '발아하지 못한 눈자위'도, '수험생'도 '쉼표'와 같으니, 제발 '쉼표'처럼 무조건 앞으로 진행되는 시간상에서 잠깐, 끊었다 가라는 것이다. 따라서 쉼표가 '열매'나 '눈자위' 혹은 '수험생', '꽃등' 등으로 은유의 연쇄를 타고 가는 것이 아니라, 은유의 연쇄 자체를 '쉼표처럼' 끊으려 한다. (올해 특히 간절했던) 소나기가 시원하게 내렸으니 말이다.

4. 심장─인은주, 『미안한 연애』

서툴게 뭉쳐져서 쉽게 녹는 첫눈 같이
우리도 사라지면 용서를 받게 될까
잡았던 손을 놓친 게 네 탓만 같았는데

어둠이 쌓여가는 늦저녁 포장마차
순대 썰던 주인 왈 내장도 드릴까요
뜨끈한 심장 있나요 심장으로 주세요

지나간 사람들은 그렇게 지나갔다
지나쳐서 못 본 사이 지나쳐서 멀어진 사이
몇 번째 검은 밤일까 긴 겨울이 앞에 있다

─「심장으로 주세요」 전문

심장이라는 신체 부위는 각별하다. 신체 중 가장 중요한 일을 하면서 동시에 영혼이 깃든 곳이라고 생각하기 때문이다. 그래서 'I ♥ U', 'I ♥ NY'처럼 '하트(♥, heart)'는 영혼이 깃든 곳, 내가 내어줄 수 있는 최선의 것으로 여겨진다. 그러나 영혼이 깃든 신체 부위에 대한 논란은 4,000년 정도 지속돼왔다. 처음에는 심장이냐 뇌냐가 아니라 심장이냐 간이냐 하는 것이었다. 심장이라고 생각한 원조는 고대 이집트 사람들이었다. 그들은 심장을 미라로 만든 시신 속에 유일하게 장기로 남겨두었다. 반면에 바빌로니아인들은 간에 인간의 영혼이 담겨 있는 것으로 보았다. 고대 그리스 이후 현대에 이르기까지 인간의 영혼은 뇌와 심장 중 한 곳에 있다고 논란이 일어났으나, 최근 뇌사자 문제를 통해 뇌보다는 심장을 인간 생명 유지에 있어 가장 중요한 장기로 인정하게 되었고, 이에 따라 '심장=영혼' 등식이 성립하게 되었다. (물론 영혼은 신체 어디에도 있으며, 어디에도 없다).

따라서 시인이 '주문하는' 심장은 결국 영혼의 문제, 관계의 문제로 이어지는데, 첫 수가 흥미롭다. "서툴게 뭉쳐져서 쉽게 녹는 첫눈"이 심장으로 자연스럽게 은유된다. 서로의 교감(交感)이 오래가지 못하고, 첫눈 녹듯이 그렇게 소멸되는 관계. 시인은 돼지고기의 여러 부속고기 중 심장을 선택한다. 간이나 허파가 아니라 심장이다. 시인은 지금 부재한 사람과의 관계를 어떻게든 이어보고자 한다. "뜨끈한 심장"을 가진 자와 관계를 이어가려는 시도는 무위에 그칠지라도 욕망은 시도 자체인 법. "지나간 사람들은 그렇게 지나"가는 것이고, 당신과 나는 "지나쳐서 못 본 사이"에 "지나쳐서 멀어진 사이"가 될 것이다. 시은은 생각한다. 이 밤이 "몇 번째 검은 밤"인지, 얼마나 "긴 겨울"이 될지 아무도 모른다. 내년에도, 먼 훗날에도 같은 말을 할지 모른다. 첫눈처럼 쉽게 녹는 심장, 재탕, 삼탕으로 데워지는 심장이라도 좋으니, 지금 시인 앞에 부재한 당신이 어떤 방식으로든 있어달 라는 희화된 목소리 "뜨끈한 심장 있나요 심장으로 주세요"가 생 각보다 처연(凄然)하다. 시집 제목 '미안한 연애'처럼 연애의 '불 가능성의 가능성'을 추구하려는 시인에게 이번 첫 시집은, 권태 와 일상성에 찌든 한 여자와 작별을 고하고, 새로운 "내 안의 어 떤 여자"(「미안한 연애」)를 맞이하는 사건이 될 것이다. 기존의 한 여자에게 미안한 일이겠지만, 덕분에 시인이 태어났다.

5. 먹물—조안, 『지구에 손그늘』

눈 내리는 호숫가
수묵담채 치고 있다

메마른 마음눈도
눈밭에선
촉촉이 젖고

점점이
걷는 사람들
먹물처럼 스민다
                                    —「석촌호수」 전문

하얀 도화지 같은 설경(雪景)에 "먹물처럼" 스미는 사람들을 '수묵담채'로 표현하였다. 물론 호숫가에 하얗게 쌓이는 눈발 역시 수묵담채 중의 하나가 될 터. 온몸으로 눈발을 받는 호숫가는 눈을 녹여가며 얼음의 둘레와 두께를 조금씩 키워갔을 것이다. 호숫가는 시인의 "메마른 마음눈"도 온몸으로 받았으니 얼마나 자애로운가. 그리고 그 호숫가를 "점점이/ 걷는 사람들"이 조금씩 먹물처럼 호숫가에 스미기 시작한다. 그리고 카메라 앵글이 '줌 아웃(zoom out)'되면서 먹물이 스며드는 풍경이 점점 작아지며 흰 설경이 '와이드숏(wide shot)'으로 강조될 것이다. 시화일률 혹은 시화일치를 잘 보여주는 작품이라 할 수 있겠다. 그러나 이 작품에서 우리가 주목해야 할 것은, 이와 같은 은유의 연쇄가 아니라, 이 은유를 만들고 있는 주체의 자리다.

석촌호수의 풍경을 보면서 "수묵담채 치고 있다", "점점이/ 걷는 사람들/ 먹물처럼 스민다"고 말하는 시적 주체의 자리. 이 주체의 자리는 어디인가. 바로 "메마른 마음눈도/ 눈밭에선/ 촉촉이 젖고" 있다고 말하는 자, 호숫가를 내려 보고 있는 자다. 호숫가의 먹물처럼 스미는 자 중 하나가 아니라, 주체는 호숫가 바깥에 있다. 주체는 호숫가를 보며 메마른 마음눈을 가진 자이면서 동시에 자신의 메마른 마음눈이 촉촉하게 젖고 있는 것을 경험하는 자, 곧 "걷는 사람들"이 먹물로 스미듯 자신 역시 호숫가에 먹물처럼 배어드는 자다. 따라서 수묵담채를 치고 있는 것은 석촌호수와 익명의 다수가 아니라, 석촌호수와 시인 개별이다. 시인은 그저 호숫가의 풍경을 묘사하는 것에 그치지 않고, 그 풍경에 스며들고 있다. 먹으로 그린 선(線)에 얇게 채색한 수묵담채. 시인은 설경에 먹물로 번져가거나 선 하나가 되고 있다. 그

바탕이 되는 설경은 자연이나 초월자일 수도 있고, '당신'일 수도 있겠다. "메마른 마음눈"을 촉촉하게 젖게 하는 대상. 그 대상이 무엇이든 간에, 채색은 독자의 몫이다.

6. 칸나─한분옥, 『바람의 내력』

본시 내 울음은 저 불 속 칸나의 것

마른 입술 깨문 채로 또 다른 불에 닿는,

못 지울 상처의 꽃인 것 울컥대는 내 목숨은

　　　　　　　　　　　　　　　　　　─「칸나」 전문

'칸나'의 붉은 이미지가 여러 은유로 확장되고 있다. 처음 칸나의 붉음은 '내 울음'이었다. 오히려 '내 울음'은 시인의 것이 아니라 "불 속 칸나의 것"이다. 그래서 "마른 입술 깨문 채로 또 다른 불에 닿는" 것이 칸나인지 시인인지 알 수 없으며, "못 지울 상처의 꽃"인 칸나는 "울컥대는 내 목숨"과 같다. '울음=칸나=또 다른 불=상처의 꽃=목숨'이라는 등호가 성립하면서 이제 칸나는 보통명사가 아니라, 시인에게 고유한 '고유명사'가 되었다. 또는 우리에게 칸나는 한분옥 시인의 칸나가 되었다.
　일반적으로 붉은 색은 불 또는 목숨, 상처 등의 부정적이면서도 생명력 강한 이미지로 쉽게 생각해볼 수 있다. 그러나 칸나의 붉은색에서 시작된 이 은유의 연쇄 사슬이 강렬해 보이는 것은, 붉은 색의 강렬함이 아니라, 사물들이 서로 잡아당기는 힘에 의해서 그러하다. '내 울음'을 당기는 것은 '불 속'을 가진 '칸나'다. 붉은 칸나가 모여 있는 곳을 '불 속'으로 표현한 것인지, 울음 자체가 불과 같아서 칸나에게 옮겨 붙는 것인지 알 수 없다. 다만, 울음과 칸나가 함께 불타고 있는 것만은 확실해 보인다. 그래서 그 불에 다가가려면 모두 "마른 입술 깨문 채로" 가야 한다. 불이 옮겨 붙을 수 있기 때문이다. 시인의 불이 칸나의 불로 옮겨 붙었고, 그 불이 다시 다가서는 자에게 옮겨 붙을 수 있다. 아니, 옮겨 붙을 것도 없이 주변의 모든 것을 송두리째 태워버릴 수도 있다. 그러나 그렇게 위험한 저 불은 "못 지울 상처의 꽃"이기도 하다. 말 그대로 '불-꽃'인 것이다. 이 '불-꽃'은 곧 칸나의 이미지와도 닮았으니, "울컥대는 내 목숨"이 저기 불꽃에, 그리고 내 마음에 있다. 불이 옮겨 붙듯 은유가 옮겨 붙는다. 이 시에 가까이 가려는 자는, 불붙을 각오를 단단히 해야할 것이다.

7. 새로운 감수성을 위하여

우리는 다시 질문할 수 있다. 그렇다면, 은유 너머의 세계는 과연 의미가 있는가. 가시적인 것, 지금 있는 것의 존재 여부를 묻는 것도 쉽지 않은데, 비가시적인 것, 지금 있지 않은 것(不在)을 지시하는 것은 무슨 의미가 있겠는가, 하고 말이다. 보편상징, 원형상징이라는 일반적, 관습적 담론 안에서는 (매우) 안전한데, 굳이 이 안전한 곳 바깥으로 탈주해야할 이유가 과연 있겠는가, 하고 우리는 질문하게 된다(해야 한다). 그러나 분명 의미 있는 일이다. 은유 너머를 추구하는 일은, 지금 우리의 사물과 그 사물을 지시하는 언어를 문제 삼는 일이며, 다시 사물의 존재에 대해 사유하는 일이다. 이 작업은 언어로 더럽혀진 사물을 복권하고, 사회적 관습을 깨뜨리면서 새로운 감수성을 획득하는 일이다. 그리고 새로운 감수성은 낡은 감수성과 맞서 싸우면서 새로운 예술, 새로운 삶, 새로운 세계를 가져올 것이다. 이광 시인의 '그', 이정환 시인의 '설렘', 이형남 시인의 '쉼표', 인은주 시인의 '심장', 조안 시인의 '먹물', 한분옥 시인의 '칸나'는 기존의 은유도 기존의 것도 아니다. 새로운 세계, 새로운 바깥이다. 그리고 우리는 그들의 일반명사를 '다시' 볼 것이다. 우리의 '고유명사'로 만들기 위해서다. 시인은 고유명사를 많이 가진 자다.

리듬 : 형식이 장르가 되는 일

김소해, 『만근인 줄 몰랐다』(동학사, 2018)

류미야, 『눈먼 말의 해변』(솔, 2018)

선안영, 『거듭 나, 당신께 살러 갑니다』(발견, 2018)

이은주, 『섭섭한 오후』(고요아침, 2018)

장영심, 『자작나무 익는 겨울』(고요아침, 2018)

0. 시조의 리듬

주지하다시피, 시조의 기본형이라 불리는 '3.4.3.4/ 3.4.3.4/ 3.5.4.3'은 조윤제의 「시조자수고時調字數考」(1930)에서 비롯된 것인데, 그는 고시조 중 단시조 2,759수를 자수로 분석해 율격 구조의 기본형을 제시하였다. 이 자수율은 시조 형식을 명료하게 설명해주고 있어 현재까지도 시조 창작 현장 및 교과서 교육 현장에 큰 영향을 미치고 있다. 그러나 실제 고시조 2,759수를 분석했을 때 초장이 그 기준에 일치하는 작품은 47%(1,298수), 중장은 40.6%(1,121수), 종장은 21.1%(789수)에 불과하며, 작품 전체가 자수율 기준에 일치하는 경우는 4%에 불과(서원섭, 「평시조의 형식연구」, 『어문학』, 1977)해, 결과적으로 고시조의 신축적인 형식을 축소하고 제약한 기본형을 도출하게 되었다. 김흥규 역시 『한국문학의 이해』(1986)에서 기준 자수율을 지킨 고시조는 7%밖에 되지 않으며, 300여종의 자수율이 나타난다고 밝혔다. 이에 앞서 광의의 자수율 모형을 제시한 가람 이병기 선생(1926)은 '3장 8구체, 초장 6~9/6~9, 중장 5~8/6~9, 종장 3/5~8/4(5)/3(4)'을 제시하였고, 이후로도 많은 논자들의 기본형 제시가 있었지만, 이들의 논의는 1차원적인 음절수에 의한 구분 즉, '음수율'이라는 개념만 공고하게 다져왔다.

게다가 시조의 초중종장을 3행으로 배행하는 것은 한자문화권의 '우종서(右縱書)' 관습에 따라 근대 초기 '세로쓰기'에서 비롯된 것이지, 어떤 규범이 만들어졌거나 존재하는 것도 아니다. '가로쓰기'로 언어 표기법이 변경된 근대 이후 시조시인들의 자유로운 배행을 보라!

다만 우리가 시조의 '기본형'을 말해야 한다면, '3장(章)이라는 것'과 '종장의 첫 마디 3음절, 그 다음 마디가 5음절 이상이라는 것'이다. 초 · 중장의 규칙적인 패턴이 종장에서 크게 변형되는 것이 시조만이 가진 '큰' 특질이라는데 이견은 없어 보인다. (물론 여기서 음보율까지 따지기 시작하면 문제는 걷잡을 수없이 복잡해지므로, 여기서 논의는 그치는 것이 좋겠다.)

이에 따라 이 글에서 주목하는 것은 각 시집에서 주목되는 작품이 어떤 리듬을 갖고 있는가의 문제다. 시조의 경우 리듬(형식)과 의미(내용)가 함께 붙어 있기 때문에, 따로 떨어뜨려 말할 수 없기도 하거니와, 좋은 시조는 좋은 리듬을 가질 수밖에 없다. 물론 여기서 말하는 리듬은 소위 말하는 '율격'이나 '외재율'[65] 따위가 아니라, 시의 의미와 관계하는 언어 운동 전체 조

---

65) 여기서 한 가지 짚고 넘어가야 할 중요한 문제가 있다. 그것은 '리듬'과 '율격'의 구분이다. 역사적으로 시는 율격에 제한되어 있다는 점에서 리듬과 율격을 동일한 개념으로 보거나 혼동하였다. '외재율'과 '내재율'이라는 교과서적 용어가 이 문제를 아주 잘 보여준다. 내재율은 외재율과 달리 잠재적으로 리듬감(율격)이 느껴진다

직을 말한다.

1. 존재론적 모험―김소해, 『만근인 줄 몰랐다』

3행 배행에서 벗어나는 작품이 다소 적은 김소해 시인의 이번 시집에서는 바다 또는 고향과 관련된 '심상지리(心象地理)'가 각별해 보인다. "앵강 바닷가 펜션 어머니 발소리"(「앵강 펜션」) 있는 곳, "거기 오래 당신 없어 고향집 쓰러질 듯"(「만근인 줄 몰랐다」)하여 고향집을 팔았더니, "낡은 집 한 채 무게가 만근인 줄 몰랐다"고 탄식을 내뱉은 시인. "시 쓰다 고향 말 부딪치면 도움 받는 곳"(「폐 타이어」)이 바다이고 고향이기 때문에 그런 듯하다. 그동안 시인은 멀리 고향과 바다를 떠나왔나 보다. 이제 돌아가야 한다면, 돌아갈 수 있다면 어떤 삶을 살게 될까.

처마 낮은 슬레이트 집 그 바다의 어매들은

뻘밭이 연분인 듯 발을 묻고 못 떠난다

는 것인데, 그것은 아무 것도 설명할 수 없다는 말에 다름없다. 다시 말해, 외재율은 정해진 율격이 있다는 말이고, 내재율은 정해진 율격은 없지만 나름의 리듬감을 갖고 있다는 말이다. 이러한 혼동은 반복과 규칙성이 리듬 이론의 근본을 이루지만, 율격을 정형률에 한정지어 리듬의 다양성을 확보하지 못한 채 소리의 틀(등시성 혹은 등장성, 율동적인 강세들 사이의 시간 간격들의 규칙성)에 가두었기 때문이다. 이 지점에서 김준오의 지적은 참고할 만하다. "일반적으로 시의 리듬은 운율, 곧 운(rhyme)과 율(meter)을 지칭하는 개념이다. 따라서 운율은 율격만 가리키는 용어는 아니다. 리듬은 기표의 '반복성'이며 동시에 이 반복성은 소리의 반복을 비롯하여, 음절수, 음절의 지속, 성조, 강세 등 여러 상이한 토대에서 이루어진다"(『시론 4판』, 삼지원, 2002) 그동안 우리는 운율을 율격과 혼동했음을 이 글을 통해 알 수 있다.

숨겼던 말들은 끝내 구새 먹어 깊어가는

그리움이 바래지면 하얗게 파도라 한다

늘골 밑 파도 한 장 씩 꺼내어 철썩, 철썩

아껴서 벼랑 언저리 바람에게 주곤 한다

—「해식동굴」 전문

"처마 낮은 슬레이트 집" "바다의 어매들"은 "뻘밭이 연분인
듯 발을 묻고 못 떠"나는 사람들이다. 어떤 곡진한 사연이 있을
지는 짐작이 가능할터, 한 행이 끝난 후 여백(엔터, ↵)은 마치
'뻘밭'에 빠지듯 쉽게 다음 행으로 나아가지 못하게 한다. '바다
의 어매들'의 사연은 "구새(오래 된 나무에 구멍이 뚫린) 먹어
깊"고 깊으니, 독자도 '뻘밭'에 빠져야 하고, "숨겼던 말들" 앞에
서 한 번 더 빠져야 한다. 그리고 2행의 여백이 나타난다. 시인
이 독자에게 "숨겼던 말들"이 무엇인지, "처마 낮은 슬레이트 집"
에서 떠나지 못하는 그들에게 이입할 시간을 좀 더 배려한 것일
까. '바다의 어매들'에서 '해식동굴'로 화면이 줌-인에서 줌-아웃
되면서, "그리움이 바래지면 하얗게 파도라 한다"는 결론은, 아
마도 '바다의 어매들'로부터 기인했을 것이다. 그래서 "늘골 밑
파도 한 장 씩"가지고 있는 '바다의 어매들'은 "철썩, 철썩" "벼랑
언저리 바람에게 주곤 한다". 하얗게 파도가 될 때까지의 그리움

과 오래되고 곡진한 사연은 바람에 날려 보낼 뿐, 떠나기도 그렇다고 정주하기도 그런 곳. '그리움'이 문제다. "달리기를 배우던 몇 살 적부터 그랬던가// 하늘을 처다본다는 건 들이받는 일이라고// 그 증거 흉터로 남았다 이마에 가로 놓인// 그리움을 아는 이만 하늘을 들이 받는다"(「아름다운 흉터」)는 시인에게 '그리움'은 '아름다운 흉터'이기도 하지만, 동시에 낙인이기도 하며, 극복의 불가능성을 알면서도 극복하기 위해 애써야 하는 존재의 고통에 다름 아니다.

리듬의 어원인 '류트모스(rhuthmos)'가 강이 흐르는 모습을 형상화한 것으로 질서와 무질서의 운동 전체라 했다. 파도가 치듯, 바람에 파도가 밀리듯, 시인은 한 행, 한 행 서두르지 않는다. 그러면서 1연에서 2연으로 장면이 전환될 때, 여백을 좀 더 마련했다. 시공간 전환에 그치지 않고, 구체에서 추상으로, 현상에서 본질로, 보다 존재론적인 성찰을 위해서다. 김소해 시인에게 행간은, 엔터(↵) 한 번이 아니라, 떠나왔던 고향과 바다로 다시 돌아가려는 시인의 존재론적 모험이니, 몇 년 혹은 수십 년이 켜켜이 접혀 있을 지도 모르겠다.

2. 정감─류미야, 『눈먼 말의 해변』

"부릅떠 세상 지키는/ 슬픈 시인의 눈"(「거울」)을 가진(갖고 싶어 하는) 류미야 시인의 이번 첫 번째 시집은 "우물이 제 몸속에 눈물샘을 감춘 것"(「지혜」)처럼 울지 않으려 애쓰는 시인의 울먹임과 그렁그렁 눈물 맺힌 아름답고 까맣게 큰 눈을 볼 수 있다. 시인은 "슬픔도 끝없으면 눈물조차 마르는 걸/ 그곳은, 눈물 버리고 돌아오기 좋은 곳"(「소금사막」)에 눈물을 버리고 오고 싶어 하는 동시에, "눈에 밟히는 것들 차마 밟을 수 없어/ 어디론가 떠나지도 못하는/ 다정(多情),/ 그래서 눈물 잦은 계절 더/ 푸르러지는 나무"(「나무」)이기도 하다. '다정도 병인 양하여 잠 못 들어 하는' 시인은 "울음 다 쓰고야 새벽이 오는 그곳", "다락 같은 말들과 흰 당나귀 뛰노"(「말들의 해변」)는 곳에 산다. "일평생 시마(詩魔)를 달래다// 끝내 눈먼" 호머처럼 되더라도, 시인은 울음을 다 쓰고자 한다. 울어야 할 일이 많기 때문이다.

지난 생
아마도 난 북재비였는지 몰라
눈시울 붉게 젖은 노을을 등에 업고
꽃 지는 이산 저산을
넘던 그 시름애비

어쩌면 그 손끝 뒤채던 북일지 몰라
그렁그렁 눈물굽이 무두질로 마르고
소슬히 닫아건 한 채
울음집인지 몰라

그렇게 가슴 두드려 텅텅 울고
텅텅 비워
가시울 묵정밭 지나 산머리에 이르러는,
마침내 휘이요—부르는

휘파람 된지 몰라

　　　　　　　　　—「바람의 노래를 들어라」 전문

　　시인은 바람의 노래, 우주의 기운에 귀 기울이며 자기 내면
을 가만히 들여다본다. '바람의 노래' 또는 '휘파람'처럼 자유롭
게 행갈이 된 인용시에서 우리는 영화 〈서편제〉와 같은 장대한
서사에 조금씩 몰입하게 된다. 시인은 '지난 생'에 "눈시울 붉게
젖은 노을을 등에 업고" "꽃 지는 이산 저산을" 넘는 '북재비'가
아니었을까 하며, '지난 생' 한 행 처리로 긴긴 이야기의 서곡
(overture)을 준비한다. 시인은 '북재비'도 아닌 "손끝 뒤채던
북", "그렁그렁 눈물굽이 무두질로 마르고/ 소슬히 닫아건 한 채
/ 울음집"일지도 모른다고 추측하지만, 시인이 북재비든 북이든
'소슬히 닫아건 한 채 울음집'인 것은 분명하다. 첫 수와 둘째 수
의 종장 모두 2행으로 처리되면서 '시름애비'와 '울음집'이 도드
라지면서 동시에 함께 읽히니, 사연을 알 수 없으나, 사연이 아
득하겠다는 짐작이 든다. 그 아득함은 "그렇게 가슴 두드려 텅텅
울고" 그것도 부족해서, 그것을 넘어서, '텅텅 비워' 간다. 울음을
다 쓴 것이다. 울음을 다 쓴 가슴으로 시인은 "마침내 휘이요—
부르는/ 휘파람"이 되고자 한다. 이 휘파람은 "가시울 묵정밭 지
나 산머리에" 이르기까지, 너와 나의 장애물을 넘어 아무도 없는
곳을 지나 지극(地極 혹은 至極)한 곳에 이르고자 한다. 그러나
여기서 휘파람이 이르고자 한 지극한 곳은 '무(無)'와 같이 초월
적인 공간이 아니라, "바닥 모를 수심이라도/ 너의 끝에 닿고 싶
었다// 돌아보니, 못 떠나는/ 내가 나의 늪"(「내 마음의 우포」)
이라는 성찰에서 알 수 있듯이, 텅텅 울어서 마침내 텅텅 비워내

는 자기 자신이다. 그리하여 시인은 고요함 가운데 자신의 영혼을 살피며, '세상 같은 건 더러워 버리는 것'(백석, 「나와 나타샤와 흰 당나귀」)임을 알고 고결한 영혼을 유지하길 희망한다. 물론 그렇다고 해서, 속세를 초월하려는 의도는 아닐 것이다. 시인은 '다정도 병인 양하여 잠 못 들어' 하기 때문이다. 결국 류미야 시인은 영혼의 능력들(dynamis) 중에서 '정감(emotion)'을 활성화시키고자 한다. 이때의 정감은 신(一者)에게서 분유된 인간 영혼의 능력으로서, 예술, 미(美)라는 것은 영혼의 순수한 창조력에 의한 것이다.[66] 이에 따라 정감은 시가 수단이 아니라 목적 그 자체이며, 대상(현실태)을 직관하는 것에 머물지 않고, 그것을 넘어선 무한한 존재(잠재태)를 지향할 수밖에 없다. 이 영혼의 운동을 우리는 리듬이라 부른다.

3. 충동—선안영, 『거듭 나, 당신께 살러 갑니다』

이번 선안영 시인의 시집에서는 다양한, 알 수 없는, 제어 불가능한 욕망들이 시집 곳곳에 지뢰처럼 매설되어 있어 잘못 건드리면 폭발한다. 이때의 폭발은 시 전문을 망치거나 흩트려 놓

---

66) 마르텡은 시가 영혼의 여러 능력 중에서, 지성의 자유롭고 창조적 생명력에 그 원천을 가지고 있다고 보았다. 그는 정감을 신의 속성에서 분유된 능력으로 보고, 신에 다다를 수 있는 영혼의 능력이 최대한 발현된 것을 시로 보았다. 이에 따라 시는 자연을 모방(재현)하는 것이 아니라, 대상을 가지지 않고 자신 스스로가 대상이 된다. "시는 우리로 하여금 어쩔 수 없이 지성을 인간 영혼의 내부에서 솟구치는 그의 은밀한 샘으로서, 그리고 또한 비이성적(반이성적이 아니다)이거나 비논리적 방식으로 활동하는 것으로 간주하도록 만든다." (J. Maritain, 『시와 미와 창조적 직관』, 1982, 성바오로 출판사, 12쪽)

는 것이 아니라, 도화선이 되어 시 전체를 폭발시킨다. 순백한 눈(雪)과 흰색의 이미지조차 "거듭 같이 죽자 재촉하는 눈보라"(「두 목소리가 섞인 노래」), "저 흰빛을 나 차마 감당 못하겠어요"(「설원을 마주한 저녁」)와 같이 시인은 아무도 예상하지 못하는 곳에서 절망하고, 쉽게 지나칠 것에 두려움을 느낀다. 그래서 시인은 시가 어떻게 이어지고 또 끝날지 짐작조차 할 수 없으니, 설레면서 또 한편으로는 소름끼치게 무서울 것이다. 따라서 시는 결코 끝나지 않을 것이며(시가 활자화되어 있다 해도 시는 끝나지 않았으니), 시는 시인의 것도 누구의 것도 아닌 것, 스스로 목적으로 존재한다. 리듬도 당연히 시 스스로의 것, 시가 만들어낸 것, 시의 것이다.

> 홀딱 반한 길이 많다. 꽃이 많다. 달리던 중 봄 들판 한
> 가운데 느닷없는 모텔이라니
> 추웠던, 아니 얼었던 세월아 자고 갈래?
>
> 자잘한 꽃단추가 많이 달린 블라우스 잘 채워진 단추들
> 만 풀다가도 늙겠구나
> 지펴의 질주본능의, 지름길을 모른 채
>
> 얼음의, 침묵의, 금기의 단정함으로 나는 나의 울음소리
> 도 기억하지 못하는데
> 상처의 불안을 안고 손이 손을 찾는 봄
>
> ―「해동모텔을 지나며」 전문

"달리던 중 봄 들판 한 가운데"에 있는 '느닷없는 모텔'에 의해 사건은 시작된다. 초중과 중장이 내달린다면, 종장에서 꼭 무슨 일이 생길 듯이. "얼었던 세월"에게 자고 갈 것을 제안하는 '해동(解凍)모텔'. 모텔을 중심으로 얼었던 세월'들'이 몸을 녹이며 한없이 풀어지고 둘레를 넓혀간다. 지금 여기 느닷없는 모텔에 과거에서부터 지금까지의 시간이 모두 모여 있다. "지퍼의 질주본능"처럼 서두르지 못하고 "자잘한 꽃단추가 많이 달린 블라우스"의 "잘 채워진 단추들만 풀다가" 늙어버린(릴) 나 또는 나와 당신. 그러나 나는 '얼음의, 침묵의, 금기의 단정'한 사람이다. 나는 "나의 울음소리도 기억하지 못하는" 자, 그동안 얼음처럼, 침묵으로, 금기로 잘 묻어두고 덮어두었던 "상처의 불안"이 발발(勃發)되었다. 지나가다 본 모텔이 아니었다면, 보지 않았다면 일어나지 않았을 사건. '봄(see or spring)'이다. 만물이 기운을 일으키듯, 바르트의 말처럼, 마음은 욕망의 기관(『사랑의 단상』)이니 발기한다. 나는 나의 상처에 관심이 없으나, 당신이 내 마음에 관심이 없는 것에 관심을 갖는다. 시인이 (당신에게) 준다고 생각하는 것은 바로 마음인데, 이 마음은 계속해서 내게 남아 있는 것이자 남에게 주고자 했으나 끝내 남아 있는 마음이다. 시인만 간직한 마음. 이 마음의 도화선에 불을 당긴 것은 모텔인가, 당신인가, 봄인가. 불안은 두려움과 다르게 대상이 없는 것이니, 시인의 불안은, 시의 불안은 아무 것도 아닌 것은 아닌 것, 없는 것은 아닌 것에서 시작되고 이내 어디론가로 숨는다. 불안이 리듬을 리드한다. 마치 충동(trieb)처럼.

　잠재된 욕망이 활성화될 때 불쑥불쑥 여기저기 파편의 형식으로 튀어나오는 (부분)충동("충동은 부분충동이다", 라캉). 충동의 목표는 자신의 원천인 기관 자체일 뿐, 충동의 대상은 빈 구멍, 공백의 현존인 부분 대상일 뿐이다. 당연히 불안할 수밖에. 충동은 그저 부분적으로 출몰(出沒)할 뿐이다. 안온하다고 생각하던 현실에 아주 미세한 차원의 틈이 생기고, 실재가 틈입하며, 사실과 진실이 겹을 달리하게 된다. 이제 문화와 제도에 의해 "얼음의, 침묵의" 금기로 꽁꽁 묶인 욕망은 안전핀 뽑힌 수류탄처럼 피아 상관없이 떨어진 곳에 터진다. 수류탄의 무서움은 바로 그것이다. 언제 터지고, 어떤 파편이 어떤 방향에서 얼마나 날아올지 모른다. "흙속에 반쯤 묻힌/ 돌"에서 "활활활 흰 종이 타는 냄새"를 맡고, "차가운 네 심장을 쥐자 묶인 날들이 날아"(「문진」)가는 것처럼. 리듬은 그렇게 부분 충동처럼, 스스로 구성하고 스스로 만족하며, 어디서 어떻게 출몰할지 알 수 없고, 목적도 없다. 그저 터질 뿐.

4. 반복―이은주, 『섭섭한 오후』

이은주 시인의 이번 첫 시집은 손에 잡히지 않는 추상보다는, 도시와 일상에서의 구체를 선택했다. 사실의 나열에도 주관이 개입할 수밖에 없지만, 시인은 적극 개입보다는 시간의 추이(推移)에 따른 변화를 지켜보는 일로 시를 이어간다. 물론 이 변화는 시인의 감정으로 인한 것이기 보다는, 대상의 변화에 따라 시인의 감정이 동(動)했을 가능성이 높아 보인다. 시인은 "근린 공원 할매"들이 "책장 넘기듯/ 행인들을 읽고" 있는 낮의 시간부터 "빛바랜 한지 같은/ 하루해가 다 가"는 저녁, 그리고 "조각보처럼/ 또 한해를 이어"(「한지 같은 오후」)가는 일 년, 일생을 한 자리에서 오래도록 보고 있다. 그에 따른 감정의 변화는 뒤이어 따라오겠다.

무덤 같은 민머리를 베개에 파묻은 채
때 절은 체취들을 속옷으로 껴입은 채
노후를
침대에 먹힌
녹슨 저녁이 있다

발버둥치는 풍선을 꽉 붙든 비닐끈처럼
절개된 기관지로 거듭 차는 침을 빼며
줄들로
친친 묶여진
인질 같은 긴 여생

딸이 매단 닭 모빌은 자꾸 문을 힐끔대고
통로 향해 귀가 환한 음악 같은 어머니
날마다
저물지 않는
젖은 저녁이 있다

―「저물지 않는 저녁」 전문

첫 수와 마지막 수가 소위 '수미상관(수미상응)'하면서 안정적인 시의 구조를 만들어가고 있다. 운율감에 기여하며 의미도 강조되지만, 무엇보다 눈여겨볼 점은 '반복'이다. 여기서 반복은 단순히 어휘나 구절, 또는 형식의 반복'만' 말하는 것이 아니다. "노후를 침대에 먹힌 녹슨 저녁"과 "날마다 저물지 않는 젖은 저녁" 그 사이 "줄들로 친친 묶여진 인질 같은 긴 여생"을 본다. '(녹슨)저녁'과 '(젖은)저녁'이 반복하면서, 차이가 발생한다. "반복이란 차이를 반복하는 것이고, 차이는 반복하는 차이"(들뢰즈)이므로, 동일한 저녁이 유사성으로 반복되는 것 같지만, 실상은 전혀 다르다. 반복에서 차이가 나는 것, 차이 속의 무한한 차이를 발견하는 일이 시인의 일이라면, 이 차이를 가능하게 하는 것은 아마 '힘'일 것이다. 이 '힘'은 전자의 저녁으로부터 후자의 저녁이 달라지는 것을 유발하는데, 이 달라지는 일은 매우 미세하면서도 무한하다. "인질 같은 긴 여생"이 하루하루 반복되면서 저녁은 녹슬기 시작하고, 저녁은 젖는다. 녹슮의 강도, 젖음의 강도는 당연히 조금씩 달라지고 있다. 여기서 강도의 차이를 발생시키는 것은 아마도 '시간'일 것이고, 그것은 인간의 힘으로 어쩔 수 없는 자연 질서이자 삶과 생 자체다. 시인은 이 당연한 일이, 얼마나 무섭게 일어나고 있는지를 세밀하게 보고 있다.

따라서 같은 형태의 시행이 반복되면, 반드시 의미론적으로도 차이가 발생해야 한다. 차이가 없는 반복을 우리는 '중언부언'이라고 부른다. 랩(rap)에 라임(rhyme)을 넣는 이유도 이와 같다. 차이와 반복을 발생시키는 힘 그 자체를 즐기고 경험하기 위해서다. 그 힘은 곧 개성적인 플로우(flow)를 만들어낼 것이다. 시조의 리듬도 노래와 다를 바 없으니, 차이와 반복에서 강조되고 발견되는 모든 사건들을 경험하는 것, 이것을 우리는 리듬이라 한다.

5. 율독의 시간―장영심, 『자작나무 익는 겨울』

제주도에 적(籍)을 두고 있는 장영심 시인의 이번 첫 시집은 강인하면서도 푸른 제주의 이미지를 쉽게 만날 수 있는데, 이 변화무쌍하고 때로는 파괴적인 바다의 이미지가 다른 시집에 비해 무척 정갈하면서도 정돈되어 있음 또한 발견할 수 있다. 1장을 1행으로 구성하고, 초중장을 3행으로 배열한 작품들이 시집의 상당수를 차지하고 있는데, 어떻게 생각해보면, 제주의 억셈을 잘 다스린 시인의 능력일 수도 있고, 또 한편으로는 파괴적이고 거친 제주를 시조로 겨우 붙잡아둔 것일 수도 있겠다. "칠십년이 흘러도 이집저집 기일은 같"(「제지기오름 파도소리」)은 현대사의 비극을 온몸으로 버티면서 동시에 "칠순의 테왁 하나만 움켜쥔 내 어머니"(「바람 그물」)처럼, 시인은 버티면서 쓸려간다. 그것을 우리는 행갈이와 연갈이라 한다.

동복 바다 노을은 갈지자로 찾아온다
팔순 어머니가 해조음 지고 오면
등 뒤에 자리젓 냄새 허기진 세월이 있다

저녁 밥상머리에 올라온 별빛 몇 개
게 떼에게 발겨진 고등어 가시처럼
몇 숟갈 그리움마저 바닥나던 밤이 있다

　　　　　　　　　　　　　　　　　　―「동복바다 1」 전문

만약 인용시를 행갈이와 연갈이 하지 않고 이어 붙이면 어떻게 될까.

> 동복 바다 노을은 갈지자로 찾아온다 팔순 어머니가 해조음 지고 오면
> 등 뒤에 자리젓 냄새 허기진 세월이 있다 저녁 밥상머리에 올라온 별빛
> 몇 개 게 떼에게 발겨진 고등어 가시처럼 몇 순갈 그리움마저 바닥나던
> 밤이 있다

의도하여 행/연을 나눈 글과 하나의 행으로 이어붙인 글의
차이는 무엇일까. 글에 있어서의 의미를 찾고 해석하는 데 있어
어떤 점이 다른가. 분명한 것은 행과 연을 나눴다고 해서 '무조
건' 시의 조건을 갖춘 것은 아니라는 점이다. 주지하다시피, 산
문과 시의 차이는 특별한 언어의 성질(일상언어/시적언어)에서
오는 것도 아니고, 형식에서 오는 것도 아니며, 산문에 리듬이
없는 것도 아니다. 그렇다면 리듬은, 특히 시조의 리듬은 어디에
서 오는가. 시인은 행갈이와 연갈이를 할 줄 아는 사람이라고 어
떤 평론가가 말한 적이 있다. 즉, 리듬은 시의 텍스트 자체에 존
재하는 것이 아니라, 시를 경험하는 일 자체에 있다.[67]

따라서 우리가 산문으로 나열된 작품이 아닌, 장영심 시인의
시조를 읽을 때, 우리는 행과 연을 나눈 의도를 함께 읽게 된다.
그것은 산문에 비해 율독의 시간(소리 내어 읽든, 마음속으로 읽
든 간에)이 충분히 주어진다는 점이다. "동복 바다 노을은 갈지

---

67) "율격이란 시행 그 자체에 음성으로 존재한다기보다 청각적 영상(auditory
imagination)으로 존재하며, 온전하게 갖추어져 있다기보다는 잠재력
(potentiality)으로 감춰져 있는 것이다" Benjamin Hrushovski, 'On Free Rhythms
in Modern Poetry', Style in Language, T. A Sebeok ed. p.181.(김홍규, 「평시조
종장의 율격·종사적 정형과 그 기능」, 『욕망과 형식의 시학』, 태학사, 1999, 63쪽
재인용.)

자로 찾아온다"고 했으니, 동복 바다 노을이 갈지자로 찾아오는 것을 생각해야 하고, "팔순 어머니가 해조음 지고 오면" 우리는 팔순 어머니와 해조음을 연관시켜야 한다. "등 뒤에 자리젓 냄새 허기진 세월이 있다"는 종장의 전언은 다시 초장과 중장으로 돌아가게 하고, 마치 변증법처럼, 바다라는 자연과 어머니라는 인간이 섬처럼 하나의 공간에 있다. 만약 "저녁 밥상머리에 올라온 볕빛 몇 개"가 "게 떼에게 발겨진 고등어 가시처럼"이 산문처럼 이어 있다면, '별빛 몇 개'를 '고등어 가시'로 보거나 그 역으로 생각할 수도 있었을 것이다. 그러나 분연되면서, "게 떼에게 발겨진 고등어 가시처럼"이라는 문장의 주어는 우리에게 숙제로 남게 된다. 주어가 동복 바다인지, 팔순 어머니인지, 자리젓 냄새 또는 허기진 세월인지, 별빛 몇 개인지, 아니면 "몇 숟갈 그리움" 인지 우리가 찾아야 한다. 문장으로 구성된 산문과 다른 점이 바로 여기에 있다. 시는 주어와 서술어를 찾아가는 과정 그 자체를 경험하는 일인데, 행갈이와 연갈이가 그 과정 자체를 더 복잡하고 깊게 만든다. 그래서 율독의 시간을 충분히 확보할 수 있게 되니, 시조의 리듬을 다채롭게 혹은 개성적으로 구성하는 일은 결코 간단한 일이 아니다. 더욱이 제주의 바다라면.

6. 이게 다 리듬 때문

시조는 '시조의 이데아'가 있다. 소위 말하는 '3장 6구 45자' 또는 '3.4.3.4. 3.4.3.4. 3.5.4.3'이 바로 그것인데, 모든 시조가 이 이데아로부터 분유된 모사물이라면, 모든 시조는 하나의 리듬만 가지고 있다고 말해야할 것이다. 다시 말해, 모든 시조시인이 차이 없는 반복만 하고 있다는 말인데, 과연 그럴까. 물론 리듬은 형식과 더불어 의미에도 관여한다. 그러나 시조를 쓰는 시조-시인에게 형식은 보다 특별하다. 우리의 특이성(sigularity)이기 때문이다. 이제 우리는 시조의 기본형이라 부르는 '율(律)'의 최대치로 뻗어가거나 최소치를 지키는, 두 가지 일을 동시에 해내야 한다. 시조의 정격(이라고 생각되는 것)을 고집한다고 해서 편협하다고 말할 수 없고, 어긴다고 해서 이탈했다고 말하기 어려운 이유가 여기에 있다. 이번에 읽어본 시집을 통해 시조의 리듬은 '존재론적 모험'(김소해), '정감'(류미야), '충동'(선안영), '반복'(이은주), '율독의 시간'(장영심)에 의해 발현된다는 것을 알게 되었다. 따지고 보면, 같은 원리이기도 하지만, 태도에 있어 양상은 무척 다르다. 이제 우리 차례다.

어떤 장르는, 형식이 전부일 때가 있다. 리듬 때문이다.

장소 : 시의 공간

김승봉, 『작약이 핀다』(고요아침, 2019)

김영재, 『목련꽃 벙그는 밤』(책만드는집, 2019)

송인영, 『앵두』(문학의전당, 2019)

유헌, 『노을치마』(책만드는집, 2019)

표문순, 『공복의 구성』(고요아침, 2019)

0. 공간에서 장소로

인간 인식의 기본 범주라 할 수 있는 시간과 공간 중 '공간'은, 시에서 특별해진다. '장소'로 바뀌기 때문이다. 공간이 추상적 의미를 갖고 있다면, 장소는 경험과 현실이 있는 곳이다. 우리가 어떤 공간에 특별한 의미 혹은 가치를 부여하는 순간, 공간은 장소로 바뀐다. 이를테면, 시적 상상력이 투영된 독창적인 이미지에 의해서 생기는 곳을 '표상 공간'[68]이라 한다면, 이 표상 공간은 실제 장소 이상의 의미를 지니면서 동시에 독자와 교감할 수 있는 '기억의 장소'[69]가 된다.

하여, "사람은 자신이 살고 있는 장소이고, 장소는 곧 이곳에 살고 있는 사람"[70]이라는 에드워드 렐프의 말을 통해 우리는 '장소 정체성' 즉, 장소에 따른 주체를 엿볼 수 있을 것이다. 즉, 장

---

68) 앙리 르페브르, 『공간의 생산』, 에코리브르, 2011, 80쪽.

69) 가스통 바슐라르, 『공간의 시학』, 민음사, 1990, 106쪽.

70) 에드워드 렐프, 『장소와 장소상실』, 논형, 2005, 252쪽.

소가 주체를 만든다는 것인데, 이를 인문학 연구의 장에서는 '심상지리(心象地理)'라는 개념어로 지칭한다. 여기서 장소에 대한 특별한 감정 혹은 감성에 따라 촉발하는 '장소애(場所愛, topophilia)'는 결국 시적 주체의 내면이 반영된 것이자, 더 나아가 '문학의 공간(l'espace litteraire)'이 된다. 특정 장소가 시에서 형상화될 때 그 장소는 시적 주체의 의식과 무의식이 반영되었다고 말할 수 있다면, 장소를 살펴보는 것 또한 시를 읽는데 중요한 단서 혹은 방법이 될 수 있겠다.

그러나, 여기서 반드시 주의할 점이 있다. 시인의 고향이, 시인의 현재 거주지가 지금 어떤 특정한 지역(장소)이라고 하여, 그 특정한 '장소성'을 전제로 시를 읽으려는 '의도의 오류'는 위험하다. 특정한 지역이 특정한 정서를 촉발하지 않으며, 특정한 장소가 특정 시를 만들지 않는다(이 관계가 성립하는 곳, 잘 지켜지는 곳을 우리는 '클리쉐(cliché)'라고 한다). 다만, '영향을 받았다' 정도로는 말할 수 있겠으니, 좀 더 신중한 접근이 요구된다. 물질의 본질은 물질에 반만 감싸 있으면서 동시에 기호-해석자에게 있다는 질 들뢰즈를 참고(『프루스트와 기호들』)해볼 때, 장소를 바라보는 시적 주체의 시선(응시), 그 시선(독자 포함!)이 곧 주체를 형성한다고 볼 수 있겠다.

따라서 우리가 시집에 형상화된 장소를 읽어낸다는 것은 곧, 그 시적 주체의 인식과 관점, 그리고 '내면 풍경'을 살피는 일이 되겠다. 또한 이 매커니즘은 시인에게도 마찬가지. 시인은 특정한 장소를 기억하고 바라보며 쓴다. 그 장소가 특별해진 이유가 곧 그 시인이 누구인지를 증명할 것이다. 함부로 쓸 수 있는 장소도 없고, 함부로 읽을 장소도 없구나!

1. 아우가 있는 바다—김승봉, 『작약이 핀다』

김승봉 시인의 이번 첫 시집의 세계는 바다와 바다가 아닌 곳으로 나뉜다. 통영에 거주하며 바다 관련 일을 하는 시인에게 삶의 공간은 바다 아니면 육지, 이렇게 양분될 것이다. 그럼에도 불구하고 시집 해설을 쓴 이달균 시인의 지적처럼, 시인은 바다를 시로 가져오는 것에 신중을 기한다. 이달균 시인에 따르면, 숙성이 '아직' 부족하다는 시인 스스로의 겸손과 자기반성 때문인 듯한데, 실제로 작품의 면면을 살펴보면, (통영)바다라는 공간에 대한 접근이 의외로 적고 또한 조심스럽다. 오히려 (통영)바다가 아닌 곳, 이를테면 다산초당, 서운암, 하회마을, 월출산, 민통선 등에 대한 작품이 많고, 작약, 벤자민, 찔레, 선인장, 배롱나무 등과 같이 식물성에 집중한 작품 또한 많다. 다시 말해, 시인에게 바다라는 공간은 여전히 생계를 위한 생존처럼, 쉽지 않은 곳, 늘 긴장해야 하는 곳, 늘 위험이 도사리는 곳이기 때문일 것이다. 말 그대로 목숨을 걸어야 하는 곳, 바다.

> 빨강은 빨간 대로 노랑은 노랑대로
> 가지 끝에 매달린 한낱 잎사귀도
> 마지막 색을 발할 때 가장 아름답지
>
> 제빛도 못내 피어 낙엽 되어 흩날렸나
> 또 한해가 다가와도 기별조차 망망한데
> 보낼 수 없는 글들을 써 내려가 볼까나

언제나 드나들던 그 바다 그대론데
주인 잃은 빈 배는 궂은비에 혼자 묶여
잔잔한 바람결에도 온몸을 뒤척인다

유채보다 환한 미소 가슴에 묻어두고
스산한 가을볕에 뒹구는 낙과처럼
떠난 길 어디쯤일까 찾을 수 없는 미로

물안개 겹겹 쌓인 바다 위로 물새 날고
산들이 산에 쌓여 메아리가 살아있는
그곳에 영원히 살아 못 이룬 꿈 펼쳐보렴

—「아우에게」전문

다섯 수의 행간에 주체 저간의 사정이 잘 보인다. "제빛도 못
내 피어 낙엽 되어 흩날"린 일, "기별조차 망망"한 상황, "주인 잃
은 빈 배", "스산한 가을볕에 뒹구는 낙과처럼" "떠난 길 어디쯤
일까 찾을 수 없는 미로". 즉, 아우의 부재(不在)에 주체는 "보낼
수 없는 글들을 써 내려가 볼까나"하고 혼잣말을 이어간다. 이
혼잣말들을 묶은 것이 이번 시집이 아닐까. 이 혼잣말은 첫째 수
부터 다섯 째 마지막 수까지 시공간을 바꿔가며 이어진다. 마치
영화의 플래시백(flashback)처럼. "유채보다 환한 미소"를 가진
아우를 가슴에 묻은 주체는 이제, "물안개 겹겹 쌓인 바다", "산
들이 산에 쌓여 메아리가 살아있는" 곳, '그곳'에 아우를 묻는다.
그곳에서 아우가 "영원히 살아 못 이룬 꿈 펼쳐"보기를 소망한
다. 그러나 역설적으로 그곳에 시적 주체 스스로 자신을 순장해

버린 일이기도 하다. 주체는 '그곳'을 떠나거나 벗어나지 못할 것이며 틈만 나면 '그곳'을 찾을 것이다. 이제 '그곳'은 부재한 아우의 '부재로서의 현존'을 더듬는 자리이자, 아우를 그리며 기리는 혼잣말을 이어가는 주체만의 특별한 '장소'가 되었다.

그리하여 아우가 있는 '그곳' 때문에, '그곳'으로 인하여 시인은 시인으로 살게 될 것이다. "썰물과 밀물이 새겨놓은 흔적 따라"(「통영누비」), "바람만이 유영하는 남해바다 모퉁이에/ 밤이면 희미한 불빛 내 영혼을 키"(「두미도」)워가며, "넘어질 듯 일어서는 정연한 파도들이/ 내 안의 작은 뼈마디 훌쩍 키워"(「고향집 생각」) 놓을 것이다. 물론, 바다는 죽음처럼 깊어서 "한 사내가 바다 앞에 꿇어 앉아 울고"(「울돌목에서」) 있는 곳이니, "가뭇없는 물결에 까치발로 버티며/ 빈혈에 야위고 야윈 몸뚱어리 붙안으며/ 차라리 너울보다 먼저 갯벌을 딛"(「닻」)어야 할 것이다. '닻'을 '그곳'에 내리고 시인은 평생 맴을 돌지도 모른다. "바람 소리 물소리 몸으로 부대끼며/ 부표로 혼자 남아 일러준 까칠한 손"(「매물도에서」)을 가진 자가 될지라도 말이다.

2. 차마고도—김영재, 『목련꽃 벙그는 밤』

시집의 첫 시부터 뾰족하게 찔러 들어온다. "바늘은 찌르기도 하지만 아픈 곳 꿰매준다// 나는 누구의 상처 꿰맨 일 있었던가// 찌르고 헤집으며 상처 덧나게 했지// 손끝에 바늘귀 달아 아픈 너 여미고 싶다"(「바늘귀」). 반성과 다짐으로 시작되는 이번 시집에서 우리는 "목마른 낙타 불러/ 무릎을 쉬게 하라"(「유목의 밤」)는 전언을 듣는다. 시집 곳곳에 순례와 등산, 방랑과 유랑으로 점철된 노마디즘(nomadism)의 세계가 펼쳐진다. 그곳에 가려는 데 특별한 목적이 있거나, 특별한 이유가 있어 보이지 않는다. 또한 그곳이 우리가 정주하는 곳과 크게 달라 특별한 곳도 아니다. "사막에서 마셨던 백주 한 병 챙겨서// 열흘 만에 돌아와 친구하고 마셨다// 불콰한 친구의 얼굴 늙고 지친 낙타"(「서울 낙타」)처럼 낙타는 서울에 있다. 그저 "내 몸이 고달프니 세상이 조용하다// 힘겹게 몸을 세워 조금 걷다 생각했다// 세상이 시끄러운 건 내 몸이 소란해서였다"(「허리를 삐끗하고」)는 깨달음처럼, 어디에 있는가의 문제가 아니라, 어떤 마음으로 있는가의 문제가 이번 시집의 라이트모티프처럼 읽힌다.

내가 만일 말이 되어
차마고도 넘는다면

그대를 등에 태워 낭떠러지 벼랑길 마다 않고 콧소리 내지르며 오르고 오르리라 밤 되면 별을 보며 두 몸이 하나 되어 아침을 기다릴 것이고 아침 해 설산을 넘어 불끈 솟구치면 추운 밤 이슬에 젖은 내 잔등을 말려 그대의 보료로 삼게 하리니 그대는 나의 주인 천 길 벼랑 한 몸으로 떨어져도 좋을 주인

떨어져 천마가 되어
하늘 높이 날아보리

— 「나의 주인」 전문

다큐멘터리에서나 볼 법한 풍경 안에 시적 주체가 있다. 주체는 말이 되어 차마고도를 넘는다. 그리고 주체에게는 '그대'라는 주인이 있다. 그렇다고 해서 주체와 주인을 헤겔식의 '주인과 노예의 변증법' 관계로 보는 것은 곤란하다. 중요한 것은 나의 헌신이지, 인정투쟁이 아니기 때문이다. 주인의 인정을 받든 못 받든 간에, 나는 "그대를 등에 태워 낭떠러지 벼랑길 마다 않고" 오르고 오른다. "별을 보며 두 몸이 하나 되어 아침을 기다릴" 때까지 나는 그대를 위한 노동을 기꺼이 감내할 것이다. "추운 밤 이슬에 젖은 내 잔등을 말려 그대의 보료"로 삼게 하고 싶은 그대. 그대가 어디를 가든 중요하지 않다. 그대와 함께라면. 그대는 "천 길 벼랑 한 몸으로 떨어져도 좋을 주인"이다. 그대가 좋은 주인이라서 그런 것이 아니다. 그저 주인이 좋기 때문이다. 또한 나는 벼랑에서 떨어진다고 해도 크게 두려워하지 않는다. 그대와 함께 라면 나는 '천마'가 될 것이니까. 나는 그대와 함께 창공을 누비며 영원히 추락하지 않을 것이다. 그대와 함께라면.

그대와 함께 가는 길, 까마득히 높은 곳, 험(險)한 곳, 좁고 가파른 길, 까딱 잘못하면 떨어지는 곳, 누군가의 도움 없이 올라갈 수 없는 곳… 차마고도 이야기가 아니다. 바로 시인과 우리가 사는 지금 여기의 이야기다. 차마고도는 형상화된 상징일 뿐, 시인에게 사막과 차마고도는 여기에 있다. "험한 산길 오르겠다고/ 말 몇 마리 발 구른다// 나도 따라 오르겠다고// 팔다리 휘젓는다// 말 등에 올라탄 나도/ 용쓰면서 가는 길"(「차마고도」)이 바로 이곳 현실이다. 그리고 시인은 용쓰면서 가려는 자, 용쓰면서 가기 때문에 아프고 고통 받는 자를 등에 태우는 말이 되고자 한다. 여기가 차마고도다.

3. 가을 오름—송인영, 『앵두』

　　이번 송인영 시인의 시집은 그동안 보았던 제주도 출신 혹은 정주(定住) 시인과 결이 조금 달라 보인다. 제주도만의 특수한 사물과 풍경은 여타 시인과 다를 바 없으나, 대상에 대한(따른) 감정이 달라 보인다. 일단 섬이라는 특수성과 더불어, 제주도민이라면 4 · 3사건에서 자유로울 수 없고, 또한 시집에서 쉽게 찾아볼 수 있는 트라우마이자 거대담론이었으나, 이번 송인영 시집은 그와 다르다. "제주바다 밤하늘 오름처럼 그려놓고// 사라진 별의 출처 눈감고 찾아봐도// 외로운 여자의 마음은 소행성 168h"(「인터스텔라」)이라는 첫 시에서부터 알 수 있듯이, '외로운 여자의 마음'이 시집 전체를 감싸고 있다. 그리고 아찔하기도 하다. "뱉지도 못한 네가 삼키지도 못한 네가// 내 몸 구석구석 시큼새콤 핥고 나와// 이렇듯, 핏방울 지워 한 편 詩가 되고"(「앵두」). 또한 "꽃이 되지 못하는 황홀한 그리움"(「두 편 오름」)이라는 개인감정에 보다 솔직해지면서 동시에, "결혼 앞둔 딸아이와 한 세상을 떠올"(「엄마의 詩」)리는 '엄마'와 "기도실 가는 길엔 돌들도 묵상을 한다"(「신전의 징검다리」)는 '신앙'이 엿보인다. 제주도만의 특수한 사물과 정서가 일개인과 만났을 때 어떤 서정이 발현될 수 있는지, 이번 시집은 선례가 되겠다.

　　문 여닫는 순간마다 봉긋하게 다가온
　　새로 산 브래지어 따뜻한 가슴 보면
　　색색이 얼굴 드러내는
　　이 가을 오름 같아

밋밋했던 사람들이 두근두근 벅차올라

누대로 이어오는 화산섬 시간 안고

눈웃음 되새김질하며

팽팽하게 솟구쳐

백약이 용눈이오름 다랑쉬 따라비오름

느낌대로 골라서 입어보는 가을볕

서랍장 나의 게르에는

유목민이 살고 있지

— 「노마드」 전문

'오름'을 시적 형상화한 작품을 적잖이 봐왔지만, 이번작품은 생소하다. 수납장에 잘 포개진 "새로 산 브래지어 따뜻한 가슴"이 "색색이 얼굴 드러내는/ 이 가을 오름"이라니. 물이 들거나 빠지기 시작한 울긋불긋한 가을날의 오름이 총천연색의 여러 무늬와 패턴이 있는 브래지어와 같다는 것이다. 여기서 중의적으로 의미가 중첩되는데, 브레지어가 "색색이 얼굴 드러내는" 가을 오름 같기도 하지만, 새로 산 브래지어를 보고 설레는 시적 주체(를 비롯한 우리)의 상기된 얼굴로도 읽힐 수 있다. "밋밋했던 사람들이 두근두근 벅차"오르는 것처럼. 또한 동시에 "눈웃음 되새김질하며/ 팽팽하게 솟구"친 오름은 사람들을 자극한다. 매일 아침 여성이 브래지어를 고르듯, "느낌대로 골라서 입어보는 가을볕"에 따라 제주도의 수많은 오름을 고를 수 있다. 가을에만 가능한 일이다. 이제 가을 오름에 가면 송인영 시인의 시가 생각나겠다. 브래지어가 생각나겠다. 그리고 서랍장의 브래지

어는 게르와 같으니, 당신이 아주 잠깐이라도 좋으니 머물다 갔
으면 좋겠다.

4. 다산의 강진-유헌, 『노을치마』

시집 날개의 약력에서 알 수 있듯이, 유헌 시인은 유년을 보
냈던 '강진달빛한옥마을'로 귀향(歸鄕)했다고 한다. '고향'으로
회귀한다는 것은 고향을 원심으로 한 구심력이 결국 멈춘 것이
다. 최대한 멀리 나가려 했으나 결국 돌아오게 되는 곳. 우리 삶
역시 어떤 공간에서 최대한 멀어지려 하나, 맴돌기만 하다 결국
있던 자리로 돌아가게 되는 그런 공간. "에움길 휘더듬어// 예까
지 왔는데// 파릇한 봄 한 철// 누려보지도 못한 생"(「쑥, 향」)처
럼, 그제야 우리는 그 공간이 우리가 있어야할 '장소'임을 알게
된다. 잃어야 얻게 되고, 떠나야 찾게 되는 곳. 그곳에서 시인은
달빛을 줍는다. "애저녁/ 초승달이// 용마루에/ 걸터앉아// 기우
뚱/ 허리 굽혀// 수묵화를/ 그리는 밤// 달빛을/ 줍고 있는 나,//
그림 속을/ 걷고 있네"(「강진달빛한옥마을」). 신화 속 한 장면
같다.

> 복숭아 꽃잎처럼
> 날아온 편지 한 장
> 그 백지 그러안고 천일각에 올라서니
> 강물이 절뚝거리며
> 내게로 오고 있다

사금파리 날 같은 윤슬에 눈이 먼 새,

팽팽한 연줄 한 올 움켜쥔 흰 물새가

뉘엿한 붉새를 물고 내게로 오고 있다

미처 못다 부른

연서 한 필 펼쳐두고

말없는 그 말들이 초당에 쌓이는 밤

야윈 강 뒤척일 때마다

일어서는 저녁놀

— 「노을치마 2」 전문

시적 주체는 유배지 강진에서 다산 정약용에게 병든 아내 홍
씨가 보낸 신혼 때의 다홍치마를 '노을치마'로 보고, 200여 년 전
의 강진을 재구성하고 있다. 다산이라는 역사 속 인물과 사건을
재현(re-presentation)하고 있다. 다홍색 치마는 지금 없지만, 그
다홍치마의 색감이 노을을 닮았으니, 아니 노을과 같으니. "깁고
엮은 애틋한 정 신혼의 단꿈 어린/ 병든 아내 낡은 치마 초당에
전해지니/ 천리 길 적시는 울음, 하피첩 되었"으니, "노을빛 치맛
자락에, 얼룩져 타는 속울음"(「노을치마」, 『받침 없는 편지』, 고
요아침, 2015)은 "복숭아 꽃잎처럼/ 날아온 편지 한 장"이 되었
다. 이제 속울음을 울고 있는 다산이 서 있는 곳에 주체가 지금
서 있다. 주체는 "천일각에 올라서니" "강물이 절뚝거리며/ 내게
로 오고 있"는 것을 알게 된다. 시간의 흐름을 상징하는 '강물'이
절뚝이며 온다니. 무언가 비범한 일이 생길 요량. 그곳에서 주체
는 "사금파리 날 같은 윤슬에 눈이 먼 새"를 본다. 그 새는 "팽팽

한 연줄 한 올 움켜쥔 것" 같으니, 하늘을 둘로 가를 것이다. 둘로 갈라진 것은 낮과 밤 혹은 어스름의 경계. "뉘엿한 붉새를 물고 내게로 오고 있"는 것이 곧 노을 아닐까.

주체는 다산에 투사해본다. 신혼의 애틋함을 뒤로 하고 유배지에 있는 다산의 심정과 그 다홍치마를 받았을 때의 마음. "미처 못다 부른/ 연서 한 필 펼쳐두"는 것처럼 주체 역시 미처 부르지 못한 이름, 부재의 대상을 향한 그리움을 펼쳐본다. 너무 할 말이 많지만, 그 감정을 형용할 길이 없다. 언어의 가닿을 수 없음을 뼛속 깊이 체감한다. 그리하여 다산도 주체도 "말없는 그 말들이 초당에 쌓이는 밤"만 보낼 뿐이다. 그리고 그 밤들은 차곡차곡 쌓일 것이다. "야윈 강 뒤척"이는 것처럼 다산과 주체는 이따금씩 뒤척일 것이며, 그때마다 속울음과 같은 저녁놀이 일어설 것이다. "붉게 물든 문장들의/ 속울음"(「책갈피」)을 받아 적는 시인 역시 뒤척일 것이다. 다산의 강진이라 그렇다.

5. 소시민의 도시— 표문순, 『공복의 구성』

표문순 시인의 이번 첫 시집은 '도시적(urban)'이다. '서정시' 하면 으레 생각하는 숲이 있고 강물이 있는 곳이 아니라, "주고받은 언어들이/ 액정 위에 물컹하고"(「초파리 질문법」), "남자가 제 코가 빨갛도록 담배를 빨고"(「큰괭이밥」)있는 아파트 베란다, "남자가 앉은 자리에 내가 다시 앉"(「파문과 파장」)아야 하는 지하철에서 서정이 촉발되고 발견된다. 시인이 쓰고 싶은 것은 특별한 서정이 '쉽게' 발생하는 곳이 아니라, "굽 높이에 갇혀 있다// 10센티에 밀어 넣은/ 비명을 꾹 삼키며" "신지도 벗지도 못하는 하루가 하차"(「21C 에렉투스」)는 곳이다. 말 그대로 21세기의 호모 에렉투스가 아침에 일어나 누울 때까지(혹은 태어나 죽을 때까지) 직립할 때의 여정을 그려내는 공간이 곧 시인이 쓰고 싶어 하는, 시인에게 잘 보이는 공간이다. 연유는 알 수 없으나, 시집 곳곳의 장면들은 대체로 도시-소시민의 삶을 형상화하고 있다. 바야흐로 여기는 정전으로 인해 "냉동된 식료품처럼 흐늘흐늘 녹고 있는/ 격해진 입주민들이 수소문과 부딪"치는(「냉동 뉴스」) 곳이니, 악다구니처럼 치열하게 살아가야 하는 '체험 삶의 현장'이다.

  부재를 포옹했던 여벌 같은 그릇들이
  발단의 정점 향해 슬그머니 일어서면
  결핍에 감염되었던 냉장고가 앓는다

  가족과 식구의 차이 이별과 별리 차이
  목안(木雁)의 사슬을 맨 무거운 날갯죽지
  전개된 공복의 범위 알수록 넓어진다

  냉장실에 쌓여있는 먹다 남긴 시간들이
  위기의 한 가운데서 부패를 시작하면
  그 모든 칸칸 속에서 불면을 증식한다

  자정의 위장 속엔 거대한 혼잣말 있다
  날마다 문을 열지만 불구의 배를 채울

1인칭 서사 구조는 매끼마다 절정이다

— 「공복의 구성」 전문

'체험 삶의 현장'은 사회보다 가족(가정)부터 시작된다. 최후의 보루라고 여기고 있는 가족이 (산산) 조각난 지는 이미 오래전의 일. "부재를 포용했던 여벌 같은 그릇들이" 쌓여 있는 곳, "가족과 식구의 차이 이별과 별리의 차이"가 있는 이곳은 바로 가족(家族)이자(혹은) 식구(食口)가 사는 집이다. "냉장실에 쌓여있는 먹다 남긴 시간들"을 굳이 부정적으로 볼 필요는 없을 것 같다. 가장 힘이 되는 사람도 가족이고, 가장 힘들게 하는 사람도 가족이니, "위기 한 가운데서 부패를 시작"하지 않도록 하면 된다. 그러나 각자가 서로 모르게 "그 모든 칸칸 속에서 불면을 증식"한다. 가족이기 전에 개인이므로. 가족이 평생 나를 지켜주지는 않는다. 언젠가는 혼자가 될 수밖에 없는 것이 당연지사. 문제는 혼자되기가 그 어느 때보다 빠르다는 것이다. "자정의 위장 속엔 거대한 혼잣말"을 각자가 가지고 있어서, "날마다 문을 열지만 불구의 배를 채울/ 1인칭 서사 구조"를 가질 수밖에 없다. 그렇게 슬플 일도 아니지만, 또 그렇다고 해서 안심할 일은 아니다.

따라서 그나마 우리를 지켜줬던 가족이 생각보다 허술한 울타리임을 자각한 도시인(소시민)들은 쉽게 마음-감기에 걸린다. "감정의 순도 높이며 앓고 또 앓았다네"(「연가」)하고 체념하며 '콘택 600'으로 감기를 이겨내야 하며, "사발면에 해수면만큼 설움을 부었다/ 3분간 기다린 후 잘 저어 드시라는데/ 못 미처 꼬불꼬불한 감정들을 엿"(「크로키」)보고, "반절짜리 결함을 무릎에서 발견한다// 읽어도 읽지 못하는 마음의 난독증들"(「4호선」)을 감내해야 하며, "10분 더 빨리 가면 무엇이 더 늦게 올까"(「10분 더 빨리 가는 시계」)하며 초 단위의 삶을 살아야 한다. 모두가 '도시'에 살아가기 때문에 생기는 일이다. 이제 강을 건너려면 차가 많이 막힌다. 그러니, 도시에서 살고 있는 시인이 도시에서 서정을 발견하는 일은 당연한 일이 되겠다.

6. 시의 공간은 장소

특별한('특정한'이 아니다) 장소가 없는 시집은 매력이 없을 것이다. 시인은 저마다의 장소를 가지고 있으니, 그 장소가 매력적인지 아닌지가 시의 성패를 가를 것이다. 김승봉 시인에게는 '아우가 있는 바다', 김영재 시인에게는 '차마고도', 송인영 시인에게는 '가을 오름', 유헌 시인에게는 '다산의 강진', 표문순 시인에게는 '소시민의 도시'가 그 장소다. 일반인은 쉽게 지나치는 혹은 특별한 정서를 불러일으키는 공간일 수 있겠으나, 이들에게는 특별한 장소가 된다. 시를 촉발시키기 때문이다. 장소가 시를 촉발시키는지, 시가 촉발되어 장소가 되는지 선후 관계를 따질 수는 없으나, 시로 남았기 때문에 장소가 성립된다는 점은 분명하다. 다시 말해, 시의 공간은 장소이어야 한다. 물론 여기서 장소는 시인에게만 장소여도 상관없겠다. 그러나 장소가 특별하면 특별할수록 그 곳을 알아보는 사람이 많아진다. 그렇게 특별한 장소를 알아볼 눈이 있는 자를 우리는 '독자'라 부르고, 특정한 장소를 선점하는 자를 우리는 '시인'이라 부른다.

화자 : 불꽃처럼 소멸하는 자

김일연, 『너와 보낸 봄날』(황금알, 2018)

박명숙, 『그늘의 문장』(동학사, 2018)

이석구, 『그늘의 초록을 만졌다』(문학의전당, 2018)

장영춘, 『단애에 걸다』(황금알, 2018)

정평림, 『유빙의 바다』(책만드는집, 2018)

홍성운, 『버릴까』(푸른사상, 2019)

0. 겸손하게 사라지는 자, 시인

시에서 말하는 자는 누구인가. 우리는 그동안 '화자(話者)'라는 이름으로 시적 발화를 수행하는 자를 지칭해왔으며, 화자라는 가면을 쓴 실제의 발화자를 '시인'이라고 가정했다. 시적 발화는 시인이 화자라는 가면을 쓰고, 화자의 목소리를 빌려 시인 자신의 세계관을 구축하고 표명하는 것으로 그동안 말해져왔다. 더욱이 서정시의 제1원리라 할 수 있는 '자아와 세계의 동일화(자아의 세계화 또는 세계의 자아화)'에 근거하여 시인과 화자를 손쉽게 동일한 주체로 보는 것에 크게 문제를 제기하지 않았다. 그러나 이는 그렇게 간단한 문제가 아니다. 일단 (적어도 현대시에서는) 시는 1인칭의 독백 형식이 아닌 다성성(polyphony, 바흐친)이 드러나는 문학 장르이며, 정신분석학에 의해 화자가 모든 언어행위의 중심이 아니라는 것을 알게 되었다. '발화 주체

(화자)'와 '발화 행위의 주체(시인)' 사이의 분열을 간과하는 순간, 시는 시인 스스로의 윤리를 증명하고 자랑하는 도구로 전락해버린다. 이렇게 감히, 말할 수 있겠다. "시조의 화자는 시인이 아닐 수 있다."

이에 따르면, '이제' 시의 목소리는 시인의 것이 아니라, 시라는 형식 속에서 발화된 내면성, 곧 '시적 주체'라는 자리가 드러나는 곳이 되었다. 그러므로 시적 주체는 발화를 가장 주관적으로 구축하는 힘이자 시를 만들어내는 힘 자체이며, 개별 시의 주인이다. 따라서 한 시인이 쓴 여러 작품에서 다른 형태의 목소리들이 '다수' 출현한다고 해서 놀랄 필요가 없다. '이제' 시인과 시를 분리하는 것에 적응할 때가 된 것 같다.

그렇다면, 시인이 분리되어 떨어져나간 후, '남은 시'는 무엇인가. 스스로 자족하여 존재하는 것이기도 하지만, 이 남은 세계역시 만만치 않다. 그 안에서 화자와 대상이 관계하는 방식에 따라 의미가 발생하고, 리듬이 출현한다. 그러나 정확히 말하자면, 화자라는 존재가 먼저 있고 후에 대상이 주어지는 것이 아니라, 대상이 화자의 자리를 마련해준다. 대상은 소실점이 하나인 원근법처럼 그 자리에 서 있기를 강요하기도 하지만, 동양화처럼 어떤 대상은 두 개 혹은 여러 개의 자리를 요구하기도 한다. 다시 말해 대상과 관계 맺는 것에 따라 (시적) 주체가 형성되고 한자리를 차지하게 되는 것이다. 이 대상과 주체가 얼마나 미학적이고 그 목소리가 매력적인지에 따라 시의 완성도 혹은 미학이 결정되는 것이다.

그리하여, '이제' 시인은 시인 자신을 지우는 작업을 할 때가 되었다. 여기서 시인 자신을 지운다는 것은, 탈자태하여 하나의 세계를 창조하는 것이며, 시인은 자기라고 믿었던 것을 비우고 타자를 영접하는 자가 되어야 한다. 시인이 떠난 자리에는 화자가 남아 있고, 이 화자는 시에서 '주체'의 역할을 담당하게 된다. '이제' 시인은 말없이 자리를 떠나는 자, 화자에게 공(功)을 돌리는 자, 겸손하게 사라지는 자가 되어야 한다.

1. 바람—김일연, 『너와 보낸 봄날』

이번 김일연 시인의 시집은 "내 젖은 마음결이 신성의 숲속으로/ 그윽한 비의 문장을 이슥토록 따라가면/ 맨 나중 빗방울 하나 이윽고 나는 닿아"(「비의 문장」)라는 시에서 알 수 있듯이, '신성의 숲속'에서 '비의 문장'을 따라간 시집이다. 이 세계에 있으면서도 이 세계가 아닌 세계를 그리고 있으니, "마음이/ 백지하나로/ 펼쳐지는 거기"(「불이선란」)는 얼마나 아름답고 신비한 곳일까. 말 그대로 신성(神聖)의 숲속이 아닐까.

다 떠난 골짜기에 하루 두 번 오가는

진눈깨비 한 십 년
무서리에 한 십 년

기차는 텅 빈 공덕을 바람에 닦으며 가고

말을 잃은 철길이 이별보다 서러워

꽃 지고 새도 가고
별도 감감 먼 하늘

바람은 적막강산에 불멸 새기며 간다

                             —「바람의 협곡」 전문

    이 시의 화자는 누구인가. 차근차근 살펴보자. '바람의 협곡'
이라 했으니, "다 떠난 골짜기"가 주인공일 가능성이 보다 높겠
다. 무엇보다 중요한 것은 골짜기에 오가는 것들, '진눈깨비', '무
서리', '기차', '철길', '꽃', '새', '별', '바람' 등등일 것이다. "다 떠
난" 골짜기에 "기차는 텅 빈 공덕을 바람에 닦으며" 하루 두 번
오간다. 그것도 "진눈깨비 한 십 년", "무서리에 한 십 년"씩 그렇
게 무심히, 공덕을 쌓으며 오간 것이다. 그러나 그곳은 "말을 잃
은 철길"이 "이별보다 서러"운 곳이고, "꽃 지고 새도 가고" "별도
감감 먼 하늘"의 공간이다. 말 그대로 '적막강산'인 것이다.
    그러나 시를 다 읽고 나면, 화자가 꼭 골짜기라고 말하기도
어렵다. 제목 '바람의 협곡' 중에 '바람'을 주목해보자. 바람은 적
막강산에 기차를 밀어 올리며, "꽃 지고 새도 가고" "별도 감감
먼 하늘"에 "불멸 새기며" 간다. 바람이 없다면, 기차도, 진눈깨
비도, 무서리도, 꽃과 새도 골짜기에 머물지 못할 것이다. 바람
이 적막강산에 '불멸'을 새기며 간다고 했으니, 불멸하는 것은 바
람과 골짜기 이 둘의 관계일 것이다. 이러한 바람과 골짜기와의
관계, 서로가 주체이자 객체로 존재하고 있으니, 이 모두를 아우
르는 자는 누구인가. 바로 이러한 상황을 육성으로 전달하는 자,

그리하여 특정한 사물들을 한 공간에 배치시켜 한 세계를 창조한 자, 곧 '시적 주체'일 것이다.

그러나 섣불리, 시적 주체의 상태를 바람이나 골짜기의 상황으로 치환하여, 시인으로 소급 적용하는 것은 위험하고, 틀릴 가능성 '매우' 높다. 시인이 창작했으니, 시인의 것으로 생각하면 큰 오산. 이 시는 '이미' 바람과 골짜기의 것이다. 시에서 화자는 그저 이러한 상황을 중계한 것에 불과하다. 당연히, 중계자가 시인이 아닐 수도 있다. 만약 여기서 시인의 목소리가 직접 개입하거나 시인이 이 세계에 출현하였다면, 이야기는 달라진다. 불멸을 말하는 이 시적 공간에서 하찮은 인간(시인)이라니.

'바람의 협곡'이 불멸하듯, 이 시 역시 불멸할 것이다. 그러나 시를 쓴 시인은 필멸한다. 그래서 시인은 시를 쓴다. 필멸자로서 불멸하는 것에 대한 열망과 희구(希求)는 영원성에 근거한 일이다. 필멸인 우리가 불멸을 꿈꿀 수 있는 일이 몇 가지나 있겠는가. 그 중에 우리가 (잘) 알고 있는 하나가, 바로 시조다.

2. 꾀꾜랠루 — 박명숙, 『그늘의 문장』

"벌어진 지퍼들이 이빨을 물고 가듯// 바위의 흉터들을 솔이끼가 기워갑니다// 잔걸음 총총대면서 정수리로 몰려갑니다"(「박음질」)와 같은 세밀화를 시집 곳곳에서 볼 수 있는 이번 박명숙 시인의 시집은, 분명 유니크(unique)하다. 이 세상에 없었던 세상이자, 이 세상에 없었던 작품이다. "작은 새가/ 울컥,// 작은 혀를 내뱉었다// 말랑한,/ 붉은 살점을// 세상에 반납했다// 노래를/ 뽑아 던지자// 뜰의 앞니도 빠져나갔다"(「반납」)는 시집의 첫 작품에서 알 수 있듯이, 작은 새가 붉은 살점을, 노래를 세상에 반납하는 특별한 세계가 박명숙 시인의 시집 안에 접혀 있다.

한 나무가 한 나무를 말없이 어루만질 때

꾀꼬랠루 꽤꼬랠루 먼 산에 새가 우네

진달래 꼬깃한 귀가 온종일 젖고 있네

고개를 주억이며 집 마당 둘러보더니

당신이 날아가네 하얀 새로 날아가네

마른 봄 붉게 젖어서 내 귀에도 움이 튼 날

꾀꼬랠루 새가 되어 고대 따라 나설 것을

다리 건너 고개 넘어 같이 가면 좋을 것을

잘 가라 손을 흔드니 잘 있으라 손 흔드네

— 「꾀꼬랠루 꾀꼬랠루」 전문

이곳은 "한 나무가 한 나무를 말없이 어루만지는" 곳이자,

"진달래 꼬깃한 귀가 온종일 젖고 있는" 곳이다. 먼 산에서 우는 "꾀꼬랠루", 꾀꼬리의 노래 때문이다. 이 노래는 곧이어, "고개를 주억이며 집 마당 둘러"보다가 "하얀 새"로 날아간다. 바로 '당신'이다. 당신의 부재로 인해 꾀꼬리의 노래 소리가 들리는 것인지, 꾀꼬리의 노래 소리 때문에 당신의 부재를 알게 된 것인지, 선후는 분명하지 않으나, '꾀꼬랠루'는 부재의 방식으로 당신의 현존을 드러내고 있는 것만은 사실이다.

여기서 우리는 화자를 상상해볼 수 있다. 화자는 아마도 '집 마당'에서 '하얀 새'로 날아가는 광경을 볼 수 있는 위치, 곧 집 마당 근처에 있을 것이다. 그곳에서 화자는 '꾀꼬랠루'로 인해 나무가 나무를 말없이 어루만지는 것을, 진달래 꼬깃한 귀가 온종일 젖는 상상을 한다. 물론, 꾀꼬리가 실제로 날아온 것인지는 분명하지 않다. '꾀꼬랠루' 소리가 하얀 새로 날아가는 것으로 읽는 것이 더 좋아 보인다. 그렇게 당신은 날아가고, "마른 봄 붉게 젖어서 내 귀에도 움이 튼 날"이 화자에게 도래했다. 화자는 "새가 되어 고대 따라 나설 것을", "다리 건너 고개 넘어 같이 가면 좋을 것을"하며 혼잣말을 해본다. 그리고 당신에게 "잘 가라 손을 흔드니" 당신도 잘 있으라며 손을 흔드는 것으로 작품은 끝이 난다.

'하얀 새'로 날아간 당신에게 손을 흔드는 시적 주체, 어떤 곡진한 사연이 있는지는 모르겠으나, 먼 산에서 들리는 꾀꼬랠루 소리가 작품을, 시집을, 우리의 마음에 반향(反響)을 일으키고 있다. 그곳에서 시적 주체는 귀에 움이 트는 봄날을, 같이 날아가고 싶은 봄날을 지금 막 지나고 있다. 우리도 따라 들어갈 수 있다면 참 좋으련만.

3. 초록 — 이석구, 『그늘의 초록을 만졌다』

　　이석구 시인은 시집 『커다란 잎』(2010), 『마량리 동백』(2017)을 거쳐 이번 시집에 이르기까지, 줄곧 '식물성'에 몰두해 온 것으로 보인다. 한강의 소설집 『채식주의자』처럼 폭력과 육식성에 완강히 저항하기 위한 시인의 몸부림인지도 모른다. "발자국 꾹꾹 찍힌 얼음장 풀린 뒤// 당신과 내 그림자는 물에 뜬 꽃잎 한 점// 속눈썹 파르르 떨며/ 어디에서 꽃피우나"(「납매」)처럼, "당신과 내 그림자"가 "물에 뜬 꽃잎 한 점"이라니. "꽃과 나/ 둘 중 하나가/ 마지못해/ 떨어졌다"(「위미리 동백」)고 말하는 (싱그런) 화자 앞에, 우리는 우리의 육식성을 반성하게 된다. 그러나 그렇다고 해서 이석구 시인의 식물성을 섬약한 것, 여성적인 것으로 보는 선입견은 '정말' 곤란하다. "날을 세운 호미로 뽑지 못한 뿌리들이// 월남댁 치마만 한/ 토란잎 한가운데// 흙냄새/ 번진 그늘을 새파랗게 에워싼다"(「초록 2」)에서처럼, 식물의 머리라 할 수 있는 뿌리는, 강력하고 생명력 짙다.

　　소나기 한 줄기가
　　쏟아진 다음에는
　　새소리가 들려오고
　　버들잎이 만져지고
　　물 위에 입혀진 무늬
　　당신의 긴 그림자

　　바람이 분다 불어도 그 끝을 잡지 못한

아무렇지 않은 듯이 흐르는 뭉게구름

배추밭 고라니 발자국 왔다 갔다 서성이고

잘못 드는 길이면 그대로 주저앉을

팔월 여름의 반은 물결에 떠올라서

수북이 쌓인 풀잎이

꽃피는 줄 몰랐다

　　　　　　　　　　　　　　　　 ―「그늘의 초록을 만졌다」 전문

　　소나기 한바탕 훑고 간 팔월 한낮을 상상해보자. 소나기 쏟아진 후에는 "새소리가 들려오고" "버들잎이 만져지고" "물 위에 입혀진 무늬"를 듣고 보고 상상하게 된다. 그 무늬는 "당신의 긴 그림자"와 같아서, 화자의 마음에도 서늘하게 그림자를 드리우게 되었다. 그렇게 당신은, "바람이 분다 불어도 그 끝을 잡지 못한" "아무렇지 않은 듯이 흐르는 뭉게구름"처럼 손에 잡히지 않는다. 그러나 당신은 "배추밭 고라니 발자국 왔다 갔다 서성이"는 것처럼, 계속 화자의 마음에 서성인다. 당신만 생각하고 있다는 것, 그 마음을 당신에게 주고 싶다.

　　그러나 당신은 화자 마음에 관심이 없다. 그리하여 화자는 "잘못 드는 길이면 그대로 주저앉을" 것처럼, 툭 하고 건드리면 금방이라도 울음을 터뜨릴 것처럼, 언제든 주저앉아 망연자실할 것처럼 있으니, "수북이 쌓인 풀잎"들이 "꽃피는 줄 몰랐"을 수밖에. 그것도 "팔월 여름의 반은 물결에 떠"오를 정도였는데도 말이다. 작품 제목처럼, 소나기 내린 팔월 한낮, 새소리와 버들잎이 "물 위에 입혀진 무늬"가 되는 초록의 세계. 시집 표지 색깔처럼, 당신은 화자 마음에 서늘한 그림자를 드리우고, 화자는 그런 당신을 뭉게구름처럼 만지지 못하고 잡지 못한다. 잡힐 듯 잡히지 않는 당신. 그런 당신이 화자에게 건네준 그늘의 초록. 이 시를 읽는 독자 역시 팔월의 소나기를 그리고 그 소나기가 만든 서늘한 그늘을, 초록을 경험하게 될 것이다. 화자가 부러 초대한 자리니, 사양하지 마시길.

4. 애월 ─ 장영춘, 『단애에 걸다』

제주도 시인의 시집은 제주도만의 고유성을 갖고 있다. 그 고유성은 육지에 사는 이들에게 거리감을 느끼게 하지만, 한편으로는 도저히 접근할 수 없는 신비함 또한 간직하고 있다. 그리하여, 우리는 제주도 태생의, 제주도에 거주하는 시인들의 시집을 읽을 때면, 약간 긴장하게 된다. 우리가 모르는 사물, 우리가 알 수 없는 세계, 우리가 이해할 수 없는 감정이 시집 안에 오름처럼 곳곳에 솟아 있기 때문이다. 이를테면, "4·3의 시간 속에 파편처럼 꽃은 피고/ 여태껏 아버지는 어느 골짝 헤매시나/ 해마다 과오름 길엔/ 생각 없이 꽃은 핀다"(「쏙닥쏙닥」)에서 우리는 현대사의 질곡과 그에 따른 개인의 희생 정도는 생각해볼 수 있으나, 타인의 고통에 접근하기는 그리 쉽지 않다. 실제로 발생한 죽음과 그 죽음을 포착한 이미지(사진)와 글과는 엄청난 괴리가 존재하기 때문이다. 바로 옆 페이지 시구 "아득히 비켜선 자리 무지개를 뛰웁니다"(「아득히 비켜선 자리」)처럼 아득하다.

이 겨울 누가 내게 마른 꽃을 건넨 걸까
거꾸로 걸어놓은 한 움큼 산수국이

기어코 애월 바다로
나를 끌고 나왔다

어디로 가는 걸까 한 무리 괭이갈매기
저마다 파도 끝에 사연들을 묻어놓고

해질녘 아득한 하늘
또 하루를 삭힌다

늦은 귀갓길에 눈 몇 송이 남아서
모난 마음 한쪽 자꾸만 깎아내다

아슬히 단애(斷崖)에 걸린
인연마저 떠민다

―「단애에 걸다」 전문

　　화자는 늘 자리에 있던 "거꾸로 걸어놓은 한 움큼 산수국",
즉 '드라이플라워'가 생경해지는 순간을 경험한다. 마른 꽃이 화
자를 애월 바다로 끌고 나왔으나, 정확히 말하면, 바다로 나가야
하는 사연이 있어, 산수국이 눈에 들어온 것이다. 핑계 삼아 나
온 애월 바다. 많은 시인들이 어렴풋이 알고 있는 거친 바다, 애
월(涯月). 그곳에서 화자는 괭이갈매기가 "저마다 파도 끝에 사

연들을 묻어놓고" 갈 것이라 생각해본다. 더 정확히 말하면, 파도 끝에 사연들을 묻어놓는 것은 화자일 것이다. 그렇게 화자는 "해질녘 아득한 하늘" "또 하루를 삭힌다". 사정은 알 수 없으나, "늦은 귀갓길에 눈 몇 송이"가 화자의 마음을 움직였을 것이다. "모난 마음 한쪽 자꾸만 깎아내"는 것은 '눈 몇 송이'. 화자는 '애월(달에 가까운 물가)'에서 "아슬히 단애에 걸린 인연"을 떠민다. 그렇게 화자를 떠나가는 인연, 화자가 떠나보낸 인연. 그 인연은 단애 혹은 애월에 걸려 있다. 물론, 여기서의 인연은 시인 개인사일 수도 있겠으나, 사실 여부는 중요하지 않다. 이미 애월 앞에 당도한 우리는, 아슬하게 단애에 걸린 달을, 인연을, 감정을 충분히 경험하고 있기 때문이다.

5. 소나무 — 정평림, 『유빙의 바다』

각주가 그 어떤 시집보다 많은 정평림 시인의 이번 시집은, 작정하고 썼다고 말해도 틀리지 않을 것이다. 쉬지 않고, 문장을 이어가며, 페이지를 가득 채우고 있다. "철부지 귀잠 깨워 갈 길 이르는 저 물소리// 우수수 밤하늘 별빛 빈 배낭에 쓸어 담"(「평창 나들이」)으려는 시인은, "꼬리 물고 포개진 산맥"(「가리왕산 바람꽃」)처럼, "추임새 넣을 때마다 내리꽂는 힘"(「정선아라리 9 —디딜방아」)으로, "코앞에 둔 유토피아"(「유빙의 바다」)를 향하듯 문장을 이어간다. 이 시집의 해설을 쓰신 박시교 선생님의 글 제목 '영원한 문청의 활기찬 그 행보—자신만의 독특한 보법에 얹은 우렁우렁한 목소리'에 적극 동의하는 바다.

어느 봄날 깃털 달고 하늘 가녘 날던 한때

저녁연기 모락일 즈음 환한 꽃길 접어놓고

지렁이 울음소리에 적막 속으로 말려든다

아차! 싶은 경고음인가, 어둠 하마 발목 잡고

푸른 이내 결 풀리듯 찌르르 산이 울면

이순의 몽니만 남아 내일, 또 내일 연다

벼랑 끝 몰리고 난 뒤 볕 고르는 저 다복솔

촘촘한 나이테 세며 긴 오도송 외고 있나

땀땀이 후광 두르고 허위넘는 벼룻길

　　　　　　　　　　　　　　　　　 ―「비탈 소나무」 전문

　이 시의 목소리는 소나무를 보고 있는 화자의 것이기도 하지만, 더 정확히 말하자면, 소나무에 투사하고자 하는 화자의 결기로 봐도 무방할 것이다. "어느 봄날 깃털 달고 하늘 가녘 날던 한때"와 "저녁연기 모락일 즈음 환한 꽃길"이 저물고, "어둠 하마 발목 잡"는 때, "지렁이 울음소리에 적막 속으로 말려"드는 때가 왔다. 하늘을 날며 꽃길을 걷던 때를 지나, 이제 아주 작은 미물의 울음소리조차 들리는 적막의 시간이 도래한 것이다. 그래도 "이순의 몽니"는 남았으나, "벼랑 끝 몰리고 난 뒤 볕 고르는 저 다복솔"처럼 "촘촘한 나이테 세며 오도송 외고 있"어야 할 것을 화자 스스로 다짐해본다. 그렇게 "땀땀이 후광 두르고 허위넘는 벼룻길"을 걸어가야 하는 소나무와 그렇게 살고 싶어하는 화자. 끝내 닮아갔으면 좋겠다, 고 우리는 기원해 본다. 소나무를 닮아 가려는 화자와, 스스로 있는 소나무. 시인도 그러하겠지만, 우리 역시 소나무를 닮아가고 싶은 건 사실 아닌가. (공교롭게도 시인의 이메일 주소에는 'pine-tree(소나무)'가 있다)

6. 조랑말 − 홍성운, 『버릴까』

장영춘 시인과 같이 "지상의 생각으론 가늠 안 될 일"이 가득한 "동굴의 고향 제주"(「숲속의 동굴」)에 살고 있는 홍성운 시인의 시집 역시, '영등할망(바람의 신)'의 바람(「광대야 줄광대야!」)으로 가득하다. 신비(神祕)하다. "산골의 소낙비는/ 빈손으로 오지 않아// 여름밤 별무리를/한 자루/ 가득 쟁여// 풀벌레/ 울음 꼭지에/ 별 총총/ 풀고/ 간다"(「망초꽃」)는 말에, 할 말을 잃는다. 저절로 끄덕이게 하는 힘이 있다. "피고/지고/피고 지고/ 지는 듯 핀다면야// 곶자왈 동백꽃이/ 일순/ 떨어진들// 참았던/ 눈물주머니/ 이 봄날/ 터지겠느냐"(「동백꽃 지다」)에서 제주의 허파라 불리는 곶자왈에서 피고 지는 동백꽃의 무한순환이 마치, 우주의 순환, 대자연의 섭리처럼 느껴지는 것도 아마, 이런 연유에서 일 것이다.

섬억새 흔들려도 하늘이 금갈 것 같은

이런 날 조랑말도 집을 향해 울음 운다

테우리 휘파람 소리, 산허리에 묻어둔 채

외딴집 돌담 굴뚝 외려 바쁜 가을 끝

청동 워낭 목에 단 듯 하눌타리 농익고

할머니 사립을 여니 먼산주름 다가온다

가는 듯 온다면야 아궁이가 눅눅할까

희나리 불씨 먹여 타닥타닥 타오를 때

올레길 누가 오는가 개밥바라기 마중한다

— 「가을 귀가」 전문

　"조랑말도 집을 향해 울음 운다"는 이미지 앞에 우리는 경이 (驚異)로움을 느낀다. 제주도 혹은 특정한 곳에서 볼 수 있는 이미지다. 우리가 일반적으로 생각할 수 없는 공간이다. 더욱이 그곳은 "섬억새 흔들려도 하늘이 금갈 것 같은" 곳이자, "테우리 휘파람 소리, 산허리에 묻어둔 채" 있는 곳이다. 신성한 곳이다. 신발을 벗어야 하는 곳이다. "할머니 사립을 여니 먼산주름 다가온다"는 일반 풍경조차 예사롭지 않다. 그리하여 "희나리 불씨 먹어 타닥타닥 타오를 때"는 마치 백석의 모닥불과 같아서, 모든 만물이 모여 있는 곳, 태초의 신비와 생명을 간직한 곳처럼 느껴지니, '가을 귀가'는 가을'에' 하는 귀가가 아니라, 가을'로' 하는 귀가일 것이다. "올레길 누가 오는가 개밥바라기 마중한다"는 목소리의 주인공 화자는, 지금 집을 향한 울음을 우는 조랑말을 기다리는, '가는 듯 오는 이'를 기다리는 할머니를 보고 있으니, 이 3장 9행의 시조 전체가 하나의 그림 같아서, 하나의 세계 같아서, 이 세계를 전하는 이, 이 세계를 보여주는 이는, 도대체 누구인가. 바로, 대자연과 할머니가 있는 곳, 금갈 것 같은 하늘이 있는 곳, 테우리 휘파람 소리가 있는 곳, 외딴집 돌담이 있는 곳을 보고 있는 이다. 예찬의 감정이든, 연민의 감정이든 간에, 화자가 우리에게 전하는 세계는, 우리가 경험하지 못한 세계, 본 적 없는 세계이니, 시집을 읽는 것 자체가 경이로운 기쁨으로 충만할 것이다.

0. 불꽃

"순수한 작품이란 필연적으로 시인 화자의 소멸을 의미하는 것이며, 사라지는 시인은 낱말들에 주도권을 양도한다. 하나하나가 다르기 때문에 서로 충돌함으로써 같은 자리에 모이게 되는 낱말들은 마치 보석들 위에 길게 뻗어 있는 허상의 불빛처럼 그들 상호 간의 반영으로 점화되어, 감지될 수 있는 호흡을 고대의 서정적 숨결로, 혹은 개성적 문장의 열정적 방향으로 대체한다."

— 말라르메, 「운문의 위기」 부분71)

　　말라르메의 말처럼, 시인 화자의 소멸이 있어야 순수한 작품
이 남는다. 그리하여 시의 문장들은, 낱말들은 '고대의 서정적
숨결' 혹은 '개성적 문장'이 되어, 서로 충돌하며 불꽃(spark)을
일으킨다. 그 불꽃이 시의 아름다움이라고 말할 수 있다면, 시인
이 해야할 일은 서둘러 시에서 빠져나오는 일일 것이다. 그리하
여 시인이 빠져나온 시는, 화자와 대상만이 남는데, 앞서 언급했
듯이, 대상이 화자보다 '아프리오리(a priori)'하게 선재(先在)하
고 있으니, 대상이 얼마나 매력적이냐에 따라 화자의 목소리도
그에 따라 매력적일 것이다. 김일연은 시인은 '바람', 박명숙 시
인은 '꾀꼬랠루', 이석구 시인은 '초록', 장영춘 시인은 '애월', 정
평림 시인은 '소나무', 홍성운 시인은 '조랑말'을 대상으로 삼았
다. 물론 여기서, 대상 자체가 매력적이어야 한다는 말이 아니
라, 대상을 향한 시적 주체의 태도와 양상이 매력적이어야 할 것
이니, 이들이 배치한 대상과 화자와의 관계에 보다 주목한다면,
우리는 쉽게, 그러나 빠져나오기 어려운 문학의 공간에 접근하
게 될 것이다. 불꽃, 섬광처럼 튀었다 사라지는 곳. 한순간 모든
것을 태워버리고 사그라지는 곳.

　　가끔은, 문학의 공간이 무서울 때가 있다.

---

71) 황현산, 『잘 표현된 불행』, 문예중앙, 2012, 222쪽 재인용.

| 고요아침 叢書 032 |

리듬은 존재 저편으로 김남규 평론집

초판 1쇄 인쇄일 · 2022년 03월 18일
초판 1쇄 발행일 · 2022년 03월 28일

지은이 | 김남규
펴낸이 | 노정자
펴낸곳 | 도서출판 고요아침
편   집 | 정숙희 김남규

출판 등록 2002년 8월 1일 제 1-3094호
03678 서울시 서대문구 증가로 29길 12-27 102호
전화 | 302-3194~5
팩스 | 302-3198
E-mail | goyoachim@hanmail.net
홈페이지 | www.goyoachim.net

ISBN 979-11-6724-079-8(04810)

* 이 도서는 2021년도 한국문화예술위원회 아르코문학창작기금지원사업에 선정되어
  발간되었습니다.